# 大唐雙龍傳

【修訂版】

黃易作品集

卷十六

【目錄】

隋末唐初群雄割據圖

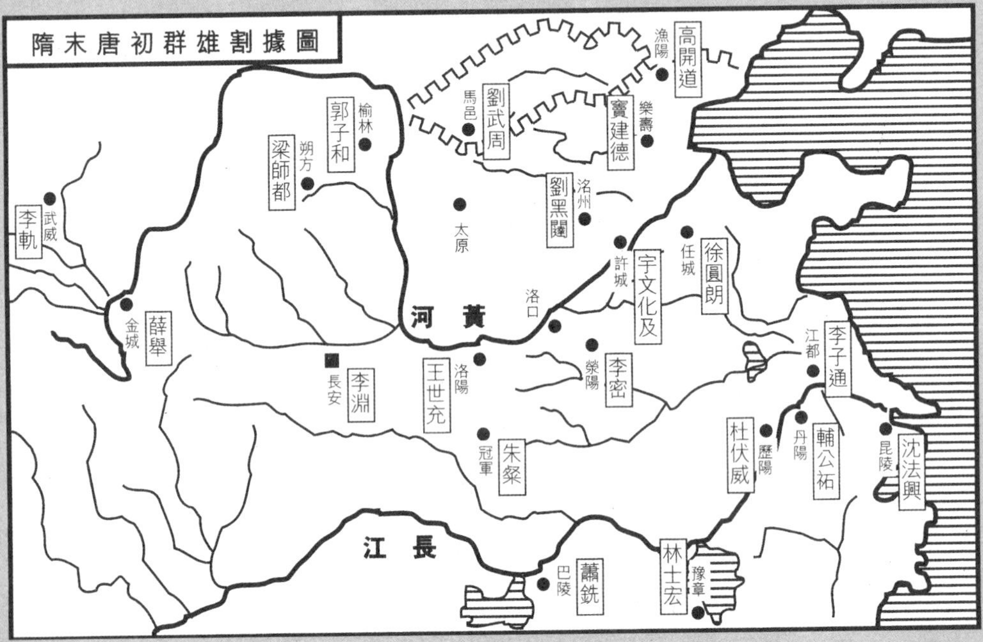

高開道
漁陽
劉武周
馬邑
竇建德
樂壽
郭子和
榆林
梁師都
朔方
劉黑闥
洺州
太原
李軌
武威
徐圓朗
任城
宇文化及
許城
洛口
黃河
薛舉
金城
李子通
江都
李密
滎陽
李淵
長安
王世充
洛陽
朱粲
冠軍
杜伏威
歷陽
輔公祏
丹陽
沈法興
毘陵
長江
蕭銑
巴陵
林士宏
豫章

# 第一章 捷足先登

作品集

# 第一章　捷足先登

聽到池生春掠往中進的聲音，踏足側園的徐子陵暗罵自己愚蠢，爲何想不到《寒林清遠圖》藏在它最該藏放的處所，書齋之內。收藏這類絹本畫是一門學問，寒暖燥濕，非常講究，否則若發霉或蟲蛀，會令珍寶變爲廢物，陰暗潮濕的地牢因而絕不適合，看來要做風雅賊實非易爲，必須具備這方面的常識。那許師叔躍上書齋瓦頂，負責把風押陣。徐子陵閃到屋角牆邊暗黑處，功聚雙耳，既不虞被上方的許師叔發覺，又可作隔牆之耳，憑靈銳的聽覺無微不至的監察書齋內池生春的一舉一動。

池生春的呼吸急促起來，顯是患得患失，心情緊張，接著是機括聲、啓鎖聲和打開暗格的連串響音，可知書齋內有祕密暗格，用以擺放貴重書畫或文件的一類東西。

許師叔在上方低喝道：「在不在？」

池生春長長吁一口氣，窸窸窣窣拉動畫卷觀看的聲音隨之響起，他同時應道：「那臭傢伙果然只是耍手段，許師叔小心！」

許師叔冷哼道：「我倒希望他眞的敢鑽出來盜寶。」

徐子陵正不住提聚功力，務求一擊成功，聞言心中暗笑，心忖必如你所願。待要行動時，上面的許師叔竟傳來一聲驚呼，接著是爆竹般響起的勁氣交擊聲。竟是另有強搶寶畫的雅賊？此人該是一直在旁窺伺，到此時出手。而以他徐子陵今時今日的功力，竟然沒有覺察，可知來人肯定屬於婠婠、石之軒那一級的高手。

事情發生得太快，徐子陵大吃一驚，不知該不該立即加入這場事前毫無先兆、突然而來的寶畫爭奪戰中。許師叔已被一拳轟離屋頂，然後書齋燈火熄滅，池生春慘哼驚呼不絕，椅翻物墜，然後風聲遠去。徐子陵暗嘆倒楣，又好奇心大熾，何人厲害至此，因那許師叔確是一等一的魔門高手，卻幾個照面就給逼退，再從容從池生春手上奪去寶畫。風聲遠去。徐子陵別無選擇，跟蹤去也。

寇仲倏地停下，官道前方一人卓然傲立，哈哈笑道：「少帥不是要作王世充的走狗嗎？爲何卻有閒情離營散步？」

寇仲大步踏前，到離攔路者十許步遠，啞然笑道：「原來是虛彥兄，幻魔身法果然名不虛傳，竟能趕在小弟的前頭作阻路剪徑的小毛賊。小弟現在身無分文，賤命倒有一條，要拿去得看虛彥兄有沒有本事了！」

竟是「影子劍客」楊虛彥，不用說他是暗伺營外，見寇仲離營，故尾隨其後，到此現身攔截。寇仲因心神失落，胡思亂想，兼之楊虛彥乃潛蹤匿跡的高手，一時失覺下，懵然不知給這勁敵跟在身後。

頭蒙黑布罩，一身夜行衣，體型偉岸而靈巧的楊虛彥雙目透出凌厲神色，淡淡道：「少帥的井中八法名震天下，誰敢誇口可取少帥性命？不過虛彥見少帥與秦王惡鬥多時，不禁手癢難耐，更不想平白錯過時機，忍不住來試個高低。」

寇仲苦笑道：「虛彥兄看得真準，更說得坦白，我今天確是沒有停過手，眞元損耗極鉅。唉！難道虛彥兄時間很多嗎？何必說廢話，立即動手見個眞章才是正理。」

「鏘！」楊虛彥掣出曾令無數被刺目標茫然飲恨的影子劍，催發出強大的劍罡，朝寇仲逼去，冷然道：「如此虛彥不再客氣！」

寇仲後撤一步，拔出背上井中月，遙指對手，抗衡對方霸道凌厲的劍氣，大訝道：「難怪虛彥兄如此有恃無恐，原來劍術大進，確有收拾小弟的可能，令小弟登時大感刺激過癮。」

楊虛彥催發的劍罡不住凝聚增強，語調卻平靜無波，冷然道：「當年拜少帥所賜之辱，虛彥怎敢有片刻忘記。少帥勿要怪虛彥乘人之危，因爲這正是虛彥一向的作風，更是刺客應具的本色。看劍！」

徐子陵無聲無息的竄上樹頂，剛好捕捉到那人背影閃進高牆內另一華宅後園側的一座小樓去。這是布政坊永安渠東岸的豪宅，能入住此坊者非富則貴，與皇宮只隔一條安化街。値此夜深人靜之時，宅內烏燈黑火，顯是宅內諸人均早進夢鄉。

徐子陵能跟到這裏來，可說出盡渾身解數。這個似湊巧撿個大便宜的「前輩」武功出奇地高，徐子陵自問沒有任何把握能從他手上把寶畫硬搶回來，所以臨時改變主意，只打算從他手上再把東西「偷」回來。爲達到此一目的，故絕不能讓對方警覺有人躡在後方，因此他全憑超乎常人的靈覺遠吊在後，並直到此刻才驚鴻一瞥的看見他背影。心中泛起眼熟的奇異感覺，似乎在某處曾見過如此體型氣度的人，一時間又偏想不起是誰？同時心中大惑不解，以建築學的角度來看，這座僻處後園，遠離華宅主建築群，彷似遺世獨立的小樓，爲何設計得比主宅更講究和精緻？著實不合情理。除非宅主是個奇人雅士，喜愛躲到這裏來享受後園的清靜。

徐子陵心中暗嘆，想不到偷幅畫竟是如此一波三折，侯小子明天將會非常失望。自己現在該怎麼辦？最理想當然是對方立刻從小樓捧著寶畫滾出來，那他就可看到此人把畫藏到何處，來個對方前腳出他就後腳進，把畫盜走。只可惜那人進樓後如石沉大海的再無任何動靜，若對方在此倒頭便睡，他豈非須等到天亮待他醒過來後再窺看動靜。但明早安化街人來人往，這棵長在街旁的大樹就再不是容身之所。好吧！就只好等到天明，看看老天爺今夜是否肯賜他良機！

寇仲心中大恨，楊虛彥這壞傢伙眞會挑時間。論心情，他是劣無可劣，剛和王世充大吵一場，不歡而散，既失落又茫然；論狀態，他惡戰竟日，身心俱疲，身上大小十多個傷口仍未癒合。這小子擺明是乘人之危，只不過由一向的暗殺改爲明刺，罵他手段卑鄙只是無聊廢話。

寇仲激起龐大的鬥志，勉強提聚功力，發覺目前頂多只能使出正常狀態下的五、六成功夫。換過對手不是楊虛彥而是其他人，眞鬥他不過還可想辦法落荒而逃。但楊虛彥傳自石之軒的幻魔身法卻使他死了這條心，只看他從營地直追到這裏來，又趕在他前方攔截，不是蠢蛋就該知自己跑不過他。十步外的楊虛彥哈哈一笑，手上影子劍忽化作千萬芒點，反映著天上的星光月色，漫空遍地的往他灑來，如牆如堵的氣勁化作無數似利針刺膚的細碎氣勁，隨著變化萬千的劍招無孔不入的朝他狂攻而至，擺明是欺他身疲力累，以雷霆萬鈞之勢務求一鼓作氣，置他於死地。他是第二次和楊虛彥交手，知他自創的影子劍法專走「奇險」的路子，劍鋒幻化出的美麗芒點乃惑人的伎倆，就若蛇蠍美人，在美麗的外表掩飾下暗藏致命的殺著。寇仲屹立不動，瞇著雙眼，一瞬不瞬地盯著鋪天蓋地似盛放煙花往他爆發過來的光點，純憑護體眞氣拒抗對手鋒如刀刃的細碎氣勁。芒點攻至寇仲前方五尺許近處，倏又收縮，變成尺許直徑由一球芒點組成的光團，神乎其技至令人難以相信自己的眼睛。寇仲看到的不再是一把影子劍，而是超乎任何形容詞語的靈物。這才是楊虛彥的眞功夫。

「鏘！」井中月忽地變招，高舉過頭，似劈非劈，正是「不攻」的變體。

楊虛彥大笑道：「少帥累啦！」也不見其有甚麼動作，忽然移到寇仲左側，芒點像一柱沖奔的水瀑，往他面頰位置激沖而來，氣勁呼嘯的刺耳聲，塡滿寇仲耳鼓。

影子劍法是針對敵手的感官而設計的，即使以寇仲之能，在楊虛彥只此一家並無分號的劍式全面開展下，平常的靈銳也大打折扣。寇仲側移開去，井中月看似隨手揮擊，劈在光團核心的位置。「叮！」光點散去。井中月命中劍鋒，寇仲半邊身子登時麻木起來，心中叫糟，知自己因眞元損耗過鉅的關係，再無法在內力方面壓倒這可惡的對手。

楊虛彥臉露訝色，道：「少帥進步多哩！」

劍鋒一顫，化成三點精芒，品字形的往寇仲印去，同時腳踏奇步，移形換影，倏忽間移到寇仲身後，攻勢從寇仲的左側化爲從後攻至，迅疾如鬼魅，疑幻似眞。寇仲無奈下一個旋身，揮刀後掃。雖明知他要以遊鬥的方式損耗自己的眞元氣力，偏是無法從他手上搶回主動，只能見招拆招，被對方牽著鼻子走。假設這形勢不能逆轉改變，寇仲將是飮恨收場。

「噹噹噹」刀劍交擊之聲不絕如縷，寇仲不斷往外旋開，楊虛彥的影子劍則如附骨之蛆，狂風驟雨般朝寇仲強攻硬擊，不予他有喘息機會。寇仲更是心叫救命，知道若任此形勢發展下去，以快打快，吃虧的只會是他。値此生死關頭，寇仲倏地立定，井中月往前疾挑。此著顯是大出楊虛彥意料之外，想不到寇仲能逆轉眞氣，動靜變換，說停就停。最厲害是此一刀乃同歸於盡的招數，完全漠視他的劍攻，刀鋒疾襲他咽喉要害。

血花迸濺。寇仲左肩膊皮開肉綻，衣服破碎。楊虛彥則於寇仲刀鋒及喉前的毫釐之差，退到兩丈之外，回復對峙之局。劇痛從傷口蔓延全身，猶幸對方為避開刀鋒，未能及時吐出眞勁，故只是皮肉之傷。痛楚令寇仲似從迷糊的噩夢深處驚醒過來，把惡劣的情緒完全排出腦海之外，心神進入井中月的境界。

楊虛彥劍鋒遙指寇仲，淡然笑道：「這一劍滋味如何？」

寇仲微笑道：「非常好！看刀！」他千辛萬苦掙著受傷扳平一面倒的劣局，當然不肯放過主動出擊的良機。

楊虛彥並非故意讓寇仲有喘一口氣的機會，而是寇仲手上井中月似攻非攻，似守非守，使他看不破瞧不透，不敢冒進。楊虛彥尙是首次遇上被他擊傷後，反變得更厲害不可測的敵手。寇仲的井中月似若破開虛空，似拙實巧，朝他筆直射至。

楊虛彥動容道：「好刀！」影子劍畫出一個完整的圓形，幻起一芒光影，往井中月套過去。寇仲哈哈一笑，刀勢加速，命中圈心。「錚！」影子劍絞擊井中月，然後爆起漫空劍雨，兩人各自退開，回到先前的位置，刀劍遙對。寇仲雖沒有佔到任何便宜，卻是不驚反喜，皆因曉得已成功的扳平劣勢，不再由楊虛彥操控全局。

楊虛彥閃電衝前，影子劍再化作點點劍雨，一陣一陣的從不同角度，往寇仲攻去，在他幻魔身法的配合下，他變換的每一個位置均出乎人意料之外，四面八方的向寇仲狂攻猛擊，直有搖山撼嶽之勢。寇仲屹立如山，以井中八法的「戰定」硬擋對手水銀瀉地式的攻勢，井中月縱橫開闔，揮灑自如，以奇對奇，以險制險，不時用上同歸於盡的拚死招數，堪堪擋著令天下人喪膽的影子劍法。勁氣呼嘯，天地失色。倏地寇仲刀劈空處，楊虛彥的影子劍就像送上門去的乖乖的被他劈個正著。「棋弈！」直至這一刻，寇仲首次看破楊虛彥的劍勢，也救回自己的小命，否則若讓楊虛彥如此不停地全力發揮，倒下的一個肯定是他寇仲。「噹！」楊虛彥劇震後撤，招式變化全給寇仲封死，無以爲繼。寇仲的螺旋勁道，更使他難受非常，不能不退。

寇仲刀光劇盛，他已接近油盡燈枯的情況，再支持不了多久，遇此良機，焉肯放過，展開井中八法中的「速戰」，全力反攻。一時「鏗鏘」之聲連串響起，井中月化繁爲簡，老老實實的一刀接一刀往楊虛彥劈去，刀刀疾如閃電，靈活如燄火，角度時間精準無倫，無一著不是針對楊虛彥的強弱處而發，忽似撼強，忽又尋弱而攻。以楊虛彥之能，在寇仲強橫的攻勢下，亦只有不住往官道另一方邊退邊擋，不過他並非不敵敗退，而是先避其鋒，再尋反擊的機會。

「叮！」影子劍挑中井中月鋒尖處。寇仲劇震急退。

出奇地楊虛彥沒有乘勢出擊，横劍而立，仰天長笑道：「論刀法，恐怕『天刀』宋缺之後就要輪到你『少帥』寇仲哩！」

寇仲在兩丈外重整陣腳，擺開陣勢，大訝道：「你老哥不是要殺我嗎？爲何放過大好機會？」

楊虛彥嘆道：「我已試出少帥的虛實，推測出或可置寇兄於死地，可是卻絕難避過寇兄臨死前的反擊。唉！偏是小弟有要事在身，此際不宜受傷，所以今戰只好作罷。」

寇仲仍感他的劍氣緊鎖自己，哪敢輕信而鬆懈下來，笑道：「坦白說，楊兄只差一點點就可取我寇仲的小命，何不再試試看？否則錯過今晚的機會，以後須擔心的將是你老哥而不是小弟。」

楊虛彥還劍鞘內，緩緩揭開頭罩，露出英俊的容顏，他那對與挺直的鼻樑和堅毅的嘴角形成鮮明對比，銳如鷹隼、冷酷無情的眼睛，一眨不眨的凝視寇仲，高廣平闊的額頭似蘊藏著無窮的自信和智慧，烏黑的頭髮整齊地梳向腦後，結成髮髻。

寇仲大奇道：「楊兄為何如此厚待我？」

楊虛彥淡淡道：「我們相同的地方，是大家均有同樣的目標，分別則在少帥是要得到一些並不屬於你的東西，而我則是要取回本該屬於我的東西。至於為何我不敢冒險，皆因我並不慣於冒險，我每次刺殺目標，均有詳盡的計畫與萬全的把握，似險而非險。少帥能躲過兩次，不代表能躲過第三次。少帥請啦！」

寇仲頭皮發麻的瞧著楊虛彥沒入道旁林內，心中大感不妥，偏又毫無辦法，只好繼續行程，找徐子陵去也。

徐子陵吃過早點後回多情窩，出奇地侯希白尚未回來，只好頹然坐在小廳堂中，暗嘆昨夜的霉運。既為別人作嫁衣裳，又在樹頂喝了整晚西北風，結果仍是一無所得。那人自進小樓後，直至天亮仍沒有任何動靜，更別說踏出樓門之外。

此時侯希白興高采烈的回來，跨過門檻立即箭步向前，來到徐子陵椅旁俯身湊到他耳邊並且壓低聲音道：「子陵真棒，說偷就偷，恐怕真曹三都及不上你。」

徐子陵愕然道：「你怎知東西給偷走的？」

侯希白在旁邊的椅子坐下，笑道：「今早天尚未亮，池生春就到上林苑找小弟，央我為他畫出曹老兄的真面目，以作官府通緝曹三歸案之用，聽池生春的口氣，懸紅當不少於千兩黃金，真大手筆。咦！

為何你的臉色這麼難看？」

徐子陵迎上他詢問的目光，苦笑道：「東西不是我這個曹三偷的，而是另一個曹三幹的好事。」

侯希白劇震失聲：「甚麼？」

徐子陵遂把昨夜發生的事詳細道出，道：「那華宅位於安化街中段，與皇城遙相對望，門口有一對銅獅子，獅子頭長鹿角，非常易認，極有氣派，不知是何人的官邸？」

侯希白聽得瞪目結舌，倒抽一口涼氣道：「此人武功之高，可令子陵亦不敢逞強硬搶，確是駭人聽聞。」

徐子陵追問道：「你究竟對這樣一對怪銅獅是否有印象？」

侯希白沉吟片晌，皺眉道：「我要去查看才成，在我印象中，尹祖文的府邸大門處確有一對像子陵所說的鎮門異獸。但太沒道理哩！」

徐子陵一呆道：「那豈非是尹祖文要跟自己過不去？何況若出手的是尹祖文，絕瞞不過池生春和那許師叔。」

侯希白道：「我聖門中人從來沒有同舟共濟這回事，只會因利益結合，又或因利益勾心鬥角，假若尹祖文去搶奪《寒林清遠圖》，小弟絕不奇怪！唉！此事眞是一波三折，教人氣餒。我要動工爲曹三畫懸賞相哩！五兩黃金一幅畫，酬金算不錯吧？」

徐子陵長身而起，道：「我要去和胡小仙碰頭，若紀倩向你問起我，你就當甚麼都不知道便可。」

侯希白訝道：「子陵不再理她嗎？」

徐子陵道：「我只希望事情暫時可以簡單些，待解決池生春後，再找她說清楚該沒有問題，對嗎？」

寇仲坐在黃河南岸危崖高處，俯視百丈下滾流不休的大河，思潮起伏。楊虛彥的所謂有要事在身，肯定是個藉口，無論他要付出任何代價，也該盡其所能把握昨夜的良機除去他寇仲。因爲寇仲加徐子陵，已成石之軒最大的威脅。

其中一個解釋，是楊虛彥故意放過他，好讓寇仲到長安與徐子陵會合，除去石之軒這個在暗裏操縱著楊虛彥的人。因爲楊虛彥不願再做被石之軒控制的木偶。另一個解釋是楊虛彥以飛鴿傳書的方式，通知石之軒趕來，截殺他寇仲於赴長安的途上。唉！眞頭痛。若是後一個可能性，那就太有趣了。但他必須準備妥當，好能在最巔峰的狀態下與石之軒決戰，分出勝負。

這究竟算是英雄還是蠢蛋，連他自己也分不清楚。因爲徐子陵說過他們任何一人，對上石之軒都將是必死無疑。但他已決定要這麼做，賭的是石之軒仍然內傷未癒。

徐子陵在東市東北角著名的放生池旁與胡小仙碰頭，這是他們商量好見面的地點，只要胡小仙看到徐子陵留下標示時間的暗記，會到這裏依時見他。如此安排，縱使被人識破以形狀畫數顯示時間的手法，亦不知他們見面的地點。放生池是遊東市的人必到之地，樹木婆娑，不規則形狀遠闊都達千步的大水池水面蓮荷處處，鯉躍魚游，充滿生機。穿上男裝把秀髮藏在帽子內的胡小仙靜坐池旁長石凳上，秀眸目光閃閃的看著池內的活動情況，興致盎然，自得其樂。

到徐子陵在她身旁坐下，她有點依依不捨的收回目光，嘆道：「小仙從不知池內的魚兒這麼動人，想起沒有人敢傷害牠們，小仙就爲牠們感到欣悅。」

徐子陵迎上她的目光，首次感受到這美女內在善良的本性，欣然道：「這世上原多充滿美好的一面，我們卻因自身的煩惱忽略了而已！」

胡小仙把目光重投池水裏，思索片刻後道：「人家不用你仗義幫忙啦！但小仙仍是非常感激。」

徐子陵皺眉道：「不用幫哪方面的忙？」

胡小仙瞟他一眼嬌笑道：「當然是池生春那傢伙的事，還有別的嗎？不過你可以放心，我胡小仙是講義氣的人，絕不會洩露徐大俠任何的祕密。」

徐子陵醒悟過來，點頭道：「原來池生春從獨孤家買入《寒林清遠圖》一事，是由小姐口中洩出去的。」

胡小仙一震，往他瞧來，秀眸射出難以相信的驚異神色，大訝道：「你眞是神通廣大，怎能曉得此事？」

徐子陵瀟灑地聳肩道：「小弟怎會曉得此事？恕小弟要賣個關子。不知小姐是否相信，池生春要娶姑娘一事是勢在必行，由於他有尹祖文和李元吉在背後全力支持，終有一天令尊翁要屈服的。」

胡小仙目光灼灼的打量他好半晌，淡淡道：「是池生春失信於我們，怪得誰來。今早池生春登門造訪，告訴爹《寒林清遠圖》被他的仇家『短命』曹三盜走，爹立即乘機發難，明言一天未尋回畫軸，婚事再也休提。曹三現在恐怕早攜畫遠走他方，茫茫天下，試問池生春憑甚麼能將畫軸追回來？唉！告訴奴家好嗎？徐大俠怎會曉得此事呢？奴家也是在出門前才得爹告知的。」

徐子陵微笑道：「小姐有想過嗎？曹三憑甚麼曉得池生春手上有此寶畫？更怎知此畫關係重大？其

中一個可能性是籠裏雞造反。池生春被自己人所乘，待事情解決，說不定寶畫又會回到池生春手上，那時由於令尊把話說滿，小姐豈非更要下嫁池生春？」

他的話絕非無的放矢。原因是盜畫者最後是回到尹祖文宅內，就算不是尹祖文本人，也必與尹祖文有關係。所以盜畫一事極可能牽涉到魔門派系內的鬥爭，箇中實況，則非外人所能揣測。

胡小仙色變道：「你是否暗示這只是池生春欲擒故縱的一種手法，又或藉此以絕旁人恃勢奪畫之心。」

徐子陵從容道：「小姐這一手眞厲害，故意把池生春得寶的事洩與李淵曉得，問題是此次出手奪畫的是所謂『短命』曹三而非大唐皇帝李淵，小姐想到兩者的分別嗎？」

胡小仙露出凝重神色，道：「你是不是指這是池生春一手編導的鬧劇，弄得長安人人皆知《寒林清遠圖》是他重金買回來作嫁粧之物，使李淵再不好意思向他強索？」

徐子陵不忍騙她，搖頭道：「此事內情複雜，池生春恐亦沒有這麼高明。不過他得回寶畫的機會頗高，小姐若眞不想成爲池生春合併令尊明堂窩的犧牲品，現在的作法等於坐以待斃。」

胡小仙驚疑不定的目光打量他好一會，沉聲道：「池生春究竟是甚麼人？惹得你徐子陵要來對付他。」

徐子陵搖頭道：「這方面的事你最好不要管。只要你依照我的話去做，我會讓池生春奸計難逞。」

胡小仙又展媚術，露出委屈的表情，嗔怨道：「大家是衷誠合作嘛！這又瞞人那又瞞人，將來出事，受害的將是小仙而非你徐大俠呢。」

徐子陵苦笑道：「我是爲小姐好而已！因此事牽涉到李閥的內部鬥爭，知之無益。小姐愈不知情，捲入此事的機會愈小。你不是說過信任我嗎？現在是你以行動證明你信任我的機會。否則一切拉倒，我們再沒有任何合作的關係。」

胡小仙「噗哧」嬌笑道：「好吧！人家全聽你的話，冤家有甚麼吩咐？」

徐子陵抵達崇仁里雷九指等人落腳的華宅時，任俊正伏案練習司徒福榮畫押的方式，雷九指得意洋洋地拿著仿製的印章，笑道：「這是我假冒司徒福榮印章精製而成，司徒福榮本人也難分眞假。」

旁邊的宋師道補充道：「司徒福榮隨身帶備私印，以準備隨時簽押開出的錢票，這些細碎的地方最易露出破綻，我們須小心從事。」

徐子陵問道：「有沒有訪客？」

雷九指道：「我們現在是謝絕訪客，小俊只見過押店的夥計。」

徐子陵先把《寒林清遠圖》的事情詳細道出，又說清楚與胡小仙的關係，道：「現在第一階段的計畫，是要與『大仙』胡佛拉上關係，讓胡小仙與司徒福榮碰頭，我們的大計才能開展。」

宋師道道：「胡佛若有志發展賭業，當不會錯過與司徒福榮結交的良機，故此事說難不難，但就難在不著痕跡；要弄得是胡佛來找我們，而非我們著意與他拉關係攀交情。」

雷九指仍在思索《寒林清遠圖》，皺眉不解道：「尹祖文爲何要去偷展子虔的名畫？此事令人費解。」

宋師道道：「多想無益，我們定要作賊阿爸，從尹祖文手上將寶畫偷回來，否則若尹祖文把畫交回給池生春，胡佛將沒有拒絕婚事的藉口。子陵有把握嗎？」

徐子陵沉吟道：「我只能盡力而爲。」

宋師道苦思道：「究竟怎樣可與胡佛拉上關係？」

徐子陵心中一動道：「此事或可由我老爹杜伏威促成。首先是讓胡佛曉得司徒福榮到此避難，其次是令胡佛曉得司徒福榮想沾手賭場生意。由於司徒福榮押店遍天下，胡佛有志賭業，當明白司徒福榮對他的用處。」

任俊此時歡呼道：「成啦！」

三人移到他身後觀看，任俊示威的再運筆如飛的簽押，果與歐良材提供的眞版本維妙維肖，幾可亂眞。三人讚嘆不已。

任俊躊躇志滿的擲筆而起，笑道：「練了近十天，到現在才像點樣子。」

徐子陵道：「事不宜遲，我現在必須立即設法聯絡杜伏威，進行我們的大計。」

宋師道道：「小仲方面如何？」

徐子陵苦笑道：「教我如何答宋二哥？我現在唯一能做的是不去想他。」說罷匆匆去了。

回到多情窩，侯希白並沒有在家睡覺，廳堂一片午後的寧靜，徐子陵到書齋躺下，閉目養神。忽然想起玉鶴庵，暗忖如若自己寫一封信給師妃暄，主持常善尼會不會眞的把信送到師妃暄手上？接著心中苦笑，因曉得自己絕不會寫這封信，且更不知寫甚麼才好。一切已盡在不言中，任何片言隻字均屬多餘，這才是眞正的「盡在不言中」。商秀珣不知抵達京師否？此事找侯希白去查探包保穩妥，當然最直接的是問沈落雁，可是他卻有點怕見沈落雁，怕她灼熱的眼神。尹祖文和池生春究竟發生甚麼事？兩者有何關係？或可向婠婠打探。

侯希白在黃昏時分終於回來，徐子陵早睡醒一個滿足安逸的午覺，回復精神。在走廊迎上侯希白，笑道：「希白兄的錢袋是否多了五兩黃金呢？」

侯希白喜氣洋洋的道：「是五十兩黃金！小弟一口氣畫下十張老曹的肖像，每幅五兩金，狠賺池生春一筆，對小弟的經濟情況大有幫助。爲李淵的百美圖卷，我硬著心腸推掉其他所有生意，小弟又出手豪爽，確需多點金子在手。」

徐子陵啞然失笑道：「你這簡直是勒索行爲，池生春爲省時間，只好忍痛付賬，難道說他本來只請你畫一幅畫嗎？」

侯希白哂道：「今天未時前各大城門掛滿曹三的懸賞，全是我快筆的功勞，池生春這五十兩金花得絕不冤枉。你猜曹三這回値多少錢？」

徐子陵道：「池生春的確有辦法，只有官府才有資格發出懸賞，他卻能透過官府在一個早上辦妥如此複雜的事，實在不簡單。」

侯希白搭著他肩膊進入書齋，道：「今晚我和你一起到尹府去尋寶，沒看過展子虔的眞跡，我是絕不肯死心的。」

徐子陵頹然坐下道：「我有個不太好的預感，尋寶的過程當不會順利，我總感到有些地方我們犯下錯誤卻不自覺。」

侯希白在他身旁隔几坐下，訝道：「子陵很少會這麼沒有信心的。尋寶未必須得寶，單尋寶的過程本身已非常有樂趣。」

徐子陵回到先前的話題，道：「曹三值多少錢？或者是《寒林清遠圖》值多少錢？」

侯希白嘆道：「是另外的一萬兩黃金，我愈來愈不敢小覷這傢伙。」

徐子陵點頭道：「重賞之下必有勇夫，或許必有賣友求榮的人。曹三是不可能沒有同黨的，否則如何曉得池生春手上有畫？例如我這假曹三的同黨就是你，同是當災的白狗！」

侯希白笑道：「最慘的人並不是你或我，而是池生春。任他想破腦袋仍難明白曹三爲何千不偷萬不偷，偏要偷這張事關重大的畫，害得他一身是蟻，陣腳大亂，這招聲東擊西算厲害吧！」

頓了頓道：「初更響時，我會在這裏等你。」

徐子陵皺眉道：「初更前你有甚麼事？」

侯希白眉飛色舞道：「今晚我要去見一位風格獨特的著名美女，希望能爲美人扇再添一個美女像。」

徐子陵淡淡道：「商秀珣？」

侯希白一呆道：「你怎能一猜立中。」

徐子陵苦笑道：「不要問好嗎？」

心中浮起塞外大草原上赫連堡戰爭之夜，當他在堡上面對比他們強大千萬倍的金狼軍，自忖必死時竟想起商秀珣，難道自己竟偷偷愛上她而不自覺？想想又覺沒有理由，他從來對商秀珣只有欣賞而沒有遐想，而對師妃暄和石青璇，他卻屢次生出去見她們的衝動。徐子陵第一次覺得不明白自己。

侯希白呆看他好半晌後，道：「子陵須小弟爲你向商場主送個口信嗎？」

徐子陵沉吟良久，嘆道：「告訴她我在你家裏吧！」

三更時分，寇仲藉索鉤之助，攀越高達三十丈的城牆，偷入長安。由於大批軍隊外調，故長安城防遠不及上回來尋楊公寶庫時的嚴密，寇仲泅過護城河，覷準城兵換更的空檔，無驚無險的抵達城內。他竄房越屋的朝多情窩趕去，竟發覺自己並不孤獨，瓦面上不時有一身夜行衣的江湖人物掠過，又或伏在暗處，累得他須戴上面具，以免偶一不慎給認出是名震天下的「少帥」寇仲，那就冤哉枉也。有幾起夜行人想截住他，寇仲差點想停下來問個究竟，終怕節外生枝，擺脫對方後來到多情窩。

侯希白這個小窩人去屋空，寇仲經過這些時日來奔波勞碌和連番血戰的折騰，早疲不能興，更感到多天沒有洗澡的難受，豪興大發，把澡房的浴桶搬到後進的天井，從天階的井中汲水，注滿大浴桶，把井中月擱在桶旁，脫個精光鑽到桶內享受冷水浴的無限樂趣。徐子陵和侯希白這兩個小子滾到哪裏去了？若他們回來時看到自己在床上倒頭大睡，會是怎樣一副表情？想到這裏，寇仲大感得意，一時間忘掉戰場上的失意，輕鬆的哼著揚州流行的小調。

「又是這個曲子，少帥不怕悶嗎？」寇仲大爲懍然，徐子陵說的不差，婠婠果然比以前厲害多了，自己對她的大駕光臨竟沒有半點警覺。苦笑道：「婠大姐似是對我洗澡特別有興趣，偏揀這時間來。」

婠婠幽靈般從中進飄出，來到桶子旁，笑吟吟的道：「人家從沒隱瞞對少帥身體的愛慕，不過這回則是適逢其會。少帥不是要和李世民決戰洛陽嗎？爲何竟有閒情專誠到長安來洗澡？」

寇仲雙肘枕在桶旁，細審婠婠秀美的玉容，訝道：「大姐比前更漂亮哩！是不是天魔大法的功效？我們好像總鬥不過你，這回又準備怎樣害我們？」

婠婠湊過來蜻蜓點水的輕吻他面頰，香軟的紅唇令寇仲魂爲之銷，然後挪開少許，在兩張臉只隔數寸的近距離下，吐氣如蘭的柔聲道：「人家怎捨得害你們呢？以前是師命難違，現在則再無顧忌。今晚我本來是要找子陵的，遇上你更是意外驚喜。」

寇仲仍在回味她香唇吻頰的動人感覺，矛盾的是明知她口蜜腹劍，偏是無法凝聚厭惡她的情緒，甚至不願記起她以前的惡行，嘆道：「唉！捨不得害我們？虧你說得出這種謊話！只不過是你要利用我們去對付石之軒，好讓你能坐上陰癸派派主之位，爲令師完成統一魔道，甚至統一天下的夢想而已！我有說錯嗎？婠大姐請指教。」

婠婠微垂螓首，輕輕道：「你想聽眞心話嗎？」

寇仲心中一軟，頹然道：「我在聽著。」

婠婠深邃莫測的眼神朝他凝視，回復她一貫篤靜冷漠的神態，語調像不波止水般的平靜，道：「無論石之軒或我聖門任何一人，甚至頡利或李淵之輩，都在等待你和子陵分道揚鑣的一天。因爲事實證明當你兩人聯手合作，天下再沒人有能力同時殺死你們。不論要對付你們的人如何人多勢衆，你們最不濟也可落荒而逃。但這回少帥你到長安來，大有可能是你們最後一次聚在一起，此後將各散東西，因你寇少帥總不能置洛陽和少帥軍不顧。所以若要殺死石之軒，破他的不死印法，這或者是最後一個機會。少帥是聰明人，當曉得石之軒對你的威脅，他是絕不容你和子陵同時活在世上的。」

寇仲苦笑道：「你的話不無道理。可是殺石之軒談何容易，四大聖僧辦不到的事，我們能辦得到嗎？」

婠婠道：「世上有甚麼事是十拿九穩的？能有一半成功機會，甚至半絲希望，我們都不能不試。我練成天魔大法的事石之軒仍懵然不知，大概可給他一個驚喜。」

寇仲懷疑的道：「不是又重施故技，學令師般來個甚麼玉石俱焚，要我們陪石之軒一起上路，你大姐則佔盡便宜，我和子陵則成爲陪葬的傻瓜。」

婠婠沉聲道：「當時究竟發生甚麼事？石之軒憑甚麼可捱過祝師的玉石俱焚？」

寇仲不願答她，更不想答她，推搪道：「此事你的情人比我清楚，因爲他是當事人之一，而我正忙著辛深末桓。」

婠婠幽幽一嘆道：「我會設法約石之軒談判，你們究竟來還是不來？」

寇仲笑道：「我們只有一個殺石之軒的機會，給你這麼浪費掉，豈非可惜！」

婠婠一對秀眸亮起來，盯著他柔聲道：「你好像已有全盤計畫，肯讓我參與嗎？信任我好嗎？我眞的不會害你們，否則讓我五雷轟頂而亡。」

寇仲苦笑道：「老天爺恐怕很少使出五雷轟頂這類罕有招數來懲罰不守信諾的人，婠兒你眞懂立誓的竅妙。全盤計畫言之尚早，初稿倒有點譜兒。不過我要和子陵商量後才能答覆你，明晚大家在這裏吃頓家常便飯如何？我的廚藝比之小弟的井中八法亦差不了多少。嘿！我正在洗澡啊！」

婠婠目光投到桶內水裏去，皺起巧俏的小鼻子，微笑道：「又髒又臭！我到房內睡覺，洗乾淨再來和人家親熱吧！」不理寇仲抗議，逕自往臥室去了。

徐子陵和侯希白臨天亮前沒精打采的回來，見到寇仲把侯希白「珍藏」的所有乾糧糕餅美酒一類的東西全搬到廳心的大圓桌上，左手酒右手餅，吃個不亦樂乎，均驚喜交集，一時說不出話來。

寇仲瞧著徐子陵驟見自己仍活著出現那發自內心的喜悅神態，心中一陣感動，先豎起一指按唇表示噤聲，再以拇指點向內進的方向，道：「侯公子的床上有位睡美人在等他，我們要小心說話。哈！侯公子確是艷福齊天。」

侯希白愕然道：「竟有此事？」

徐子陵醒悟過來，低聲提點他道：「不要聽他胡謅，是婠婠來哩！」

侯希白取出美人扇，打開輕搖兩記，灑然道：「你兩兄弟先說些私己話，飛來艷福，卻之不恭，待小弟上床去也。」說罷搖頭晃腦的往內進跨步。

徐子陵在寇仲對面欣然坐下，寇仲收回望向侯希白背影的目光，笑道：「這小子愈來愈有趣。這些年來我們雖遍地樹敵，亦著實交得一群肝膽相照的兄弟朋友。」

徐子陵忍不住問道：「你爲何會在這裏？」

寇仲嘆道：「洛陽完蛋哩！李小子眞厲害，能不戰而屈人之兵。他只請我喝一頓酒，竟嚇得王世充屁滾尿流的嚷著退返洛陽。他娘的，這種人多對著他一刻就是多受一刻活罪，所以索性到長安來和你喝酒，順道宰掉老石。」

徐子陵皺眉道：「失掉洛陽等於失掉巴蜀，也等於失去給宋玉致的聘禮，你有甚麼打算？」

寇仲苦笑道：「你該知我是死不肯認輸的傻瓜。馬死落地走，幹掉石之軒後我立即趕回彭梁，看有甚麼辦法將李子通從我們的家鄉揚州趕跑，就算戰至一兵一卒，我寇仲絕不會俯首認輸的。」

徐子陵默然半晌，忽然石破天驚的道：「讓我助你奪取揚州吧！」

寇仲劇震一下，雙目射出不能置信的神色，感動至眼睛通紅，好一會堅決的搖頭道：「有陵少這句話，我即使兵敗戰死，也要含笑九泉之下。但我卻絕不會接受你的好意，唉！坦白說，一直以來我的心裏確有些不舒服，以為你對師仙子比對我還要好，現在才知道自己錯得多麼厲害。正因我們是兄弟，怎能陷你於不義，要你蹚這趟混水？哈！我寇仲豈是這麼易吃的，陵少放心去過你嘯傲山林的日子吧！」

徐子陵嘆一口氣，欲語無言。

寇仲岔開話題道：「你和侯小子剛才到甚麼地方胡混整夜？」

徐子陵苦笑道：「確是胡混，且是白忙整夜，搜遍尹府仍找不到小侯想要的東西。」遂將《寒林清遠圖》的始末道出。

寇仲百思不得其解，思忖道：「尹祖文竟去偷池生春的東西，此事太不合常理。哈！難怪有滿城夜行人，原來是為萬兩黃金的懸紅四處尋找曹三，笑死人哩！天下竟有這麼多傻瓜。」接著向內進大喝道：「侯公子完事了嗎？」

徐子陵啞然失笑道：「失去洛陽似對你沒甚麼關係。」

寇仲再盡一杯，搖頭頹然道：「這叫苦中作樂。李世民最了不起的地方，就是上兵伐謀，明知他如何打這場仗，你卻只能眼睜睜瞧著他贏你，毫無辦法。」

侯希白此時回到廳內，到桌前坐下，苦笑道：「婠美人兒要梳洗更衣，她連衣服都帶來哩！似是準備和我們雙宿雙棲，兩位有甚麼意見？」

寇仲俯身壓低聲音道：「她上床前究竟有沒有將一對小腳洗乾淨呢？」

侯希白莞爾道：「你很快會非常清楚。」

寇仲望向雙眉緊蹙的徐子陵，訝道：「這麼好笑的事，子陵為何吝嗇笑容？」

徐子陵道：「因為我曉得一件你不知道的事，商場主刻下正在長安，假若她到這裏來時碰上婠婠，你說會有甚麼後果？」

侯希白色變道：「我昨晚暗中知會她子陵在我家時，她說過今早會來見我們的。」

寇仲駭然道：「這確是個大問題，我們竟與她的死敵同住一宅，她知道後肯理睬我們才怪！」霍地立起，斷然道：「我去把婠婠趕走。」

徐子陵道：「婠婠豈是這麼好對付的？不要胡來，由我和她說妥當點。」

寇仲頹然坐下，苦著臉道：「我們也實在說不過去，更無法向場主美人兒交代。就由子陵去說服婠婠，她為對付石……嘿！該甚麼都肯答應吧？」

侯希白嘆道：「不用吞吞吐吐，小弟明白是怎麼一回事。」

寇仲雙目射出銳利神色，道：「我從慈澗趕來長安途中，被楊虛彥攔途截擊，這小子的影子劍法確是精進了得，欺我久戰力疲，幸好我看穿他愛惜自己的皇帝命，招招同歸於盡，逼得他知難而退。也可能是他故意放我來長安對付令師，也是他的師尊，更可能是他讓令師親自殺我。無論哪一個可能性，你的石師再不當你是他的徒兒，希白有甚麼打算？」

侯希白茫然道：「我能怎麼辦？」

徐子陵道：「假若楊虛彥在決戰中將你殺死，石之軒因而傳授不死印法予楊虛彥，算不算違背貴派的規矩？」

侯希白搖頭道：「當然不算違背祖師規法。」

寇仲一震道：「我明白哩！前晚楊虛彥說身有要事，我還以為他找藉口下台階，原來確有其事，若他受傷，短期內將難與小侯你爭鋒。」

侯希白抓頭道：「現在弄得我好糊塗哩！石師究竟是要親手處理我這不知算不算是叛徒的人，還是要我和楊虛彥分出勝負？」

徐子陵嘆道：「此爲連你石師也弄不清楚的一筆糊塗帳，源於他的性格分裂，而他因爲性格的矛盾，故無法自行解決，所以寫下不死印法，希望你兩人來個了斷。不過他現在性格已重歸於一，萬事只向實際大局著想，自然是捨你而取楊虛彥。」

寇仲冷哼道：「小侯你須痛下決心，是坐以待斃還是爲保命而掙扎奮鬥？」

侯希白斷然道：「若只是應付楊虛彥，那就好辦。可是若是石師親自出手，小弟……唉！小弟……」

寇仲哈哈笑道：「老石交由我和小陵處理，楊虛彥則是你老哥的，成了吧！」

「還有奴家哩！」

三人心中大懍，往內進方向瞧去，美麗如天仙下凡，詭異如幽靈的婠婠赤足白衣立在入門處，秀眸異芒漣漣。直至她說話，三人始警覺她芳駕光臨。

寇仲倒抽一口涼氣道：「婠大姐變得愈來愈厲害了。」

婠婠淡淡一笑，像足不著地的幽靈般飄掠而來，安然坐下，道：「若我和寇仲、徐子陵聯手，仍不能收拾石之軒，天下將再沒有人能辦到。」

侯希白苦笑道：「他始終是我師傅，不要說得這麼坦白可以嗎？」

婠婠目光朝他投去，油然道：「侯公子必須面對殘忍的現實，你是石之軒的一個錯誤，現在是他糾正錯誤的時刻。補天派訓練傳人的方式一向是汰弱留強，石之軒現今擺明要全力栽培楊虛彥，如果你仍婆婆媽媽，還滿口甚麼師徒情義，乾脆自盡了事，既可免丟人現眼，更不會拖累朋友。」

徐子陵不悅道：「你怎可以說這種話？」

婠婠冷然道：「這不但是我聖門內部的鬥爭，且關係到天下將來的命運，等於正在洛陽發生進行的爭霸之戰。在這條誰主天下的戰爭路上，父可殺子，子可弒父，朋友可反目，兄弟會相殘。我只是實話實說，侯公子必須從迷夢中驚醒過來。一是遠走他方，永遠躲起來，一是奮戰到底，第三條路就是成為屠場上的豬羊，等待被宰殺的命運。」

侯希白的呼吸急促起來，好半晌頹然道：「我雖明知如此，可是眞要我對付石師，仍是難下決心。這樣吧！楊虛彥由我應付，至於石師，唉！我不聞不問算哩！小弟生性如此，奈何？」

婠婠淡淡道：「你根本不是楊虛彥的對手。」

侯希白泛起不服氣的神色，卻沒有反駁。

寇仲皺眉道：「你憑甚麼作出這樣的判斷？」

婠婠緩緩道：「石之軒的兩大絕活，就是自創的幻魔身法和不死印法，而這兩種絕學均賴石之軒融會花間和補天兩道的『天一心法』，才能臻達登峰造極的境界。楊虛彥得傳幻魔身法，當然亦得『天一心法』的眞傳，那是集補天花間兩道的奇功，而侯公子只得花間一派之長，高下立判，所以我的分析非是危言聳聽，而是有根有據。」頓了頓續道：「侯公子和楊虛彥各得半截印卷，但因楊虛彥身負天一絕學，練起不死印是水到渠成，而侯公子則是隔靴搔癢。即使侯公子能得閱全卷，練至關鍵處亦動輒會走火入魔，有害無益。」

三人聞言同時色變。

婠婠嬌軀一顫道：「難道楊虛彥的半截印卷竟給你們取到手上？」

侯希白指指腦袋，苦笑道：「全在這裏！」

婠婠美目異彩閃現，不用她說出來三人均知她在打不死印卷的主意。

侯希白慘笑道：「左不成，右又不成，在下該如何自處？」

徐子陵道：「天無絕人之路，只要希白兄決定抗爭到底，總會有辦法解決的。」

寇仲冷笑道：「楊小子我早看他不順眼，就交由我把他幹掉。」

婠婠嘆道：「憑少帥的井中八法，或可擊敗楊虛彥，但若想殺死他，即使他背後沒有李淵或石之軒撐腰，怕亦非易事。」

寇仲待要反駁，叩門聲響。三人再次色變，心叫不妙。來的若是商秀珣，豈非糟糕透頂？

三人同時望向婠婠。露出雪白整齊的美齒，甜甜淺笑。好像要在他們心中留下不能磨滅的印象般，這才盈盈俏立，道：「今晚再見，希望你們到時能有完整的計畫，每過一刻時間，我們就將失去一分的成功機會，切記！」她如此知情識趣，他們均對她稍添好感。

侯希白跳起來道：「讓我去迎客！」旋風般掠往屋外，比兩人更興奮雀躍，看得兩人相視莞爾。

兩人自然而然功聚雙耳，遠聽侯希白的情況，因爲若來的不是商秀珣，他們必須立即躲起來。

門開。侯希白唱喏道：「果然是商場主大駕光臨，令蓬蓽生輝，歡迎歡迎！」兩人爲之鬆一口氣，心中湧起溫馨動人的感覺。

商秀珣甜美的聲音傳來道：「侯公子不用客氣，子陵在家嗎？」

廳內的寇仲向徐子陵道：「她竟是單獨來見你哩！要不要我暫時退避？」

徐子陵哂道：「難道她要拉大隊人馬招搖過市的來嗎？去你的奶奶！」

外面的侯希白應道：「不但子陵在，寇仲亦正恭候場主大駕，請場主移步。」

兩人慌忙起立，正要離桌到大門迎接，卻同時色變。他們心神先是集中在婠婠的離去上，接著轉移到耳朵的聽覺，到此刻回復平常狀態，倏地嗅到婠婠獨有的芳香，仍殘留在她坐過的位子上。百密一疏，寇仲連忙補救，一袖往婠婠坐過的椅子拂去，希望能把餘香驅散。像商秀珣這級數的高手，感官敏銳，嗅到女子遺香，不生疑才怪。且女孩子對女孩子是分外靈銳，說不定還可認出正是大仇家的香氣。

此時侯希白領商秀珣登階入門，兩人不敢怠慢，笑臉相迎。商秀珣男裝打扮，該是要掩人耳目，可是那身青藍色的武士勁裝用料名貴，手工考究，襯得她英氣勃勃，神采逼人。她眉目如畫，俏臉輪廓如若刀削般分明，不要說侯希白這鍾愛女性的多情種子，兩人亦心迷神醉。

這美女見到寇仲和徐子陵，綻放出一個發自眞心充盈愉悅的笑容，語調卻故作冷淡的道：「好小子！你們滾到哪裏去，長年累月沒半點音信？」

侯希白灑然笑道：「他們不是追殺人就是被人追殺，也算是情有可原，商場主請坐下再說。」

寇仲和徐子陵本想截住商秀珣，先在廳外說一番話以拖延時間，好讓遺芳消散，卻給侯希白一句話破壞，只好同聲請她入座。

寇仲湊到她耳旁道：「美人兒場主愈來愈標致哩！」

商秀珣能攝魄勾魂的美目横他一眼，沒好氣的道：「你給我規規矩矩，否則家法侍候！」

徐子陵搶先一步，拉開自己坐過的椅子，恭敬道：「場主請坐！」

不知是否造化弄人，商秀珣白他一眼道：「徐子陵何時變得這麼懂侍候女兒家？我坐這一張，你自己坐吧！」竟坐入婠婠剛才的那張椅去。接著玉臉微變。

寇仲和徐子陵的心兒立即卜卜狂跳，暗呼不妙，因爲縱使在他們的位置，仍可嗅到婠婠的香氣。此事實不合情理，寇仲那一袖應該成功把香氣驅散，此時隱隱想到大有可能是婠婠有意加害，破壞他們和商秀珣的關係。問題是她怎曉得來訪的會是商秀珣？

侯希白還懵然不知情況所在，哈哈笑道：「少帥和子陵爲何不坐下？斟茶遞水的碎務，當然是在下的份內事。」

寇仲和徐子陵硬著頭皮在商秀珣變得嚴肅混雜疑惑的目光注視下入座，像兩個被推出刑場的重犯。

侯希白終感覺到三人間異樣的氣氛，愕然道：「場主……」

商秀珣顯出場主的威嚴，打手勢截斷他的說話，目光在寇仲和徐子陵臉上打轉，沉聲道：「你們是否知道我爲何長途跋涉的到長安來？」

侯希白茫然坐下，然後軀體一震，醒悟問題出在甚麼地方。

寇仲頭皮發麻的恭敬道：「場主請說。」

商秀珣清麗逼人的容顏再沒半絲笑意，一對美眸射出深刻的仇恨，語調平靜而堅決，緩緩道：「當年琴老和鶴老被陰癸派妖女所害慘死，我們飛馬牧場上上下下，沒有人敢片刻忘記。這些年來我們明查暗訪，終查出少許蛛絲馬跡，判斷陰癸派的老巢自隋朝立國後，一直隱於長安。我這次到長安來就只有一個目的，是要妖女血債血償。此事與侯公子無關，可是秀珣卻一直把你們兩個當作自己人，你們究竟站在哪一邊？」

果然預料成眞，商秀珣竟辨認出婠婠極可能是蓄意留下加害他們的香氣。要知舉凡練氣之士，由於體質與常人不同，均有其獨特的氣息，像這類修練先天眞氣的高手，若非蓄意斂藏，自然而然會散發一種特別的氣息，感官靈銳如商秀珣者可從氣息認出是何人所有。徐子陵心中同意商秀珣調查的結果，當日在洛陽，宋師道曾從陰癸派門人用過的皿具和茶葉，指出他們生活極爲講究，不似長期隱居於深山窮谷或窮鄉僻壤那種生活方式。況且陰癸派有心爭霸天下，亦應居於交通方便的大城大邑，始能掌握最新最眞的情況，更方便做生意賺錢。所以商秀珣猜陰癸派把祕巢設於長安，雖不中亦不遠矣。還有是祝玉妍、婠婠在此來去自如，不但要熟悉長安，更要有良好的身分掩護才成。

寇仲有氣無力的道：「我們當然站在場主的一方，大家是自己人嘛！」

侯希白只能空爲兩人擔心，卻無法插口。

商秀珣目光移往徐子陵，道：「既是如此，請告訴秀珣，你們是否剛見過那妖女？」

徐子陵硬著頭皮道：「我們確剛見過她，她……」

商秀珣怒道：「你們爲何容她活著離開？」

寇仲嘆道：「此事一言難盡，場主請容我們細道其詳，因爲目前……」

商秀珣面寒如水，霍地起立，大怒道：「我不想聽你們的花言巧語，由今天開始我們一刀兩斷，我們飛馬牧場的事再不用你們理。」說罷拂袖而去。

三人你眼望我眼，頹然無語。好半晌寇仲嘆道：「這回究竟是無妄之災，還是婠妖女有心害我們，好使我們和美人兒場主鬧翻，那我們就不會爲飛馬牧場向她尋仇？」

徐子陵搖頭道：「此豈可用『無妄之災』來形容？我們的說詞根本站不住腳，因為婠婠確是死有餘辜的妖女，而我們卻因種種形勢，姑息養奸，屢被其所害是咎由自取。」

侯希白道：「若這次是婠婠故意遺留香氣，那她確實高明得教人心寒，可是她怎曉得來的是商美人？」

寇仲沉吟道：「此正關鍵所在，婠妖女究竟是有心還是無意？陵少怎麼看？」

徐子陵一字一字緩緩道：「她是有心的，否則經你這麼以眞氣拂驅香氣，香氣應散掉不留。」

轉向侯希白道：「昨晚你是在甚麼場合下見商秀珣的呢？」

侯希白答道：「是張婕妤和尹德妃作主人的晚宴，胡小仙也有出席。」

寇仲拍案道：「那就是啦！大有可能……唉！不過照理尹德妃該不會將此事告知婠婠，除非婠妖女告訴我們的甚麼獨自修行全是謊言。」

侯希白色變道：「那甚麼聯手合作豈非只是一個陷阱？」

徐子陵道：「總而言之我們不能再毫無保留的信任這妖女。」

寇仲提議道：「陵少去向美人兒場主解釋道歉如何？告訴她我們的苦衷，說我們從今以後會洗心革面痛改前非。唉！他娘的婠妖女。美人兒場主一向對你比對我有好感，由你去解釋比較有威力。」

侯希白搖頭不同意道：「愈有好感愈不妥。尤其牽涉到男女之情，所謂愛之深恨之切，而且她氣在頭上，現在去找她必碰壁而回。」

徐子陵苦笑道：「你們在胡說甚麼？我和她只是朋友關係罷了！」

寇仲道：「你身在局中，當然糊裏糊塗，我們卻是旁觀者清。呀！對哩！這回向她解釋的人必須是個旁人，否則我和陵少任何一人去見她，都只有被轟走的悽慘命運。」

侯希白自告奮勇道：「那小弟就當仁不讓，由我去作中間人，像她這麼秀外慧中的美人兒，該明白事理。」

寇仲皺眉道：「侯公子好像沒有份兒和婠婠同檯相處的樣子？你算甚麼旁人？我們三個都不行，要找魯仲連，必須是我們三個之外的人，唉！誰是適當的人選？」目光往徐子陵射去，剛巧後者的目光亦往他迎來，兩人同時心動。

侯希白一震道：「當然是宋家二公子，對嗎？」

寇仲吁出一口氣，似已把事情解決的樣子，道：「就算打鑼打鼓遍天下去找，也不會有人比宋二哥更適合，我們立即去請他出馬，事不宜遲，遲恐生變。」

徐子陵長身而起，道：「希白兄留守大本營，我和仲少去找宋二哥。」

侯希白失望道：「又沒我的份兒，你們何時回來？」

寇仲按桌離坐，道：「好好睡一覺吧！今晚我們再探尹府，找不到畫卷就抓起尹祖文嚴刑拷問，再來個殺人滅口。他娘的！我現在最想殺人放火，以洩心頭之恨！」

兩人各自戴上從楊公寶庫新得來的面具，踏足熱鬧的長安街道。

寇仲搭著徐子陵肩頭，感受兄弟重聚的動人感覺，道：「這回對付石之軒，我們既不能靠婠婠，也不可牽涉侯公子，只能依賴我們自己的力量。」

徐子陵道：「我們聯手該不會輸他多少，但要殺他卻絕無可能，除非他肯和我們分出生死。」

寇仲得意道：「上兵伐謀，我當然有周詳計畫，石之軒的大德聖僧肯定在無漏寺的禪室內養傷，只要我們能製造一種形勢，逼得他從祕道逃向那細小的地室，便可在那裏伏擊他，殺他個措手不及，且又無路可逃。困獸之鬥雖危險一點，但我們以衆擊寡，怎樣都能多佔些便宜。」

徐子陵沉吟片刻，道：「誰有本事逼得他逃到地牢？此事只有一次嘗試的機會，揭破他聖僧的身分，我們以後將再難掌握他的行藏。」

寇仲道：「小弟算無遺策，怎會漏去此一關鍵？在長安，只有一個人有能力，就是李小子的老爹李淵。」

徐子陵一震道：「你是在玩火，一個不好，連我們都要吃不完兜著走。」

寇仲笑道：「此事仍須從詳計議，總之計畫大概如此，細節尚有待研究部署。到哩！」

宋師道聽畢兩人的請求，道：「你們以後是否打算和婠婠劃清界線，又或會助飛馬牧場報此深仇，這兩點非常重要，否則縱使我舌粲蓮花，也說不動商秀珣。我和她曾有一面之緣，比較明白她。」

雷九指問道：「她究竟是怎樣的一個人？」

宋師道道：「她在一個非常獨特的環境長大，牧場內人人視她爲神明，而她則依牧場祖傳的家法管治牧場，與牧場外的人交往永遠保持一份距離。你們兩個或者是她罕有曾信任的外人，所以這回的事故對她傷害特別嚴重。」

寇仲吁出一口氣道：「我們當然站在她這一邊。不過現在魔門因祝玉妍之死和石之軒復原而形勢轉趨複雜微妙，故當務之急是先要對付石之軒始輪到其他事。我們就是請二哥向商秀珣說明我們的苦衷，唉！怎麼說才好？」

宋師道點頭道：「我明白哩！不過大家立場不同，恐怕不是這麼易說得攏。」

徐子陵見陪坐一旁扮成司徒福榮的任俊一副欲言又止的模樣，知他不敢插嘴說話，問道：「司徒老闆有甚麼話想說？」

任俊靦覥的道：「連徐爺也來耍我，我只是想提醒宋爺待會有客來訪，宋爺須速去速回。」

雷九指接口道：「差點忘記告訴你們，蕭瑀昨天派人投牒，說今天正午時分來拜訪我們的司徒大老闆，李淵可說給足福榮爺面子。」

寇仲和徐子陵聞之動容。蕭瑀像裴寂、劉文靜般是李淵最親近的大臣，更是舊隋煬帝的妻舅，在唐臣中德高望重，地位特殊。他紆尊降貴的來見一個司徒福榮般的暴發戶，背後必須有李淵同意，甚或是奉命而來。

任俊囁嚅道：「嘿！該不該由徐爺扮回司徒福榮，小子！嘿！小子……」眾人這才曉得他欲言又止的眞正原因，皆因臨陣怯場，想免此一役。

徐子陵打趣道：「若蕭瑀是來央大老闆你開銀票，教我如何應付？」任俊苦笑無語。

寇仲正容道：「這正是歷練的機會，所謂玉不琢不成器，若陵少代你去應付蕭瑀，小俊將錯失一個機會。」

任俊恭敬答道：「寇爺教訓的是，小子明白哩！」

宋師道站起來道：「小俊說得好。商秀珣在甚麼地方落腳？」

寇仲等忙起立，徐子陵答道：「據侯希白說，她在望仙街東市北的勝業坊有物業，是她在此寄居的地方。」並說出詳細的地址。

宋師道道：「如何見她亦頗費周章，不過我會想辦法，你們是否在這裏等我的消息？」

徐子陵道：「我約好杜伏威在北苑碰頭，見他後我會回來看情況。」

寇仲大喜道：「你約了老爹嗎？」

雷九指道：「你們不宜一道離開，給人看見便不好。」

寇仲哈哈笑道：「二哥當然從正門出入，我們這些見不得光的則來是翻牆，去亦翻牆，來去自如。」

宋師道微笑道：「放心吧！商秀珣怎都要賣點面子給我，至少會聽我把話說完。不過我爲你們作和事佬的紀錄卻不太光采，化解不了你們與君嬙間的恩怨。」

寇仲嘆道：「我們受夠哩！不希望又多出個美人兒場主。」

雷九指送兩人穿房越舍的往後園走去，這華宅佔地甚廣，房舍連綿，亭台樓閣，其前主人當是非富則貴，結果因抵押變成司徒福榮的物業，令人唏噓感嘆。

三人走在後園的碎石路上，寇仲皺眉道：「這麼大的宅院沒有婢僕打掃，感覺挺怪異的。」

雷九指道：「我們是故意如此。打掃的人由陳甫派來，幹半個早上的活後離開，只有膳房的人是長駐的，是信得過的自己人。我們是來避難嘛！行藏古怪沒有人會起疑。」

徐子陵道：「請武師的事進行得如何？」

雷九指道：「這兩天不時有人上門應聘，由我故意刁難，沒有落實聘任何人，只著他們留下詳細資料，再交由陳甫去查證他們的身分。這手法合情合理，否則怎知哪些人是與池生春有關？」

寇仲笑道：「若眞是池生春的人，定是魔門中人，怎會讓你老哥這麼輕易識破身分？」

雷九指得意道：「別忘記我和你們宋二哥是老江湖，不易被騙。且你的顧慮可反過來說，每逢遇到身分不明朗者，極有可能是魔門的奸徒，我們正是要聘用這種人，哈！」

三人抵達後院圍牆，牆外是分隔鄰舍的小巷，翻牆進來對寇仲和徐子陵來說自是輕而易舉，因可先察看清楚周圍情況方開始行動，但翻牆離去則難度會大增，因不容易掌握牆外的情況。

徐子陵正傾聽牆後里巷的聲息，寇仲笑道：「我敢打賭正門和前門均有某一勢力派來監視的人，且其中必有官府的人在，因福榮爺已引起各方注目。」稍頓又道：「假若我和陵少從後門大模大樣的離開，會是怎樣的一番情況？」

徐子陵哂道：「我們的誅香大計可能從此壽終正寢，嗚呼哀哉！」

寇仲搖頭道：「這回和上次的分別，是上一次所有人均曉得我們會來長安尋寶；這次則無人不以為我正在慈澗與李小子糾纏不清，所以被識破的機會微乎其微。況且我們可為自己設計一個身分，來來往往也方便些。」

雷九指欣然道：「我們早為你們想過這問題，小仲就叫蔡元勇，小陵喚匡文通，都是太行幫的高手，並稱『太行雙傑』。太行幫的大龍頭黃安一向和司徒福榮有過命的交情，司徒福榮有難，他派兩個得力手下來保護司徒福榮，該是理所當然的事。」

徐子陵不解道：「你這一著似有點不妥，香家眼線遍天下，只要派人查證，立知甚麼『太行雙傑』仍在黃安身邊，沒有到長安來，我們豈非原形畢露？」

雷九指哈哈笑道：「這正是精采之處，據探子回報，黃安的確派這兩個傢伙去保護司徒福榮，不過並非到長安來。我本想遲些和你們商量此事，現在見小仲想從後門走出去亮相，所以順帶提出來！」

寇仲掃視自己的裝扮，道：「這兩個傢伙模樣如何？靠甚麼兵器成名立萬？」

雷九指得意道：「我辦事你們請放心，先隨我來吧！包保你們跨步出門時，有點江湖見識的均曉得你們是雙傑而非雙龍，哈！」

寇仲的井中月變成一把形狀奇特的鋸齒刀，徐子陵則配上長劍，髮飾和打扮均略有改變，以配合「太行雙傑」蔡元勇和匡文通的表面外貌。

跨出後門，徐子陵順手掩門的當兒，寇仲目光四掃，嘆道：「通常都是這個樣子，你一心想被人發覺時，偏是沒有人注意你。」

徐子陵道：「沒人注意最好，最怕老爹等得不耐煩走了，走吧！」

兩人並肩而行，寇仲笑道：「我們何時才能以本來的面貌和身分大模大樣的在長安街道上漫步呢？」

徐子陵淡淡道：「一是你肯歸降唐室，一是你成功收拾李世民，捨這兩者再沒有別的可能性。」

他們從長巷切入一道里坊內較寬敞的橫街，往左走可離開里坊進入大街。忽然左右吆喝聲起，兩端各有十多名大漢往他們逼來，人人神色不善，擺明是衝著他們而來。兩人愕然對視，心中百思不得其解。照道理若有人識穿他們的眞正身分，來的該是李淵的親衛高手，而非二十來個似是本地幫派的人，至少遠近屋頂都伏滿弓箭手，阻止他們高來高去的突圍逃遁。若不曉得他們是名震天下的徐子陵和寇仲，則更沒有道理。難道只是從司徒福榮的長安寓所離開，便開罪這些人？轉眼間，前後去路均被這批人截得水洩不通，殺氣騰騰，附近路人四散躲開。

前面大漢群中一人排衆而出，戟指喝道：「這叫天堂有路你不走，地獄無門卻闖進來，多行不義必自斃，你兩個給我納命來。」

徐子陵定神一看，說話者不就是關中劍派的肖修明，他上回加入興昌隆冒充莫爲，與他有過一段交往。肖修明的大師兄段志玄，是天策府核心將領之一，極受李世民重用。這次不知算不算大水沖倒龍王廟，自家人打自家人。

寇仲改變嗓音答道：「這位仁兄不知是否認錯人？我們和你往日無怨近日無仇，這麼截著去路喊打喊殺算是甚麼行徑？」

另一人在後方喝道：「你當然不認識我們，否則給你個天做膽也不敢到長安來撒野！我們早收到風聲，你們兩個不知死活的小子會來送死。識相便放下兵器，免去我們一番工夫。」

徐子陵不用回頭去看，立即認出是肖修明的師弟謝家榮，肖謝兩人都是興昌隆的人，與興昌隆大老闆卜萬年之子卜廷同屬關中劍派。

寇仲大叫頭痛，耐著性子道：「束手就擒沒有問題，不過至少要給我們一個明白，我們究竟在甚麼地方開罪各位兄台？」

肖修明露出不齒神色，罵道：「好！我依江湖規矩向你兩個小賊交代。若你們還記得修武城陸顏的女兒陸芝兒，你們對她幹過甚麼好事，再不用我肖修明多費唇舌吧？」

後方的謝家榮怒叱道：「騙財騙色，累得人家小姐含恨自盡，蔡元勇匡文通，你兩個還算是人嗎？

實是豬狗不如的禽獸。」

肖修明接著道：「幸好我們曉得你們會到長安來見那個吸血鬼，所以在這裏日夜等候，再不放下兵器，就把你們亂刀分屍。」

兩人明白過來，心忖雷九指眞是幫倒忙，何人不扮，偏扮兩個騙財騙色的淫賊，眼前的事動手不是，不動手更不是，溜只溜得一時，眞不知如何收場。

肖修明見兩人毫無反應，怒道：「動手！」

兩人心中暗嘆，交換眼色，決意拔足開溜，唯一的願望是不會因此洩漏更多底細，再無他求。

「且慢！」肖修明循聲望去，立時眉頭大皺，呆在當場。寇仲和徐子陵則心叫大事不好。因爲來者是李建成長林軍的心腹手下爾文煥，他身邊尚有另一穿軍官武服的高瘦漢子，身後跟著十多名城衛，若被他識破身分，他們只有硬闖城門一途，對付池生春的大計當然泡湯，陳甫等人亦將被牽連，後果嚴重至極。

爾文煥兩手負後，好整以暇的直朝肖修明一夥人逼過來，面帶奸笑道：「肖兄好像不知皇上嚴禁私鬥的樣子，光天化日之下公然在街上持械橫行，是否自恃有大師兄段志玄在秦王府麾下任事，所以知法犯法？」

肖修明臉色微變，先著眾人收起兵器，才應道：「爾將軍可知這兩個是甚麼人？」

爾文煥打出手勢，命隨身的十多名城衛留在外圍，自己則與那高瘦武將筆直走過來，肖修明那組關中劍派的兄弟只好往兩旁讓開，任由兩人穿過，來到肖修明左右。寇仲和徐子陵稍放下心來，因曉得爾文煥尚未看破他們的喬裝。

爾文煥目光轉向打量徐子陵和寇仲，似乎沒有甚麼惡意，還掛著笑容點頭招呼，話卻是向肖修明說的，道：「他們是甚麼人？肖兄請指教。」

肖修明道：「此兩人在太行山一帶橫行無忌，作惡多端，曾騙無辜女子財色，害得人家姑娘服毒自盡。」

那身材高瘦長著一副馬臉和八字眉的武將瞇著一對細眼喝道：「既是如此，肖修明你為何不向我城守所報告，這麼自行處理就是私鬥，是否視我城守所如無物，不放我姚洛在眼裏？」

爾文煥哈哈笑道：「原來眞的是名震太行山的蔡兄和匡兄。」接著肅然道：「蔡兄和匡兄對肖兄的指責有何意見？」

只要不是傻瓜，就知爾文煥正在為兩人開脫，寇仲和徐子陵雖千不願萬不願接受爾文煥的「好意」，惟恨別無選擇。

寇仲乾咳一聲，有氣無力的道：「嘿！我們太行雙傑怎會幹這種有違天理的事，肖修明他擺明為達某種目的含血噴人，爾大人和姚大人請為我兩兄弟主持公道。」

爾文煥向兩人打個請你放心的眼色，又微微頷首，冷然道：「無論官府或江湖，講的無非一個理字。肖兄對蔡兄和匡兄的指責非常嚴重，不知有甚麼人證物證？」

肖修明為之愕然，啞口無語。

姚洛大發官威道：「既沒有眞憑實據，硬派他人罪名，漠視我大唐王法，肖修明你好大膽。人來，給我將這些強徒全帶回城守所去。」

寇仲和徐子陵你眼望我眼，心想這還了得！坑害了肖修明這些主持正義的人，他們於心何安？

幸好衆城衛吆喝行動之際，爾文煥忽又化作好人，道：「照我看只是一場誤會，只要肖兄答應以後再不來騷擾蔡兄和匡兄，大家可和氣收場。」

寇仲和徐子陵心中大訝，旋即想到這可能是李建成向手下傳達的命令，於此非常時期不要惹秦王府的人，所以如此易與，並向該是直屬李淵一系的城守所將領姚洛說項。

衆人目光全集中到肖修明身上，看他如何反應。肖修明臉色陣紅陣白，顯是心中氣憤難平，偏又毫無辦法，好半晌頹然認輸道：「這次是我們魯莽，以後不會再冒犯兩位。」

爾文煥有風駛盡帆，長笑道：「肖兄果然是明白人。」

肖修明悻悻然向己方人馬喝道：「我們走！」

關中劍派一衆人等離開後，爾文煥欣然道：「久聞大名，難得兩位遠道前來長安，就讓小弟稍盡地主之誼，請兩位賞臉吃一頓便飯如何？」

兩人怎能拒絕，雖不能應杜伏威之約，但看爾文煥的熱情模樣，知他必有企圖，實爲「意外之喜」，慌忙以同樣熱情答應。這次的長安之行，形勢變得更錯綜複雜。

酒過三巡，在這俯瞰躍馬橋，長安最著名食肆福聚樓三樓靠東的桌子，四人把酒言歡，氣氛融洽。一番客氣話後，姚洛轉入正題道：「我們對蔡兄和匡兄到長安一事，早有風聞，所以早特別留意入城的人，看有否兩位兄台在內，豈知直至兩位給關中劍派的人截著，我們才醒覺兩位大駕早在城內，兩位眞有辦法。」他說得客氣，實是盤問寇徐兩人。

寇仲先哈哈一笑，以爭取應付質問的時間，訝道：「我們這次來長安的事本是刻意保密，怎麼卻像長安無人不知的樣子？」

爾文煥笑道：「凡與司徒大老闆有關的事，現均變成無人不關心的事。宋缺如此橫蠻霸道，公然迫害大老闆，江湖上沒有人看得過眼。幸好大老闆選擇正確到長安來，我爾文煥敢拍胸保證，長安是宋缺唯一不敢來撒野的地方。」

徐子陵回答先前姚洛的問題，壓低聲音道：「實不相瞞，福榮爺是不希望我們見光的，所以我們是藏身柴車潛入城中，希望兩位大人包涵見諒。」

爾文煥爽快的道：「這個沒有問題，姚大人還會爲兩位補辦入城的手續。來！喝一杯！以後大家就是兄弟。」四人轟然對飲。

寇仲裝作好奇的往樓上其他賓客張望，其中部分人更是他認識的，李密、王伯當和晁公錯分坐其中兩桌，這三人應是福聚樓的常客。

徐子陵知機的道：「那不是瓦崗軍的密公嗎？」

爾文煥露出不屑神色，淡淡道：「瓦崗雖在，瓦崗軍卻早雲散煙消。」又笑道：「聽說司徒大老闆對人疑心極重，罕肯信人，是否眞有此事？」

寇仲知他摸底來了，志在探清楚太行雙傑有多少利用價值，點頭道：「大老闆爲人的確非常謹愼，唯一信任的人就是我們的安爺，每次到各地巡視業務，安爺均派我們隨行護駕。不瞞兩位，我們屢爲福榮爺出生入死，所以福榮爺這回有難，首先想到的就是我們兩兄弟。」

爾文煥目露喜色，看來他心中想的必是慶幸沒出錯手幫錯人。

姚洛道：「聽說大老闆要在本地禮聘護院武師，兩位武功高強，何須另聘人手，不怕給別有居心的人混進去嗎？」

寇仲道：「我們今天才到，剛見過福榮爺，聽他老人家說是怕我們因事不能趕來，現在當然再沒有這方面的問題。」

徐子陵怕他把話說滿，道：「不過若能聘幾個可靠的人，負責巡院任務，可減輕我們的負擔，我們來長安，能有點餘暇四處觀光也是美事。」

姚洛笑道：「爾大人是長安通，更是青樓賭館常客，有他帶路，包保兩位不虛此行。」

爾文煥拍胸道：「可包在小弟身上，不要再大人前大人後哩！以後大家兄弟相稱，玩起來痛快些嘛。」

寇仲心中一動奸笑道：「我們兩個沒有甚麼嗜好，頂多是閒來賭兩手，可惜現在有重責在身，只好戒絕這一心頭嗜好。」

爾文煥立即雙目放光，壓低聲音故作神祕的道：「賭兩手誰會知道？只要由我爾文煥安排，包保絕不會有半絲風聲傳入司徒大老闆耳內去。這等小事包在我身上，保證兩位大過賭癮。」

徐子陵暗讚寇仲，一句話試出爾文煥極可能與池生春有「關係」。現在擺明爾文煥要不擇手段的去控制他們，包括籠絡、利誘、威逼甚至布天仙局。只有通過他們這對「太行雙傑」，香家才可以得到有關司徒福榮的精確情報。

姚洛正容道：「不知如何與兩位竟是一見如故，這或者是一種緣分，蔡兄匡兄勿怪小弟交淺言深。」

徐子陵點頭道：「我們對兩位大人非常投緣，甚至有點受寵若驚，請姚大人多加賜教。」

這次輪到寇仲暗讚，徐子陵這招叫欲擒先縱，一句「受寵若驚」暗指自己是老江湖，對姚洛紆尊降貴的來巴結兩人，並不是沒有戒心。爾文煥正要說話，一名城衛登樓筆直朝他們這桌走來，立時吸引三樓全層座客的目光，移到寇仲等人所處的一桌去。

# 第二章

# 甘心作賊

黃易作品集

# 第二章　甘心作賊

徐子陵和寇仲心中叫好，如此亮相，反可釋人之疑，不會把他們「太行雙傑」跟寇仲、徐子陵聯想在一起，皆因陪他們的是李建成長林軍的心腹爾文煥，兼且長安上下均以爲他們寇徐兩人仍身在慈澗。

那城衛直抵桌前，先向爾文煥和姚洛拱手敬禮，然後俯首到姚洛耳邊低聲說話，徐子陵和寇仲怕被眼力高明如李密、晁公錯等看破運功竊聽，只好錯過送上門來的密語。城衛說罷敬禮離開，樓上氣氛回復原狀。

爾文煥道：「甚麼事？不方便說就不用說出來。」

姚洛苦笑道：「有甚麼不方便說的，還不是那短命鬼的煩事。我們在城門扣押起和各方想發財交來的所謂『曹三』現在累積到十三個，要我花整個下午去辨認眞僞，這短命鬼眞害人不淺。」

爾文煥啞然笑道：「若曹三這般容易給那些庸手逮著，他肯定不是曹三，不用看也可知是假的。」

寇仲裝出一無所知的樣子，發言詢問。爾文煥解釋後道：「姚兄是城衛所的頭子，長安城發生一宗極爲轟動的失竊大案，有得他忙哩！」

姚洛嘆道：「只恨我不是眞正的頭子，眞正的頭子是率更丞王晊大人，小弟充其量是個跑腿的，一應奔走事務當然由我負責。他娘的！若曹三眞落到我手上，我會教他求生不得，求死不能。」

寇仲裝出個「貪婪」的「獰笑」，道：「聽說『短命』曹三多年來所偷珍寶無數，若他眞個落網，姚兄可在他身上狠刮一筆哩！」

爾文煥見到他的「饞相」，有會於心，微笑道：「這次蔡兄和匡兄為司徒老闆辦事，應是酬金豐厚，對嗎？」

徐子陵點頭道：「相當不錯，對我們福榮爺來說算是闊綽。」

寇仲嘆道：「希望夠清還欠下的賭債吧！」

爾文煥壓低聲音道：「聽說福榮爺閒來愛賭兩手，是否確有其事？」

寇仲心叫來哩，淡然答道：「福榮爺不賭尤可，賭起來又大又狠，不過他從不進賭場，還只和相熟的人賭。」

徐子陵不想再跟這兩人磨下去，託詞要為司徒福榮辦事，告辭想要離開，爾文煥堅持要作他們的長安導遊，約好晚上見面的時間地點，始肯放兩人走。爾文煥以為上鈎的是「太行雙傑」，只有寇仲和徐子陵明白誰才是真的被釣者。

趕到北苑，杜伏威早已離開，只留下暗記，約徐子陵於黃昏時於原處會面。兩人唯有回「家」，看宋師道是否有好消息。但為釋人之疑，他們故意往榮達大押打個轉。寇仲搭著徐子陵肩頭在街上緩步，有了「太行雙傑」的身分，當然比以前神氣。

徐子陵道：「有沒有被人跟蹤監視的感覺？」

寇仲笑道：「這句話該是我問你才對。」

徐子陵道：「我只是要證實自己的感覺，自離開福聚樓後，一直有人遠躡著我們，且跟蹤的手法頗爲高明，不是一般庸手。」

寇仲點頭道：「我也有感應。只可惜我們現在是老蔡和老匡，否則就來個他娘的反跟蹤，把對方揪出來毒打一頓，逼問清楚，哈！」

徐子陵笑道：「老蔡老匡有老蔡老匡的辦法，例如我們若落單，對方會不會採取別的行動？」

寇仲皺眉道：「跟蹤者說不定是爾文煥那小子，看我們到哪裏去，何須爲他們費神？」

徐子陵道：「好吧！回去再說。」

兩人首次從正門進司徒福榮的臨時寓所，雷九指啓門後把兩人引到一旁，道：「老闆仍在見客。」

寇仲和徐子陵早看到馬車和隨從在前院廣場等候，蕭瑀的手下正目光灼灼的朝他兩人打量。

雷九指道：「隨我來！」

兩人隨他繞過大堂，從側道往內院方向走去，寇仲訝道：「蕭瑀是否遲到，爲何到現在仍未走？」

雷九指嘿然道：「他沒有遲到，鑑證古畫當然要花多點時間。」

兩人失聲道：「甚麼？」

雷九指在中園處停下，微笑道：「我們不是對蕭瑀這類元老級的唐室大臣來拜訪一個暴發戶大惑不解嗎？如今啞謎終於揭曉，蕭瑀要見的並非我們的福榮爺，而是我們的古物珍玩鑑賞家申文江申大爺。老蕭帶了四、五卷古畫來，擺明是考較申爺的功夫，其中有眞的，有假的，也有是臨摹的僞畫，幸好扮申爺的可能是比申爺更有實學的宋爺，否則這回我們肯定要栽到家了。」

寇仲和徐子陵聽得面面相覷，心中湧起古怪的感覺。

寇仲抓頭道：「怎會這麼巧的，長安剛被《寒林清遠圖》鬧得滿城風雨，蕭瑀卻來試探申爺鑑辨古畫的眼力，老蕭有沒有說他的畫是從哪裏來的？」

雷九指道：「他沒有說，我們則是不敢問，你們先到內堂，我還要去作斟茶遞水的跑腿。」

兩人到內堂坐下，寇仲拍桌道：「我敢拿全副家當出來狠賭一鋪，那批畫定是李淵著蕭瑀帶來的，當證實申文江確是宗師級的鑑賞家後，李淵會邀請申爺入宮去鑑賞另一批名畫。」

徐子陵雙目神光爍閃，一字一字緩緩道：「是另一張價值連城的古畫。」

寇仲劇震道：「不是這樣的吧？」

徐子陵往他瞧去，啞然失笑道：「這叫一理通，萬理明。他娘的，差點歧路亡羊，幸好亡羊補牢，未爲晚也。我們以前不是想不通尹祖文爲何要去偷池生春的《寒林清遠圖》嗎？沿此瞎想當然想不通，因爲偷的人根本不是尹祖文，而是大唐皇帝李閥之主李淵，他爲討好愛妃而甘心作賊。」

寇仲眉頭的皺紋逐一舒緩，捧腹笑道：「眞教人意想不到，這麼說，尹祖文那座奇怪的小樓底下，肯定有可通抵對街皇城內的祕道，以供李淵祕密出入之用。我們要不要入宮將畫偷回來，那將是非常驚險和有趣。」

徐子陵哂道：「有趣？告訴我，你情願寶畫留在李淵身邊，還是讓侯小子把賊贓藏在多情窩內？」

寇仲尷尬道：「陵小子的詞鋒比得上老李，即小弟命中注定的剋星李世民。」岔開話題道：「不知還要等多久，因我很想知道宋爺見美人兒場主的結果。」

此時宋師道獨自一人來到從容坐下，仍未說話，寇仲笑道：「老蕭帶來的畫裏，是否至少有一幅是假的展子虔作品？」

宋師道一呆道：「不是一幅是兩幅，你怎能猜到？且兩幅畫都是由此道中的高手僞摹之作。」再一震道：「寒林清遠圖？」兩人含笑點頭。

宋師道倒抽一口涼氣道：「盜畫者竟會是李淵？」

徐子陵道：「這是唯一最合情理的解釋。凡皇宮必有逃生祕道，不用逃生時自可用來作祕密出入之用，出口就在李淵信任的尹祖文府內僻靜處，所以小樓布置精雅，寢室在下層而非上層，但卻沒有人居住的痕跡。因爲榻下正是祕道出入口，只要把臥床移開，就可發覺出口，我和小侯因從沒想過這可能性，粗心大意下竟忽略過去。」

宋師道點頭道：「也只有李淵的身手，才可從池生春兩人手上硬把寶畫搶走。」

寇仲雙目放光，興奮的道：「今晚讓我們夜闖祕道，看看通往哪裏去？若另一入口在李淵的寢室內，說不定還可刺殺李淵，那洛陽之圍自解，唐室將陷內戰的局面。」

徐子陵不悅道：「你在胡說甚麼？」

寇仲陪笑道：「我只是說來玩玩，你不知我給李小子欺壓得多麼淒慘。」

宋師道道：「若李淵有甚麼不測，長安勢將亂成一團，我們對付池生春的計畫更無法進行。」

寇仲尷尬道：「我眞的是隨口亂說，哈！宋二哥見商美人情況如何？」

宋師道道：「我一句也不敢提起你們，只跟她閒聊整個時辰，因爲她曉得我爲甚麼去找她，而我則曉得若有半句提及你們，必給她轟出大門去。」

兩人聽得面面相覷，無言以對。

宋師道雙目異芒閃閃，輕柔的道：「商秀珣是非常有品味和性情獨特的女子，但她卻是非常寂寞，滿懷心事無處傾訴，養成孤芳自賞的性格。這種性子的人一旦認定某事無訛，絕非三言兩語或你們的所謂解釋能改變過來。我在君嬙的事上曾失敗過一次，這回不想再失敗，故特別小心行事，與她盡說些生活上有趣的見聞與心得，先爭取她的友誼和好感，待她對我有一定的信任和認識後，始可向她提及你們。」

兩人想起他對著一片茶葉寫一本書的本領，當然不會懷疑他可令講求生活質素的人聽得津津入味，如沐春風。

宋師道笑道：「不用擔心，此事包在我身上。我和她約好明天再見面，待會我還要到長安兩市集看看有甚麼適當的禮物，作明天見面時的手信。」

徐子陵和寇仲你眼望我眼，心中湧起意外之喜。一直以來，他們不住擔心痴情的宋師道會回到傅君婥安眠的小谷終老，現在似是在無心插柳下，讓商秀珣勾起他對傅君婥之外另一女性的仰慕和興趣。宋師道或會認爲自己只在爲兩人辦事，可是在爭取商秀珣好感的過程中，他將會發現商秀珣的許多動人處。而且兩人同是出身事事講究的世家大族，會比宋師道和傅君婥的相處更接近和易生共鳴。

宋師道像看不到他們的神情似的，雙目凝視西方被太陽染紅的霞彩，悠然道：「不如買一匹波斯來染上鬱金香花紋的一等香布吧！穿在她身上肯定非常好看。」

雷九指和任俊來了，後者因首次扮司徒福榮成功，興奮自信。

寇仲把盜畫者是李淵的事說出來，又把爾文煥籠絡他們的經過詳細交代，道：「現在一切順利，所以我們更要小心。」

雷九指道：「我們全賴有宋老弟扮申文江，一眼看穿那張是假的展子虔作品，還可推斷出是誰的摹功，照我看眞的中文江也沒此本領。」

宋師道謙虛道：「我是湊巧碰個正著，一來因寒家藏有展子虔的眞跡《游春圖》，二來北董南展，董是董伯仁，展就是展子虔，他跟我大家都是南方人，對他自然比較熟悉和親近點。展子虔雖以人物畫成名，但成就最大的是山水畫。在他之前山水只是人物畫的背景配襯，到他筆下山水才成爲主題，反而人物變成點綴。據聞《寒林清遠》是純山水的作品，所以在畫史上意義重大，若確是眞跡，稱之爲稀世奇珍當之無愧。」

寇仲點頭道：「難怪李淵不擇手段把此畫奪來獻給張美人。」

雷九指怪笑道：「申爺說不定明天便要入宮見駕，你們沒有看到剛才的情況眞個可惜，申爺每說一句話，老蕭便要點一次頭，回去後保證他須忍著脖子的痛楚向李淵報告申爺了不起的眼光。」

宋師道笑道：「雷大哥眞誇大。」

任俊忍不住道：「下一步該怎麼走？」

徐子陵道：「我們必須耐心等待，待會改由寇仲去見老爹，我則去會侯希白，然後我兩人會以太行雙傑的身份去和爾文煥胡混，到我們清楚掌握整個形勢後，才決定下一步的行動。」

寇仲肯定沒有被人跟在身後，舉步進入食肆，戴上低壓雙眉帽巾的杜伏威獨坐一角，銳利的目光朝他射來。

寇仲到他旁坐下，心中一熱，道：「爹！是我！是小仲！」

杜伏威劇震道：「眞的是你。」在桌下探手過來，兩手緊握。

寇仲感到咽喉像給淤塞了似的，說話艱難。深刻的情緒衝擊著他的心神，點頭道：「眞的是我，爹！」

杜伏威用力抓緊他的手，低聲道：「你怎會到長安來的？我還怕會永遠失去你。」這才將手鬆脫。

寇仲扼要解釋情況，苦笑道：「洛陽完哩！現在我只好看看能否把江都奪到手，否則一切休提。」

杜伏威頹然嘆一口氣，道：「當年你爲何不肯接受我的好意，繼承我的江淮軍，那我就不會變得心灰意冷，投靠李閥，你也不用弄至今天如此田地。」

寇仲安慰他道：「一日我寇仲未死，李世民仍未可言勝。」

杜伏威沉吟半晌，道：「子陵託我爲他辦的事，已有點眉目，這個人你們是認識的，他對你們亦很有好感。」

寇仲大訝道：「我眞想不到長安有這麼一個人。」

杜伏威道：「他不是長安城內的人，卻是李淵以前的江湖朋友，更是大仙胡佛尊敬的人，江湖上即使窮凶極惡者，多少都要給他點面子。」

寇仲抓頭道：「究竟是誰？」

杜伏威道：「就是歐陽希夷！」

寇仲一震道：「竟然是他，他老人家不是隱居名山，不再出世嗎？怎會到長安來？」

杜伏威道：「他不是自己到長安來的，而是李淵專誠請他出山，去向你的岳父說項，請他放棄支持你，並開出條件，只要『天刀』宋缺在世一天，李家的人不會踏進嶺南半步，宋缺更不用向李淵稱臣。若宋缺過世，唐室將會續封他的繼承人爲鎭南公。其他條件，當然包括唐室會堅持漢統，與突厥人劃清界限諸如此類。」

寇仲倒抽一口涼氣，道：「這是非常優厚的條件！」

杜伏威道：「天下誰不懼怕宋缺？宋缺再加上我的仲兒，哈！」

寇仲想起自己目前的處境，苦笑道：「爹不用為孩兒打氣。唉！」頓了頓皺眉道：「歐陽希夷身分崇高，就算他肯作司徒福榮的後盾，只會惹人起疑，歐陽希夷和司徒福榮，是根本不能扯到一起的兩個人。」

杜伏威啞然失笑道：「窮則變，變則通。辦法卻須由你們去想，歐陽希夷與胡佛兩人關係非比尋常，歐陽希夷說的話，胡佛會言聽計從，例如歐陽希夷揭穿池生春的身分，胡佛即使為此惹來殺身之禍也不肯把女兒許配給他。」

寇仲嘆道：「問題若發展到那情況，我們對付池生春的大計肯定泡湯。若胡佛通知李淵，情況更不可收拾。」

杜伏威道：「所以你們必須想個妥善的方法，歐陽希夷後天將起程去南方，我可安排你們祕密會面。」

寇仲忽然靈光一閃，道：「有哩！」

徐子陵回到多情窩時，侯希白正挨著椅子熟睡，到徐子陵隔几坐到他旁，睜目道：「是甚麼時候哩？」

徐子陵正感受著夕陽餘光所引起對時間消逝的惆悵感覺和寧和心境，淡淡道：「已是黃昏時分。我有一句話一直想對你說，卻一直忍著，怕傷你的心，今天終忍無可忍，不吐不快。」

侯希白苦笑道：「不用你告訴我，我自己知道是怎麼一回事，是否認爲我永遠練不成不死印法？因爲我和石師根本是本質大異的兩個人。」

徐子陵啞然失笑道：「侯公子你確是善知人意。」

侯希白不解道：「子陵你該不會是幸災樂禍的人，爲何聽來卻好像甚爲欣興的樣子，小弟眞是百思不得其解。」

徐子陵聳肩輕鬆的道：「希白兄眼下是否感到很緊張，整個人像一條扯緊的弓弦，每一刻都活在緊張戒備中？」

徐子陵忽又打個手勢阻止他說話，欣然道：「在答這個問題前，先告訴你一個好消息。」

侯希白精神大振道：「這世上還可能有好消息嗎？快說出來洗一下我的晦氣。」

徐子陵道：「小弟曉得另一幅展子虔的眞跡在哪裏？」

侯希白劇震道：「確是天大的好消息，不要賣關子哩！快說出來。」

徐子陵道：「只要你肯央宋二哥，他可帶你回嶺南看展子虔的《游春圖》。」

侯希白動容道：「《游春圖》與《寒林清遠》同是展子虔的傳世代表作，令他成爲山水畫的鼻祖，想不到竟落到宋缺手上。不過似乎改向寇仲求一封介紹信穩妥點，宋二哥不是和他老爹鬧得很不愉快嗎？」

徐子陵道：「此一時也彼一時也，宋二爺極可能遇上他命中另一剋星，他見過商秀珣後的神情，你看到自然明白。」

侯希白一呆道：「竟有此事？不過也難怪他，『相近』和『相異』在男女間均可造成極大的吸引力，以宋二哥高門世閥培養出來的品味、氣質、風采，與商美人確是非常匹配。」

徐子陵有感而發道：「說真的，我和寇仲都配不上她，只有宋二哥能予她幸福的生活，若我們願望成眞，將是最理想的結局。」接著微笑道：「侯兄現在感覺如何？」

侯希白一呆道：「原來子陵在設法開解我，不過我現在確是輕鬆平靜多啦！想起《游春圖》，練得成不死印法與否只是小事，唉！怎樣也都要看到《寒林清遠圖》。」

徐子陵肅容道：「我不是開解你，是提醒你，最好把不死印法忘記，否則你的精神會受到嚴重損害，最後連李淵囑你畫的《百美圖》都難以交卷。」

侯希白皺眉道：「沒這麼嚴重吧！」

徐子陵問道：「你的美人扇上有沒有多添一位商美人呢？」

侯希白一顫道：「你看得很準，我確是不敢動筆，沒有信心掌握她迷人的風采神韻，難道眞是苦研不死印法落得的後果？」

徐子陵道：「你這叫捨長取短，若你能把寫畫的境界融入武道，另出樞機，不是勝過去學令師損人利己的不死印法嗎？自創是唯一的出路，更是你的生路。」

侯希白雙目精芒大盛，一拍扶手，奮然道：「對！當我寫畫之時，意在筆鋒，無人無我，意到筆到，沒有絲毫窒礙，心中除畫內世界外別無他物。哈！幸好得子陵提醒。」

徐子陵欣然道：「你終於從不死印法的噩夢醒過來，順道告訴你另一則消息，《寒林清遠圖》該落入李淵手上。」

侯希白失聲道：「甚麼？」

徐子陵解釋後，微笑道：「你若想親睹《寒林清遠圖》，必須代宋二哥扮成申文江入宮鑑畫，此事說難不難，說易不易，必須下一番摹仿的工夫。」

此時寇仲翻牆而至，在侯希白另一邊坐下，訝道：「爲何侯公子像變成另一個人的樣子，充滿生機和鬥志，不再死氣沉沉的！」

侯希白笑道：「全拜子陵所賜，提醒我以畫入武，不再向不死印法緣木求魚，浪費精神時間。」

徐子陵道：「有沒有好消息？」

寇仲道：「是天大的好消息，我現在全盤計畫成竹在胸，保證可行。」先說出歐陽希夷一事，接著道：「事情要雙管齊下的進行，首先我們請夷老他親自出馬，警告『大仙』胡佛，指出池生春極可能與巴陵幫和香貴有關係，要他設法找藉口拖延池生春的逼婚。」

徐子陵道：「你這不是多此一舉？因胡佛早明告池生春，除非在聘禮中有《寒林清遠圖》，他才肯答應婚事。」

寇仲從容道：「我就怕胡佛在尹祖文和李元吉的壓力下，放棄此一堅持。而且不知陵少有沒有想到另一可能性，假設尹祖文透過尹德妃請出李淵爲池生春提親，《寒林清遠圖》將再難成爲障礙。」

侯希白點頭道：「這個可能性非常大，李淵一來有愧於心，二來對尹德妃言聽計從，且說不定尹德妃亦曉得《寒林清遠圖》正在李淵手上。」

徐子陵皺眉道：「但在那種情況下，胡佛唯一拒絕的方法，是將夷老這張牌打出來，向李淵揭破池生春的身分，那時我們的大計勢必泡湯。」

寇仲胸有成竹的道：「所以我說雙管齊下，首先不能讓夷老向胡佛透露太多關於池生春的事，只說此人與魔門大有關係，光是此點已足可令胡佛對池生春敬而遠之。另一方面，則由陵少設法說服胡小仙，不妨告訴她《寒林清遠圖》已落入李淵手上，好安她的心。那時她只要扮成孝女的模樣，由她公告天下誰人能誅殺曹三及把《寒林清遠圖》取回來送給她爹，她就委身下嫁，來一招寶畫招親，將問題徹底解決。此事必會傳至街知巷聞，李淵更不能爲池生春出頭。」

徐子陵道：「你這條所謂妙計雖匪夷所思，但確可解決池生春逼婚的問題，因爲曹三已變成子虛烏有的人物，神仙下凡亦不能把他再殺一遍。可是對我們的大計卻似乎有害無益，至少以後胡小仙再不用聽我們的指揮。」

寇仲笑道：「這恰是精采之處。徐子陵大俠於此時功成身退，改由司徒福榮和太行雙傑上場，在甚麼娘的地方碰上胡小仙，驚爲天人下重金禮聘長安最有資格誅殺曹三奪回寶畫的侯公子出馬……」

侯希白截斷他道：「你弄得小弟糊塗起來，這是否節外生枝，平添麻煩呢？」

寇仲指著自己的腦袋道：「這是因爲我幻想力豐富，自然而然想出節外生枝的妙計來。我的目的只是先破壞池生春合併明堂窩的奸計，而司徒福榮則因看上胡小仙，故由低調變爲高調，終正面和池生春較量，更把香家之主香貴引出來。」

徐子陵點頭道：「你的提議不失爲妙計，時間差不多哩！我們還要赴爾文煥的酒肉約會，今晚肯定我們可狠贏一筆，明晚便很難說。」

侯希白一呆道：「爾文煥？」

寇仲解釋一番，侯希白失望道：「那今晚豈非沒我的份兒。」

寇仲笑道：「公子放心，我們怎敢冷落你？今晚二更時分，我們在此會合，同赴尹府尋找祕道入口，看看祕道通往皇宮哪一個角落去，此事關係重大，不容有失。」

徐子陵皺眉不悅道：「你又對李淵心懷不軌哩！」

寇仲舉掌立誓道：「皇天在上，若我寇仲有此心，教我永遠娶不到老婆。」

徐子陵歉然道：「是我錯怪你。」

侯希白坦然道：「我也該向你道歉，因爲我和子陵想法相同。」

寇仲笑道：「大家兄弟，有甚麼是不可以說的。事實上我是一番好意，邀請兩位大哥和我一起欣賞和享受生命。生命所爲何來？就是動人的體驗。請想像一下大唐皇宮內深夜是如何動人，矗立的殿閣樓台，宏偉的横斷廣場，深幽的御園，就讓我們在這長安最危險的地方，聽聽皇帝與愛妃的私語，別忘記李建成和李元吉都是住在宮內的，不入虎穴，焉得虎語？」尙未說完，徐子陵和侯希白早捧腹大笑，虧寇仲尙可繼續慷慨陳詞，直至話畢。

寇仲若無其事的道：「今晚的節目，兩位應不再反對吧！」

忽然下起毛毛細雨。寇仲和徐子陵扮的太行雙傑與爾文煥在北苑碰頭，姚洛沒有出現，卻多出個喬公山作陪客，四人在一間食館把酒言歡，席間爾喬兩人一唱一和，以老到的手法探聽有關司徒福榮的事，順便盤查兩人，寇仲和徐子陵一一應付，給爾文煥和喬公山勾畫出司徒福榮有志賭場的一個初步印象。飯後喬公山提議到上林苑去，且誇言可請紀倩來獻唱兩曲，寇仲卻不想浪費寶貴的時間，直言手癢賭癮大起，爾文煥遂領他們往六福賭館。至此兩人更肯定李建成和李元吉爲打擊李世民，仍是緊密合作，所以池生春的事，才能有李建成的心腹從旁協助。至於李元吉或李建成是否曉得池生春和尹祖文乃魔門中人，則難以證實。爾文煥還找來賭客，於六福的貴賓房組成賭局，幾個人賭個天昏地暗。結果不出所料，寇仲和徐子陵在對方故意相讓下，大有斬獲，每人各贏近百兩通寶，已是一筆頗大財富。

離開六福後，爾文煥還想帶他們到青樓快活，被他們以必須回去保護司徒福榮爲藉口推卻。分道揚鑣後，寇仲和徐子陵朝司徒府方向走去，毛毛細雨仍下個不休，將長安城籠罩在迷霧裏。

寇仲哂笑道：「爾文煥和喬公山都是非專業的騙子，熱情得過分。好哩！我現在去見夷老，你是否陪我去？」

徐子陵道：「你不是要我去找胡小仙嗎？我現在須往明堂窩留下暗記，約好她明天見面的時間。」

寇仲點頭道：「時間無多，我們分頭行事。記著今晚的精采節目，先到先等。」

分手後，徐子陵變成長滿鬍鬚的弓辰春，掉頭往北苑的明堂窩，留下暗記，再賭兩手後匆匆離開，沿街走不到十多步，心中忽現警兆，別首瞧去，不由心中叫苦。

石之軒似緩實快的從後追上來，面帶微笑，淡然自若道：「子陵從慈澗匆匆趕回來，究竟所爲何事？」

寇仲在杜伏威長安的行府內見到歐陽希夷，這是杜伏威的安排，除幾個心腹外，府內其他人均不知寇仲到此與歐陽希夷碰頭。

在後院內堂，沒想過會見到寇仲的歐陽希夷大感意外。寒暄過後，杜伏威道：「我留下希夷兄和小仲私下在這裏說話，我雖安排你們見面，卻不代表希夷兄要看我的情面，一切由希夷兄自己決定。」說罷離開。

歐陽希夷嘆一口氣道：「小仲你實不應來見我，因爲我已答應寧道奇，決定全力匡助李世民統一天下，嚴格來說我們是敵而非友。」

寇仲恭敬的道：「我明白夷老的立場，讓我先把須夷老幫忙的原因說出來，夷老再決定應否助我。」

接著毫不隱瞞把這次到長安來的目的說出，然後道：「我們這回要對付的是魔門的人，對李家有利無害，而最大的得益者可能是李世民，李世民更清楚此事。」

歐陽希夷露出震駭的神情，皺眉道：「竟連尹祖文父女亦是魔門滲入唐室的奸細，此事非常嚴重，我必須和李淵說個清楚。」

寇仲道：「萬勿如此，首先是我們沒有任何證據，其次是若李淵問夷老消息來自何方，難道告訴他是我寇仲說的嗎？若李淵認爲夷老是爲李世民詆毀尹德妃，事情會愈弄愈糟。」

歐陽希夷終被打動，沉聲道：「我可以在甚麼地方幫你們忙？」

寇仲欣然道：「聽到夷老這句話，我既感激又開心。夷老可在兩方面助我，首先是警告『大仙』胡佛，暗示池生春與魔門有密切的關係，告訴他消息是寧道奇處得來，那就不怕胡佛不信服。」

歐陽希夷爲難道：「我可是個從不對朋友說謊的人。」

寇仲道：「那索性不告訴他是從何處聽回來的。但說時著墨須恰到好處，若惹得胡佛狀告李淵，我們的大計將告完蛋。」

歐陽希夷道：「可否透露給他消息是從李世民而來，這並非全屬謊言，因李世民確知此事，又可令胡佛不敢轉告李淵。」

寇仲喜道：「薑畢竟是老的辣，這一著確是妙絕。」

歐陽希夷啞然失笑道：「不用拍我的馬屁，我自第一次見到你和子陵便心中歡喜，說服胡佛只是舉手之勞。另一須老夫幫忙的又是何事？」

寇仲道：「此事要複雜多哩！夷老可知石之軒的事？」

歐陽希夷立即眉頭深鎖，點頭道：「聽說他成功從邪帝舍利提取元精，不但功力盡復，且尤勝從前，祝玉妍更在他手底下慘死。」

寇仲壓低聲音道：「石之軒現在正在長安，進行他統一魔門兩派六道的大業，且成功的機會極高。」

歐陽希夷色變道：「你們和他交過手嗎？」

寇仲道：「我沒和他碰過頭，子陵卻差點給他宰掉。」

歐陽希夷沉聲道：「此事我當然不會坐視，要我怎樣幫忙？」

寇仲把聲音再壓下少許，束音成線，送入歐陽希夷耳鼓內道：「我們曉得他藏身在哪裏，而石之軒卻不知道我們已掌握他的行藏。」

歐陽希夷動容道：「他藏在哪裏？」

寇仲道：「夷老請恕我在這裏賣個關子，當時機來臨，我會請夷老通知李淵，將他藏身之所重重圍困，只留一條退路，而我和子陵將會在那裏伏擊他。」

歐陽希夷道：「應否把道奇兄請來呢？」

寇仲道：「夜長夢多，此事必須在幾天內進行，夷老可否多留一兩天呢？」

歐陽希夷道：「這個沒有問題，你想我甚麼時候和胡佛說話？」

寇仲道：「愈快愈好。」

歐陽希夷道：「那就今晚吧！我們最好不用透過伏威聯絡，做起事來可以靈活點，我更不想他捲入此事內。」

寇仲知他怕杜伏威和自己接觸多了，說不定會反唐來助他寇仲。商量好互通消息的方法後，寇仲心情舒暢的告辭而去。

長安變爲漫天雨粉的天地，遠近街景若現若隱，模糊不清，滿盈著水氣的豐富感覺。一老一少分別代表他們時代出類拔萃的兩大高手，就在如此一個晚上，沿永安渠漫步於融融的雨夜下。

徐子陵嘆道：「邪王是否又要來殺我？」

石之軒容色平靜寧和，一派宗師級高手的風範，淡淡道：「一錯焉能再錯，上次幸好我懸崖勒馬，唉！子陵可知我每出一招，均要經過內心強烈的鬥爭，也幸好如此，方沒鑄成大錯。」

徐子陵聽得倒抽一口涼氣，若他所言屬實，那上次他能保住小命，並非因石之軒傷勢未癒，而是因石青璇，他唯一的破綻。可是他怎知石之軒現在是說眞話還是假話？他面對的可能是只有一個破綻的石之軒，也可能是全無破綻的石之軒。

石之軒露出一絲微笑，道：「子陵在長安必有非常重要的事，才會置青璇不顧，戀棧不去。」

徐子陵心叫救命，石之軒智比天高，如給他識破他們的誅香大計，後果不堪想像。

徐子陵岔開道：「我有一事始終大惑不解，想請前輩指教！」

石之軒點頭道：「可隨便說出來，橫豎尙有點時間。今晚確是一個不尋常的晚上，將有人會流血。」

徐子陵一陣心寒，石之軒說及別人流血這類事，像閒話家常般的普通平常，顯示出他冷血的本性。

徐子陵皺眉道：「邪王是否會以殺人爲樂呢？」

石之軒訝道：「你大惑不解竟是這件事？」

徐子陵嘆道：「我大惑不解的是另一件事，就是你爲何會認定我和令千金青璇小姐似是將要談婚論嫁的一對愛侶，事實上我和青璇小姐純是普通的朋友。」

石之軒停步，負手立在永安渠旁，凝視對岸煙雨淒迷的夜景，雙目湧出深刻的傷感，緩緩道：「我石之軒是過來人，怎會看錯？你就像當年遇上碧秀心的我，不住騙自己。除非你能狠下心一輩子不到幽林小築，那我石之軒才不得不承認在此事上看錯。」

目光朝徐子陵射去，柔聲道：「我曾在暗裏偷看她，她就是她娘的化身。而你見到青璇，就像我見到秀心，你的感受我怎會不明白？告訴我，子陵你第一眼看到青璇時有甚麼感覺，可否坦白點說出來？」

徐子陵作夢也沒想過石之軒竟會和他大談心事，在如此一個雨夜。身上衣服快要濕透，雨點涼涼的落在臉頰上，卻蠻舒服的。他對石青璇的第一眼是一筆糊塗賬，究竟哪一眼才算他看她的第一眼？是驟看她背影的那一眼？又或者是中秋之夜在成都隔街看到她展揭一半臉龐的那一眼？。

徐子陵一震道：「她在我們最後一次的碰頭，始肯讓我看她的眞正容貌，所以我不知道哪一眼看她算是第一眼。」

石之軒苦笑道：「青璇啊！你可知天下的男兒都是蠢鈍的，誰能了解你的心意呢？」

徐子陵愕然道：「邪王是甚麼意思？」

寇仲先到司徒府取井中月和換上夜行衣，還差一刻才是初更，正慶幸尚有點時間可在侯希白回來前與徐子陵研究殺石之軒的大計，因爲侯希白在旁將不方便說話。豈知等著他的不是理該比他早回來的徐子陵，而是婠婠。他先把面具脫下，才入屋見她。這詭祕難測的美女赤足靠窗而坐，一副玉臉含春的迷人樣子，不認識她的肯定要暈其大浪，寇仲卻是無名火起。

婠婠見到他不友善的神情不禁黛眉輕蹙幽幽道：「我又在甚麼地方開罪你少帥爺？」

寇仲在她旁隔几坐下，沉聲道：「你怎知今早來的是商秀珣？」

婠婠玉容轉冷，不悅道：「你憑甚麼說我曉得來的是商秀珣？」

寇仲怒道：「還想狡辯，若你不曉得來的是商秀珣，怎會故意遺下香氣，累得我和陵少一塌糊塗。」

婠婠臉色微變，露出思索的神色，旋又回復冷靜，柔聲道：「我不和你爭論這類沒意義的事，你是否不願再和我合作呢？」

寇仲心中卻在思索她剛才的神情，那是從未在婠婠的玉容出現過的，甚麼事能對她產生這麼大的震撼力？是否與她的天魔大法有關？由於在修練上出了問題，才會留下香氣？難道他們眞的錯怪她？沉聲道：「很抱歉！我們沒有可能合作下去，我們和你的屢次合作，沒一回有好結果的，這次焉會例外？」

婠婠輕輕道：「少帥可知一事？」

寇仲苦笑道：「說吧！還要耍甚麼手段？」

婠婠凝望著窗外的雨夜，溫柔的道：「婠兒對你寇仲忍無可忍，決定殺死你。」

寇仲失聲道：「甚麼？」

石之軒道：「隨我來！」沿渠飛掠，忽然躍落泊在岸邊一艘快艇上，徐子陵無奈下緊隨其後，落在艇尾坐下。

石之軒似乎對永安渠特別有好感，這是徐子陵第三次和他倘遊永安渠，直覺感到對方暫時沒有惡意。在這肯定為魔門第一人的絕頂高手徐徐搖櫓下，快艇沿河往躍馬橋和無漏寺的方向緩緩駛去。細雨絲絲似銀線的灑下來，漫空飄曳，河渠灰幢幢的，沿岸的樹木變成朦朧的黑影，兩岸的燈火化作一團團充滿水分的光環，與風雨融為一體。

石之軒語重心長的道：「青璇為怕引起男性對她的胡思亂想，向不以眞面目示人，上次她在成都不但讓你看到她的容色，更在你旁親奏一曲，她對你的情意是昭然若揭，子陵你說你是否愚鈍？」

徐子陵心中大凜，想不到他對女兒和自己的事如此清楚，另一方面心中卻不以他的話為然。在他的感覺裏，石青璇只因感謝他仗義幫忙，加上是最後一次見面，故對他特別恩寵，其中或涉及一絲男女間的好感，卻非如石之軒說的是「示愛」的行動。他的心不爭氣地狂跳起來，不能控制地馳想著當日迷人的情景，和石青璇相處時，時間像失常般轉瞬飛逝，但她每一個動人的表情神韻，仍可清晰地在他腦海逐一重演。

石之軒傷感的聲音傳入他耳內道：「我選在成都培育希白，是爲接近青璇，可以不時偷偷去看她。每當我心生惡念，便會立即離開，但當我想念她時，忍不住又要到成都去。唉！那種痛苦，實不足爲外人道。」

徐子陵呆看著他，至此才明白爲何他會把侯希白變成個多情種子，因爲他每次到成都，都正值是那個深情自責的石之軒。忍不住道：「經歷過這麼多事，前輩爲何仍不能從鬥爭仇殺的噩夢中醒過來？前輩說自己會心生惡念，那表示前輩心中仍有善惡之分，既是如此，何不棄惡從善？」

石之軒啞然失笑道：「我石之軒自出道以來，從未有人像子陵般當面教訓過我。我剛才說的惡念，是針對青璇而說的。鬥爭仇殺，自古已然，從沒有間斷過，以後仍會繼續下去，那是人性，不算惡念。這是個弱肉強食的世界，你來勸我爲何卻不去勸寇仲和李世民？他們自有其理想，我石之軒亦有我對聖門的理想和使命。我們數百年來不住受所謂正統武林的欺壓和排擠，只能過著暗無天日的生活，現在機會終於來臨，有志者豈肯白白錯過？」接著漫不經意的道：「子陵有沒有興趣看我殺幾個人？」

徐子陵愕然道：「你該知我的答案，邪王不怕我攔阻嗎？」

石之軒微笑道：「你該高興看到我殺這些人的，更不會擅加攔阻，因爲在你心中他們都是該死的人，在我心中亦如此。」

徐子陵沉聲道：「是誰？」

石之軒油然道：「就是大明尊教的人，我對他們的《御盡萬法根源智經》很有好奇心，不殺人強搶，他們肯乖乖獻上讓我過目嗎？」

徐子陵心中一震，想不到大明尊教的人也到長安來，且知道自己唯一的選擇是隨他去，因怕他要殺的人中有段玉成在。

婠婠起立朝後進方向走去。寇仲跳起來在她身後奇道：「你不是說要殺我嗎？爲何卻要入房睡覺？」

婠婠背著他止步，輕嘆道：「我不是去睡覺，而是離開。剛才的兩句話，在我心中早說過多遍，到現在終說出口來，舒服多哩！」

寇仲皺眉道：「你終肯招認，甚麼合作諸如此類全是騙人的。」

婠婠仍以粉背對著他，淡淡道：「是的！全是騙你。唉！寇仲你可知自己已成我聖門最大的敵人，一旦讓宋缺與你的少帥軍合併，我們多年苦心經營的成果，大有可能盡付東流。我想殺你，石之軒也要殺你。我和石之軒的分別是我對你有特別感情，所以故意任你出言羞辱，到我忍無可忍時再出手把你殺掉。」

寇仲啞然失笑道：「最後這句話若由石之軒說出來是理所當然，但你嘛！卻還是差了一點資格。」

婠婠發出銀鈴般的嬌笑聲，像在嘲弄他的自信，也似在笑他的無知，平靜的道：「沒有了寇仲的天下絕不有趣，可是婠婠別無選擇，以後只好憑自己的力量去對付石之軒。」

「鏘！」井中月出鞘的同一時間，婠婠旋風般別轉嬌軀，一指戳出。寇仲尚未有機會劈出井中月，竟生出要往左側傾跌的駭人感覺，以他臨敵的冷靜自信，亦要大吃一驚，曉得自己甫動手立陷下風。婠婠確如徐子陵所說的，已練成天魔大法的最高層次，即使以往對上祝玉妍，也沒有這種身不由己的可怕情況。她的天魔氣場在她出指前已布成，將他完全籠罩，令他尚未眞正與對方交鋒爭勝縛手縛腳，有力難施。

寇仲往後飛退，天魔氣場忽然化成十多股勁氣，像無形有實的天魔飄帶般四面八方朝他纏過來。如此魔功，駭人至乎極點。婠婠卻像在施演天魔妙舞，配合其無懈可擊的花容體態，探指邁步，無不充盈舞蹈的動人感覺，而每個動作均妙至毫巔，內中暗藏殺著，把至美和至惡融合為一。寇仲一個旋身，憑本身的護體眞氣「掙斷」氣帶的糾纏，擺出不攻的架式。這戳來的一指封死他所有進攻的路線，令他攻無可攻，唯有退守。

婠婠微笑道：「實力是否夠資格的最佳答案，我聖門絕學博大高深，豈是你寇仲所能想像。」

指化爲掌，另一手從袖內探出，兩手掌心相向，接著翻飛蝴蝶般在細窄的空間互相纏繞追逐，始終是掌心對掌心，其動作曼妙精采，變化層出不窮，看得人眼花撩亂。寇仲卻是全神戒備，婠婠正不住逼近，籠罩他的天魔力場則瘋狂地增強，而他卻仍看不破她的手法。婠婠終於青出於藍，超越「陰后」祝玉妍，成爲石之軒以外他們的另一勁敵。

忽然全身一緊，原來似守似攻，攻守兼備的「不攻」慘然從活招變成死招，就這樣給婠婠透過力場破掉他的「不攻」。寇仲心中叫糟時，婠婠那雙纖美柔嫩的玉手消失不見，縮回袖內。衣袖倏地脹滿，照面往寇仲拂撞過來，似直線強攻，又似彎弧攻至，難測難擋。同時四周的天魔勁氣化爲向中心收縮，壓得他護體眞氣似欲破碎，耳鼓貫滿氣勁呼嘯的可怕尖音，有如置身在暴風中，再無法如平時般行動自如。寇仲狂喝一聲，井中月朝前疾擊。

徐子陵隨石之軒逢屋過屋，棄舟登岸後來至城東南青龍坊的一所大宅正門前。

石之軒神態優閒，微笑道：「大明尊教的人非常可惡，竟敢趁我病重之時入侵中原，甚至離間我和虛彥，罪該至死，對嗎？」

徐子陵趁機問道：「誰是大明尊教的大尊？」

石之軒不答反問道：「子陵以爲是誰呢？」

徐子陵道：「是否許開山？」

石之軒笑而不答，直抵大門，若無其事的道：「破門後我見人就殺，雞犬不留，子陵有甚麼意見？」

徐子陵嘆道：「邪王有沒有想過其中有些是無辜的人，例如是在長安聘請的侍女，又或一些不値邪王出手的跑腿嘍囉？」

石之軒搖頭道：「所以去爭天下的是寇仲而非你徐子陵。大明尊教絕不容外人混在他們之中，且這次到長安來的均是該教的核心人物，你知不知道他們爲何到長安來？」

徐子陵無從揣測，搖頭表示不知道。此時初更剛過，細雨紛飛下，大街小巷不見人蹤，家家戶戶烏燈黑火，大部分人正處於尋好夢的當兒。

石之軒柔聲道：「菩薩重掌權力，大明尊教又在拜紫亭一事上開罪突利、頡利，塞外再無容身之所，現在他們唯一可恃者是在我們中土建立的一點根基。辟塵那蠢才不知自愛，欲藉大明尊教擴展勢力，讓大明尊教在中土發展，實是愚不可及。要淸除雜草，必須把草連根拔起，我若手下留情，最後受害的不單是我聖門，還有中土的百姓。」

在這一刻，徐子陵感受不到石之軒的邪惡，他只是一個有野心的人，所有行動均經過理性的深思熟慮。道：「邪王仍未說出他們到長安來的原因。」

石之軒哂道：「當然是爲傳教而來，目的是要在長安建立大明寺，讓善母莎芳能名正言順的在這裏立足生根，藉宗教擴大影響。」

徐子陵皺眉道：「李淵豈容他們胡作非爲？」

石之軒道：「大明尊教在中土並無彰顯的惡行，其教義簡而不繁，容易吸納新血，加上有人穿針引線，成事的機會極大。所以我必須以雷霆手段，一舉將大明尊教摧毀，當是我石之軒向聖門各派系發出的警告，順我者昌，逆我者亡。」

徐子陵道：「誰在穿針引線？」

石之軒淡然道：「穿針引線的何止一人？可以告訴你的是李淵的新寵，毋憑子貴的董淑妮，所以這也是向虛彥發出的警告。」說罷雙手按上正門，默聚玄功。

徐子陵道：「這麼說，邪王統一聖門的大業進行得並不順利。」

石之軒從容道：「恰恰相反，事情變得愈來愈順利，我們聖門中人只講利益，當他們看清楚臣服於我是他們最大利益時，聖門統一大業思過半矣。」

運勁一吐，「咔嚓」一聲，門閂分中斷開，掉到地上，值此夜深人靜，發出兩響清脆的碰擊聲。門分，石之軒負手大步闖進門去，就若臨門索命的魔王。徐子陵記起他先前說過的話：「今晚有人要流血了！」

寇仲大感頭痛，並非由於天魔功大成的婠婠無從應付。誠然，婠婠攻勢的厲害大大出乎他意料之外，可是他卻是個遇強愈強的人，從不會畏怯退縮。使他頭痛的問題是他並不想殺死婠婠。寇仲以兵法入刀法，兵法是甚麼？就是要在殘酷無情的戰場上不擇手段爭取勝利的方法，無所不用其極，務要置敵人於死地。這正是「井中八法」的精粹和精神，所以其中有些招數根本不能對婠婠施展。除非他一心要殺死婠婠，就像對深末桓和伏難陀的情況那樣，他的井中八法才能發揮至巔峰的境界，兵法就是刀法，刀法就是兵法。戰場上豈有「仁慈」容身之所？現在他對婠婠心存「仁慈」，實是他獨有刀法的大忌。

「噗！」勁氣橫流。寇仲的井中月先被婠婠雙袖交叉格個正著，硬把他震退三步，後者嬌笑道：「少帥的井中八法若只是這類三腳貓的招式，明年今夜就是少帥的忌辰哩。」語聲未歇爆起漫空虛實難分的袖影，狂風暴雨般朝寇仲灑去，果是招招殺著，一副不取寇仲之命誓不罷休的姿態。

寇仲仍是提不起殺她的意念，她的「天魔飄」固是厲害，但她的「天魔力場」更厲害。若以前祝玉妍的「力場」是死的，婠婠的「力場」則肯定是活的，變幻萬千，可以像翻滾的狂風，也可以像洶湧的怒濤，或蓋天覆地的無形罩網，令你生出無能得脫的氣餒感覺。

寇仲哈哈笑道：「你殺了我再吹大氣不遲！」運勁揮刀，竟來個老老實實的橫掃千軍，似乎看不見漫空迎面襲至的袖影。

寇仲心中湧起在慈澗城外的平原上與李世民大軍會戰時屍橫遍野、血流成河的壯烈場面。在千軍萬馬的爭戰中，你再也看不清楚有多少箭矢巨斧刀劍槍矛往你身上招呼，純憑「心意」的直覺反應衝鋒陷陣，更沒有機會賣弄花巧，只求每一式均收到克敵的實效，殺人或被殺。他的心神全集中在揮刀橫掃這簡單的動作上，螺旋勁發，登時生出只會在戰場上發生慘烈悲壯的氣勢，勁氣渦旋隨他刀勢往四方八面狂湧開去，終使他渾身一輕，硬從天魔力場的糾纏和壓迫中鬆脫過來。寇仲如破籠之鳥，回復自由，井中月改橫掃爲直奔，化作黃芒，刺進漫天袖影裏。「蓬」的一聲，刀袖交擊，兩人同時後退。天魔場勁再次把他纏緊，不過這次他卻不是陷於絕對的被動，而是能感覺婠婠施放力場的情況，何處強，何處弱，乃至增強和遞減的變化和方位。

婠婠雪白纖長的一雙玉手從袖內探出，掌心遙向著他，神情冷漠沉靜，柔聲道：「只有我的天魔大法，才有機會將石之軒纏死不放，而你和子陵則可放心搶攻，不予他喘息的機會。故我們惟有全力合作，才有破石之軒不死印法的機會，捨此再無他途。」

寇仲刀鋒遙指婠婠，刀氣迸發，硬頂著整個氣場，同時鎖緊婠婠，爭回少許主動，訝道：「你不是要殺我嗎？」

婠婠嘴角逸出一絲笑意，道：「怎捨得殺你呢？你和子陵都是婠婠不惜自薦寢蓆的男子，但我剛才不如此說怎能讓你試出天魔大法的威力，不知少帥肯否改變心意？」

寇仲大感爲難，他拒絕和婠婠合作，主因是不想引致商秀珣誤會，可是親身領教過婠婠的厲害，她的天魔場確是對付石之軒的有效法寶，令殺死石之軒的機會大增，爲大局著想，他理該接受的婠婠「好意」。嘆道：「可否待我和子陵商量過後方回答婠大姐的問題？」

婠婠淡淡道：「子陵早答應哩！只差你這愛逞英雄的傻瓜。時日無多，愈早出手對付石之軒，我們愈有破他不死印法的機會。我再給你一天時間，明天午後你須給我一個肯定的答覆。」說罷鬼魅般飄身離去。

毛毛雨終於停止，天上重見星月。徐子陵進入院宅大門，石之軒已開始他的殺人行動，硬以肩頭撞開前堂大門，閃進堂內，徐子陵暗吃一驚時，堂內傳來叱喝聲和勁氣呼嘯的激烈打鬥聲，顯然宅內之人早生警覺，從內進趕至前堂攔截反擊。徐子陵想起尤鳥倦的遭遇，心中叫糟。石之軒的不死印法，令他根本不怕敵手進攻，所以能以險搏險，在照面間取對方性命，若段玉成在堂內，他要阻止勢必遲卻一步。哪敢怠慢，徐子陵搶上台階，穿門入室，進入暗黑的廣闊廳堂，戰事剛告結束，石之軒的背影又沒入大堂後門外的黑暗裏。

徐子陵横目一掃，廳堂兩男一女伏屍地上，均是一招致命，表面看不到傷痕，肯定是內臟給石之軒以狠辣霸道的手法震碎，大羅金仙駕臨亦返魂乏術。他無暇爲石之軒無情的手段震駭，把其中一個俯伏的男屍翻轉過來，看清楚不是段玉成時，打鬥聲從內堂方向傳至。徐子陵暗嘆一口氣，全速掠去。

內堂不但變成慘烈的戰場，更是駭人的屠場。當徐子陵抵達入門處，有多名大明尊教的男女横屍地上，圍攻石之軒的尚有十多人，包括「善母」莎芳在內，其他均是大明尊教武功高強的徒衆，卻不見五明子級的人物在內，亦見不到段玉成。大明尊教的最高領袖大尊從不露面，只在暗中主事，所以一般教務由莎芳管理，並統率五明子五類魔和大批盲目忠心的衆徒。原子則身分神祕，與大尊情況相同，不爲教外人士知曉。五明子之首爲「妙空明子」烈瑕，此人與五類魔中的「毒水」辛娜婭，同爲大明尊教最出類拔萃的人物，據祝玉妍所說，兩人的武功比莎芳有過之而無不及。可惜今晚並不在此，否則石之軒恐怕無法如此横行無忌。

五類魔已是七零八落，先是「暗氣」周老方被乃兄周老嘆所殺，「熄火」闊羯則因徐子陵干預命喪玲瓏嬌之手，五魔只餘三人，實力大減。若今天莎芳被石之軒殺死，對大明尊教的打擊將是沉重至難以負擔的，對其進軍中土更是嚴厲的挫折。在暗黑的內堂，「善母」莎芳的玉逍遙使出渾身解數，硬拚石之軒排山倒海之威的大部分攻擊，若非如此，其他徒眾恐怕沒有一人能活至此時。

徐子陵眼力高明，一眼瞧去，立知除莎芳一人外，其他人雖似是攻勢凌厲，卻無一人能對石之軒構成威脅，反被利用來對付莎芳，令她不時要分神照顧，增強對她的困擾和壓力。而莎芳表面鎮靜冷漠，可是徐子陵直覺感到她心底下生出懼意，正試圖棄下可憐的追隨者，獨自逃遁。無論智計武技均高她不止一籌的石之軒，怎會讓她稱心如願，但見石之軒從其中一個敵人借來眞氣，一指重重點正玉逍遙前端，震得莎芳向後飛退時，石之軒無視側攻而來的一劍，硬撞進那敵人懷內，使他骨折拋飛，撞牆跌墜之際，石之軒又閃往另一方，手掌穿過對方劍網，拍在另一敵人面門，那回紇壯漢立時應掌拋飛，墜地前早一命嗚呼。包括莎芳在內，大明尊教一方剩下九個人。

石之軒避過四面八方攻來的兵器，後發先至的趕上移到內堂後門的莎芳，兩手幻出萬千掌影，狂風驟雨的朝莎芳攻去。莎芳且戰且走，沒入門後。兩名徒眾殺紅了眼狂追過去，豈知「蓬蓬」兩聲，不知給石之軒用甚麼手法擊飛倒退，落地後氣絕身亡。

徐子陵看得頭皮發麻，更不知如何是好，以突厥話大喝道：「要命的就快逃！」

剩下四女兩男，似乎此時才發覺徐子陵這外人，愕然下往他瞧來。門後勁氣交擊之聲不絕，顯示石之軒和莎芳的惡鬥進行得如火如荼。

徐子陵續以突厥話嘆道：「你們會愈幫愈忙，愛惜自己性命的就立即離開，遲恐不及。」

豈知六人略一猶豫，竟不再理他，一窩蜂的往門內疾擁而入。慘叫聲響個不絕。徐子陵無奈苦笑，他盡過人事，偏是大明尊教一眾人等視死如歸，他再無辦法阻止屠殺的發生。

二更前一刻，侯希白灑然回來，見寇仲憑窗而立，若有所思，移到他旁道：「雨停啦！我最愛這種濛濛細雨，令街道景物籠上平時難有迷離縹緲的美態。咦！子陵爲何仍未回來？」

寇仲苦笑道：「我正爲他擔心，他理該比我更早回來的。」

侯希白皺眉道：「甚麼事把他纏著呢？」

寇仲道：「我們多等一刻，他再不回來我們就上天下地的去找他。唉！長安小一點就好哩！」

侯希白道：「我收到一個最新的消息，張鎭周率壽安的軍民降唐，王世充則開始逐批把軍隊撤返洛陽，擺明放棄慈澗。」

寇仲苦笑道：「我此刻眞不想聽到有關王世充的任何事情。」張鎭周的投降，代表李世民孤立洛陽的大計踏出成功的一步，而王世充則軍心渙散，外姓諸將陸續降唐，幾可預見。

侯希白道：「事不可爲，就要放棄。以少帥的才華，可任意縱橫天下，何必定要爲王世充賣命？」

寇仲笑道：「爭霸天下的事業對我來說只是剛開始，不瞞你說，李世民愈強大愈厲害，我寇仲對他愈感有趣。若李世民不堪一擊，那還有甚麼意思。我知會爲此吃苦，但只要想想將來登上皇帝之位的是李建成或李元吉，背後控制者卻是你聖門中人，又或令師石之軒、婠妖女、楊虛彥，我便絕不肯放棄。」

侯希白道：「若只爲此一目的，何不索性全力匡助李世民，務令他登上皇位。」

寇仲道：「先不說李世民能否狠得下心，不但要對付親兄弟，還要公然違抗李淵，甚至把李淵廢掉。事實上唐室的府兵制度，根本令李世民無法領兵自立。一旦他失去利用的價值，回到長安將會任人魚肉，落得死路一條。若加上突厥人和你聖門在背後支持建成和元吉，我們三人助李世民也是白賠的下場。」

侯希白點頭道：「少帥言之成理！唉！我對這方面的事毫不在行。哈！若我們能成功把《寒林清遠圖》從宮內偷出來，李淵會有甚麼反應？」

寇仲皺眉道：「先不管李淵的反應如何，子陵會是第一個反對的人。」

侯希白道：「我們大可嫁禍曹三，甚或嫁禍池生春和尹祖文，只要我們用心想想，必定會想出個妥善的辦法。」

寇仲失笑道：「你這小子，說到底是要把寶畫取到手。」

侯希白坦然道：「你的人生目標是要贏得天下，小弟則僅是賞盡天下名畫美人。你怎都要幫我這個忙，說服子陵。」

寇仲此時聽得徐子陵之名，臉色一沉，道：「事情待見到子陵再說，還不換上夜行衣戴上頭罩，你當我們是去遊皇宮嗎？」

徐子陵趕至後院，戰事已告結束，石之軒右手直伸，緊捏「善母」莎芳的脖子，提得她雙腳離地，把她的生命逐分逐分擠出體外，冷冷道：「《御盡萬法根源智經》在哪裏，若要一個痛快，給我立即說出來！」

追進來的六名男女徒眾伏屍處處，死狀千奇百怪，教人看得心寒。可見石之軒手段的殘忍，下手從不留情。

莎芳七孔滲血，雙目神光漸逝，艱難的道：「大尊會爲我報仇的！」劇震一下，憑餘力自斷心脈而亡。徐子陵呆立在石之軒身後，欲語無言。

石之軒鬆手，任由莎芳頹然墜地，語調回復溫和平靜，像完全沒有事情發生過，又或冷血殺掉十多人只是微不足道的事般，從容道：「子陵可知大明尊教的原子是誰？」

徐子陵湧起對他冷酷心態的反感，冷然道：「我在聽著。」

石之軒似不願回過頭來看徐子陵，沉聲道：「就是我的寶貝徒弟楊虛彥。」

徐子陵失聲道：「甚麼？」

石之軒道：「有甚麼好奇怪的？大明尊教的經典名為《娑布羅乾》，內含多卷，其中以《藥王經》專講用毒，《光明經》是內功修行，但若論功法精微，則以《御盡萬法根源智經》為最，差可媲美我聖門十卷合一後的《天魔策》，祕不可測，故歷代大明尊教中罕有人能夠修成。虛彥得我真傳，故生出對《御盡萬法根源智經》染指之心，甘心加入大明尊教。希望他見到今天我發出的警告後，能懸崖勒馬，回我門下，否則下一個將輪到他。」頓了頓又道：「子陵走吧！在我改變心意前立即離開。不論你在這裏有多麼重要的事，也最好立即離去。我不知自己對你的容忍可堅持到哪一天。」

徐子陵沉聲道：「邪王要殺我，請立即動手。」

石之軒別轉身來，雙目射出複雜難明的神色，柔聲道：「當幫我一個忙，好嗎？」

寇仲和侯希白掠上屋頂，待要看清楚遠近形勢時，一道黑影從遠處如飛掠至。兩人看清楚是徐子陵，大喜迎上去。

寇仲怨道：「好小子到哪裏胡混？」

三人在另一建築物瓦頂相遇，伏下說話。

徐子陵嘆道：「我不但遇上老石，還看著他殺死大明尊教的人，其中包括『善母』莎芳在內。」兩人無不動容。

徐子陵把經過說出。侯希白駭然道：「楊希彥竟會是大明尊教的原子，若非石師親口道出，我怎都不會相信。」

寇仲不解道：「可是我們在龍泉時，明明收到風聲大尊和原子均在其地，而且幾可肯定當時楊虛彥身在長安，這麼說豈非有兩個原子？」

徐子陵道：「希望此事會有水落石出的一天。我隱隱有個感覺，楊虛彥因是石之軒徒弟的關係，始終不能得大明尊教完全的信任，故會在暗中培植另一原子。」

寇仲一震道：「你是指玉成？」

侯希白訝道：「誰是玉成。」

徐子陵道：「不要想這麼多，我們是否出發到皇宮去？」

寇仲道：「正確點應是尹祖文的老巢，走吧！」

三人騰身而起，朝尹府所在疾掠而去。

三人先後躍上那株可俯瞰尹府後院小樓的大樹，朝府內主建築物的方向瞧去，大堂燈火通明，隱隱傳來管絃絲竹之聲。

寇仲笑道：「尹祖文確是夜夜笙歌，非常享受人世間的繁華富貴，希望他能忘本就天下太平。」

徐子陵道：「對權力和財富的追求，是不會有止境的，只會得隴望蜀，聖門的人均有以聖門一統天下的使命。」

侯希白嘆道：「恐怕只有我是例外，我對權位利祿沒有絲毫興趣，要我當皇帝等於逼我受刑。」

寇仲欣然道：「若你不是這樣的人，我們今夜就不會一起到皇宮探險，參觀月夜下的唐宮。」

侯希白道：「我剛才正是去打聽有關皇宮內情況，據傳李淵近半年來不斷請像歐陽希夷那一輩的名家高手出山，到長安來坐鎮。這些有實力的前輩大家，無不是經得起時間考驗、開宗立派的人物。至於究竟是哪幾位高手，則請恕小弟沒能查到半個名字。」

徐子陵苦笑道：「都怪我這個岳山不好，令他感到你石師的威脅。我敢肯定他在延攬夠份量的高手以對抗你的石師。所以我們今晚極可能遇上不測之禍。」

寇仲欣然道：「沒有凶險，何來樂趣？生死有命，富貴由天，我寇仲愈來愈相信命運。既然由命運注定，無論來的是禍是福都逃不過，那還有甚麼好顧忌的？」

侯希白附和道：「少帥說得好，我們索性放手大幹一場，把《寒林清遠圖》偷回來，然後留下『短命』曹三的燕子標記。」

寇仲探手搭著徐子陵肩頭，笑嘻嘻道：「小侯的心意好像是二對一呢！」

徐子陵不悅道：「偷《寒林清遠圖》，對我們有甚麼好處？」

侯希白求助的目光朝寇仲射去，寇仲回敬以「你放心啦」的眼神，湊到徐子陵耳旁聚音成線的貫耳而入低聲道：「老石現在不安於室，只有一個情況下他會回到無漏寺的禪室扮大德聖僧，就是當全城在搜捕『短命』曹三的時候，那是老石不宜外遊的時刻，尤其當搜索集中在躍馬橋、無漏寺，老石絕不容人發現禪室是空的。所以只要在這關頭，由夷老通知李淵老石就是大德聖僧，那李淵的目標會立即轉移到這比曹三更重要千萬倍的勁敵，而我們則在另一出口守候老石這條大魚。所以《寒林清遠圖》是非偷不可，只有如此才可惹得李淵大發雷霆，也使老石如魚入網。但偷的時間卻須斟酌，先摸清楚形勢如何？」

徐子陵苦笑道：「自小我便說不過你，所以討包子總是我負責居多。好吧！看在你似是而非的歪理份上，我不再反對。」

侯希白大訝道：「少帥剛才說的是甚麼歪理？功效竟神奇至此。」

寇仲微笑道：「我和他說的是命運的玄機和奧理，陵少是有悟性的人，被深切啓發和感動下只好改變初衷，以完成侯公子的夢想。」

侯希白大喜道：「勿要認爲我是妄起貪念，只不過希望這絕世之作能讓最有資格擁有它的人擁有而已！」

徐子陵啞然失笑道：「你們一個是混蛋，另一個是痴子，我勢孤力薄，怎鬥得過你們。咦！有人來哩！」

只見三個人沿著園內林木間的碎石小徑，談笑甚歡的緩步朝小樓走去。寇仲等凝神細看，且第一個反應是瞇上眼睛，收攝毛孔，以免被對方警覺他們的存在。中間那人軒昂威武，雖現在穿的是便服，仍具豪雄帝皇的氣度威勢。竟是大唐皇朝李閥之主李淵。他左旁的人高度與他相若，鷹目勾鼻，鬢角花白，形相威猛，年紀表面看只四十來歲，但寇仲等敢肯定此人年紀不會在李淵之下，至少超過六十歲。徐子陵和寇仲均感到有似曾相識的感覺，偏是想不起他是誰。另一人稍落後半步，應是自問身分不足以和兩人並肩而行，赫然是尹祖文。

李淵笑道：「今晚眞精采，尹國岳的安排好得令人沒話說，一流的美女，一流的舞蹈。」

勾鼻老者微笑道：「更精采的地方是她們不曉得賢弟是大唐皇帝李淵，用權勢只能得到她們的身體，但卻永不能像剛才般讓賢弟得到那美人兒發自眞心的傾慕。」兩人對視大笑，那尹祖文則在後面陪笑。

樹上三人醒悟過來，李淵做慣皇帝，故想過些「不是皇帝」的癮兒，從祕道喬裝微服的溜出來，以另一身分由尹祖文給他安排娛樂。好色的李淵，自然離不開與女色有關的節目。問題是尹祖文好歹都是李淵的岳父，由尹祖文向女婿提供女人，似乎說不過去。不過只要想到李淵的皇帝身分，對尹祖文的諂媚巴結就會覺得不足爲怪。徐子陵心中忽覺不妥，似是捕捉到某一關鍵，但一時間卻不能具體的掌握到甚麼。

至於勾鼻老者則肯定是與李淵有深厚交情的人，直到現在李淵貴爲皇帝，那人仍與他平起平坐，稱兄道弟，甚至直呼其名，可見既是他的玩伴，更是他隨身的保鏢，肯定身分地位與武功均非同小可，但卻想不起他是誰，或許是李淵請回來對付石之軒的前輩高手。

李淵三人來到小樓台階前停下，李淵點頭道：「只有珍貴的歷遇才有眞樂趣，單看美人嗔罵的神態便是千金難買。明晚我要款待飛馬牧場的商秀珣，後晚我們再到這裏耍樂如何？又或到別的地方去？」

尹祖文忙道：「一切由皇上定奪，請皇上賜示，臣下自會妥善安排。」

勾鼻老者皺眉道：「賢弟暫時只宜把活動限於尹國岳府內，待我們除去石之軒，那時你高興到哪裏去都可以。」

李淵苦笑道：「你老哥說的話，李淵怎敢不從？」

尹祖文口氣改以更諛媚的語氣道：「閥主是為皇上的安全著想哩！且更是為天下的百姓著想。」

李淵有感而發的嘆道：「唉！做皇帝！眞不易為。」

尹祖文步上台階，把門推開。寇徐等三人你眼望我眼，終曉得勾鼻老者是何方神聖，為何敢管束李淵的活動？武林最顯赫的四姓門閥，就是李閥、獨孤閥、宇文閥和宋閥。前三閥為北方大閥，長期為歷代皇朝効忠，故這三閥雖不斷為權位鬥爭，關係仍是千絲萬縷，離合無常。在大隋覆亡後的鬥爭中，獨孤閥和宇文閥先後垮台，兩閥的殘餘憑藉關係來投靠李淵，眼前的人正是宇文閥的閥主宇文傷。論武功，四大門閥中自以「天刀」宋缺穩居首席，接著輪到宇文化及的親伯父宇文傷，尤在李淵之上。獨孤峰雖陪居末席，不過他的武功卻非獨孤閥的第一人，那第一好手是尤楚紅。有宇文傷這樣等級的高手護駕，李淵遂可放心溜出來玩樂，卻不知尹祖文正是魔門的人。

宇文傷笑道：「邪道之徒儘管將石之軒捧到天上，說他如何厲害，我仍有所保留。最好他敢來闖犯禁苑，我和尤老必教他來得去不得，若知道他躲在哪裏就更好哩！」

李淵欣然道：「全賴你老哥提醒我，請出尤老貼身保護張貴妃，憑她近百年的老到經驗，被人傷害的事絕不會重演。」

三人聽得面面相覷，心叫糟糕。《寒林清遠圖》最有可能收藏的地方是張婕妤的香閨，若有尤楚紅坐鎮，教他們如何下手？

宇文傷道：「她老人家舊患根治痊癒，武功更上一層樓，說不定已超越『天刀』宋缺，成為我四姓大閥的第一人，有她在宮內，賢弟可以安心。」

李淵嘆道：「可惜莫神醫飄然遠遊，奇人奇行，教人欽佩。此人不但醫道超卓，本身亦是個非常有趣的人。」

宇文傷笑道：「希望他早日回來吧！我們是回宮的時候哩！」

待到尹祖文離開，寇仲長吁一口氣道：「我很後悔！」

侯希白奇道：「後悔甚麼？」

徐子陵笑道：「他在後悔治好尤老婆子的陳年哮喘病。」

寇仲頹然道：「這叫自作自受，做好事得惡報應。他娘的！一個宇文傷足教我們頭痛，再來個尤婆子，出事時我們可不易脫身。」

徐子陵哂道：「你剛才不是說聽天由命，放手而為嗎？現在又似乎不大信命呢！」

寇仲苦笑道：「因為命運正似在警告我們，讓我們曉得我們要去玩耍的地方有尤老婆子恭候我們的大駕，侯公子有甚麼意見？」

侯希白嘆道：「你教我該怎樣答你？我雖愛畫如命，但總不能要你們陪我去送死。」

徐子陵聳肩道：「我沒有意見，不要這樣看我，我真的沒有意見。全由你寇少帥作主。」

寇仲仍盯牢他，嘴角逸出一絲笑意，道：「是戴上面具的時候哩！皇宮的吸引力，要比尤婆子的威脅大得多，對嗎？」

寇仲推開小樓底層房內的床榻，三人用足目力，看到地道入口方蓋與地板整齊的淺淡接縫。由於地板是以方石鋪成，不留心看絕難察覺，還以為也是其中一塊方地板。

寇仲以專家的姿態阻止侯希白憑掌力把地板吸起，道：「先前我們聽不到絲毫地道開啓的聲音，可知此入口設計巧妙，若開啓不得其法，極可能觸動警報系統，那當我們從另一端鑽出去時，皇宮的全體禁衛將在該處等待我們送上門去。」

徐子陵對他的機關學全無信心，皺眉道：「說得這麼危險，你又有甚麼辦法？」

寇仲道：「我的辦法是先摸底後破關，來吧！我需要陵少你的支援。」

徐子陵二話不說，手掌按上他的背心。

侯希白好奇的在旁瞧著，訝道：「我現在開始有點相信江湖上一個流行的傳言。」

寇仲單膝蹲下，雙掌按上石蓋，問道：「甚麼傳言？與我們現在做的事有何關係？」

侯希白道：「傳言說的是，若寇仲和徐子陵聯手，三大宗師也要靠邊站。」

徐子陵失笑道：「他們肯定未見過我們在畢玄和令師手下險死還生的狼狽相，當時還多出個跋鋒寒。」

侯希白道：「所以我一直只當是好事之徒誇大之言。直至今晚見到你們這共用眞氣的奇術，想到此術若能進一步發展，天下有何人能抵擋這種情況下的聯手一擊？」

寇仲和徐子陵雙雙一震，前者雙掌更離開石蓋面。

侯希白愕然道：「你們的反應為何如此激烈？」

寇仲和徐子陵交換個眼色，均知給侯希白一言驚醒夢中人。他們以前曾多次憑藉互用眞氣的方法對付比他們高明的敵人，甚至在內傷未癒下憑此力戰伏難陀，但都是臨危應急，沒有眞正研究在這基礎上發展出一套聯戰之術。值此對石之軒計窮力竭的時候，這或者是可行之法，以破石之軒曠古絕今的不死印法。此事自不宜向侯希白透露。

寇仲岔開道：「小弟果然所料不差，若我們試圖以內力吸起石蓋，石蓋升起一寸，立即扯動警鈴，設計者肯定是機關高手，對人的心理把握得很準。」

侯希白心切寶畫，忘掉先前所說的話，道：「那是否向某一方向推動便成？」

寇仲道：「向內推會是文風不動，因爲給一方粗若兒臂的鐵門鎖死。」

侯希白失望道：「那今晚豈非到此爲止，望入口興嘆？」

寇仲坐倒地上笑道：「若我不夠朋友，說不定會誆你我們沒此能力。但大家既是兄弟，我今晚怎樣都會把你弄進皇宮，讓你到張美人的閨房偷香竊玉。」

侯希白訝道：「這機關只能從內開啓，你有甚麼辦法？」

寇仲移前雙掌再按在蓋面，當徐子陵按掌到他背心上時，寇仲好整以暇的道：「這招叫隔山打牛，內勁固是重要，更重要是在機關學上的造詣，任何一方稍有不足均不成。他娘的！看我天下無雙的隔蓋啓關大法。嗟！」蓋下傳來門閂移動的聲音。

侯希白聽得目瞪口呆，嘆道：「難怪你們縱橫天下，沒有人能奈何你們。」

大功告成，徐子陵笑道：「你太抬舉我們哩！應是逃竄天下，勉強保命才對。」

寇仲伸手力按蓋子一側，石蓋往下傾斜，露出一道深進七、八級的石階。

侯希白大喜道：「成哩！即使我們去告訴李淵是從地道入宮，他也一定不肯相信，因爲這根本是不可能的。偏是你們不費吹灰之力似的就輕鬆辦到。」

寇仲微笑道：「好哩！入宮有望，我們先來談條件。」

侯希白一呆道：「談甚麼條件？」

徐子陵坐倒寇仲旁，笑道：「條件是今晚不能偷東西，不可驚動任何人，若不幸被人發現，更絕不可從這祕道離開。」

侯希白單膝蹲跪，茫然道：「既不是取畫，進宮幹啥？」

寇仲探手摟著侯希白肩頭，道：「畫一定要偷，但須另擇吉日進行。我們今晚進去是探路，摸清楚皇宮的明哨暗崗，進路退路。」

侯希白搖頭道：「我仍是不明白，所謂夜長夢多，例如我們找到寶畫，待下回再來，寶畫可能換了另一藏處。除非今晚遍尋不獲，當然只有改天再來。」接著皺眉道：「你們總好像有些事瞞著我的神態模樣，是否仍視我為外人呢？」

寇仲揭開頭罩，苦笑道：「陵少！你教我該怎麼說？侯公子誤會我們哩！」

徐子陵坦然道：「我們確有事瞞你，因為不想你為難，想靜悄悄的替你消解那殺身之禍。」

侯希白一震坐下，道：「是否與石師有關？」

寇仲道：「正是如此，只要你依足我們的話，不但可擁有《寒林清遠圖》，我們更極有可能破掉令師的不死印法，讓你能快活的繼續看名畫和與各方美女鬼混。」

侯希白沉吟片晌，沉聲道：「好吧！我信任你們。唉！我確不能主動去攻擊石師，可是他要殺我，我當然反抗到底。」

徐子陵道：「問題是令師直到此刻仍沒有向你動粗，所以你該聽我們的。」

寇仲戴上頭罩，跳下石階，打燃火熠，笑道：「你看地道的通風系統多麼好！」

兩人隨他先把榻子移回原位，步下石階，再關上石蓋，鎖好蓋關。火熠光映照下，可容昂藏七尺的漢子直立通行的窄長地道往東延伸，正是皇城的方向。

徐子陵道：「照此方向，地道另端出口將是皇城而非皇宮。」

寇仲斷然道：「本機關土木學大師敢肯定此地道必有轉折，最後的出口當在皇宮內苑，且離大唐皇帝的寢宮不會太遠，所以我們出去玩耍時切忌粗手粗腳。哈！來吧！」

# 第三章

# 初探失利

# 第三章 初探失利

寇仲抓頭道：「這是沒有理由的。」

出口的封蓋就在他們頭上的石階頂，與入口設計相同，問題是地道並沒有如寇仲所料的折往皇宮的方向，照位置若推蓋走出去，肯定是在皇城的範圍內而非是皇宮。大唐皇宮佔地極廣，不把西內苑計算在內，面積等於十二個東市併合起來，皇城和皇宮各佔地一半，以橫貫東西的橫斷廣場分隔。皇城是文武百官辦事的官署所在，皇宮則分為掖庭宮、太極宮和東宮三宮，居中的太極宮是李淵親政議事和居住的地方。布政坊位於皇城之西，與皇城只隔一條安化大街，從布政坊內尹府筆直朝東走，照距離出口只可以是皇城的西南角。就算三人能神不知鬼不覺的進入皇城，要偷過廣闊的橫斷廣場，還要闖過進入太極宮的廣運門、承天門或長樂門三門任何一道門關，值此唐宮全面戒備以防石之軒的當兒，根本是不可能的。

侯希白道：「要不要啓關探頭出去看看，外面可能是一間密室，有另一條通往皇宮的地道。」

徐子陵搖頭道：「在設計上這太沒道理，剛才李淵和宇文傷亦非從這裏鑽出去。希白兄請看鐵閂，其銹跡該表示是長期沒經人啓動的。」

寇仲點頭道：「這不但是假出口，還是個陷阱，蓋子開關的機括似和入口處相同，其實卻有微妙的差異。雖然我弄不清楚作用在哪裏，卻可猜到若啓動開關，必會觸動警報系統。」

侯希白同意道：「這才合理。如此一條能通往皇宮的地道，事關重大，唐室的巧匠當然要絞盡腦汁保證其安全，所以設下陷阱，讓找到地道的敵人中計。」

三人開始研究地道的北壁，一塊火熠燒盡又起另一塊，沿道探索，到最後一塊火熠告終，仍是一無所獲。

寇仲嘆道：「我這新進機關土木學大師這回眞栽到家，壽終正寢。他娘的！區區一條地道，竟似比楊公寶藏更難破解。」

徐子陵從尹府小樓出口的方向摸黑回來，道：「還漏了另一面的南壁沒探勘，可惜時間無多，我們必須離開，否則天亮後沒那麼方便，明晚請早！」

仍立在出口石階下的侯希白打出手勢，表示上面有人。寇仲和徐子陵心中大訝，照道理小樓該屬尹府禁地，日常的打掃亦不應在天亮前進行，他們並不擔心有人會到地道來，一來因出口只能由內開啓，除非來者有寇仲和徐子陵剛才聯合起來的本領。二來此應爲李淵專用的「御道」，豈容他人濫用。兩人移到侯希白旁，功聚雙耳下果然隱聞男女的對話聲，可是由於石蓋厚達半尺，兼縫合後等於密封，以三人的功力仍聽不清楚上面的人在說甚麼？

徐子陵的感官向比寇仲敏銳，低聲道：「男的似乎是尹祖文，女的……嘿……女的，噢！是陰癸派的聞采婷。」

他的聽覺大幅增強，不但認出是聞采婷，還聽到兩人對話內容，因爲寇仲舉掌按在他背心，眞氣源源不絕的輸入，與徐子陵本身的眞氣同流合運。天下間，能將眞氣如此水乳交融的輕易借用，只此一家，別無分號。兩人逐步登階，說話聲愈是清晰，不過這只是對徐子陵而言。

只聽尹祖文道：「此事宜緩不宜急，且是時機未至，我們先種因，後收果。」

徐子陵聽得一頭霧水，心忖肯定錯過先前更精采的對話。忽然衣衫窸窣摩擦的聲音傳來，接著是聞采婷的咿唔聲，只要不是傻瓜，當知上方男女纏綿親熱。這聞采婷不知是利用仍未衰弛的色相以遂目的，還是天性淫蕩，徐子陵曾親耳聽到她挑逗池生春，而池生春則不爲所動。

接著聞采婷嬌喘細細的道：「人家的功夫怎樣？你滿意嗎？」

徐子陵向一臉期待之色的寇仲和侯希白輕輕道：「他們剛歡好過。」

寇仲抹一額汗的道：「幸好如此，否則我們會悶死在這裏。」

尹祖文的聲音再傳入徐子陵的靈耳道：「采婷你眞是個奇蹟，十二年前是那麼迷人，十二年後的今天仍是這麼迷人，那些嫩娃兒多試兩次就索然無味，怎及得上你。」

徐子陵心忖原來兩人是老相好，只是尹府這麼多地方，爲何偏到這暗藏祕道的小樓來幽會，假若李淵心血來潮，要作今夜第二次出巡，豈非碰個正著？

聞采婷道：「地道入口在哪裏？」

徐子陵大吃一驚，旋又想到對方是不能從外開啓的，稍放下心來。

尹祖文道：「就在榻下，不過只能從內開啓，我第一天獲分配這府第，便負起爲李淵守護地道之責，但卻從未進過地道內去。」

聞采婷吃吃笑道：「李淵很信任你哩！」

尹祖文笑道：「李淵這人不難應付，最要緊是投其所好。初時他並沒想過藉地道出來花天酒地，全賴我的提醒和安排，豐富了他的人生，在他心中，我尹祖文才是眞正的大功臣。」

聞采婷訕媚道：「如論智計，尹師兄在我聖門中可入三甲之內，只看你弄個女兒出來，令李閥的天下落了一半進尹師兄的口袋，我們陰癸派就望塵莫及。」

尹祖文道：「你把氣力留在床上討好我吧！閒話休提，我對清兒這後輩非常欣賞，認爲她是祝后繼承人的最佳人選，比婠兒更適合。」

聞采婷嘆道：「我和辟塵師伯、邊師弟均看好清兒，問題是《天魔法訣》一天在她手上，她仍是名正言順的繼承人。」

尹祖文道：「只要你們能把她生擒，我自有辦法逼她把法訣交出來。這女娃的資質非常好，問題是不識時務，竟只顧著爲師報仇。現在我聖門的夢想終有實現的機會，所以必須放下嫌隙，團結一致，讓最有能力的人出來領導。」

聞采婷默然片晌，沉聲道：「好吧！只要清兒得到法訣，石之軒又肯殺掉他的女兒以示決心，我可代陰癸派其他元老作主，一切聽從石之軒的吩咐！噢，快天亮哩！」

徐子陵在東市放生池與胡小仙碰頭，兩人到池旁一角石凳坐下。

胡小仙喜孜孜的道：「有甚麼事找人家呢？」

徐子陵道：「我終找到一個辦法，令胡小姐再不怕池生春的逼婚。」

胡小仙雙目秋水盈盈的打量他，嬌嗲的道：「奴家終於明白徐大俠因何要對付池生春哩！」

徐子陵明白是歐陽希夷對「大仙」胡佛昨晚說的話已生效。胡佛並將此轉告胡小仙，令她心情大佳，因曉得胡佛絕不肯讓她嫁到池家。裝糊塗道：「小姐似乎不大把我的辦法放在心上，是否因自己找到別的解決辦法？又或者認為事情已解決掉。」

胡小仙訝道：「你這人的思考推理真厲害，竟能從奴家的反應測出許多道理來。唉！奴家服啦！本來還想逗著你玩，好吧！又有甚麼壞消息？」

徐子陵心中佩服她的靈巧，從語氣聽出他成竹在胸，微笑道：「假若尹祖文請出李淵為池生春向令尊提親，小姐可知道會有甚麼結果？」

胡小仙不屑道：「李淵怎會為池生春出頭？池生春根本沒有那讓尹祖文提出來讓李淵去考慮的資格。」

徐子陵淡淡道：「若偷《寒林清遠圖》的人不是曹三而是李淵又如何？」

胡小仙花容失色，失聲道：「你是說笑吧？」

徐子陵暗吃一驚，想不到胡小仙反應如此強烈，道：「此事千真萬確，胡小姐有甚麼打算？」

胡小仙呆了半晌，頹然道：「那就糟糕，我情願嫁給池生春，也不願嫁進深宮，過那些暗無天日的悽慘日子。」

徐子陵愕然道：「你怎會嫁進皇宮呢？更何況《寒林清遠圖》是見不得光的東西，李淵只為討好張婕妤去偷的。」

胡小仙嘆道：「對李淵這種男人的了解我比你徐大俠要深入千倍萬倍，他每次見到我時瞳孔都會放光，唉！這種女人的直覺一言難盡，教我怎樣向你解釋。」接著皺眉道：「你怎曉得是李淵偷的？」

徐子陵糊塗起來，不答反問道：「既然你曉得這麼危險，為何仍把池生春手上有《寒林清遠圖》的事透露給李淵？」

胡小仙可憐兮兮的道：「我是想李淵代人家出頭嘛！他若是明取，那就不會有問題，暗奪則居心難測。他只要說是從曹三手上將畫卷取回來，送給我爹，再由身邊的人向爹明提暗示，爹就只有把我這乖女兒送入皇宮，除非以後他不想在長安混。唉！爹整天想著如何發展大仙門，犧牲個把女兒幸福算甚麼回事，說到底小仙只是他的養女。」

徐子聽得瞠目以對，好半晌不解道：「倘令尊爲人果如小姐說的那樣，憑李淵的權勢，不用《寒林清遠圖》也該可納小姐進宮，何用如此大費周章？」

心中同時想到此事不難證實，只要查證張婕妤是否如劉文靜向池生春所說的欲求此畫就成。若胡小仙的話不幸屬實，那將輪到他和寇仲、侯希白三人頭痛，要在尤楚紅眼皮子下偷寶畫已是難之又難，在正嚴密戒備以防石之軒的李淵手上偷東西，更是近乎不可能。

胡小仙嘆道：「長安城內李淵最想納入宮中的有兩個人，一是紀倩，另一就是奴家，紀倩是青樓最紅的名妓，奴家……唉！怎麼說你才明白，奴家比較愛結交朋友，你明白嗎？總而言之，以李淵的皇帝身分，對納我們入宮大有顧忌，怕給天下人笑他好色，雖然他好色之事天下無人不曉。」

徐子陵心叫糟糕，若是如此，那寇仲的「寶畫招親」豈非害了她？此事何止行不通，徐子陵更不敢提出來。

苦笑道：「這是小姐的一個猜測吧？」

胡小仙嗔道：「你不信我嗎？到李淵藉此納奴家入宮時誰能救我？」

徐子陵道：「待我證實此事確如你所說後，就把寶畫從他手上偷走，一了百了。」

胡小仙道：「但你能怎樣證實此事呢？難道去質問李淵嗎？」

徐子陵微笑道：「這叫山人自有妙計，暫時不宜透露。」

胡小仙不滿道：「你這人哪，說話總是吞吞吐吐，藏頭露尾，是否想奴家擔心死呢？縱然眞可證實，太極宮高手如雲，警備深嚴，你徐大俠雖然本領高強，但在不知李淵把畫藏在何處的情況下，勢將無能爲力，不要哄奴家歡喜哩！」

徐子陵苦笑道：「又在耍手段逼我說話。我答應你的事，當會盡力爲你辦到，你等待我的好消息吧！」

胡小仙急道：「你尙未告訴奴家要去迷惑的人是誰呢？」

徐子陵起立攤手灑然道：「這方面的事暫時取消，再有變化時自會告訴你的。」

說罷欲去時，給胡小仙一把扯著衣袖，笑道：「我還有一件祕密要告訴你呢。」

寇仲以蔡元勇的外貌身分來到司徒府，發覺新來的四個健僕，問起雷九指，後者笑道：「這樣我才像是個管家嘛！否則有客人來時我就變成跑腿，開門的是我，斟茶遞水又是我，成甚麼樣子？這四人是陳甫調派過來的，乃我們福榮爺的同鄉，忠心方面沒有問題。」

兩人在廳堂與任俊的司徒福榮碰頭，圍桌坐下後，寇仲壓低聲音道：「宋二爺是否會佳人去？」

雷九指錯愕道：「聽你的語氣用詞，似乎另有所指？」

寇仲道：「你們不覺得我們宋二爺昨天見過商美人後，整個人神氣活潑起來嗎？」

任俊道：「給寇爺這麼說，小子亦有同感，宋爺告訴我他跑盡東西二市，始選購得合他心意的花布作送給商場主的禮物，回來後且問我們的意見。宋爺的眼光，當然是好得沒有人能批評的。」

雷九指思索道：「這回是否無心插柳而柳成蔭？若確是如此，眞是可喜可賀，你和小陵將少卻一件心事。」

任俊好奇問道：「了卻甚麼心事？」

雷九指倚老賣老的道：「小孩子不要理大人的事。」看到任俊失望的表情，心軟道：「遲些告訴你，如今是正事要緊。」

寇仲道：「有甚麼要緊的正事？」

雷九指道：「尹祖文今晚在上林苑宴請我們的福榮爺，為福榮爺洗塵，你說這是否要緊的正事？」

寇仲喜道：「終於中計哩！」旋又皺眉道：「那今晚豈非要推掉爾文煥的天仙局？」

雷九指哂道：「你好像忘掉自己是甚麼身分，福榮爺的應酬關你這跑腿甚麼鳥事？」

寇仲啞然失笑道：「總管對新來的人的下馬威確實厲害，小人見識淺薄，不知跑腿的工作是這麼輕鬆容易，只須躲在家中睡覺或隨處閒逛，間中入賭場博他娘的兩手。」

雷九指笑道：「我是說你們只須裝裝門面。我們在裏面大碗酒大塊肉時你們儘可溜過對街去等待上鈎，這正是貪心賭鬼不肯錯過任何賭局的本色，包保沒有人懷疑你們。」

任俊道：「雷爺想問寇爺的是今晚我該怎樣應付？」

寇仲欣然道：「很簡單，你既要透露對沾手賭場的野心，更要表現出愼重多疑的一貫作風。對尹祖文當然落力巴結，其他的你最好問陵少，對全盤計畫他比我清楚。」

雷九指笑道：「現在是有心人算有心人，幸好我們知道他們心中轉的鬼主意，他們卻不曉得我的袖內乾坤，我們是佔盡上風。」

寇仲欣然道：「若今晚的陪客裏有池生春在，那我們離成功不遠耳。尙有一要緊事差點忘記告訴你們，大明尊教的『善母』莎芳和她十多個徒衆昨晚給石之軒宰掉，而石之軒竟親口說楊虛彥是『原子』。」雷九指和任俊大感錯愕。

問清楚事情經過後，雷九指道：「此事肯定轟動全城，震驚天下。」

寇仲道：「我說是沒有人曉得才對。在此對外用兵之時，像這類消息唐室必會設法壓下去，不洩漏半點風聲，像是從沒發生過任何事的樣子，免得人心惶惶。」又嘆道：「石之軒確是不可小覷，只這一手，足可鎭懾魔門各系，婠婠的處境會更危險。」

雷九指皺眉道：「你還要姑息這妖女嗎？」

寇仲苦笑道：「我不是姑息她，只是戰略上的需要。我們現在不是一般江湖仇殺，而是爭霸天下的明爭暗鬥。若撇除一切顧慮，第一個要殺她的該是我寇仲，因爲我們昨晚交過手，她的天魔大法，極可能是我井中八法命中注定的剋星，他奶奶的！」

雷九指和任俊聽得面面相覷，無言以對。

徐子陵重新坐下，問道：「甚麼祕密？」

胡小仙道：「此事本不應告訴你，可是見你對人家盡心盡力，眞的爲奴家著想，且不求回報，奴家感動下，只好出賣朋友的祕密來回報你這個好人，可是你須答應不能傷害奴家的朋友和家人。」

徐子陵聽得一頭霧水，道：「胡小姐請賜示，小姐該知我是從不傷害無辜的。」

胡小仙甜甜笑道：「奴家當然信任你，沈落雁是否你的老相好？」

徐子陵心中暗顫，道：「只可說是好朋友，究竟是甚麼事？」

胡小仙羨慕的道：「能得徐子陵肯親口承認為紅顏知己，是多麼難得，小仙肯定沒有這恩寵，對嗎？」

徐子陵不知好氣還是好笑，大家在說正事，胡小仙卻不忘妒忌別人，還要爭寵！只好道：「若他日有人問起我和胡小姐你的關係，我也是同樣的答覆。」

胡小仙喜道：「奴家眞的受寵若驚呢，可你這人喲，是否眞個鐵石心腸的？」

徐子陵當然明白她的語意，卻不願在這方面跟她胡纏不清，正容道：「此事竟與沈落雁有關？」

胡小仙湊近少許，輕輕道：「在長安，有一極具影響力和實力的世家，正密謀對付沈落雁，一個不好，李世勣會受到牽連。」

徐子陵一震道：「獨孤閥？」

胡小仙道：「你清楚他們間的過節嗎？」

徐子陵心中暗嘆，道：「算是清楚吧！獨孤霸在洛陽被沈落雁刺殺，唉！此事本沒有人曉得，還是我們洩漏出去的。若她現在眞遇上你說的情況，我們要負上主要責任，所以我們絕不會坐視。」

胡小仙擔心的道：「我可以告訴你，條件是你們只可暗中化解，不可傷害獨孤家的人，因為獨孤鳳是奴家最好的朋友，若非得她通知我，我不會曉得《寒林清遠圖》被池生春高價收購，並以之作聘禮來打動爹的心。」

徐子陵至此始明白胡小仙「洩祕」的來龍去脈，也暗起戒心，因胡小仙打開始便沒有「坦誠無私」，幸好逐漸贏取得她的信任。誠懇的道：「胡小姐請放心。」

胡小仙沉聲道：「我只是從鳳妹的話語聽出一鱗半爪，他們是要利用李密的異心造文章，拖沈落雁蹚這混水，若沈落雁中計，他們將出手取沈落雁之命，至於其中細節，奴家並不清楚。」

徐子陵暗呼一波未平，一波又起，令他們窮於應付，卻又不能置之不理，不解道：「李世勣現在是唐室重臣，攻打洛陽的主將，獨孤閥現在聲勢大幅減弱，怎敢冒開罪秦王之險去陷害沈落雁？」

胡小仙肅容道：「不要低估獨孤閥，現在獨孤閥和宇文閥均投靠李淵，一向以來三閥關係親密，現在兩閥更清楚保存富貴權力的唯一生路，就是全力支持李淵。只看李淵能請得動尤楚紅入宮保護張婕妤，可推斷他們的關係。有張婕妤在背後支持獨孤閥，加上李淵對李世民的猜疑顧忌，在順水推舟下，李淵說不定會縱容獨孤閥向沈落雁報復。一旦令沈落雁背上與李密叛變的罪名，秦王怕亦無可奈何，因爲沈落雁對李密的忠心，早是人盡皆知的事。」

徐子陵大感頭痛，此事確可大可小。告辭離開。

出乎寇仲等意料之外，宋師道並非神情輕鬆愉快的回來，而是一臉沉重。雷九指和任俊知機的藉詞離開，好方便兩人私下說話。

宋師道接過寇仲斟上的香茗，無意識地呷上一口就放在桌上，雙眼直勾勾的瞧著前方，寇仲可肯定他視而不見，只是沉浸在深思裏。試探問道：「商場主是否仍不肯原諒我們？」

宋師道茫然搖頭，道：「我看她對你們早消了大半的氣。她是位有智慧的女子，對你們了解甚深，該明白你們是別有苦衷。」

寇仲聽得摸不著頭腦，忍不住問道：「二哥有否代我們向她解釋？」

宋師道仍是自顧自兩眼空空洞的朝前望，夢囈般道：「我向她解釋過一遍，她沒有肯定的答覆，只說要多想幾天。然後她興致盎然的和我談論她最喜愛的藍田玉，這種美玉乃玉中王者，玉色冬則溫潤，夏則清涼，質地潔淨堅脆，擊之發音清雋嘹亮，紋理艷絕無倫。唉！秀珣確是有品味和有眼光的女子。」

寇仲訝道：「聽二哥這麼說，你們該談得非常投契，怎麼……嘿……怎麼……」

宋師道像首次發覺寇仲的存在般朝他瞧來，苦笑道：「投契有甚麼用？」

寇仲不敢直問，旁敲側擊道：「宋二哥是以本身的身分面貌去見她，還是以申文江的模樣身分？」

宋師道道：「當然是宋師道的本來面目，你不想她曉得司徒福榮的事吧？」

寇仲嘆道：「我是忍不住哩！宋二哥為何像……嘿……像失去人生樂趣的樣子，是否她在言多有失下開罪二哥你呢？她喜歡你送她的花布嗎？」

宋師道呆望他好半晌，慘然搖頭道：「小仲你誤會哩！她不但對我送她的花布非常欣賞，還說要立即親自動手裁縫成衣裙穿給我看，我走時她更約我明晚與她共進晚膳。大家是自己人，我不想瞞你和子陵，秀珣是你們的娘以外第一個能令我心動的好女子。」

寇仲百思不得其解的抓頭道：「那問題出在甚麼地方？」

宋師道苦笑道：「問題是我宋師道是『天刀』宋缺之子，又是你寇少帥的二哥。」

寇仲心中劇震，立刻明白過來。商秀珣乃飛馬牧場之主，故必須首先考慮牧場的存亡。照現在的形勢發展，天下極可能演變成南北隔江對峙的局面。大江之南，是宋缺和寇仲的天下；大江之北，則為李閥唐室的勢力範圍。假設宋師道與商秀珣相好，飛馬牧場位於大江之北，勢成李閥的眼中釘，將難逃被連根鏟除的命運。

宋師道頹然道：「你終於明白哩！」

寇仲無奈點頭，道：「二哥是甚麼時候想起這個問題的？」

宋師道答道：「當我向她提起你們時，她說形勢所逼下，終有一天她要與你們劃清界線，她這回到長安來，也是因飛馬牧場的領導層決意與李閥修好。言下之意，與你們因婠婠而來的誤會只屬小事。那時我才想起自己是宋缺之子，不宜與她交往，這關係只會把她害苦。」

接著慘然笑道：「我對你娘的心志不夠堅定，本早下決心陪君婥終老幽谷，卻還三心兩意，朝秦暮楚，理該受到懲罰。」

寇仲心亂如麻，驚呼道：「二哥萬勿有這種想法，若二哥尋得眞愛，娘在天之靈只會欣慰，你伴在她墳旁反會令她不安。」

宋師道六神無主的茫然道：「眞的是這樣嗎？」

寇仲回過神來，拍胸保證道：「我和小陵正是娘在世上的代表，你不信我們信誰？明晚你宋二爺記緊赴宴，裝作若無其事的樣子，瀟瀟灑灑的和她談論藍田美玉，談甚麼都好，就是不要談我們和政治形勢，只當她是個紅顏知己。至於將來如何，就交由娘在天之靈決定。」

宋師道雙目亮起來，點頭道：「對！她現在只視我爲一個談得來的知己朋友，所以我不用多心。」

寇仲放下心事，但又心知肚明多了件心事，且可能是無法解決的難題。不由想起李建成對商秀珣的興趣，如若明晚李淵親口向商秀珣提出婚約，商秀珣會不會因飛馬牧場的將來，委屈自己答應這政治的交易？那或許是與兩人「劃清界線」一語背後的眞義。宋師道能承受這繼傳君婥之死後另一沉重打擊嗎？

徐子陵十萬火急的趕回多情窩，侯希白正悠然自得的在書齋爲他的《百美圖》動筆，見徐子陵欣然道：「全賴子陵點醒我，我現在眼見是畫，心見是畫，卻又似是沒有畫，果然安樂自在，多餘的事無暇去想，無心去想。」

徐子陵在旁坐下，瞧著他爲勾勒好的畫中美人敷上粉采，隨口問道：「李淵不是指定要你畫他後宮的美人兒嗎？爲何你卻像在此閉門造車的樣子？」

侯希白放下畫筆，笑道：「怎會是閉門造車？且我怎肯放過盡睹唐宮佳麗的機會？畫中美女，我是在宮內面對眞人勾勒而成，那些美人兒沒一個敢不乖乖聽我的話，還要千方百計討好我，怕我把她們畫醜，又或不能突出她們的優點，在畫卷裏給比下去。哈！眞是難求的優差。」

徐子陵問道：「你何時入宮？」

侯希白傲然道：「我高興何時入宮就可在甚麼時間入宮，爲何要問？是否與偷畫有關？」

徐子陵道：「能否變成與偷畫有關，遲一步再說，眼前則有兩件急事，須你出手幫忙。」

侯希白道：「看來小弟亦有點用，子陵請吩咐。」

徐子陵道：「首先我要你查清楚劉文靜代李淵向池生春說的話是否屬實？此事關係重大，若失竊前張婕妤根本不曉得《寒林清遠圖》的存在，又或她沒有對此圖生出覬覦之心，寶畫便該藏在李淵的藏畫室中，你明白我的意思嗎？」

侯希白在徐子陵旁坐下，點頭道：「果然關係重大，此事包在我身上。由於我是出名愛畫的人，問起這方面的問題，絕沒有人會起疑心，讓我直接問張娘娘那美人兒吧！另一件是甚麼事？」

徐子陵面容一沉，道：「你設法與沈落雁見個面，警告她獨孤閥想藉李密暗謀離開長安的事拖她下水，背後可能有李元吉甚或李建成在支持，叫她千萬不要中計。」

侯希白動容道：「此事更重要，你可否說得具體些，好讓她知所趨避。」

徐子陵搖頭道：「我知道的只是這麼多。提醒她當李密正式向李淵請纓到關外召集舊部以對付王世充、竇建德，就是危險來臨的時刻。而在這事發生前，最好不要與李密或王伯當有任何接觸。」

侯希白道：「若她要見你，我怎樣答她？」

徐子陵道：「今天直至黃昏，我該在司徒府，有事的話你可來找我，我可趕到這裏來見她。」

侯希白道：「我立即去爲你辦這兩件事，也順便去查探莎芳歸天一事對唐室的震撼力。」接著低聲道：「謝謝你們！」

徐子陵愕然道：「謝甚麼呢？」

侯希白徐徐道：「謝你們爲偷畫的事費盡工夫，絞盡腦汁。坦白說，縱使偷不到，我仍是非常感激。唉！若畫不在婕妤的閨房而是在李淵的書房內，我們只有放棄。何況李淵的居處樓殿重重，他隨便把畫放在任何一個地方，儘管沒人阻攔任得我們搜尋，恐怕亦非一、兩天能找得到。我雖對畫是痴子，卻不是傻瓜，沒理由要你們陪我去送死的。」

徐子陵微笑道：「我忽然想起一件事，那晚我去偷畫時，池生春曾把一些粉末灑在地上，只要我鞋底沾上，他們便能憑氣味追蹤我，你能否找些這樣的粉末來呢？」

侯希白不解道：「這與偷畫有甚麼關係？」

徐子陵欣然道：「若李淵眞的請我們的申爺去鑑證《寒林清遠圖》，這種粉末將是我們怒海黑夜航行的照明燈，除非李淵把畫藏在不能透氣的密室內。」

侯希白拍案叫絕道：「子陵果是智計過人，此計萬無一失。因爲畫軸的理想藏處該是通爽適中乾濕合宜之處，而不應密藏室內。此事又包在我身上，應該說包在雷大哥身上，他該比我行。那今晚是否仍須入宮探路呢？怕會打草驚蛇。」

徐子陵道：「今晚的唐宮之遊是勢在必行，不能不去，更不敢不去，否則我們受辱的土木機關學大師焉肯放過我們？」

兩人交換個會心的眼神，同時放聲大笑。

徐子陵被雷九指迎入宅內，順道介紹他認識新來的四僕，入廳後見任俊扮的司徒福榮神情古怪的立在一角，訝道：「甚麼事？」

雷九指得意洋洋的道：「你有沒有發覺福榮爺有些兒不同？」

任俊作出個無奈的表情，表示是雷九指硬逼他站在那裏等待被檢閱。

徐子陵漫不經意地拿眼一掃，微笑道：「小俊不但在扮司徒福榮，也在扮我，對嗎？」

任俊喜道：「徐爺的眼力眞銳利，我還怕你看不破雷爺的手段。」

雷九指傲然道：「這正是針對高手的必要手法，所以我加高小俊的靴子，令他高度與陵少分寸不差，更加闊他的肩頭，當有需要由子陵扮回司徒福榮時，將沒有人能看破。」

徐子陵知情識趣的誇獎他幾句好聽的話後，問道：「有沒有方法弄一種粉末似的東西，可貼附在畫卷上，既令人難以察覺，又可逐漸散發某種氣味呢？」

雷九指指指自己腦袋，笑道：「這傢伙可爲你解決任何事情，不過最好把眞正的情況說出來，否則差之毫釐，謬以千里。」

徐子陵遂把構思說出來，雷九指一句「待我去想想」便溜掉。

任俊來到他旁，誠懇的道：「徐爺眞厲害，竟能想出這種匪夷所思的妙計。」

徐子陵微笑道：「整天要窩在屋內，會不會感到氣悶？」

任俊搖頭道：「怎會氣悶？小子從兩位前輩身上每天都學到新的東西。寇爺正在臥房休息，並請徐爺到來後立即去見他。」

徐子陵問道：「宋爺呢？」

任俊壓低聲音道：「宋爺自見商場主回來後，一直在中園的亭子呆坐，我們不敢打擾他。」

徐子陵泛起不安的感覺，點頭道：「我見過寇仲再說。」

徐子陵在床沿坐下，雙手交叉放後作枕仰臥榻上的寇仲朝他瞧來嘆道：「我有兩個難題，想與你分享。」

徐子陵苦笑道：「看你現在愁眉不展的樣子，肯定滿腦是如假包換的難題。唉！難題嗎？我也有得出讓。」

寇仲盤膝坐起來，笑道：「是我先說的，所以我有優先權。我一直沒有機會告訴你，昨晚我曾和婠婠動過手。」

徐子陵明白他不想讓侯希白曉得這方面的事，因關聯石之軒。道：「她功德圓滿的天魔大法厲害至何等程度？」

寇仲道：「我尚未試清楚，卻有個極端不祥的感覺，就是她的天魔大法剛好能克制我的井中八法，就像水能剋火的一種無法改變的物性相剋。」

徐子陵道：「事情未必如此嚴重，只因她比誰都明白我們以長生氣為基礎的眞氣。你們怎會動手的？」

寇仲道：「是她逼我動手的，以證明只有她的天魔場才能困著石之軒。難題就在這裏，我們究竟和她合作，還是拒絕她？今天我們必須給她一個肯定的答覆，時間不容我們拖下去。」

徐子陵道：「或者是因我見過她悲泣的悽慘樣子，感覺到她仍是個有血有肉的人，值此她正陷於四面楚歌的時刻，我們為人為己都該扶她一把。而合作則止於對付石之軒，我們以後再不插手她任何事內。」

寇仲嘆道：「你同情她，是因認為石之軒以大欺少。可是我卻有個感覺，婠婠極可能是另一個石之軒，終有一天天下無人能制。」

徐子陵凝望他好半晌，道：「她昨夜的表現，肯定令你猶有餘悸，對嗎？」

寇仲雙目神光閃閃，忽然嘴角逸出一絲笑意，道：「應說是打動。她天魔場靈活變幻的變化，深深打動我對武道的追求，就像石之軒的不死印。好吧！便依你之言和她合作，狠狠賭他娘的一鋪。假若伏殺石之軒失敗，我們該如何應變？」

徐子陵沉聲道：「我們立即撤走，並放棄司徒福榮的計畫，否則會連累很多人。因為我們將惹起石之軒的殺機，並不擇手段的對付我們，那可不是說著玩的。」

寇仲道：「第一道難題當解決了，另一道難題恐怕連你也有心無力。」接著把宋師道的顧慮說出來。

徐子陵沉吟片刻，見寇仲眼直直的呆看著自己，訝道：「爲甚麼這樣呆瞪我？」

寇仲頹然道：「我在看你會不會乘機勸我放棄爭霸天下。唉！我現在內疚得要命，這可說是宋二爺唯一的一個得到幸福的機會，如若觸礁，他將失去生趣，說不定會到娘的墳前自盡殉情，那是我最不願見到的事。」

徐子陵沉聲道：「依目前的形勢發展，如若你寇少帥放棄爭霸，洛陽必然失陷，宋缺給你氣得心灰意冷下將袖手不理中土的事，李淵會把李世民召回長安，改由李元吉主持大局，由於洛陽得關中支援，竇建德和劉大哥將有敗無勝，巴蜀依約降唐，天下群雄像倒骨牌般應聲投降或戰敗覆亡。於此情況下，李世民肯定會被魔門的人刺殺，那時唐室天下若不落入魔門之手，亦難逃塞外聯軍入侵征服的命運。」

寇仲劇震道：「你好像是第一次正式支持我爲統一天下而戰？」

徐子陵苦笑道：「我是以事論事，看到李淵被魔門的尹祖文利用其好色弱點的情況，還有獨孤閥、宇文閥和李閥三閥合一的形勢，加上石之軒之外尚有婠婠，李世民絕對沒有機會，妃暄期待成空。而正如你所言，李世民在府兵制下根本沒有可能擁兵自立，而他也不願這樣做。」

寇仲道：「假若我眞能殺死李小子，擊潰唐軍，那又如何？」

徐子陵道：「戰火無情，不是你殺我就是我殺你，小弟有甚麼話好說的。但你不是說過只有爭天下的野心和享受那種過程，卻沒有當皇帝的興趣嗎？在容許的情況下，大可放過李世民，將來讓他當皇帝算了。」

寇仲苦笑道：「給你說得我心都癢起來。坦白說，看過李淵的當皇帝之苦，想當皇帝的肯定是傻瓜。只可惜我們是痴人說夢，依現今的形勢發展，即使我能奪取江都，仍難逃兵敗戰死的劣局。坦白說，我眞看不到自己有任何機會。不是要長李世民志氣，在實力上和戰略的布置上，我和李世民仍有一段距離。」

徐子陵搖頭道：「你因被李世民重挫於慈澗，心情鬱結下既低估自己，更低估你未來岳丈『天刀』宋缺，只要你能撐著局面，一待宋缺率領南方大軍北上，天下形勢會逆轉過來，再非李閥獨大的一面倒情況。」

寇仲一呆道：「宋缺竟會親來助我？」

徐子陵道：「此事千眞萬確，是沈落雁和李世民告訴我的，宋缺正召集嶺南各族的俚僚軍，進行集訓，若從嶺南坐船沿岸北上，可於個許月的時間抵達。」

寇仲半信半疑的道：「那他老人家爲何不立即來救我？」

徐子陵道：「軍隊結聚後尚要集訓，需時至少三個月，加上船程，是四個多月的時間，所以嶺南大軍最快趕來救你的時間在十月才能實現，但宋缺乃軍事大家，絕不會在那時候北進。」

寇仲失聲道：「爲甚麼還要拖延？到那時我寇仲可能要靠你才能向李小子討回遺骸，好安葬在娘的墓旁。」

徐子陵嘆道：「仲少你這叫關心則亂。南人北戰，首先要克服水土的問題，十月北方嚴冬開始，在寒冷的天氣下，不耐風雪苦寒的南兵勢將戰力大減，以宋缺的智慧，怎都會忍耐至春暖花開的時候才發兵，他到那時才會將這計畫知會你。」

寇仲倒抽一口涼氣道：「那豈非仍要捱九個月的悠長時間？」

徐子陵道：「那須看洛陽可守多久？我願助你取江都，並不是一時感動下的魯莽之言，而是深思熟慮後的決定。我不願和李世民交鋒，對李子通卻沒有這種顧忌。」

寇仲呆看他半晌，道：「好！無論伏殺石之軒一事是成是敗，只要死不掉，我立即趕回彭梁，盡一切辦法收服李子通。」

徐子陵道：「我非常高興你恢復鬥志，卻不知是禍是福。此間事了後，我會到巴蜀走一趟，然後到彭梁與你會合。」

寇仲道：「然則眼前宋二哥與美人兒場主的死結如何解開？我眞怕商秀珣爲牧場著想，會委身李建成，那是我們難以容忍的。」

徐子陵道：「我們找個機會，和商秀珣開心見誠的談一次，希望她無論如何都要拖延至洛陽失陷，才在這方面下決定。」

寇仲點頭道：「這是沒有辦法中的辦法，希望美人兒場主眞的傾情宋二哥，那一切好辦。我的兩個難題似都解決哩！你那方面又有甚麼新的問題？」

徐子陵一古腦兒把胡小仙擔心的事說出來，道：「若證實李淵偷畫別有居心，我們須將偷畫的大計改變過來，且要冒更大的風險。現在我們把偷畫和伏殺石之軒兩事勾連在一起，任何一個環節出問題，我們也要吃不完兜著走。」

寇仲擔憂的道：「如若李淵打消請宋二哥鑑證寶畫的念頭，又或待幾個月風聲過後才這般做，我們豈非只能被動的呆等嗎？」

徐子陵肯定的道：「我有直覺李淵會在幾天內請二哥入宮，因為他必須肯定手上名畫是真作而非偽冒，否則便是個笑話。若宋二哥真的是申文江，李淵一句話就可令他不敢說三道四，所以並不存在須待風聲過後的問題。胡小仙確是非常迷人，難怪李淵動心，不過他是否志在小仙，還須待侯公子去證實。」

寇仲興奮起來，道：「今晚讓我們去勘破入宮地道的玄虛，到宮內探路。他娘的，揚州雙龍和多情公子來啦！」

徐子陵沒有被他的興奮感染，冷然道：「應說曹三來哩！」

寇仲錯愕道：「曹三？」

徐子陵道：「當然是曹三，我們先扮曹三順手牽羊拿走唐宮其中一件國寶，下回偷寶畫就不至於太突然，更不會懷疑是宋二哥洩祕。」

寇仲皺眉道：「那會令李淵更加強防備，對我們是有害無利的。」

徐子陵哂道：「你真的認為有分別嗎？李淵為防範石之軒，且更因莎芳被殺一事，宮內的戒備警覺早提升至頂點，根本沒有分別。」

寇仲呼出一口氣道：「你這小子比我更膽大包天，就像我以為自己是情場戰士，你卻是情場的先鋒大將，是我在情場的上司。哈！曹三不但沒有遠遁，偷東西還偷到皇宮去，視李閥如無物，究竟會引起甚麼反應？」

徐子陵看看天色，道：「差個把時辰便是黃昏哩！我們該不該去見商秀珣一面呢？」

寇仲道：「小弟認爲你一個人獨自去見她易說話點，我則去找爾文煥，告訴他須取消今晚的賭局。這叫欲擒先縱，待他作出提議，例如與其在上林苑外呆等，不如溜過對街賭他娘的幾局諸如此類，我們則裝作最後終被說服，因爲太行雙傑不但貪婪成性，且是只顧自己的人。」

徐子陵道：「說到底就是要我孤零零一個人去面對美人兒場主，由我背這黑鍋。」

寇仲拍拍他肩頭道：「這叫群策群力，又叫分工合作嘛！」

就在此時，兩人心現警兆，同往臥室朝西的窗子瞧去。婠婠幽靈般立在窗外，正巧笑倩兮、秀眸生輝的凝視兩人。兩人大吃一驚，魂飛魄散。

寇仲和徐子陵的震駭是有理由的，因爲這是他們最害怕的事。上回到長安尋找楊公寶庫，如被揭破，還可與高占道等人立即撤走，可是這回卻是牽連廣泛，榮達大押的陳甫等人固是首當其衝，追查起來，平遙的歐良材等人亦難免禍。且値此李淵正深忌李世民的當兒，可能李靖也將有難，所以他們於此時分看到窗外的婠婠，立即三魂不齊，七魄不整。在這方面的掩飾，他們非常小心，用盡手段，想不到終被婠婠識破，最糟的是直到此刻他們仍不曉得樓子出在哪裏？更聯想到婠婠既可如此，暗伺在旁的石之軒自可辦到。

兩人頭皮發麻，啞口無言時，婠婠從窗外飄進來，毫不客氣的坐到床端，嘴角含春的道：「兩位情郎好！你們的考慮有結果嗎？」

寇仲正面向著她，深吸一口氣以舒緩震駭波動的情緒，沉聲道：「你是怎樣發覺的？」

徐子陵改變坐姿，雙目電射，心忖現在唯一的解決辦法，就是希望婠婠乃唯一曉得「司徒福榮計畫」

的人，然後合兩人之力不擇手段拚著受傷來個殺人滅口，否則以後會被她牽著鼻子走。他肯定寇仲心中轉的是同一念頭，他不知道寇仲能否狠下此心，卻知自己肯定辦不到。

婠婠香肩微聳，輕鬆的道：「百密一疏，智者千慮必有一失，何況婠兒早曉得你們另有圖謀。」

寇仲雙目精芒驟盛，旋又斂去，頹然嘆道：「看來你是不肯說出我們錯失在甚麼地方哩！」

婠婠秀眸湧起複雜的情緒，幽幽的瞟徐子陵一眼，目光轉回寇仲臉上，柔聲道：「恰恰相反，我本不打算說出來，但現在改變主意，決定立即解除你們的疑慮，好令你們安心。相信人家一次好嗎？就算你們拒絕助我，婠婠亦絕不會出賣你們。」

徐子陵訝道：「為何忽然改變主意？」

婠婠目光投向窗外中園的方向，微嘆道：「剛才我在試探你們，看你們會否殺人滅口？我進房來實是以身犯險，可是在如此情況下，你們仍不肯向人家下毒手，人非草木，孰能無情？婠兒給你們感動哩！」

寇仲和徐子陵聽得面面相覷，因難測她說話的眞假。感覺則窩囊至極點，似肉在砧板上，任由宰割的被動苦況。

婠婠柔聲續道：「你們的樓子出在商秀珣身上，也是唯一的失著。我猜到你們定會找她解釋，只沒想過為你們作和事佬的是宋家二公子。跟蹤他可比跟蹤你這兩個其奸似鬼的小子易多哩！他先前離開商府時更是滿懷心事。」

兩人恍然大悟，這確是百密一疏，同時亦安心下來，因為石之軒並不曉得他們和商秀珣間發生的事，故不會像婠婠般懂得伺伏商秀珣行館之旁，等待他們上鈎。

婠婠見兩人呆頭鵝般的瞧著她，微嗔道：「人家眞不會出賣你們，更不會利用這來威脅你們，那對婠兒有甚麼好處？而縱有天大好處我也不願以後你們認定我不但是無可化解的仇人，更是卑鄙至極之徒。」

兩人開始感覺到婠婠的誠意，交換個眼色後，寇仲道：「見你這麼乖，我們也有回報。我們昨晚夜探尹府，聽到尹祖文和貴派聞采婷的對話，老尹指你難忘殺師之恨，不利你們聖門兩派六道的統一，提議以白清兒代替你。聞采婷看來已給說得意動，還說邊不負、辟守玄兩人都支持白清兒。只要石之軒肯狠心殺死女兒，陰癸派會臣服石之軒之下。」

徐子陵補充道：「尹祖文認爲只要能生擒你，他有辦法逼你把《天魔訣》交出來。」

婠婠容色平靜，雙目下垂，淡淡道：「你們的確神通廣大，竟瞧破尹祖文的身分。」

寇仲笑道：「這或者就是天網恢恢，疏而不漏。」

婠婠唇角微翹似示不屑，哂道：「甚麼天網？甚麼天命？太史公早有伯夷、叔齊善人不得好死，而滿手血腥罪孽者卻得善終之嘆！他自己則慘遭宮刑，不能人道。所謂天網天命，是耶非耶？只不過是滿口仁義的僞善者騙人作奴才的大話。」

寇仲訝道：「我不過隨口說說，心中並無意見，你卻像並不把衆叛親離、四面楚歌的情勢放在心上？」

婠婠雙目凝視寇仲，緩緩道：「祝師死後，婠婠從此沒有親人。在聖門裏惟強者稱王，只要殺死石之軒，其他人怕我還來不及，豈還敢來惹我？現在最後的決定握在你們手上，你們若一意孤行，我只好另尋辦法，但仍不會揭破你們的計畫。」最後一句話令兩人大生好感。

寇仲向徐子陵道：「陵少怎麼說？」

徐子陵道：「我答應過的事，從來沒有不算數的。」

婠婠喜出望外，嬌軀輕顫道：「那石之軒死定哩！你們可有甚麼計畫？」

寇仲道：「我們希望能在此點上有些保留。可以告訴你的是我們曉得石之軒在長安有另一個化身，故正等待某一時機的來臨，當逼得石之軒全無退路，我們可在他唯一的逃生出路伏擊他，可是詳細計畫要待到那一刻來臨前，我們才可以告訴你。到時你會明白我們現在守口如瓶的原因，因爲牽涉到我們太多祕密。」

婠婠點頭道：「非常公平。你們現在是婠兒僅有敢信任的兩個人，不必有絲毫擔心你們會害我。爲方便行動起見，奴家暫居此處行嗎？這裏環境不錯，我保證不會被下人發現。」

只聽她的話，兩人知她已把司徒府的形勢摸通摸透。

寇仲皺眉道：「你自己沒有落腳的地方嗎？待展開行動時我們自會通知你。」

婠婠容色平和的道：「我當然有安身落腳的處所，卻不敢告訴你們。誰料得到我們將來的關係會如何發展？人家不願整天擔心你們不知甚麼時候會摸上門來尋晦氣呢！」

寇仲微笑道：「隨便大姐你吧！不過你這番話透露出珍貴的消息，希望將來不須被我們利用來對付你。」

婠婠瞟徐子陵大有深意的一眼，嘆道：「將來的事，將來再說！現在人家四面楚歌，而你兩位是我僅有可信賴的人，只好躲到這裏暫避風頭。」

兩人恍然，是因聽得本派人密謀對付她的消息，感覺到危險，所以不得不放棄原來隱藏的處所和身分。

徐子陵淡淡道：「還有一則重要的消息順帶告訴你，昨夜石之軒親自出手，不但擊斃『善母』莎芳，還盡殲其隨員。」

婠婠微一錯愕，露出思索的神情。

寇仲乘機問道：「誰是大尊？」

婠婠目光朝他投去，稍作沉吟，嘆道：「若我告訴你們，與背叛聖門無異！」

寇仲哈哈笑道：「你還及不上石之軒的瀟灑，他昨晚告訴陵少，楊虛彥就是甚麼他奶奶的原子。大明尊教並非你聖門內的派系，且聖門的人正排擠你，你還要計較他娘的所謂義氣，如此守成不變，我寇仲第一個不看好你。」

婠婠微笑道：「楊虛彥和大明尊教不過是互相利用，大明尊教需楊虛彥助他們立足中原，而楊虛彥則看上大明尊教的《御盡萬法根源智經》，雙方是利益的結合，所謂的『原子』只是個名稱，可以沒有任何實質的意義。楊虛彥永不會成爲大明尊教的信徒，大明尊教更不會認爲楊虛彥是他們的人。」

寇仲知再難從婠婠口中套問出進一步的有用情報，瞧天色已是日落西山，早錯過去見商秀珣的時間，笑道：「今晚回來再和你耍花槍，我們現有要事待辦，美人兒你在這裏好好休息吧。」

婠婠橫他千嬌百媚的勾魂一瞥，道：「人家也很忙哩！明早見！」說罷穿窗離開。

婠婠離開後，兩人你眼望我眼，均有是福是禍，難以逆料的感覺。

此時雷九指領侯希白至，見到兩人表情，前者訝道：「發生甚麼事？爲何你們既不說話，更木無表情？是否又吵架哩！」

寇仲嘆道：「我們這回的誅香大計，已因被婠婠發現敲起警鐘，沒哭喪著臉就非常了不起了。」

雷九指和侯希白立即色變。

徐子陵解釋後道：「事情仍未至山窮水盡的地步，但我們必須有應變計畫。」

雷九指終弄清楚情況，點頭道：「撤退可以有全面撤退和部分撤退之分，我去找宋爺商量，好教他沒時間胡思亂想。」

徐子陵把他喚回來道：「那小玩意有沒有頭緒？」

雷九指哈哈笑道：「別忘記我是誰的傳人，明早交貨如何？哈！」笑著去了。

侯希白坐到床端剛才婠婠坐過的位置上，道：「只要你們能撤走，我保證婠婠不敢出賣你們，那對她有百害而無一利。順帶問句，你們似對石師藏身處有十成十的把握，對嗎？」

徐子陵淡淡道：「可以這麼說，卻非十足十，那要看老天爺的意旨才能定奪。」

侯希白苦笑搖頭，道：「我是否令兩位感到小弟是很麻煩的一個人？」

寇仲笑道：「不是麻煩，而是矛盾。因爲最銳利的矛和最堅固的盾相擊，必是矛折盾碎的結局，沒有矛和盾，再沒有麻煩。你的矛盾就是對你有仇有恩的師尊石之軒，由他老人家一人分飾兩角，幹掉他立即天下太平，便是這麼簡單的一回事。」

侯希白啞然失笑道：「在下再不需你來開解，皆因給子陵點醒畫道即是武道後，早心暢神舒，只是怕你們低估石師的智計，一個不好給他反噬一口。更要小心是你們加上婠婠或會變成世上最銳利的矛，但石師卻肯定是最堅固的盾，一張從未被人攻破的堅盾。」

徐子陵岔開道：「那兩件事辦得如何？」

侯希白道：「我先去找落雁，下人說她被張婕妤召入宮去，怕要小住數天，你們的臉色爲何變得這麼難看？」

寇仲沉聲道：「這極可能是對付她的第一步行動，你是否接著入宮，見到她嗎？」

侯希白搖頭道：「我入宮求見張娘娘，她的頭號太監鄭公公說她正陪皇上下棋，故見落雁不著，當然沒有機會打聽《寒林清遠圖》的下落。」

徐子陵道：「今晚我們入宮，定要設法通知落雁。」

寇仲道：「爲何捨易取難？今晚李淵不是設宴招待美人兒場主嗎？沈落雁肯定是陪客，我們請美人兒場主設法通知沈落雁便成。」

侯希白道：「遲啦！我離宮時，剛好碰上商秀珣入宮的車隊，她還停下揭簾和我說過兩句話，唉！」

兩人聽他語氣，知道不會是甚麼好話，你眼望我眼，無言以對。

侯希白低聲道：「她說不再怪你們，但以後你們不用再找她。她說時眸子透出傷感失落、無可奈何的神色。」

寇仲苦笑道：「你說的全是壞消息，可以有令人快樂些的消息嗎？」

侯希白道：「我不想有好消息告訴你們嗎？可惜事與願違，皇宮的守衛明顯增強，我則由宮監韋公公貼身侍候，令我不敢向人詢問寶畫的事，說到底我仍是石之軒的徒弟，值此石師剛擊殺莎芳的當兒，李淵怎樣也要防我一手。」

徐子陵道：「韋公公是甚麼人？」

侯希白道：「韋公公在舊隋時曾伺候楊堅，後則追隨楊廣，是隋宮內武功最高強的太監頭子。煬帝被弒時他正在江都，憑武功突圍逃走，自此投靠李淵，並得李淵起用爲內宮監。宮內所有大小太監均歸他管轄。」

寇仲道：「能在那種情況下突圍逃走，這人肯定有兩下子，我們曾於江都見過楊廣，印象中沒這麼一個人。」

侯希白道：「韋公公爲人低調，此正是李淵喜歡他的地方。韋公公的武功是楊堅親手訓練出來的，負起保護楊堅的重責。坦白說，橫看豎看我也不覺得他有何特別之處，但僅是這種眞人不露相的本領，已足可令人感到他的深不可測。」

徐子陵嘆道：「宇文傷、尤楚紅、韋公公，再加上幾個出山來助李淵的前輩名家，我們入宮後一旦行藏敗露，必有死無生。」

寇仲道：「入宮之事今晚勢在必行，到時隨機應變吧！」

徐子陵點頭同意，轉向侯希白道：「希白兄可否代爲查探另一事，就是看李密是否已正式向李淵提出離開長安一事。」

侯希白道：「這方面該比較容易，我立即去辦，今晚見！」

侯希白去後，兩人各自沉吟，沒有說話。徐子陵心中大感不安，婠婠出賣他們的機會不大，卻使他生出危機感。例如以石之軒的眼力，加上他曉得徐子陵正在長安，肯定可一眼瞧破太行雙傑就是他徐子陵和寇仲，只要石之軒有這個機會。要命的是石之軒必會盡力查探他到長安來的目的，昨夜更發出清晰的警告，若再不離開長安，休怪他不留情。所以他必須在這情況發生前，先伏殺石之軒。問題是他們對寶畫究竟是在張婕妤的香閨、還是李淵的書房尙未弄清楚，只能被動地苦候李淵召申文江鑑畫的機會。侯希白的擔心是有道理的，一個不好，他們將要飲恨長安，完蛋大吉。石之軒確有鬼神莫測的手段和才智。

寇仲的聲音傳進他耳內道：「你在想甚麼？眉頭全皺起來，令我想起將來你年老時的樣子。」

徐子陵頽然嘆一口氣，反問道：「你又在想甚麼？」

寇仲盯著自己一對腳尖，搖頭道：「肯定我想的和你不同。唉！我想到的是洛陽之戰輸得並不冤枉，我是應該輸的，因李世民的高明近乎令人心寒的地步。他選在六月用兵，宋缺即使聞信立即調動軍旅，仍不能趕在十月冬季前開拔，因爲抵達時剛好是冬天，不利南人用兵，所以只好待至明年春暖花開之時出發。李世民卻可趁這九個月的時間，攻陷洛陽，再把彭梁夷爲平地，他奶奶的，這小子的手段確是狠辣。」

徐子陵道：「無謂的犧牲是沒有意義的，爲何不考慮撤返嶺南，先平定南方，再圖渡江？」

寇仲道：「這並不是我寇仲喜歡的方式，輸就輸吧！但贏則定要贏得漂漂亮亮。陵少的提議或可使我保命，但勢將令我在頗長的一段時間陷於動輒敗亡的被動捱打之局。李世民並不用和我在戰場分勝負，只要巴蜀降唐，整個大江之北將落入李唐手上，我們能保住大江之南已非常不錯。且我怎忍心看到中土回復南北對峙之局，予突厥可乘之機？一是我統一中原，一就是李小子得天下。所以我決定死守彭梁，直至宋缺援軍開到的一刻。此事我會獨力承擔，更不願你介入到我和李小子的生死決戰去。」

此時雷九指來說，出發往上林苑的時間已到。

馬車離開里坊，加入街上的車馬人流，往上林苑緩馳而行，由寇仲和徐子陵的太行雙傑當御者，載的是雷九指三人。目睹華燈初上下長安的繁華景象，兩人各有感觸。

寇仲湊近道：「黎陽之戰後，我剛送走秀寧公主，那晚我感到無比的孤獨和寂寞，差點哭起來，湧上心頭的全是不如意的事，更感到很對不起別人，只想向玉致、秀寧、楚楚她們下跪懺悔，那是種使人窒息的痛苦。」

徐子陵淡淡道：「以後有沒有同樣的情況？」

寇仲茫然搖頭，苦笑道：「哪還有空閒時間？」

徐子陵點頭道：「理該如此。你是被李秀寧勾起你內心深處的情緒，故有此軟弱的表現。此後你會變成鐵石心腸的人，不再爲本身的情緒左右，一切以勝利爲目標。」

寇仲訝道：「你的分析很古怪，但我感覺自己仍是那個人，只是把心神移到戰爭上，無暇顧及其他。」

徐子陵道：「昨夜我有個奇怪的感覺，聽著石之軒說話，目睹他毫不留情的屠殺大明尊教的人，我感到再不能以正邪去界定他是怎樣的一個人，但肯定他是個爲求達到目的，不擇手段，撇開一切阻纏著他的功利主義者。他的唯一弱點是對碧秀心難以割捨的深情，若他沒有這破綻，昨晚必全力幹掉我，不容許我們有算計他的機會。」

寇仲一震道：「你是否暗示我爲求成功，必須不擇手段，變成一個無情的人？」

徐子陵肅容道：「戰爭本就是爲求勝利，不擇手段。你既揀選這條爭霸之路，自須遵循遊戲的規則，否則最好回家睡覺。」

寇仲搖頭道：「我永遠不會變成這樣的一個人，事實上在感情方面我是很脆弱的。」

徐子陵道：「你只是脆弱一個晚上，唉！你這小子這麼糊塗，若你眞的脆弱，就不會任由尙秀芳到高麗去，不會過門不入的避見楚楚，更不會不顧宋玉致的意願將宋閥拖進戰爭去，也不會與李秀寧變成敵人。自選擇以一統天下爲己願後，在這大前提下你從沒退縮過。」

寇仲呆想片刻，艱澀的道：「難道我眞是鐵石心腸的人嗎？」

徐子陵道：「坦白說你還沒有那麼厲害，所以我一直爲你擔心。」

寇仲道：「我並不想變成這樣的一個人，那我的選擇是否錯誤？」

徐子陵苦笑道：「那要老天爺才曉得。這回來長安的所見所聞，徹底改變很多我過往深信不疑的想法，更懷疑妃暄選中李世民的正確性，因爲照目前的形勢發展，李世民的勝利，只會便宜魔門或突厥人。」又搖頭道：「我不知道！哦！到哩！」

任俊的司徒福榮、宋師道的申文江、雷九指的管家，在上林苑的知客殷勤款待下，迎進苑內去。寇仲和徐子陵依指示把馬車停在廣闊的廣場一角，取來清水飼料服侍馬兒，兩人都不由惦念愛馬千里夢和萬里斑。爲避風險，兩匹寶貝均被留在關外。

寇仲道：「上林苑的老闆是何方神聖，有甚麼後台背景？」

徐子陵道：「想知道這方面的事，該問我們的侯公子。」

此時有馬車駛進上林苑，寇仲眼睛掃過去，低聲道：「這小子死性不改，仍是沉迷於夜夜笙歌的生涯。」

徐子陵循他目光瞧去，見到一個衣飾華麗紈袴子弟式的人物，問道：「這傢伙很眼熟？」

寇仲道：「是沙家二少爺沙成功，與沙成就一個好賭，一個好嫖，幸好尚有三少爺沙成德撐持家業。」

徐子陵道：「時間差不多，我去見爾文煥和喬公山，你在這裏總纜大局吧！」

寇仲忙道：「這裏有甚麼事可做的？只會把我悶出鳥兒來。我陪你去走一趟。」

徐子陵道：「這並不合情理，因為我現在是去告訴他們今晚分身乏術，可竟然兩個人都溜去見他們，他們不起疑才怪。兄弟！耐性點啊！」說罷笑著去了。

寇仲為之氣結，心神回到洛陽之戰上。離開慈澗後，他儘量避免去想及這方面的事情，把心神集中到石之軒身上，因為他正威脅自己兄弟徐子陵的生命，那可比爭霸天下更重要。所以值此洛陽陷於水深火熱之時，他仍要拋開一切，到長安來對付石之軒。此間事了，他須立即趕返彭梁，接收楊公卿撤往彭梁的人馬，然後遵從遊戲的規則，無所不用其極的從李子通手上奪取江都，一個他最熟悉的地方。不過他的不擇手段單是針對敵人而言，對無辜的平民百姓，他絕狠不下心腸，這是他的底線和原則。

想到這裏，後方有足音接近，聽輕重力道，知道是個會家子，寇仲故意待來者接近，始驚覺地別頭瞧去。看一眼他敢肯定對方是池生春，他雖比香玉山高大，那種白皙清瘦的形神，與香玉山有四、五成相肖。舉止文雅而沒有江湖的俗氣，嘴角掛著自信老練的微笑，顯示他善於交際。他不算英俊，但長得隨和順眼。

池生春見寇仲轉過身來朝他打量，拱手笑道：「這位定是名震太行的蔡兄哩！小弟池生春，爲何不見匡兄？」

寇仲見他沒半個從人，瀟瀟灑灑的，恍然他該是從對街的六福賭館走過來，不過仍摸不清楚他來「巴結」自己的目的，裝出震驚姿態，忙抱拳道：「原來是六福的大老闆池爺，我們福榮爺正在苑內。文通他有事轉頭便回。」

池生春神態從容的來到寇仲身前，壓低聲音道：「昨天我聽爾文煥大人談起蔡兄和匡兄，爾大人對兩位非常欣賞，說兩位是交得過的朋友。我池生春最愛結交英雄好漢，來！我們到苑內去說，到長安來怎可在上林苑門外徘徊不入？」

寇仲裝出受寵若驚的神色，結結巴巴帶點尷尬道：「這個！嘿！這個不太好吧？小弟現在爲福榮爺辦事，嘿！」

池生春一把挽著他朝大門走去，欣然道：「我對司徒兄慕名久矣，今晚正是前來一睹司徒兄的風采。對我來說司徒兄是朋友，蔡兄和匡兄亦是朋友，蔡兄在長安有甚麼須小弟幫忙的地方，隨便說出來，小弟必會爲蔡兄辦到。」

寇仲暗叫厲害，池生春籠絡人的手段直接熱情，若他眞是蔡元勇，給他這麼紆尊降貴的巴結奉承，不飄飄然受落才怪。遇上的人，不論是上林苑人員又或是賓客，無不向池生春請安問好，顯示池生春交遊廣闊，八面玲瓏。

池生春又笑道：「不要看長安城這麼大，可是有甚麼風吹草動，立即傳遍全城。關中劍派的人最愛管別人的閒事，包括小弟在內，很多人早看不順眼。邱文盛那老不死恃著自己的大弟子段志玄在秦王手下辦事，囂張跋扈，仗勢橫行。我不是危言聳聽，那天關中劍派的人雖被迫說出不再騷擾兩位老兄的話，但必下不了這口氣，說到底長安是他們地盤，所謂猛虎不及地頭蛇，蔡兄必須小心。」

寇仲醒悟過來，明白他們的太行雙傑已捲入長安的鬥爭內，而爾文煥肯放過肖修明和謝家榮，是要釣更大的魚，最終目的自然是想抓邱文盛的樓子，把整個關中劍派摧毀，使李世民變得孤立無援。忙裝出驚恐神色，沉聲道：「他們究竟想拿我們怎樣？」

兩人此時步至中園，池生春挽著他移到旁邊的荷花池，立定正容道：「邱文盛行事心狠手辣，謀定後動，可說防不勝防。我池生春對他的胡作非爲一向不滿，兼且和蔡兄一見如故，此事我不會坐視。待我和爾大人仔細商量，只要能請齊王爲兩位出頭，保證邱文盛吃不完兜著走。哈！今晚不宜談這些大殺風景的話，我們先盡興欣賞長安第一名妓紀倩的歌藝，明天我會有好消息告訴蔡兄。」

寇仲聞紀倩之名暗吃一驚，又慶幸徐子陵沒有被池生春硬拉來赴宴。池生春挽著他邊走邊道：「待會匡兄辦事回來，把門的自會將他引進，大家高高興興的歡敘一晚，不醉不歸。」

寇仲心中叫苦，紀倩和徐子陵關係密切，若憑女性對男性的敏銳直覺識破他，那這回眞是栽到家哩！

食館內，爾文煥聽罷徐子陵的藉口，笑道：「恕我直言，在長安，司徒老闆的安全絕無問題，我和城守所打過招呼，除非是宋缺親來。否則……哈！」

喬公山接口道：「宋家現在自顧不暇，對司徒老闆應是虛言恫嚇，匡兄不用放在心上。反是匡兄和蔡兄須當心別人的暗算。」

徐子陵愕然道：「別人的暗算？」

爾文煥湊近少許，壓低聲音道：「據我們收到的風聲，關中劍派的人心懷不軌，決意置兩位於死地。此事尚有秦王天策府的人作後盾，一出手必是雷霆萬鈞之勢，有心人算沒心人下，兩位很易著他們的道兒。」

徐子陵像寇仲般明白過來，對此節外生枝的事大感頭痛，只恨不能不作出「正確」的反應，雙目射出疑懼的神色，道：「若我和元勇有甚麼三長兩短，誰也猜到是他們幹的，他們的膽子有這麼大嗎？」

喬公山肅容道：「若沒有天策府在暗裏支持，諒邱文盛以天作膽仍不敢動兩位一根毫毛。不過兩位不用擔心，我們會為兩位想辦法應付。」

爾文煥沉聲道：「先發制人，後發制於人。匡兄跑慣江湖，當然明白這道理。」

徐子陵點頭道：「幸好遇上爾兄和喬兄兩位貴人。唉！此事該不該知會福榮爺呢？」

喬公山道：「你們是為司徒老闆辦事，於情於理都該讓他曉得，卻不用說得太嚴重。」

爾文煥一拍他肩頭道：「不過小事一件，我們自會留神，包保關中劍派那些兔崽子鬧個灰頭土臉。六福是通宵營業的，兩位若能溜出來，我們隨時可作妥善安排。」

喬公山笑道：「上回是六福，這次應到明堂窩開開眼界，明堂窩是長安歷史最悠久的老字號，在長安新城啓建時成立。」

徐子陵裝出心動的樣子，又嘆道：「遲些回去沒問題，整夜溜出去賭怎都說不過去，不如到明天才去明堂窩見識。唉！我這人沒甚麼嗜好，只是賭癮大一點。」

爾文煥邪笑道：「匡兄只有賭癮麼？」

徐子陵「記起」自己的騙財騙色，嘿嘿笑道：「喜歡漂亮的姐兒是男人的天性，該不算是嗜好，哈！」

爾文煥和喬公山陪他邪笑起來，大有臭味相投之樂。徐子陵與他們約定明晚會面的時間地點後，起立告辭，爾文煥和喬公山出奇地沒有挽留，任他離去。

宴會設在上林苑西園的黃菊廳，筵開一席，留下廣闊的空間作歌舞表演之用。池生春和寇仲到達時，打扮得花枝招展的一群十多個歌舞姬從大門退出，見到兩人頻拋媚眼，不過目標多集中在池生春身上，嗲聲嗲氣的喚「池大爺」，連旁邊的寇仲亦感受到溫柔鄉那令人心蕩意軟的滋味。

池生春踏過門檻，立即長笑道：「久仰司徒兄大名，今日終可還我池生春的心願，幸會！」

環桌而坐者紛紛起立相迎，扮司徒福榮的任俊以他的姿態神氣地笑應道：「原來是一手創立六福的池大老闆，想不到這麼年輕。賭場這門生意並非有錢就可做得來的，能做得有聲有色人人稱讚的更可數得出有多少個人。」

尹祖文欣然道：「賭場旁例必有當鋪，生春做得越是有聲有色，司徒老闆的生意做得越大，所以今天怎少得了生春和我們大仙他老人家？」

寇仲閃閃縮縮的躲在池生春身後，皆因一眼掃去，立即倒抽一口涼氣，生怕給人認出體型氣度，真個作賊心虛。尹祖文居於背南主家位，右手順序是任俊的司徒福榮，「大仙」胡佛，胡佛右邊赫然是沙家二少爺沙成功。這好色的二世祖初抵長安時並不得意，唐室的權貴雖借重他老爹沙天南，對此一事無成的公子哥兒並不放在眼裏。不過他今天能出席這個宴會，顯然是尹祖文著意籠絡，看中的當然不是他本人，而是掌握在他沙家手上的兵器和礦藏業務。

寇仲倒非怕給他認出是醜神醫莫一心，因沙成功並沒有如此高明的眼力，他怕的是位在沙成功右席的薛萬徹。此人爲李元吉的心腹大將，無論才智武功，均不在李元吉之下，兼且此時他的注意力集中到他身上。寇仲的恐懼不是沒有根據的，薛萬徹旁是宋師道的申文江，另一邊虛位以待的是正對尹祖文的席位，當然是留給池生春的。接著是雷九指的蘇管家，這老小子表情十足的盯著寇仲，一面不悅，反應恰如其份。雷九指另一邊亦是熟人，是外務省言詞便給的溫彥博，他專責招待外賓，出席這類場合不會令人感到突兀。再過去是另兩個空席，寇仲猜到其中一席該是留給紀倩這長安最有地位的名妓，另一席卻不曉得留給何人。

看賓客座位的安排，可知尹祖文的高明，如非寇仲等知悉他眞正的身分，又是爲對付池生春而來，定看不透宴會的目的是尹祖文和池生春陰謀的第一步行動。事情來得太快太突然，忽然間雙方即互相入局，正面較量起來。寇仲尙是初見胡佛，這賭界宗師級的人物有種一般江湖人物沒有的靈秀之氣，與侯希白的氣質頗爲神肖，不知是否因對字畫藝術的鍾情，使兩個截然不同的人在氣質上相近。

「大仙」胡佛哈哈回應道：「賭場旁有當鋪是個不爭事實，可是當鋪旁卻不是非有賭場不可，我和生春的小生意怎能和司徒兄相比，哈！」眾人齊聲陪笑。

池生春注意到雷九指瞧向寇仲的眼神，知機的反手挽著寇仲，朝酒席行去，笑道：「我們這些做生意的人開口生意，閉口生意，不過上林苑是不應談生意的地方。這位是大名鼎鼎太行雙傑的蔡元勇兄。」接著向恭立門旁負責伺候眾人的上林苑美婢道：「給我加兩席位，還有一席是匡兄的。」

寇仲硬著頭皮隨他入席，又略歛眼神，心中只能求神拜佛不會被薛萬徹和溫彥博兩個熟人看破他的僞裝，否則一切休提。

# 第四章 唐宮風雲

黃易 作品集

# 第四章　唐宮風雲

徐子陵漫步於晝夜喧呼、燈火不絕、華車健馬、比肩接踵的北里主街，忽然對寇仲那晚體會到的孤獨有深切的感受。不知是否因接二連三發生的煩惱，令他的情緒開始低落，他感到主動再非掌握在他們手上。無論是對付石之軒，又或池生春，他們只能被動的等候機會。置身於長安不夜天的北里，他想起雲深不知處的師妃暄，想起遠在巴蜀的石青璇，可是這一切他只能默默去忍受，孤獨地一個人承擔思憶的痛苦。這是他內心的祕密，他不會把祕密告訴任何人，包括寇仲在內。

此時有人從他身旁策騎馳過，轉進橫街，徐子陵看到的是他馬上的背影，認出是李密現在長安最親密的頭號手下王伯當，心中一動，收攝心神，跟蹤去也。

池生春親自將寇仲扮的蔡元勇介紹給席上諸人，入席甫坐下，池生春神態恭敬的向「大仙」胡佛問道：「小仙還未來嗎？」

胡佛微笑地從容道：「這野丫頭很難管教，我這作爹的答不了你的問題。」

他答得風趣，登時引起哄堂大笑。寇仲始知另一空席是予胡小仙的，心中暗讚胡佛的老到，能絲毫不表露心內對池生春的顧忌。

雷九指朝寇仲瞧來，皺眉道：「文通在哪裏？」

寇仲裝出怯怯的神態，先朝池生春打個眼色，才道：「他遇上相熟的朋友，哈！」瞧他言不由衷的神態，誰都曉得他在胡謅爲匡文通開脫，實情當是開小差。

池生春知機的岔開道：「長安多名勝，司徒兄到過甚麼地方遊玩？」

任俊的司徒福榮以他斷斷續續的語調道：「長安有甚麼値得一遊的地方呢？」

薛萬徹笑道：「溫大人是席上最有資格回答大老闆問題的人，因爲來長安外賓的遊覽節目，都是由他安排的。」

溫彥博灑然笑道：「薛大將軍又來耍我，長安値得去的地方因人而異，對我來說坐在上林苑已心滿意足，不用到別的地方去。」

尹祖文失笑道：「想不到溫大人這麼容易滿足。我的情況有些不同，在上林苑滿足後，還要過對街的明堂窩或六福找些別的滿足。」

他的話語帶雙關，曖昧搞笑，又引起一陣笑聲。寇仲輕鬆起來，感受到尹祖文、溫彥博等這些交際老手口角生春、瀟灑野逸的情趣；更重要是薛萬徹終把注意力從他身上移開，顯是沒有對他起疑。

苦無機會開腔的沙成功終於掌握到機會，道：「長安多的是可供遊賞的園林，例如昌明坊的令寺園，升平坊的藥園，體祥坊的奉明園。不過若論名氣和規模，則不出於樂游原和曲江池，前者是城內高地，位於升平坊和新昌坊間，登高望遠，別有一番開拓自由的境況。但論景觀，曲江池仍是長安之最，它位於城東南隅，一半在城內，一半在城外，南北長而東西短，兩岸彎曲，苑殿連綿，樓閣起伏，花卉周環，綠蔭圍繞，加上沿江設置的芙蓉園和杏園，以及沿岸小巧雅致的曲江亭子，使人幾疑是置身天上而不是人間。」

寇仲首次發覺沙家二少的長處，就是在吃喝玩樂方面絕對不賴。

宋師道往沙成功瞧去，臉上掠過你對我老闆說這些話等於對牛彈琴的神色，恰到好處。果然任俊知機的道：「長安現在最賺錢的是甚麼生意？」

衆皆愕然，心忖這大俗傖剛才定是對沙成功的話沒聽半句進耳裏去。

池生春哈哈一笑，圓滑的道：「說到做生意，我敢說在座者沒有人及得上司徒兄，所以司徒兄問的該是目前在長安最賺錢的投機生意，對嗎？」

任俊顯示出受宋師道和雷九指苦心訓練的成果，點頭道：「池兄確是我的知心人，城市城市，有城必有市，城是由城牆和溝河組成的軍事防禦，保證住民的安全；市是商品交換的場所，代表城內外居民生活所需的經濟活動。沒有城市，生意怎都做不大。」

溫彥博讚道：「司徒兄做生意確有見地，在人口密集的地方，有生意眼的人最易起家。說來好笑，司徒兄剛才那番話正點出目前長安最賺錢的生意，就是經營邸店，這相當於貨棧，只要你在東西兩市又或通衢大街有十來間邸店，可租予從各地來做生意的人，賺取租金佣金。特別是不遠千里而來的胡人，十來天的租金動輒以黃金計算，利潤驚人。」

胡佛笑道：「司徒兄在長安收押回來的物業不在少數，確可以想想這門賺快錢的生意。」

寇仲心底開始羨慕徐子陵，衆人說的是他沒有絲毫興趣的話題，不過卻是任俊表現他是司徒福榮的好時機。

任俊擺出專家模樣，道：「邸店是讓人住宿或存貨沽賣的地方，我的想法更進一步，何不經營讓人存錢的邸店，加上飛錢的方便，我做的將是整座城市所有商家的生意。事實上這正是我來長安其中一個目的，這當然須靠座上各位支持，又或大家看看可如何合作。我司徒福榮牙齒當金使，說過的話從沒有不算數的。」

眾皆動容。寇仲心中叫絕，暗忖必是宋師道的腦袋想出來的，雷九指肯定沒這種智計。

尹祖文正容道：「司徒兄的提議確是精采，可否進一步說明概要？」

任俊侃侃而言道：「其實這是錢莊和錢票的生意，這方面我仍是剛起步。商家在各地奔走賺錢，一旦錢囊脹滿，首先考慮是要把錢放在甚麼安全地方？就需要一個能絕對信任的錢莊作長短期的存放。其次是帶著一箱箱的銅錢上路，笨重而不方便，且須僱請保鏢，我的飛錢對他們是一種恩賜。例如把錢放進長安錢莊，可憑錢票在江都兌現後用來買進淮鹽，我們只賺取手續費和佣金。」

胡佛嘆道：「這等於手上長期擁有大量現金，做起甚麼事來都方便。」

「爹啊！是甚麼都方便哩？」眾人朝大門瞧去，進來的正是姍姍來遲、艷光四射的胡小仙。

徐子陵翻過後院牆，藉夜色和園內樹木掩護，潛往外堂的方向。王伯當非常狡猾，詐作進入明堂窩，寄放馬匹後隻身從後院翻牆離開，來到離明堂窩不遠永安渠旁一所看似尋常百姓家的宅院。若非跟蹤他的是徐子陵而是一般庸手，肯定會被他甩掉。此時宅院沒有半點燈火，但徐子陵超人的靈覺清楚正有十多人分伏院內各處，布下暗哨，宅內外全在嚴密的監視下。在如此情況下，即使高明如徐子陵亦感有心無力，只能行險一搏，趁王伯當敲門吸引所有人注意力的剎那空隙，閃入宅內。過得此關，輕鬆多了。

說話聲從中進傳來，徐子陵不敢太過接近，躲在後進一間寢室內，功聚雙耳，竊聽對方的說話。

一個低沉的聲音道：「我們已為密公打通所有關節，密公出關一事該沒問題。」

徐子陵心中一震，認出說話者是京兆聯的老大楊文幹。想不到他造李淵的反失敗後，仍膽敢留在長安，難怪宅內外均有人放哨。卻又大惑不解，楊文幹為何要助李密？李密怎肯信任他？他們如何會勾結在一起？

楊文幹又道：「只要能離開長安，我們有辦法保你們安然出關。」

王伯當沉吟片刻，壓低聲音道：「那我就回去和密公商量，看該不該於明天早朝時正式向李淵提出來。」

楊文幹道：「千萬不要當衆提出來，若有不識相的大臣反對，會橫生枝節。尤其是天策府的人，必會指秦王正用兵洛陽，任何行動均須押後為由反對此事。一旦有其他人附和，李淵又不想在此非常時期令李世民不快，反會弄巧成拙。」

王伯當道：「那只好由密公私自求見李淵。」

楊文幹道：「李淵未必肯私下接見密公，且必有其他人在，亦不妥當。不過你可放心，明天宮內將有一場馬球比賽，李淵最愛熱鬧，一向歡迎大臣旁觀或參與，我已派人作出安排，密公會在被邀之列。到時密公只要把心願輕描淡寫的提出來，李淵點頭便成。」

暗裏聽著的徐子陵大感不妥，楊文幹應是不安好心。若眞的打通所有關節，又得李淵同意的情況下，何須如此偷雞摸狗的。偏是一時間仍看不破楊文幹的用心和目的。如李淵一口拒絕李密，反沒有問題；假設李淵眞的答應，問題將複雜多了。

王伯當感激的道：「這次倘若事成，我們答應過的事，絕不會反悔。」

楊文幹道：「此處你我均不宜久留，一切依約定辦。」

徐子陵的心直沉下去，暗忖如若明天仍聯絡不上沈落雁，沈落雁因眷念故主之情，大有可能被敵人算計，陷於萬劫不復之地。他絕不能容許如此事情發生的。

胡小仙芳駕一到，有如萬綠叢中一點紅，立即為這男人世界注進另一種活潑的生機。表現得最殷勤的是池生春，親自為她拉開座椅，伺候她坐下。胡小仙頭梳盤龍髻，面飾朱色花鈿，身穿粉綠色緊袖襦衫，紫紅色的披巾，乳白色窄長裙，腳穿尖頭履，盡顯其優美的身形體態。她的美麗雖與商秀珣、師妃暄那級數的美女有一段距離，可是美目流盼間自有一股騷在骨子裏的媚態，非常引人。

被她能攝魄勾魂的美目掃過，寇仲心忖恐怕除她老爹外，誰都要色授魂與，至少非常心動。

胡小仙坐到寇仲右旁，似另眼相看別有含意的先朝這鄰居慷慨地送一個媚眼兒，仍立在她椅後的池生春忙作介紹，接著引介任俊、宋師道和雷九指三人。胡小仙曉得對面的任俊是「正主兒」，嫣然笑道：「希望小仙不用光顧司徒大老闆就好哩！」眾皆大笑，曉得她不明白任俊的生意並不限於當鋪。

任俊的表情有點尷尬，兩眼放光地直勾勾的瞧著胡小仙，竟忘記回答。寇仲心中奇怪，若按先前與池生春爭奪胡小仙的計畫，任俊此刻的表現肯定是超水準的精采演出，連他都不會懷疑。可是目前該已放棄原計畫，任俊此刻的情況如是情不自禁，那就糟糕透頂，因怎可對這蕩女動真情。忍不住朝宋師道和雷九指瞧去，只見兩人均對任俊的神態露出錯愕之色，更感不妙。

池生春回歸席位。「大仙」胡佛佯作不悅的朝胡小仙道：「仙兒為何這麼晚來？還不向各位賠罪。」

胡小仙現出一個受責委屈的神情，另有一番楚楚可憐最能打動男性的嬌柔風韻，先謝過罪，秀眉輕蹙的解釋道：「小仙千辛萬苦從皇宮脫身趕來哩！」接著美目往身旁兩個空席一瞥，嘟起小嘴刁蠻的道：「不是有人比小仙還晚來嘛？」

她無論表情動作，均是嬌俏可人，媚態橫生，惹人遐想。

此時有人進廳附耳跟尹祖文說了幾句話，把眾人注意力扯回尹祖文身上，那人去後，尹祖文欣然道：「倩小姐剛回來，整粧後會來侍客。」

薛萬徹笑道：「我們今晚大可到大仙和池爺的賭館賭兩手試手風，這幾個月來只有走運的人才可在上林苑見到倩小姐，前天齊王早預先約好她，她卻忘記了，齊王也拿她沒法。」

寇仲等心忖紀倩的架子眞大，李元吉也不被她放在眼裏。

溫彥博道：「不要說在上林苑難見到倩小姐，她賭場也少去呢，誰若能告訴我原因，我願以一席酒菜答謝。」

沙成功笑道：「待會由溫大人親口問她不就成嗎？」

胡小仙嬌笑道：「女兒家的心事只會告訴女兒家，溫大人說過的話可不能不算數。」

談笑風生下，氣氛更是融洽。任俊終於回復常態，沒話找話的向胡小仙問道：「胡小姐剛才說很艱難才能從皇宮脫身，究竟是怎麼一回事？」

胡小仙裝出個沒好氣的動人表情，橫任俊一眼，待後者如觸電般一呆之際，巧笑倩兮的道：「還不是爲明天宮內舉行的重要馬球賽事，皇上不知是否心情特別好，剛才練習足有整個時辰，小仙怎敢離開？」

任俊愕然道：「打馬球？」

胡小仙美目一瞟左邊的寇仲，含笑道：「我們這裏有一位打馬球的高手。噢！該說是兩位，司徒老闆想曉得馬球是怎麼一回事，方便得很！剛才還有人在皇上面前提起他們兩位哩！」

衆人目光朝寇仲瞧來。寇仲、雷九指、宋師道和任俊同時心叫糟糕，聽胡小仙的語氣，再看她的眼神和席上諸人的反應，這兩位打馬球高手分明指的是「太行雙傑」蔡元勇和匡文通，此事一個應付不好，會立即敗露身分。寇仲出身寒微，對這類流行於權貴之家的遊戲不但一竅不通，且是一無所知，試問他如何向自己的老闆解釋打馬球是怎麼一回事？任俊在後悔發問，而雷九指則在悔恨讓兩人扮甚麼勞什子的太行雙傑。

寇仲求助的目光先朝宋師道瞧去，故作謙虛的道：「我只是愛玩馬球，對馬球的歷史和源流卻不知道，嘿！」這是沒辦法回答的回答，把球兒拋到宋師道這世族出身的人去。

宋師道心中暗讚寇仲的急智，從容向任俊道：「打馬球起源於吐蕃，西傳波斯後再傳至北方，比賽者跑馬爭奪以木料挖空塗紅漆繪花紋的馬球，以彎曲的球棍擊進對方木板牆下開出一尺見方的孔洞為勝。競賽進行時場外有人擊鼓奏樂助威，非常刺激熱鬧，不但講究擊球的技巧，還要有嫻熟的騎術，缺一不可，所以又稱爲『軍中戲』。」

尹祖文讚嘆道：「申兄不但是名聞天下的鑑賞家，想不到對各種遊戲更有深刻的認識，我從不曉得馬球戲源出吐蕃，還以爲是突厥人流行的玩意。」

寇仲暗鬆一口氣，始明白胡小仙甫坐下時別有含意看他的眼神，又心知此事尙有後患，如李淵邀他們太行雙傑入宮獻藝，他們該怎麼辦？

胡佛忽然插入笑道：「仙兒！何不拿出爹在你今年生辰時送你的小玩意，讓申兄過目。」

宋師道微一錯愕，曉得是精於鑑賞的胡佛要考驗自己這方面的功夫來了。胡佛當然不曉得自己曾「大展神威」爲李淵間接鑑畫，否則此著可免。在衆人期待下，胡小仙略帶嬌羞的翻開少少領口，露出雪白修長的玉項，然後以一個惹人遐思的誘人動作，玉手探進領口內去。

王伯當離去後，徐子陵耐心地靜候楊文幹和手下撤走，豈知等待好片晌，楊文幹仍沒有絲毫離開的意思。徐子陵不由心中叫苦，正猶豫該不該再冒一次險溜走，楊文幹像自說自話的道：「走啦！虛彥出來吧！」

徐子陵倒抽一口涼氣，差點要伸手抹額角的冷汗，幸好選擇在此隔牆遙距竊聽，否則定瞞不過楊虛彥的耳目。楊虛彥確是功力高深，自己竟半點察覺不到他的存在，不負影子刺客的盛名。

楊文幹的聲音片刻後再道：「李密會中計嗎？」

楊虛彥冷哼道：「李密現在是窮途末路，只要有一線希望，就不肯放棄，哪由得他相信或不相信？李密已非以前縱橫黃河南北的密公，嘗盡寄人籬下的慘痛滋味，有所求必有所失，哪由得他不中計。」

楊文幹笑道：「他確是走投無路，沒人肯爲他出頭遊說李淵，我們肯提供服務，這傢伙該是感激涕零。」

楊虛彥淡淡道：「有沒有寇仲和徐子陵的消息？」

暗裏的徐子陵立即精神大振，誤打誤撞下竟聽到兩人的對答，只能感謝老天爺的眷寵。

楊文幹道：「兩個小子最大的本領是扮鬼裝神，若蓄意隱蔽行蹤，確不易發覺。」又道：「你那次在慈澗截擊寇仲，有沒有用上《御盡萬法根源智經》的心法武功？」

楊虛彥沉聲道：「若我盡展全力，保證寇仲不能活著到長安來。不過我最大的敵人不是他而是石之軒。哼！你知道石之軒昨晚出手把莎芳和她三十多名隨從殺個雞犬不留？此事震動唐室，李淵下旨封鎖消息，不准外洩。」

楊文幹失聲道：「甚麼？」

楊虛彥道：「這分明是針對我發出的警告。哼！石之軒太小覷我楊虛彥哩！他還以爲我不曉得他只視我爲有利用價值的工具。不過他千算萬算，仍算漏楊廣那老賊敗亡得這麼迅速，加上他因碧秀心精神出岔子，致坐失良機，沒法將我捧起作他的傀儡皇帝。我操他的十八代祖宗，如非他從中作鬼，我大隋的天下怎會陷於現在四分五裂之局？」

楊文幹的呼吸加重，顯是心情緊張，道：「你打算怎麼辦？」

楊虛彥笑道：「我不用做任何事，因爲自有寇仲和徐子陵代勞，說不定還加上一個婠婠，最好是他們拚個幾敗俱亡，我們坐享其成。」

楊文幹道：「你有沒有高估他們的能力？石之軒神出鬼沒，誰能掌握他的行蹤？唯一曉得石之軒藏處的是安隆胖子，他已回巴蜀，否則或可抓起他來嚴刑拷問。」

楊虛彥道：「那是最後一步，非不得已絕不可用。現在我應該做的事是虛與委蛇，騙石之軒相信我仍是他的好徒弟。放心吧！婠婠與寇徐兩人關係特殊，在別無辦法下只能請他們幫忙，在郎有心妾有意下，一拍即合。婠婠可以己身作餌，把石之軒這條大魚釣出來的。」

楊文幹道：「魔門其他派系現在對石之軒採取甚麼態度？」

楊虛彥道：「祝玉妍死於他手下，我聖門中人無不對他敬畏震懼。加上莎芳被他下手處死，辟塵和左游仙早晚也會臣服在他的淫威下。勢力最大的陰癸派現在群龍無首，婠婠一去，誰敢不看石之軒的臉色做人？滅情道的尹祖文和許留宗則像安隆般一向視他爲統一兩派六道的救星。現在我唯一揣摸不到心意的是趙德言，他有突厥人作後盾，不用害怕石之軒，但爲《天魔策》十卷歸一的目標，趙德言說不定肯與石之軒合作。」接著續道：「眼前當務之急仍是除去李密和王伯當，他們曉得我們太多祕密，既可順便賣個人情給獨孤峰，又可打擊李世民，一石三鳥，且不用我們親自出手，再沒有比這更便宜現成的事。」

楊文幹嘆道：「坦白說，我眞的不明白你憑甚麼相信自己能騙倒石之軒。現在他的精神再沒有問題，不像以前般隨時 變得瘋瘋癲癲的。論才智武功，天下實難有勝過他的人。你亦可能高估寇徐兩小子的能力，昔日四大賊禿做不來的事，他們能辦得到嗎？」

楊虛彥道：「我自有應付石之軒的辦法，當然不會只是空口白話，更重要的是我對他有很大的利用價值。至於寇仲和徐子陵，他兩人聯手的威力不可低估，兼且他們智計百出，鹿死誰手尚未可知。我並不須他們殺死石之軒，只要能將他重創，我就有辦法令石之軒陷於萬劫不復之地，順便爲李淵立個大功。哼！李淵之所以仍對我信任有加，正因我眞的視石之軒爲仇人，而李淵也明白石之軒收我作徒弟，只是利用我。」頓了頓續道：「好啦！我還有很多事情要辦，一切依計畫進行，趁李建成和李世民不在長安的時機，我們須向李元吉多下點工夫。」

宋師道接過仍保存胡小仙體溫和幽香的珍珠項鍊，拿到眼前，含笑瞧著不語。光華奪目串成項鍊的近百顆珍珠每一粒大小相同，晶瑩、亮滑、潤澤，質地細膩凝重，衆皆讚嘆。要判別珍珠的級數價値，在座的尹祖文、溫彥博、沙成功和池生春均有信心辦到。不過胡佛對宋師道的要求當然不止於此，若宋師道表現不佳，衆人會連帶對司徒福榮的評價大打折扣。

在衆人的期待下，宋師道微笑道：「這麼多粒粒大小相同串成的珠鍊，我還是初次得睹，若在下沒有看錯，這該是來自嶺南西沿海合浦縣名傳天下的合浦南珠。我國珍珠的四大產地均在南方，分別爲合浦、南海、洞庭和太湖。南海珍珠以虹彩著名，洞庭珍珠以大爲勝，太湖珍珠無核爲奇，只有合浦南珠銀白質優爲上，就像這串珠鍊。若把珍珠研爲粉末能定驚安神，清熱益陰，是名貴的要藥。」接著遞給任俊，笑道：「福榮爺請過目，看文江有沒有看錯？」

胡小仙鼓掌道：「申先生見聞廣博精到，獨具慧眼，經先生品評，小仙這串項鍊身價立即不同。」

任俊接過珍珠串，不知是否感到珠串的餘溫，竟發起怔來。

胡佛露出心悅誠服的神色，道：「這確是罕見的合浦南珠，初時我也看走眼，以爲是太湖的無核淡水珠，後經取出一珠研末，始肯定是南珠，申先生竟能一眼瞧破，令人佩服。」

池生春恭敬道：「申先生甚麼時候有空，請到敝舍一行，給點高明意見？」

寇仲則心叫僥倖，宋師道生於南方最著名的世家，對南方珍貴的土產特別在行，若考較他北方的土產，他當不能如剛才般說得頭頭是道，令在座的北人絕倒。

任俊此時把珠串遞給胡小仙，胡小仙含笑接過，指尖有意無意間接觸任俊遞來珠串的手指，任俊觸電般輕顫一下，在座的老江湖無不看在眼裏。

沙成功顯是對胡小仙又起色心，藉機道：「胡小姐可否讓在下見識見識？」

胡小仙是蓄意挑逗任俊，原因或是要池生春生出妒意。美目仍往任俊瞟來瞟去，珠串遞往沙成功。沙成功接過珠串，讚不絕口。

當衆人傳閱完畢，珠串回到胡小仙雪白的粉項，尹祖文舉杯道：「爲司徒兄做生意的獨到與申先生的博學多才喝一杯。」衆人舉杯對飮。

樂聲響起，一隊全女班的樂伎持著各式樂器，邊吹奏邊步入廳堂。當紀倩芳駕現身，衆人無不眼前一亮。這位艷名僅次於尙秀芳之下的美女一身胡服打扮，穿的是窄袖緊身、翻領左衽的短衣長褲，下爲革靴裹腿，既盡顯她窈窕秀麗、優雅纖巧的體態，還另有一種靈活爽颯，女飾男粧的健康美態。只聽她唱道：「自從胡騎起煙塵，毛毳腥膻滿咸洛。女爲胡婦學胡粧，伎進胡音務胡樂。火風聲沉多咽絕，春鶯轉罷長蕭索。胡音胡騎與胡粧，五十年來竟紛泊。」

徐子陵匆匆趕返上林苑，把門的大漢頭子向他恭敬的道：「池老闆有言，匡爺回來，小人須立即領匡爺到黃菊廳，那是尹國岳擺宴的地方。」

徐子陵心忖池生春終於上鈎，問道：「我的兄弟呢？」

漢子答道：「蔡爺由池爺請駕到黃菊廳。」

徐子陵沒有辦法推卻，只好同意。

紀倩一曲既罷，在熾烈的喝采叫好聲中入座，其他樂師舞伎退下往另一廳堂表演，只留下兩個小婢伺候添酒。忽然外面傳來一陣爆竹聲，在鼓樂仍殘留耳鼓，紀倩動人的歌聲繞樑未去的當兒，份外使人感到上林苑的風情與衆不同。寇仲更開始明白爲何每晚長安燈火通明時，侯小子總忍不住往上林苑鑽。紀倩神情既非冷淡，亦談不上熱情，擺明是說幾句客氣話後會告退的姿態，對這位敢爽李元吉之約紅得發紫的名妓，以衆人的財勢仍不敢有半句微言。

紀倩甫坐下即表現出老練的一面，笑意盈盈的舉杯道：「紀倩先敬各位一杯。」衆人慌忙舉杯回敬。

胡小仙的狐媚，紀倩的明艷，登時滿室皆春。紀倩忽然湊到身旁的胡小仙耳邊說了兩句話，兩人竟在衆目睽睽下笑作一團，旁若無人，嬌態橫生。衆人無不看呆了眼，胡佛的注意力則全集中在紀倩身上。

沙成功忘形的道：「小仙請作個好心，告訴我們紀小姐在你耳邊說過甚麼話，讓我們分享。」

紀倩含笑道：「小仙姐會爲我保守祕密，包保連大仙他老人家也沒辦法。」目光投往任俊，笑道：「這位定是天下最懂賺錢的福榮老闆爺，我們大唐的首富，你在長安開的舖子更是我常光顧的，敬你一杯。」

任俊回過神來，慌忙舉杯回敬道：「我會派人清點一下，凡在我司徒福榮舖內倩小姐寄存的東西，明天正午前一律送返到倩小姐府上，少許心意，祈倩小姐笑納。」

寇仲、雷九指和宋師道聽得你眼望我眼，旁人以爲他們在驚訝司徒福榮破例的豪爽，事實上是他們爲任俊的急智震驚，因爲他恰如其分地表現出當司徒福榮遇到心愛的對象時，可以從孤寒財主變成千金不惜的人，頓然令「司徒福榮」有性格起來。

紀倩喜孜孜的道：「多謝老闆爺！」

寇仲開始感受紀倩的威力，她那種毫不掩飾的風格，確是誘人，難怪這麼多男兒漢爲她神魂顚倒。一個在賭桌上千金一擲的紅妓，自有其別具一格的姿采。看神態，紀倩並不把任俊的厚待看在眼裏，她的眼神洩露出芳心的玄虛。

紀倩的美目向宋師道瞟去，嬌柔的道：「申先生有一對很銳利的眼睛，難怪看東西這麼精準。」寇仲心中佩服，紀倩待客確有一手，把整個場面全控制在手裏。

紀倩美目終瞟到他臉上，寇仲搶先半步咳一聲道：「小弟蔡元勇，只是福榮爺的跑腿，本無緣坐在這裏，是池老闆硬把我拖進來的。久仰久仰！」

他的話立時惹起哄堂大笑，包括雷九指和宋師道在內。兩女更笑作一團，弄得一室皆春。

溫彥博笑道：「想不到蔡兄這麼風趣。」

任俊忍著笑道：「各位不要信元勇說的話，他和文通都是……」

此時有人在門口報上「匡文通匡爺到」之語，打斷任俊的話。

徐子陵跨過門檻，步入黃菊廳，心神仍停留在到此途中所見的情景，忽然變成衆人目光的焦點，心中苦笑瞧去，赫然看到紀倩和胡小仙並爲座上客，以他的冷靜功夫，亦暗吃一驚。胡小仙還沒有甚麼，紀倩卻露出驚異的表情，美眸盯牢徐子陵，似想把他看通看透。徐子陵和寇仲同時暗呼糟糕，曉得紀倩憑女性的敏銳感覺對徐子陵動疑，更知她對徐子陵這「騙子」不會客氣，若給她當場揭破是「雍秦」，會是一場大災難。

任俊開始對扮演司徒福榮揮灑自如起來，笑道：「文通你究竟溜到哪裏去？還不賠罪罰酒？」

寇仲特別注意薛萬徹的反應，見他不但留心到紀倩因徐子陵而生的奇怪神態，且雙目射出思索的神色，心叫不妙。

徐子陵渾身不自在的坐在紀倩和尹祖文間唯一的空席，照原本的安排，坐尹祖文左邊席位的該是紀倩，但因紀倩要坐在胡小仙旁，故空出此席。

徐子陵舉杯以「匡文通」的「聲線語調」作最後的掙扎道：「文通若曉得不是要站在門外看管馬車而是能到這裏喝酒作樂，定會速去速回。唉！我和元勇本約好爾文煥和喬公山兩位大人，剛才只好向他們道歉和取消約會。」

尹祖文笑道：「文通和元勇都是坦誠的人，大家爲他們的直言無忌喝一杯！」衆人再舉杯對飲。

紀倩略一沾唇，放下酒杯。薛萬徹卻不肯放過，微笑道：「倩小姐和文通兄是否相識？」

雷九指、宋師道和任俊心中劇震，終察覺紀倩和徐子陵間異樣的氣氛。寇仲和徐子陵交換個眼色，作最壞的打算。

徐子陵先朝紀倩瞧去，又往胡小仙張望，露出不知兩女誰是倩小姐的疑惑神情。

紀倩嬌俏的微聳肩胛，蹙起秀眉道：「薛大人不是好人哩！是否要逼紀倩揭人私隱？」

池生春訝道：「倩小姐爲何對薛大將軍有此指責？」

薛萬徹亦疑惑的道：「這和文通兄的私隱有甚麼關係？」

寇仲和徐子陵反看出一線生機，因爲紀倩神情風流，語調輕鬆，不似視徐子陵爲敵人，當然也像池生春和薛萬徹那樣不明白紀倩說話的含意。

其他人無不被紀倩的話勾起好奇心，胡小仙不依的笑道：「小倩不要賣關子好嗎？你若不是和匡兄是舊識，怎會曉得他的私隱？」

徐子陵硬著頭皮道：「小弟是最想知道謎底的人，倩小姐請直言指點。」

沙成功顯是對紀倩非常感興趣，聞言推波助瀾的道：「匡兄既不介意，我們更不介意，倩小姐可以解開謎底哩！」

紀倩含笑不語，美目掃視席上諸人，最後固定在任俊的臉上，淡淡道：「我說出來後，司徒老闆爺是第一個不可介意的人。」

任俊一頭霧水的道：「我怎會介意呢？」

紀倩目光飄往身邊的徐子陵，輕輕地帶點頑皮的語氣道：「剛才匡大爺眞的只見過爾大人和喬大人嗎？」

徐子陵聞言如釋重負的暗鬆一口氣，裝出尷尬神色，口吃的道：「倩小姐剛才在明堂窩嗎？」

衆人先是愕然，接著紛紛醒悟過來，爆出震堂笑聲。

任俊笑道：「我怎會介意？沒有人比我更明白甚麼是賭癮。」

池生春大訝道：「現在謎底揭曉，原來匡兄弟適才順道到大仙的寶號賭兩手，不過卻另有兩個新的疑團，第一個疑團是匡兄弟怎會疏忽至看不到我們的倩小姐？」

衆人均點頭認同，因爲只要是男人，總不會放過看漂亮女性的機會，何況是紀倩這種絕色美人兒。且看過一眼後，包保以後不會忘記。

徐子陵心知肚明自己的心神全集中到王伯當身上，怕在人頭洶湧的賭場內盯不牢他，但怎可說出來？只好苦笑道：「不知倩小姐當時在哪裏呢？唉！我這人踏進賭場，連父母都可忘掉。」

胡佛啞然笑道：「我們最歡迎像匡兄弟這種貴客。」

衆人禁不住莞爾。薛萬徹更是懷疑盡去，宴會回復先前融洽的氣氛，宋師道和雷九指交換一個會心微笑，心中同時想到的是無論寇仲和徐子陵扮作跟班或甚麼其他的角色，總能成爲注意力的集中點。

尹祖文笑道：「生春另一個疑團可以揭盅哩！」

池生春先朝胡小仙瞧一眼，始含笑道：「我們長安城的男兒漢，沒有人不想在倩小姐心中留下印象，不過似乎直到此刻在這方面仍沒有人成功，大仙的寶號是城內人最擠的地方，倩小姐在賭興起時也是六親不認……」

說到這裏，又是哄堂大笑，打斷池生春的說話。紀倩則又嗔又好笑的橫池生春一眼，把在座男性的魂魄差點硬勾出來。

池生春待笑聲漸斂，有風度的向紀倩致歉道：「匡兄弟和蔡兄弟把直言的風氣帶到長安來，我只是跟風，倩小姐大人有大量勿要見怪。各位該明白我第二個疑惑吧！請教倩小姐，匡兄弟爲何能特別引起你的注意，我們想向他偷師嘛！」

徐子陵是紀倩外唯一曉得答案的人，因爲紀倩留心出入明堂窩的人，意在「雍秦」，而自己因身形與「雍秦」同出一人，所以能得她「青睞」。

紀倩沒好氣的道：「當時人家是在明堂窩門口的一輛馬車上，不是在賭場裏，而匡兄走得比其他人匆忙多哩，賭癮似比奴家還大，嘻！」衆人再次大笑，紀倩的話同時解開池生春的兩個疑團。

尹祖文舉杯勸酒，氣氛熱烈，不知情者如溫彥博、沙成功，作夢都想不到與座者關係如此錯綜複雜，一場爾虞我詐的角力正進行得如火如荼。

胡小仙轉向紀倩道：「小倩可否助我贏溫大人一席酒菜？」

紀倩正想告退，聞言皺起黛眉，目光迎上池生春等期待的目光，立即明白過來，嫣然笑道：「我累啦！這是否足夠爲小仙姐贏一席酒菜呢？」衆人對她的靈巧智慧，無不嘆服。

溫彥博灑然道：「倩小姐金口說出來的一句話，怎只值一席酒菜？我當然說過算數。」

尹祖文道：「我有一個提議，何不另找一晚我們原班人馬移師往大仙的明堂窩，既可喝酒作樂，又可小賭怡情，匡兄弟亦不用因過賭癮再開小差哩！」

池生春往紀倩瞧去，微笑道：「我是第一個贊成，不知倩小姐哪晚有空呢？」

寇仲等交換個眼色，曉得尹祖文和池生春一唱一和，說到底是要和他們建立更密切的關係，目標是要把「司徒福榮」的典當錢莊業控制到手裏甚至吞掉。

紀倩徐徐站起來，不置可否的道：「尹國岳定下日子後，知會人家一聲吧。」接著告退離開。

寇仲和徐子陵一身夜行衣，藉夜色的掩護躍上尹府後院牆外街上老樹的枝葉茂密處，侯希白早守候多時。

侯希白低聲道：「尹祖文剛回來。」

寇仲訝道：「你在這裏，怎看得到他從前門回來？」

侯希白嘆道：「他剛進小樓去，唉！今晚的探宮大計看來要胎死腹中。」

寇仲和徐子陵同感愕然，前者皺眉道：「他不是又在等老相好來幽會吧？」

侯希白搖頭表示不知道。他顯然心情低落，正想向徐子陵交代打探李密向李淵請求出關一事，徐子陵道：「我曉得啦！」扼要地向他說出偷聽到楊文幹分別與王伯當及楊虛彥的說話。

寇仲在從上林苑驅車回司徒府途中已聽得詳細經過，目光四處搜索，看敵人例如聞采婷會從哪個方向來會尹祖文，心忖這座小樓水到渠成地成為尹祖文與魔門同黨祕密會面的地點，因為小樓被列為禁地，更位處一隅，來往方便，不虞被府內婢僕發覺。忽地虎軀一震，左右手分別抓著徐子陵和侯希白肩頭，低呼道：「小心！」

兩人循他目光瞧去，無不倒抽一口涼氣，遠方一道人影逢屋過屋的奔來，自有一種鬼魅般難測的迅快味道，疑幻疑真，竟是「邪王」石之軒而非聞采婷。三人自然而然的蹲低縮進老樹茂密處，不敢透半口氣，收斂一切能引發這魔門頂尖高手警覺的因素。石之軒此時騰空而起，橫過十多丈的空間，掠上小樓瓦頂，以君臨天下的姿態睥睨四顧，搜索遠近。三人嚇得不敢透過枝葉朝他張望，怕只是目光交接又或無形的注意力，會使他生出感應，那就大事不好。他們此時反慶幸尹祖文早一步進入樓內，若尹祖文比石之軒遲來，那石之軒會剛好在他們設法開啟祕道時撞破他們的好事，那可怕的後果他們想也不敢去想。

石之軒閃到地面，穿門入樓。寇仲探掌按往徐子陵背心，眞氣源源輸入，徐子陵不敢說話，借寇仲之力與本身眞氣結合，進行遙距竊聽。

尹祖文的聲音在小樓上層僅可耳聞的響起道：「石大哥！」

石之軒沉聲道：「情況如何？」

尹祖文道：「一切順利，陰癸派元老會和趙德言分別開出條件，只要大哥辦得到，他們以後會唯大哥之命是從。」

石之軒嘆道：「他們的腦袋是用甚麼造的？到這時刻大家已是自己人還要談條件，說來聽聽。」

尹祖文恭敬道：「陰癸派元老會的條件是大哥必須除去孽種，以示決心。」

石之軒默然片刻，好一會道：「趙德言又說甚麼話？」

尹祖文道：「趙德言說大哥必須殺死寇仲和徐子陵。」

石之軒再次沉默起來。

尹祖文道：「對付這兩個小子是勢在必行，否則若讓他們與宋缺那老頑固聯成一氣，極可能令我們的大計功虧一簣。至於陰癸派的條件，祖文不敢爲大哥拿主意。」

石之軒沉聲道：「我自有主張，有沒有婠婠的消息？」

尹祖文道：「她像忽然消失，陰癸派的人沒法找到她。」

石之軒冷笑道：「任她脇生兩翼，仍難飛出我的指隙，李淵方面有甚麼動靜？」

尹祖文笑道：「大哥出手處決莎芳，令李淵睡不安寢，他已成立一個所謂甚麼『誅邪隊』，由麾下武功最高強的高手組成，包括尤楚紅和宇文傷在內，人數在五百之衆，不住祕密演練圍攻的戰術。眞好笑，現在我們怎捨得殺他？若我們想殺他，再多千倍萬倍的高手保護他也沒有用。」

聽到這裏，徐子陵心中一動。上回他聽尹祖文和聞采婷的對答，心中早有模糊的意念，卻沒法具體掌握，此刻清晰起來，浮現出白清兒在池生春寢室內頭插銀針的練功情景。白清兒的姹女大法，肯定是用來對付李淵的，當時機到時，李淵再無利用價值，尹祖文可憑他與李淵特別的關係，安排李淵遇上白清兒，再在與李淵歡好之時，施姹女法殺李淵於蕩魄銷魂之際。此計非常毒辣，投李淵所好，不怕他不中計被害。

石之軒道：「辦得好，將來我聖門得天下後，祖文你應居首功。祖文你給我向辟塵和左游仙這兩個小子發出最後通牒，若他們仍不肯臣服於我石之軒，我會清理門戶。而他們更沒有向我提出條件的資格。明白嗎？」

尹祖文道：「明白！虛彥方面石大哥打算如何處理？」

石之軒淡淡道：「只要他乖乖的交出《御盡萬法心源智經》，一切好辦，否則順我者昌，逆我者亡。還有沒有其他事？」

尹祖文嘆道：「生春的事想不到會橫生枝節，殺出個『短命』曹三來。」

石之軒笑道：「哪來甚麼曹三？他是甚麼東西，此必是有人借他之名把畫搶走，這雅賊無論才智武功，均是一等一的人物。會不會是希白幹的？」

尹祖文道：「希白當時在上林苑醉生夢死，樂不思蜀。唉！究竟是誰幹的？」

石之軒沒有答他。正聚精會神竊聽的徐子陵心中大訝，石之軒既想到侯希白，自然會想到可能是他代侯希白出手，而侯希白則故意炮製不在場的證據，爲何他不向尹祖文提出。心中不由湧起難言的感覺。

尹祖文又道：「司徒福榮這人很不簡單，手下幾個人都是一流的人才。更想不到是司徒福榮對胡小仙似乎很有意思，我們還以爲他只好龍陽之癖。」

石之軒道：「司徒福榮會不會有問題？」

尹祖文道：「這方面我們非常小心，對整件事作過無孔不入的調查，不放過任何可能的疑處，到現在仍沒有發現問題。我和生春打算先和他建立夥伴的關係，到摸清他的底子後，再逐步把他的業務蠶食淨盡。」

石之軒笑道：「他自動送上門來，是倒足霉運。我要走哩！事事小心點！」

石之軒和尹祖文先後離開，三人始輕鬆起來。

寇仲問道：「聽到甚麼祕密？」

徐子陵把兩人對話迅快複述一遍，侯希白倒抽一口涼氣道：「那怎麼辦？石師定以爲偷畫的人是子陵，我們豈非要爲李淵背黑鍋嗎？」

寇仲道：「兵來將擋，水來土掩，我們遲些才擔心這些事。現在我們須先下判斷，剛才石之軒會不會已發現我們，只是裝作不知道。」

徐子陵和侯希白均啞口無言，他們身處的老樹是極佳藏身處，加上黑夜的掩護，離小樓有近二十丈的遠距離，高明如石之軒應很難看見他們。昨晚高手如李淵、宇文傷之輩，對他們的存在一無所覺，正是例證。可是石之軒非比常人，能否對三人生出感應實是未知之數。

寇仲向徐子陵道：「聽他的口氣，有沒有發現我們而詐作不知？」

徐子陵苦笑道：「很難說，自他復原後，我就很難看破他的心意。」

寇仲正容道：「這是關乎我們生死的決定，不應由我一個人選擇，兩位大哥怎麼說？」

石之軒肯定曉得小樓下層有這麼一條祕道，若知道三人躲在老樹上，當然猜到三人要透過祕道潛入唐宮，那時他只要設法驚動宮內守衛，即可來個借刀殺人，一舉解決三個心腹大患。以石之軒的才智武功，該是輕而易舉的事。現在的唐宮等於龍潭虎穴，組成的誅邪隊嚴陣以待，既防石之軒，更可迅速動員對付任何入侵者。

侯希白先左右張望，然後壓低聲音向徐子陵道：「子陵有感應嗎？」

這句話問得合乎情理，若石之軒曉得他們藏在這裏，會先詐作離開，再折返來在暗處監視他們的舉動。

徐子陵苦笑道：「我感覺不到，可是我的感覺對你石師可能派不上用場。別忘記我到你的多情窩時，也感覺不到他在暗裏窺伺。」

寇仲分析道：「怎麼相同呢？那次他是有心算你無心，你一時疏忽情有可原，現在你則全神留意。嘿！我對你有信心哩！」

徐子陵道：「這麼說！你是要照計畫進行？」

寇仲斷然道：「進入地道後我們立即把地道上閂，單憑石之軒之力，該沒法隔蓋把地道開啓。我們這次只是從另一端出口鑽上去看看環境，弄清楚出口的位置，然後立即離開。石之軒應當不曉得出口在哪裏，我們縮短逗留的時間，石之軒想弄鬼也不成。唐宮此際戒備森嚴，他老人家要踰牆入宮不是那麼容易吧？」

侯希白聽得精神大振，搖頭晃腦道：「有道理！有道理！」

寇仲欣然道：「又是二對一，陵少怎麼說？」

徐子陵笑道：「總說不過你，就看看是否買大開大，來吧！」

火熠光下，寇仲開始對地道的南壁進行勘察，從「假出口」開始逐寸逐寸往回探索。

侯希白向站在身旁的徐子陵道：「石師會否因欲統一聖門，狠下心來對青璇下手？」

徐子陵嘆道：「我不知道！真的不知道！恐怕你的石師仍未有肯定的答案。」

正對地道壁又摸又敲出盡法寶的寇仲聞言道：「我現在最擔心的是你石師先幹掉陵少，所以由今晚開始，陵少不要單身到你的多情窩去。」又道：「小侯你反會安全得多，在收拾我們前，你石師絕不會收拾你，免致打草驚蛇。咦！找到哩！這是幅活牆。他娘的！這設計真夠心思！」

兩人移近寇仲雙手按著的牆壁，徐子陵道：「是否有牆鎖？」

寇仲笑道：「你當是魯大師設計的嗎？看我的！」

兩手運勁一推，六尺見方的牆一邊往內傾入，另一邊反移過來，變成活門，露出裏面並行的地道。

三人相顧大喜，均有得來不易的欣悅。

寇仲帶頭入內，地道往東繼續延伸，越過假出口的位置達千步，估計直抵外皇城心臟位置，然後折往北方。三人再走數千步，出口終於出現眼前，設計與小樓入口關蓋相同。

寇仲小心翼翼的啓開，笑道：「我敢肯定出口在太極宮內，最有可能是李淵寢室附近。」

侯希白歡喜的道：「何用費神去想，探頭出去看看哩。」

寇仲向他豎起拇指讚道：「好主意。」

寇仲從出口把探出去的頭縮回來，一臉不能相信自己那對眼睛的震驚神色，倒抽一口涼氣道：「你們自己去看。」

徐子陵和侯希白忙走上石階，到階頂探頭外望。

徐子陵一震道：「我的娘！竟是太極殿的正中處，我還曾和可達志踏著蓋子較量過。」

侯希白環目掃視，星光月色從貼近大殿頂門的天窗透入，殿門緊閉，北端的龍座上燃點著四盞八角宮燈，使大殿那一方被光暈籠罩，另一邊則由明至暗陷入昏黑去。皺眉道：「這出口若須推門才能離開，似不合情理。」

寇仲點頭道：「對！只憑正門作唯一出路是絕無可能，這需四、五名壯漢才推得動的重鐵門，移動時的聲音可把整個太極宮的人驚醒過來。嘿！我是誇大點，龍座後肯定有後門，李淵那回年晚夜宴就是和群妃從那裏進入大殿。不過太極宮乃皇宮重地，殿外必有明崗暗哨把守，從前門或後門出去均沒法避過守衛，若我估計無誤，當另有一條短地道可通往李淵的寢宮。」

侯希白吃驚道：「若依你那種逐寸推敲的方法，沒有幾天工夫休想尋到另一地道的入口。」

寇仲在出口邊坐下，指指自己的腦袋微笑道：「上兵伐謀，肯動腦筋便可省去很多工夫。如確有短地道通往寢宮，為節省人力，地道入口當設於殿內較接近寢宮位置的一方，李淵也可少走幾步路。我這魯大師的嫡傳弟子寇小師敢肯定入口設於龍台的位置，最有可能是龍座之下，如此可把搜尋範圍大大縮小。」

徐子陵和侯希白點頭同意，因寇仲的推測合乎情理。寇仲見兩人附和，跳將起來，往龍座高踞的白石台階掠去，空廣的大殿，震懾性的空間令人生畏。

徐子陵和侯希白從出口跳出，徐子陵注意到侯希白背上的包裹，問道：「裏面是甚麼東西？」

侯希白在殿中盤膝坐下，解下包裹置於身前地上，道：「寇仲有得他忙哩！我們不要浪費時間，先把謀生工具分配妥當。」

徐子陵明白過來，笑罵道：「好傢伙！」學他般盤膝坐下，瞧他解開包裹。

那邊的寇仲正在對目標展開他「專業」的推敲研究，忙個不亦樂乎。只看先前長地道巧運匠心的設計，便知這條宮內短地道的入口不會是可輕易發現的。

侯希白得意洋洋地把包裹裝的行當盡傾地上，笑道：「我作夢也沒想過會坐在太極殿中心分配扮賊作賊的工具，這份是你的，因爲你是曹三，所以比我們多出一條腰掛的十八把飛刀和獠牙面譜一個。」

徐子陵對曹三的東西全沒興趣，拿起侯希白推到他膝前的勾索，訝道：「這是粗牛筋織成的索子，勾抓則以精剛打製，顯然不是臨時張羅回來的東西。你如擁有一套我不會奇怪，但有三套之多，則出乎我意料之外。」

侯希白笑道：「城隍就在近處仍不懂求得好籤嗎？這是我請魯大師的眞正嫡傳雷爺精心研製而成的，索長達十二丈，一般庸手送給他也用不上，我們只要在手法上下點工夫，當可像長出一對翅膀般在宮城內高來高去，既方便作賊，更可在必要時溜之大吉。」

徐子陵指著分作三堆大如棗核不知以何物製成的圓彈子，道：「這些是甚麼鬼東西？」

侯希白道：「這並非一般下三濫的迷香彈，而是曹三著名的獨門防身法寶，既有迷魂作用，又可生出大量濃霧，我從曹三身上得到，本是留爲紀念，想不到竟派上用場。每人三顆，只要擲出此彈，特別在室內封閉的地方，能發揮意想不到的效果，且讓人相信你果是曹三。」

徐子陵懷疑道：「這麼一粒小圓彈，能生出多少濃煙？曹三是否數顆一起用？」

侯希白道：「本來共有十顆，我也像你般懷疑，試把一顆擲在地上，說出來你怕不相信，濃煙差點把我活生生嗆死，我可不會像寇仲般誇大。」

徐子陵沒好氣道：「看你的行頭，聽你的語氣，今晚似乎不是來看看便算。」

侯希白從懷裏掏出卷軸，撥開其他東西攤平地面，以迷煙彈壓鎮四角，笑道：「這是大唐宮城全圖，由小弟憑記憶在這幾天精製而成，一草一木均沒有遺漏，比劉政會所藏的宮城圖更要詳盡，以你兩位老哥過目不忘的本領，多看幾遍當盡記心中，逃起來時可像在家裏走動般熟悉方便。空白的地方則是我尚未到過的地方。」

徐子陵皺眉道：「你尚未回答我剛才的問題。」

「喀嚓！」從龍台方向傳來的聲音吸引兩人注意，循聲瞧去，寇仲躊躇志滿的從被移開的龍座旁站起來，向兩人打出大功告成的手勢。

龍椅下的地道入口與尹府通來的地道入口設計相同，只是沒有門鎖，不過少點功力也無法開啓這入口，故除非像寇仲這有心人，否則休想察覺入口的存在。祕道筆直往北延展，三人沿此直抵後宮，始見出口。這回他們小心得多，先整理行頭，各把勾索掛在腰間，徐子陵更把曹三的飛刀和面譜藏好，寇仲把手掌按貼徐子陵背心，讓後者能探聽地道外邊的動靜。

徐子陵在兩人期待下沉吟道：「外面應是御花園一類的地方，我聽到風吹葉動的響聲。」

寇仲喜道：「依小侯的唐宮詳圖，上面理該是分隔後宮的御園，右爲李淵的寢宮，左爲群妃院落，張娘娘的凝碧閣就是其中一座獨立的庭院。」

大唐宮城坐落長安城南北中軸線的最北部，居高臨下，南面稱王。宮城分外皇城和內皇宮兩大部分，以廣場橫斷分隔。皇宮再分為三，中為太極宮，西為李世民天策府所在的掖廷宮，東為李建成的太子東宮。太極宮的核心是太極殿，接著是兩儀、承慶、立政和神龍四殿，過此四殿往北是御花園和皇帝妃嬪的起居庭院。後宮門是玄武門，設有宮衛所，是宮內御衛大本營，長期駐有重兵，負責宮城的防務。故皇宮後院乃大唐宮最危險的地方，一個不好，動輒引來數以千計的精銳御衛圍剿。

徐子陵道：「我對今晚夜探唐宮的眞正目標仍有點含糊，一時有人說是探路，一時又有人似眞要大展拳腳。」

寇仲笑道：「不是說好讓曹三大展威風嗎？陵少不用那樣瞧著我，我明白驚動李淵那甚麼娘的誅邪隊是絕對不智，且屬瘋狂。所以我們只須順手牽羊的拿走一件看得上眼的寶貝，再以侯公子帶備貨眞價實的燕子印記留下個燕子印。如還嫌不夠，陵少可用你的字跡在牆上寫下『曹三到此一遊』等諸如此類的句子。」

侯希白興奮道：「入寶山焉可空手回？就順手把《寒林清遠圖》拿走，勝過乾等李淵召我們宋二爺入宮。」

徐子陵向寇仲打個眼色，著他說話。寇仲會意，拍拍侯希白肩頭道：「事有難易之分，今晚我們是取易捨難。只探李淵的書齋，縱使寶畫眞的放在那裏，你公子大爺看兩眼後須放回原處，然後一起回家睡覺。」

侯希白大感錯愕，失望的道：「是否又有甚麼計畫瞞我？」

寇仲道：「不要多心，全是為你好！就這麼決定。我們今晚是悄悄來，悄悄去，只留下曹三的痕跡，請弄熄火熠子。」地道回復伸手不見五指的漆黑。

在寇仲的巧勁下，石蓋無聲無息的下陷橫移。寇仲低呼道：「這蓋子特別重。」

繁星滿天的夜空，出現在三人頭頂上。徐子陵探頭一看，不由暗讚地道設計者的匠心獨運，原來出口設置於御花園核心處大魚池中心一座假石山內，出口在其中一面平滑的斜坡處，四周有山石阻擋視線，出入均不虞被發覺。三人鑽出去，把出口關閉，再套上頭罩。

徐子陵低聲道：「御花園似乎沒有人，這可能是李淵為方便出入，故意不於此布設巡衛。」

寇仲深吸一口清涼的夜風，低笑道：「長安最好的遊點該是大唐宮才對，我們是來觀光的，來吧！」

帶頭急竄，橫過七、八丈的水面，足尖一點池旁石欄，騰身斜掠，落在池旁一株大樹橫椏上。徐子陵和侯希白如影隨形，追掠而至。

居高望遠，張婕妤的凝碧閣所在處仍是燈火通明，隱隱傳來絲竹管弦之聲。不論是妃嬪聚居處或是李淵的後宮，都是一個又一個以迴廊圍成的庭院殿閣，各以高牆把連綿的建築組群和中間的御花園分隔開來。此時除凝碧閣外，大部分建築物只透出暗淡的燈火，廊道卻被十步一個的宮燈照得明如白晝，隔遠瞧去，宛如燈陣，蔚為奇觀。正北的玄武門方向有高牆阻隔，看不清楚，高達二十多丈的後宮牆外西內苑所在處燈火輝煌，若想從那邊離開，只有硬闖一途。

侯希白皺眉道：「如何可以潛越高牆？」

寇仲胸有成竹的道：「只要我們找得李淵溜到御花園來的慣常路線，可學李淵般來去自如，李淵總不會每次出巡都驚動整個後宮的御衛吧？來！」

三人藉著夜色和樹木亭閣的掩護，迅速往花園東後宮的高牆掠去，到躍上另一株大樹，後宮景況盡收眼底。後宮共有九座庭院，布局方整，四角各有一座高達三十丈的望樓，上有守衛。照侯希白手繪的唐宮詳圖，李淵的寢宮居中，書齋位於寢宮之西。宮內樹木婆娑，景色極美。看得見有四組御衛軍每組二十人在各迴廊巡邏，不過他們擔心的是布於暗處的崗哨。

徐子陵以目光掃視遠近，道：「無論我們身法有多快，只要望樓的守衛沒有打瞌睡，我們休想踰牆而入不驚動人。李淵會不會另有出入門道？」

寇仲以他建築土木學大師的姿態細視分隔後宮和御園的高牆，除正式出入有人把守的門道外，表面看全無異樣。

侯希白指著後宮正西處道：「那裏的樹木特別茂密，再過去是李淵的御書房，李淵若要出宮，可詐作到御書房辦事，然後從祕門進入御花園，我這猜測合情合理吧！」

寇仲欣然道：「好小子！眞有你的。」忽又色變，側耳聽道：「是甚麼聲音？」

徐子陵正把耳力集中收聽那方向的動靜，皺眉道：「該是犬隻走動的聲響。」

寇仲嘆道：「那我們可更肯定祕門設在那裏，李淵是不想手下曉得他行蹤，故書齋只以惡犬守衛。我的娘，縱使能進去卻怎避得開狗大哥們靈銳的狗眼和狗鼻。」

徐子陵笑道：「你好像忘記我們並不怕有限度的張揚，索性由你老哥出手，以迅雷不及掩耳的手法，逢狗點狗，把各狗兒的穴道全體制住。」

寇仲啞然失笑道：「兄弟又來耍我！」轉向侯希白道：「你石師教過你如何點狗兒的穴道嗎？可不許傷害牠們。」

侯希白苦笑道：「江湖上恐怕沒有人懂得這類奇門制狗法，不知曹三的迷魂彈能否爲我們達到同一的效果？」

寇仲道：「可惜你的迷魂彈亦是煙霧彈，試想若有一團濃煙從御書房升上高空，後果如何？」接著又拍拍額角道：「不過或可變通一下，來！先找到祕門再說。」

經過一輪推敲探索，果然天如人願，於分隔御花園和隔壁御書房的牆壁發現一道活門。三人不敢弄出任何聲息，怕驚動隔鄰的惡犬，寇仲和徐子陵再次合作，以奇異的長生氣對活門展開查察。此牆厚達半尺，若真是磚石砌成，恐怕兩名大漢推之仍難動分毫。寇仲指指牆腳，表示活門只能從下掀開，同時探手入懷，取出一顆迷香彈。徐子陵和侯希白在寇仲點頭示意下，蹲低試推活門下方。果然活門由下方往內移，露出寸許空隙，三人同時運功收斂毛孔，防止氣味散播，否則狗兒狂吠起來他們將功虧一簣。

牆內群犬發覺有異，齊往活門處奔來，說不定會以為是主子大駕歸來，至於是否如此，他們當然永不知道。寇仲把手中迷香彈捏破微縫，迷香以煙霧狀逐少逸出，在他真勁控制下，有節制的透過縫隙往隔壁噴去。不片刻另一邊傳來狗兒悶嗚和倒地的聲音，寇仲大喜，硬把迷香彈按進土裏，笑道：「大功告成。想不到這麼容易，幸好有樹蔭遮擋，否則教望樓的人看到狗兒躺滿一地會是個大笑話。」

靜心細聽，肯定狗兒全體中招，忙把活門從下推開，鑽將進去。

李淵的御書房是一座別致的建築物，四周林木環繞，以迴廊把它與別的樓房分隔，分前中後三進，前進是個議事廳，四壁擺滿放卷宗文件的紅木櫃，中進是書齋，置有兩組可休息看書的桌椅書几，內進是李淵處理重要事務的龍桌，掛有字畫，飾以古董珍玩、民間巧藝，布置清雅，充盈書卷氣息。

寇仲走到龍椅坐下，面對兩人嘆道：「能到此一坐，不虛此行。」

侯希白像沒聽到他說話般，兩眼放光的迅速掃視，然後一股勁兒的開始對任何可藏放東西的櫃子進行搜畫行動。

徐子陵忍不住笑的移到龍桌的另一邊，道：「若眞給他找到《寒林清遠圖》，你負責把他捉著，我負責把畫搶回來。」

寇仲索性把雙腳架在書桌上，探手拿起放在桌面的璽印，道：「就偷李淵這枚璽印如何？保證李淵暴跳如雷，把整座長安城翻轉過來搜捕曹三。」

徐子陵搖頭笑道：「皇帝的玉璽怎會這麼隨便放在桌上，恐怕只是個普通的印章。」

寇仲試圖細看印章上的刻文，片晌後立即放棄，搖頭道：「這比《長生訣》上的甲骨文更難辨認，侯小子快來解讀。」

侯希白嚷道：「我哪有這種閒情，還不快來幫忙？我會怨你們一世的。」

寇仲正要笑他，驀地頭上瓦面傳來「叮叮噹噹」的異響，接著是金屬摩擦瓦面的嘈吵聲音，最後是不知名的金屬物從瓦脊掉到地上，發出另一下驚心動魄的觸地響聲。在沉寂莊嚴的大唐後宮，如此響聲可傳遍遠近。三人你眼望我眼，頭皮發麻，一時間掌握不到發生甚麼一回事。叱喝聲在御書房範圍外響起。三人大叫不好，就像忽然陷進一個噩夢去。他們最害怕的事情終於發生。

寇仲沉聲道：「是石之軒！他怎辨得到？」

前一句是結論，後一句是疑問。只石之軒有可能曉得他們從地道潛進來。可是除非他一直由地道追躡他們來到這裏，否則他怎能如此準確的把東西拋在御書房的瓦頂，摩擦滾動掉到地上，驚動禁宮的守衛。

為防範石之軒刺殺李淵，大唐宮城早就像一條繃緊且蓄勢待發的弓弦，石之軒這一手立即使得大唐宮中強大的防禦力量像驟漲山洪般引發。首當其衝的是他們。他們雖不時把入宮後會被人發現掛在嘴上，事實上是談笑的成分居多，今晚來純是探路，從沒想過會陷身如此可能是萬劫不復的情況中。

徐子陵斷然道：「把迷香彈全給我，你和希白由短地道潛往太極宮，再由太極宮設法離開，我會引開敵人。」

一手接過兩人交出的迷香彈，另一手脫下頭罩，弄散頭髮，戴上面譜。寇仲和他心意相通，此刻更沒時間說廢話，這是沒有選擇中的選擇，若寇仲和侯希白能神不知鬼不覺的離開，而另一方面徐子陵亦能脫身，當算功成身退。

侯希白低聲道：「子陵小心！」

此時御書房外火把光芒處處交織閃動，顯示敵人從四方八面趕來。徐子陵穿窗而出，同時擲出兩彈，在箭矢及體前一個倒翻，躍至御書房瓦頂。

濃煙團團冒起，最精采處是隨風四散，把御書房隱沒進煙霧中。居高臨下，徐子陵剎那間掌握到整個形勢，趕來的禁衛仍未對御書房形成合圍，最先趕至的兩組親軍分從南、北兩門擁入，剛才向他發箭的是南門來的禁衛，其中兩個輕功較高明的，縱身斜掠而至。遠方四周全是往這裏迅速移動的火把光，只要稍有遲疑，肯定是被千軍萬馬圍困的死局。徐子陵不讓敵人有交鋒或合圍的機會，掠上瓦脊，騰身而起，橫空而去，落往書房中進，單足輕點即起，再在前進瓦沿借力，投向御花園。再擲出兩彈，整個御書房的範圍被湧起的煙霧迷香籠罩，神奇的效果連徐子陵這使用者也感到難以相信。

遠近均有人從瓦面或地上往他奔來，看身法其中不乏高手。徐子陵越過高牆，落在御花園的碎石徑處，又發兩彈，登時濃煙四起，隨風勢往廣闊的御花園蔓延，四周如虛似幻。八彈已投六彈，對徐子陵本身作用不大，但對寇仲和侯希白卻是必需的掩護。

「殺無赦！」徐子陵百忙中往發聲處瞧去，只見十多人從御花園另一邊朝他追來，帶頭者赫然是李淵，喝叫出自他御口。此外徐子陵認得的尚有宇文傷。數以百計的親衛軍分由太極宮和玄武門的方向擁入，如非煙霧瀰漫，火把光可把他照得纖毫畢露，無所遁形。

弓弦聲響，後方數以百計的勁箭從強弩發射，以他爲目標暴雨般灑來。徐子陵筆直彈起，令所有箭矢射空，直達近十五丈的高處，右手一抹腰際，取得牛筋勾索，往後方貼近隔牆的一棵高樹射出，同時借力橫空而去，離開御花園，重投向李淵寢宮的範圍內。這一著出乎所有人意料，再無法把他圍困於御花園處。不過徐子陵心知肚明仍未脫離險境，因爲李淵寢宮乃皇宮內警衛最森嚴的處所，外宮牆更是飛鳥難渡，只要有人阻延他片刻時間，給李淵和一衆高手追上，他將是有死無生之局。而他最後的法寶，就是懷內僅餘的兩顆迷香彈。

當徐子陵甫擲出迷香彈，寇仲和侯希白不敢遲疑，從正門竄出，通過活門進入御花園，再藉煙霧和敵人注意力全集中到徐子陵身上，從花樹叢中潛往假石山。當他們進入地道，御花園內盡是火把光和如狼似虎的禁衛，險至極點，再遲疑片刻，他們就只好和徐子陵集體逃亡。

侯希白邊走邊道：「子陵能脫身嗎？」

寇仲信心十足的道：「不要看這小子平時老老實實的樣子，其實他比我更狡猾。」「鏘！」掣出井中月。侯希白醒悟過來，擦燃火熠。

轉瞬兩人來至太極宮龍椅下的出口，寇仲著侯希白弄熄火熠，低聲道：「若你石師眞的吊在我們尾後入宮，那他如今最應該等待我們的地方，就是上面，將我們出一個殺一個，出一雙殺一雙。」

侯希白點頭表示明白，取出袖內美人扇，道：「啓蓋！」

徐子陵足尖點在瓦脊，立即旋風般轉動起來，使招呼到他身上的箭矢暗器滑脫開去，不能造成任何傷害，他左手勾索同時射出，抓上建築物旁一株大樹，硬是改變投進敵人重圍內的衝勢，橫移半空，再以俐落手法收回勾索，往分隔庭院的迴廊頂落下去。整座後宮變成沸騰的戰場，數以百計燃起的火把光照得處處明如白晝，夜色再無掩蔽作用。樓房殿頂全被禁衛登上把守，若非有救命勾索，他將是寸步難移。大唐禁衛表現出高度的組織能力和鋼鐵般的紀律，一組一組的對他進行圍剿追殺的行動，只要他被任何一組纏上，肯定沒命離開。

他尚差一組庭院的距離就可抵達分隔太極宮和東宮高達二十丈的高牆，牆頭自是密布禁衛，箭手張弓待發。而他的目標卻是東南角高三十丈的望樓，只要勾索能抓上望樓頂，就可避過箭矢，逃進東宮的範圍，直闖外宮牆。一組三十多人的禁衛見他躍向迴廊頂，忙搶先躍上迴廊，刀矛齊舉，準備對他迎頭痛擊。以李淵爲首的多名特級高手，像十多道電光鍥而不捨的從後追至，若非徐子陵不斷改變方向，恐怕早被追及，此時他們離徐子陵只是五十丈許距離，轉瞬可至。

徐子陵正往下落，如給迴廊的禁衛逼落地面，那將等於投進虎狼群中，必無倖免。他早算計及此，投往迴廊純是惑敵之計，在敵人兵器及身前，收回的勾索再次疾射，抓搭迴廊牆外另一株大樹，改斜掠而下之勢往上斜衝，堪堪避過敵人的攔截，大鳥騰空的往東南角的建築物頂投去。該處殿頂多名箭手，見他淩空投來，立時射出箭矢，既勁且準，避無可避。徐子陵振起鬥志，心忖只要能在殿頂取得立足點，他又可藉勾索抓樹，抵達目標的望樓，闖進東宮。一聲怪嘯，徐子陵轉換體內眞氣，從下投變爲平射，以毫釐之差避過最接近的勁箭，在敵人第二輪勁箭發射前，虎入羊群的衝入殿頂敵人群中，施出渾身解數，確是當者披靡，交鋒者無一合之將，東仆西倒的跌落瓦脊，再墜跌地面，造成敵人很大的混亂。不過只是這一耽擱，李淵等人又把距離縮短至三十丈，形勢大爲吃緊。

徐子陵左右開弓，把從另一邊瓦背擁來的四名敵人轟落地面，正要踏足屋脊，驀地一男一女現身屋脊，男的大笑道：「邪王往哪裏走，愚夫婦恭候多時。」

徐子陵由逃亡開始，從沒想過對方會把他當作石之軒，不過此時無暇多想，逃命要緊。這對男女形相獨特，男作文士打扮，女穿繡花長裙，前者只持一盾，後者玉手提劍，只是隨便站在那裏，自有一種穩如鐵塔的防守氣勢，絕非一般普通禁衛高手。男子一頭銀灰色的頭髮，可是模樣只像中年人，還長得頗爲英俊，不過瞧他眼神，應是飽閱世情的老前輩。女子長得雍容華貴，儀態萬千，鬢角花白，但感覺上仍是一頭烏黑閃亮的秀髮。徐子陵眼力高明，知道此關不易硬闖，厲叱一聲，拔出腰間飛刀，連珠擲去。

石蓋橫移，顯露出口。寇仲和侯希白屏息以待，外面竟是毫無動靜，一片寧靜的漆黑。

寇仲皺眉道：「難道我猜錯？待我先出去看看！」

人隨刀竄，沖天而起。空廣的太極殿平靜如前，並沒有石之軒的蹤影。寇仲心中奇怪，早騰上十多丈的空中，待要轉氣下沉，異變突起。地道內傳來勁氣呼嘯聲，夾雜著侯希白的悶哼和眞勁交擊的密集響音。寇仲大叫不好，始知石之軒竟躡在他們身後，從漆黑的地道覷準時機向侯希白偷襲。石之軒不但武功在侯希白之上，更是深悉自己這徒弟的功夫，加上欺侯希白猝不及防，當然佔盡便宜。

寇仲收攝心神，不讓自己對侯希白的關心和焦慮影響情緒，深吸一口氣，人刀合一的重往出口投下去。勁氣帶起的呼嘯聲，響徹地道。打鬥聲倏止。石之軒提著侯希白從地道口閃電穿出，一拳重擊在寇仲往下刺來的刀鋒尖銳處。寇仲如受雷擊，五臟六腑翻轉過來般難過，差點噴血。石之軒驚人的氣勁洪水般透刀湧來，他身不由己的往大殿中心拋飛過去，雙腳觸地時，石之軒隨手放下不省人事的侯希白，移到他身前丈許處，負手而立微笑道：「難得難得！竟能擋石某人全力一拳，可見少帥刀法與功力均大有長進。」

寇仲勉強壓下翻騰的血氣，井中月遙指這魔門乃至天下間最可怕的邪人，沉聲道：「我的小命就在這裏，看你邪王是否有本事拿走？」

石之軒好整以暇的別頭望著平躺地上的侯希白，再回過頭來笑道：「希白只是被我制著穴道，仍未喪失視聽的能力，希望希白不會看到或聽到自己視爲好友的人，會是貪生怕死、爲自己捨友而逃的鼠輩。」

寇仲差點給氣得怒火燒心，深吸一口氣道：「卑鄙！」井中月疾劈而去。

徐子陵看得倒抽涼氣，他從沒見過有人可把一張盾牌用得如此輕似羽毛，靈活如神、千變萬化，無論他的飛刀從任何角度或任何手法發射，對方盾牌翻飛，或是硬擋，或以盾沿砍劈，均能把飛刀擋個正著，射出的十把飛刀無一倖免。他的飛刀是以連珠手法擲出，分別射往攔路那對高手夫婦，卻給男的以一個盾牌照單全收。所有這些事發生在電光石火的瞬那間，忽然盾牌迎頭壓至，而盾牌右方則劍芒大盛，劍盾配合得天衣無縫下，正面強攻而來，瓦坡上其他戰士重整陣勢，朝他殺至，頓使他陷入重圍之內。李淵等則追至他剛才掠過的迴廊處，形勢危急至極點。

女子嬌叱道：「他不是邪王！」

徐子陵悶哼一聲，足尖用勁彈高少許，隔空一拳朝逼至丈許的盾牌轟去。「蓬！」勁氣交擊，毫無花假的狠拚一記。持盾高手全身一震，徐子陵則給反震之力往後拋送，朝李淵那組人落去。此著出乎瓦坡上所有敵人意料，登時陣腳大亂，叱喝震天。李淵等想不到徐子陵會送上門來，見機不可失，十多人騰空而起，凌空截擊。地面的禁衛見李淵帶頭出手，士氣大振，齊聲吶喊爲主子助威，喊叫喝采聲直衝霄漢，震動全宮。

徐子陵當然不會這般愚蠢，勾索橫射而去，抓著側旁的樹幹，改變方向，往橫移開，李淵、宇文傷和一衆禁宮高手，全撲在空處。徐子陵改變策略，足尖在近樹頂的橫椏一點，順手收回勾索，掠往一座小亭之頂，再一個翻騰，藉勾索抓樹，從高空往東南角的望樓投去。城牆上和望樓處射來的勁箭，紛紛落空。

就在此時，一道人影以迅疾無倫的身法從地面禁衛群中筆直朝他射上來。徐子陵正在近二十丈的高空滑翔，感覺到敵人來勢的凌厲，只看對方能彈上二十丈的高空截擊自己，可知對方至少是李淵或宇文傷的級數，甚或尤有過之。低頭一看，立時魂飛魄散，大叫不妙。

寇仲終於體會到徐子陵面對沒有破綻的石之軒那種無從入手的感覺。他像站在那裏，又若不在那裏，寇仲根本無法掌握他的位置，更遑論預計他下一步的行動。可是他這一刀已是有去無回之勢，變招徒然加速敗亡，此刀螺旋勁貫注集中，任石之軒的不死印法如何厲害，怕仍不敢硬捱。

石之軒淡然一笑，忽往左右以驚人的高速搖晃，像多出幾個化身來，虛虛實實，倏地出現在寇仲左側處，衣袖拂掃寇仲額角。寇仲竟閉上眼睛，旋身揮刀，帶起森寒凌厲的刀氣，刀鋒如有神助的砍中石之軒拂來的衣袖。「霍！」寇仲給石之軒拂得反旋開去，一個踉蹌後始能立穩，再向石之軒擺開架勢。

石之軒嶽立如山，氣定神閒的道：「這一刀還像點樣子，有甚麼名堂？是你井中八法中的哪一法？」

寇仲心中大訝，石之軒爲何像有很多時間般不乘勢追擊？此事確不合理，趙德言既開出條件要他殺死自己和徐子陵，他理該不肯錯過這千載一時的良機。他打的甚麼鬼主意？石之軒可能想不到他和徐子陵可在那麼遠的距離竊聽到他和尹祖文的密話，因爲他並不曉得他兩人功力互借的獨家本領，所以並不曉得他寇仲已知悉趙德言向他開出的條件。

寇仲哈哈笑道：「這招沒有甚麼名堂，叫作『身意』，妙在有意無意之間，乃傳自『天刀』宋缺的心法。」

石之軒雙目射出凌厲的神色，冷哼道：「『天刀』宋缺，終有一天石某人會教他曉得他的天刀只是破銅爛鐵，代表著失敗和恥辱。」

寇仲哂道：「儘管在我這後輩面前吹大氣吧！你若肯找他老人家動手，他老人家保證求之不得，無限歡迎。」

石之軒不以爲忤的微微一笑，悠然道：「誰勝誰負，可待日後的事實證明，廢言無益。念在你寇仲成名不易，一手刀法練至如此境界更是難能可貴，我就予你一條生路。」

寇仲愕然道：「邪王你不是在說笑吧？」

石之軒道：「我哪有閒情來和你開玩笑，我的寶貝徒弟由我帶走管教，放心吧！無論他如何反叛頑皮，終是我石某人的徒弟，他只不過暫時不能風花雪月，或陪你兩個小子到處惹是生非。只要你們把盜去的《寒林清遠圖》交出來，希白便可回復自由。石某人予你們一天時間，於明日黃昏前把畫放在希白小廳堂的桌子上，否則協議取消。」

寇仲大笑道：「想帶走希白嗎？先問過老子的井中月吧！」人刀合一朝石之軒殺去。

# 第五章

# 棋高一著

黃易作品集

# 第五章 棋高一著

寇仲扯掉頭罩納入懷中，免得影響視聽靈覺。在石之軒說話之際，他已掌握到自己的處境和石之軒的用心。石之軒並非不想殺他，且是有意殺他於此時此地。他的一番說辭，只爲予寇仲一線生機，誤認石之軒因要取回《寒林清遠圖》，所以放過眼前取他小命的機會。事實權衡利害，殺死寇仲實爲此刻石之軒的頭等大事，否則他不會冒險跟進皇宮來，深思熟慮的算計他們；至此幾可肯定石之軒並不知道他們竊聽到他和尹祖文的對話。

即使以石之軒之能，要殺他寇仲絕非輕鬆的一回事。且當寇仲自忖必死，說不定會行險一搏，例如奮力逃入地道，又或衝破天窗闖出宮外，那時縱使石之軒變得三頭六臂，諒也不敢在禁衛重重的大唐宮內四處與寇仲玩貓捉老鼠的遊戲。石之軒才智超凡，知道只要提出帶走侯希白，寇仲必會全力阻止，那石之軒就可不虞寇仲在分出生死前捨友逃走。

螺旋勁透過刀鋒，挾著嘶嘶異響，刀未至勁氣先行，兜頭照臉的往「邪王」石之軒罩去。這是沒辦法中的辦法，石之軒的不死幻法教人無從捉摸，疑幻似眞。而寇仲則是利用本身長生氣的靈異特性，正如他和徐子陵可隔壁探察，他現在亦以氣勁先行探測石之軒的虛實，只要石之軒有任何反應，他可在氣機牽引下，釐定進攻的位置、角度和勁力。

殿外不住傳來禁衛軍來回走動的聲響和馬蹄踏地聲，顯示禁衛軍正作大規模的調集和動員，形勢緊張火熱。不過誰都想不到江湖上一老一少兩位最頂尖的人物，正在皇宮核心的大殿內進行生死決戰。石之軒露出一絲淡淡笑意，又往左右各晃一下，每一晃均帶得寇仲的「氣勁場」往晃動的一方偏移。但已等於變成寇仲第三隻眼睛的刀鋒立生感應，倏地加速，化作井中八法中的「擊奇」，迅雷激電般往感覺中的石之軒射去，把宋缺傳他的身意之法發揮得淋漓盡致，且更上一層樓。刀鋒刺空。明明應可刺中石之軒胸口，至不濟也可逼他擋格反擊，可是石之軒卻出現在他左方側處，還橫掌拍向井中月，以他的功力，如此一掌拍實，保證寇仲拿不穩刀子。寇仲明白過來，不死幻法不但是世上最迅疾的身法，並能在氣勁上令對手產生幻覺，除非寇仲刀尖的靈覺達至可分辨眞僞的境界，否則休想破他的不死幻法。幸好他從宋缺處學會每出一刀，均留有餘力，值此危急關頭，臨急變招，人往後退，刀勢生變，反往石之軒掌心挑去。

石之軒低喝一聲「好」，掌化爲指，點正刀鋒。一股可怕和高度集中的內勁重擊刀尖，發出「噗」的一聲勁氣交擊清響，寇仲給震得血氣翻騰，差點拿不穩井中月，觸電般依原勢往後疾退。石之軒雙目異芒大盛，正是要全力出手的現象。寇仲心叫不好，忙施展體內眞氣逆轉之法，改退後爲側移，擺出「不攻」架勢。似攻非攻，似守非守。當日他與伏難陀決戰時，在強攻之際使出「不攻」，逼得伏難陀無奈出手，此刻卻是在退守之際重施故技，目的是不讓石之軒能爭奪上風優勢。石之軒果然目露訝色，點頭道：「這招相當不錯。」說時掌化爲拳，隔空一拳轟來，狂猛無儔的勁氣將寇仲完全籠罩。

寇仲心叫不妙，石之軒這拳脈絡分明，勁氣的強弱輕重角度變化全在掌握之內，曉得其意並不在破他的「不攻」，而是以不死印氣遙探他的情況，再釐定進攻的最佳方法，等於剛才他寇仲以刀氣探路摸底，只不過石之軒的獨門心法更能探測他體內眞氣運動的狀態。寇仲私下曾和徐子陵多番研究討論破不死印的方法，雖仍是一籌莫展，可是從徐子陵多番與石之軒交手的經驗中，卻得到珍貴的啓悟，所以能判別石之軒這一拳的背後用意。一招失著，勢將招來殺身之禍。寇仲臨危不亂，心神進入井中月的境界，哈哈一笑，回刀護體，眞氣斂而不發，人刀合成一個無隙可尋的整體，是爲「不攻」的變式。

「蓬！」寇仲像斷線風箏般應拳往後飛退，落下處剛好是侯希白身旁，還提腳朝侯希白輕踢試圖解穴，是龍是蛇，就要看他的長生氣是否靈光。

石之軒想不到寇仲不但能憑刀氣凝成的護體眞氣硬捱他一拳，且有此妙著，露出又好氣又好笑的神情，如影隨形的閃電追至，兩手幻化出漫天掌影，鋪天蓋地往他罩來，本體像變成沒有實質的幻影，虛實難分，教人無從掌握。寇仲收回踢向侯希白的右腳，改爲往左踏出，且是縮地成寸的奇步，哈哈笑道：「這叫腳詐！邪王中計哩！」倏忽間他避開石之軒正面的進攻，移至石之軒右側，看也不看的隨意一刀揮掃，心中凝起戰場上千軍萬馬互相衝殺，血流成河、日月無光的慘烈情景，登時生出凜冽冰寒的刀氣，以橫掃千軍的霸道威勢，不理石之軒是眞是幻，就把石之軒當作是婠婠的天魔勁場，井中月化作黃芒，疾掃過去。石之軒漫天掌影消散，提腳側踢井中月，在毫無轉圜餘地下雙方狠拚一招。寇仲給連人帶刀踢得側退開去，不過心中只有歡喜，交手至此，他還是首次主動逼得石之軒肯與他硬拚。

石之軒上身微晃，目露殺機，待要追擊，寇仲早憑逆轉眞氣之法，反衝回來，冷喝道：「看老子的『方圓』！」

以石之軒的身手眼光，仍在判斷上失誤，想不到寇仲能硬接一記後如此快速回復過來，更想不到他在退跌的中途能反退爲進，更頭痛的是眼看寇仲只簡簡單單的一刀搠至，竟生出一堵方闊的氣牆，迫身而來，令他不敢冒進，最威脅他的是刀鋒射出一柱渾圓的氣勁，如鐵柱般朝他胸口直搗。

石之軒冷喝道：「找死！」驀然急旋，化作人造的龍捲風暴，迎向刀鋒，「方圓」的勁氣和旋動的勁氣正面硬撼，生出貫滿全殿空間的狂飆激嘯。

寇仲哪想得到對方有此一著，更害怕對方吸納他的氣牆眞氣，反過來對付自己，我消彼長下，一招就可取他小命。想也沒想過「方圓」可給對方這麼破掉，幸好他身經百戰，深明窮則變、變則通之理，硬把氣牆收縮，方不在圓仍在，一束高度集中，使對方無法吸收消化的勁氣，在井中月黃芒劇盛下，改「方圓」爲「速戰」，刀隨人去，重擊對手。變成旋風般的石之軒也不敢以身試法以不死印卸解寇仲的刀氣，改爲一袖揮出，搭上刀鋒，發出「砰」的一下悶響。另一手揮袖拂擊寇仲面門，可怕的旋動似從沒發生般那樣突然終止。

寇仲的井中月似給整座大山壓著，不管如何運勁都不能移動分毫，最要命的是對方衣袖輕輕一拂，不但成功的將他自以爲必殺的勁氣震散，對方那充滿邪惡冰寒的眞氣更沿刀入侵，往他經脈襲至。以往大小戰役，從沒有人能將他靈動如神的井中月如此壓伏控制。寇仲險些兒要棄刀保命，又曉得倘如此不智只有加速敗亡，人急智生下顧不到威儀，就那麼側滾地上，避過拂往面門的奪命一袖，把全身全靈的力量對抗石之軒搭在刀鋒可攝魄勾魂的另一袖。螺旋勁山洪暴發般透刀反擊。「轟！」石之軒分得一半的力道終及不上寇仲的全力反擊，纏刀的衣袖鬆脫，且身不由主的後退小半步，寇仲則風車般轉動著滑地直滾開去。石之軒一陣長笑，騰空而起，往寇仲撲去。

徐子陵的吃驚是有理由的，因爲截擊他的正是從喘病康復過來的獨孤閥第一高手尤楚紅，嚴格來說此時徐子陵只是從她的身手和獨門兵器碧玉杖把她認出來。她的白髮和布滿臉龐的皺紋換上烏髮和嫩膚，雖仍是老婆婆的形相，此時外貌卻至少比以前在洛陽見她時年輕上三、四十年。她眞正的年紀肯定接近百歲，現在則橫看豎看只是個五十來歲的貴婦。此刻的她頭飾黑幘巾，白衣黃裙，朱色短帔肩迎風飛揚，加上徐子陵對她以前的印象，情景詭異得使人心寒。

她理該和李淵等一道趕來，卻能趕在前頭從下方沖天而上追截自己，足見功力高明，難怪宇文傷有尤楚紅可能勝過宋缺的高度評價。能否及得上威鎭天下的「天刀」宋缺仍是言之過早，可是只要她與宋缺有一拚之力，此刻被她纏上的徐子陵肯定今晚要飲恨唐宮。徐子陵低頭下望的刹那，她剛從兩組騎兵間離地躍起，拿捏的時間角度精準無匹，照雙方移動的速度，她剛好能在空中截住徐子陵。即使憑她以前患著喘病的身手，徐子陵也絕無可能過得此關。思索間尤楚紅以閃電的速度斜掠而上至十丈的高空，碧玉杖生出微妙難言的變化，疾升朝他刺來，杖氣把徐子陵完全鎖緊籠罩，使他的身法受到影響不由得稍有遲滯。徐子陵靈光一閃，本蓄勢待發射往望樓頂的勾索改爲朝她下射，眞氣貫注。

鋼爪迅疾下搠十丈，由於尤楚紅正全力上衝，避無可避，唯有以碧玉杖迎擊。若徐子陵是一般高手，以尤楚紅積近百年的經驗功力，可以輕易卸勁反把徐子陵從空中扯下來，可是鋼爪挾著火熱的勁氣迎頭攻至，甚麼巧妙手法都派不上用場。無奈下杖頭上刺。「噗！」勁氣交擊，尤楚紅硬給震得墜回地面，徐子陵則被震得往高空拋飛，勁氣翻騰，險些兒噴血，忙及時運轉眞氣，並藉其力道轉化爲衝勢，騰升上四十多丈的高空，再轉換眞氣越過望樓高牆，往東宮範圍投去。以他之能，從如此高度掉下來亦肯定受傷，不過他有勾索在手，借點力道當可安然著地。這變化對方無人能預先想及，登時拉遠與李淵等奪命煞星的距離。

就在此時，大喝如暴雷般在後方響起，徐子陵別頭瞧去，一個像鐵塔般壯健高挺的虬髯粗豪大漢，立在落返地面的尤楚紅身旁，揮手擲出一枝重鐵矛，迅如流星朝他射來。徐子陵認得他是隨李淵一起追殺他的高手之一，看他只是三十來歲的年紀，該不會是李淵請出山來的前輩名家，但手勁膂力驚人，不敢怠慢，螺旋勁聚，右腳一縮一伸，點往矛尖，看似硬撼，用的其實是巧勁。「蓬！」重矛斜飛，徐子陵身法加速，改變方向，大鳥般往東宮林木最茂密的花園投去，只要再發兩彈迷惑牆頭守軍耳目，加上沒有高手攔截，他將可逃出這可怕的地方。

誰想到寇仲說的入宮遊玩，會變成眼前的模樣。

寇仲滾離石之軒近十丈後，體內長生氣運轉十多遍，不但化去對方入侵的眞氣，本身氣勁亦回復過來，又信心大增，鬥志旺盛，更知若不存拚死之心，小命必然難保。因爲正如徐子陵所說的，他或徐子陵單獨決戰石之軒，實是有死無生之局，所以必須改變力戰的劣況。兩手輕按地面，換轉眞氣，出乎意料的彈往半空，井中月向凌空追來的石之軒重劈過去，笑道：「這招叫『用謀』。」

石之軒哪想得到他敢反擊，既能反擊兼且此刀封死他所有進路，而此際正凌空掠行又難施不死幻法，怒哼一聲，雙拳轟出。「蓬！蓬！」先後兩拳準確無誤的命中井中月，以石之軒之能，在寇仲這蓄勢以發的全力一刀下，亦不得不被迫墜落地上。寇仲則借力飛開，落到侯希白躺地處，還哈哈笑道：「有勞相送！」

石之軒知追之不及，顯露出絕頂高手的風範，兩手負後，油然道：「石某人仍是維持原議，若你們明天黃昏不把《寒林清遠圖》交出來，石某人將把你們假扮司徒福榮的秘密告訴尹祖文，你們該知會有甚麼後果。」

寇仲剛落在侯希白旁，正要提腳踢去，聞言虎軀劇震，緩緩別過頭去瞧石之軒，臉色說有多難看就有多難看，雙目射出不能置信的神色。石之軒的話像一盤照頭淋下的冷水，使他深切體會到侯希白先前的警告。他們實在低估了石之軒。一子錯，滿盤皆落索。

石之軒好整以暇的道：「你們以爲能瞞得過我嗎？司徒福榮來得湊巧，又是與宋缺有關係，本身已非常可疑。不過只要你們聽教聽話，石某人絕不會跟你們爲難，甚至你們要對付香家我也不會阻攔。」

寇仲頭皮發麻的道：「然則你索畫有何作用？」

石之軒聳肩灑然道：「石某人不須向你解釋吧！」

寇仲嘆道：「可是《寒林清遠圖》並不在我們手上，奪畫者另有其人。」

石之軒微笑道：「這個我不管，明天黃昏時你們若不能把畫放在希白小廳堂的桌子上，你們只好設法殺出長安。」接著飄往殿心，立在地道入口的方磚上，淡淡道：「你們可由地道離開，我保證不會偷襲你們，且會爲你們弄好另一端出口的關蓋。此地不宜久留，子陵成功脫身後，李淵定會親來視察，你該明白我在說甚麼，這樣一條地道，封閉了實在可惜。」石磚緩緩移開，石之軒一閃不見。

寇仲頹然苦笑，蹲身爲侯希白解開穴道，石之軒用的雖是獨門手法，仍難不倒他這曾做過神醫的長生氣專家。侯希白猛坐起來，睜目嚷道：「寇仲快逃，石師來哩！」

寇仲心中一陣感動，心忖石之軒說他未失知覺之言只是詐語，摟著他肩膊道：「這是否你被制前要說的話？」

侯希白清醒過來，張目四望，駭然道：「石師呢？發生甚麼事？」

殿門傳來異響，火光從門縫透入，寇仲跳將起來，迅速封上短地道的入口，扯著侯希白往長地道入口奔去，道：「好的消息是子陵成功脫身，壞的消息待回家再告訴你。」

兩人沒入地道，入口迅速關閉，空廣的太極殿像從沒發生過任何事。

多情窩內，暗黑裏三人你眼望我眼，聽過兩方面的情況後，他們仍是驚魂未定。

寇仲頹然道：「這次的長安之行，是徹底的失敗。我們手上的籌碼全給石之軒他老人家贏掉，還不知如何收拾殘局。」

徐子陵道：「他仍未可言全勝，至少在太極殿他沒法在李淵趕來前，將你殺死。」

侯希白皺眉思索道：「眞奇怪！他若要對付你們可說是易如反掌，例如可把司徒福榮的事向尹祖文透露，你們就吃不完兜著走，爲何他沒有這樣做？更似乎並不打算這麼做。」

寇仲精神一振道：「這叫愛屋及烏。」

徐子陵哂道：「然則他爲何害得我們今晚這麼慘？差些兒掉命。」

寇仲分析道：「這正是矛盾的地方，暴露他內心眞正的矛盾，那是善與惡的鬥爭，也是他的破綻，唯一的破綻，而石青璇就是這矛盾的核心關鍵。每次他攻擊我前，總像要在心內鬥爭一番似的。否則我們早完蛋大吉。」

寇仲探手越過小几抓著徐子陵的肩頭，忍著笑的道：「你的未來岳丈不願與陵少結下解不開的深仇嘛！他的內心始終放不開石青璇。愛屋及烏這句話，說的是鋼鐵般的事實。」

徐子陵一震道：「給你一言驚醒夢中人，至少他對永安渠不能忘情，因爲那是他懺悔和追憶碧秀心的地方。」

寇仲啞然失笑道：「好小子！終肯認是岳丈！」

徐子陵沒好氣的盯他一眼，向侯希白道：「聖門的人是否只講利益？」

侯希白點頭道：「這是聖門六親不認的作風下必然的結果，每個人只為自己打算，結合是利益的結合，誰人能予你最大的利益，你才會視此人為友。這種結合顯是弊多於利，使聖門欠缺眞正的凝聚力，所以自漢室衰頹後，聖門屢屢坐失良機，實種因於此。」

徐子陵淡淡道：「這或者是原因所在，但另有一個可能是石之軒在聖門的威望雖無可置疑，可是趙德言、尹祖文或楊虛彥均不用依靠他，前者可藉突厥人捧他作中土的傀儡皇帝，像劉武周和梁師都的情況。尹祖文和楊虛彥則可透過操縱李淵，在李閥內鬥的情況下逐步實現野心，最高目標當然是要取而代之。只看香玉山和趙德言的關係，又或池生春與尹祖文的過從密切，以石之軒的才智對這一切肯定可看通看透。故不論是趙德言或陰癸派向石之軒開出的條件，均可能令石之軒陷於萬劫不復之地，例如殺掉你寇仲，會惹出『天刀』宋缺。殺死自己的親女兒，更會使石之軒舊病復發。石之軒是不會輕易中計的。」轉向寇仲道：「我不是為自己辯解，而是說出眞實的情況，我們不能一錯再錯，否則誰都沒法活著離開長安。」

寇仲笑道：「陵少不用那麼認眞，他娘的，老石要《寒林清遠圖》來幹甚麼？不會像小侯般只供自家欣賞珍藏吧？若他把《寒林清遠圖》送給池生春，會有甚麼後果？」

侯希白苦笑道：「發生今晚的事，我早對《寒林清遠圖》死心。曹三到李淵的御書房幹甚麼？李淵既知曹三要偷的是《寒林清遠圖》，肯定會調派重兵看守藏畫處，對盜畫我再不存任何希望。唉！」

徐子陵點頭道：「即使我們曉得藏畫處，甚至或可把畫強搶到手，卻肯定沒命離開，這是我剛才的體驗。如非李淵正在凝碧閣招呼美人兒場主，大部分高手集中該地，小弟自問也沒有硬闖離宮的本事。」

寇仲思索道：「究竟他們當你是石之軒還是曹三呢？」

徐子陵沉吟道：「很難說，最合理該是曹三是個幌子，可由石之軒喬扮，也可以是別人扮的，目的是隱藏身分。試問眞的曹三有此本領嗎？」旋又嘆道：「明天黃昏我們如何可把《寒林清遠圖》交出來？」

寇仲沉聲道：「我們先要弄清楚三個問題，首先是石之軒是否知道寶畫在李淵手上？其次是石之軒要寶畫有何作用？三是若我們沒畫給老石，他會不會眞的揭破司徒福榮的勾當？如能弄清楚個大概，我們就曉得進攻退守之道。」

侯希白道：「我可以給你第一個問題的答案，石師既一直跟我們到御書房，肯定曾竊聽我們的對話，以他的才智，只聽幾句即可推斷其餘，所以他現在已清楚盜畫的人不是子陵而是李淵。他著我們把畫交出，是故意爲難我們，或想我們再去盜畫時，被李淵殺死，那就一了百了，而他則可推個一乾二淨，至少青璇怪不到他頭上去。」

寇仲同意道：「就當他曉得吧！不過照我看逼我們去盜畫來害我們的可能性微乎其微，要我們在明天黃昏前交畫有兩個可能性，第一個可能性是逼我們在明天黃昏前離開，另一個可能性是想藉畫來害池生春惹得一身腥。」

侯希白訝道：「逼走我們合情合理，那使石師不再礙手礙腳，先放手對付婠婠，取得她手上的《天魔訣》。但害池生春卻像沒甚麼道理，這豈非拿起石頭砸自己的腳嗎？」徐子陵露出深思的神色。

寇仲向徐子陵道：「陵少第一次聽到尹祖文的聲音，尹祖文是和誰在一起？就是趙德言，對嗎？只從尹祖文肯爲趙德言施展『七針制神』對付雷大哥，可知尹祖文和趙德言關係密切。現在尹祖文更爲趙德言向石之軒開出條件，憑此兩點，可推斷趙德言和尹祖文有緊密聯繫，甚至結成祕密盟友。坦白說，趙德言因有頡利和畢玄在後撐腰，比之久病初癒、衆叛親離的石之軒勢力要大得多。縱使尹祖文弄垮李閥，取而代之，一旦突厥率領塞外聯軍南來，皇帝夢勢將化作泡影，所以尹祖文爲己身利益，不得不依附趙德言。而趙德言所謂開出的臣服條件，一方面是借刀殺人之計，另一方面更想令石之軒陷於萬劫不復之地。哈！老趙老尹均犯上我和陵少同一錯誤，低估了石之軒。」

侯希白點頭道：「給你老哥這麼一番分析，確是言之成理。試想若石師把我們從李淵手上偷回來的畫交給池生春，池生春在不知就裏下將畫作聘禮送給『大仙』胡佛，李淵會怎樣想池生春？不過石師該知我們沒有可能從李淵手上把畫搶回來的，所以仍以逼我們離開的可能性居多。說到底香家對石師威脅不大，弄垮池生春對他並沒有甚麼好處。」

寇仲搖頭道：「小弟認爲非常難說，石之軒眼前當務之急是統一聖門，香家乃趙德言在中土的重要耳目，作用大得難以估計。石之軒當然不會讓人曉得是他弄垮池生春，只須透過旁人把畫送給池生春討賞便成，這將是對香家最嚴重的打擊，也是對趙德言的打擊。更且是對尹祖文的警告，顯示他石之軒可隨時把他毀掉。」

徐子陵苦笑道：「最不想把池生春弄垮的是我們而非趙德言和尹祖文，對我們這幾個傻瓜來說，那會斷掉對香家的重要線索。看來我們福榮爺明天黃昏前必須離開，因爲我們根本無從猜估你第三個問題的答案，就是石之軒會不會揭破我們的祕密。」

寇仲雙目閃閃生輝，緩緩道：「只要我們能給石之軒下台階的方便，他肯定不會揭破我們，因爲若我們死掉，他在趙德言眼中再無利用價值，石之軒不會不清楚此點。而我們現在是勢成騎虎不能說走便走，要走亦要是光榮撤退，否則不但陳甫有難，歐良材和他整個家族亦無法免禍。」

徐子陵點頭道：「還有，我們必須解決沈落雁的危機才能走，這是楊虛彥、獨孤閥精心部署的行動，肯定在他們背後尚有李元吉，他們最大的目標是牽連李世勣，以打擊李世民。」

兩人均點頭同意。天策府雖猛將如雲，卻以李靖和李世勣兩人最出色，後者若遭株連，等於削去李世民一條臂膀，更對攻打洛陽造成嚴重影響。尹祖文和楊虛彥肯定在此事上同心協力。

徐子陵續道：「楊文幹聳恿李密在明天馬球賽時向李淵親口提出離關的要求，可見李淵亦有殺李密之心，那時他點頭答應便成，然後再在路上伏殺李密，事後可宣稱李密背叛他。沈落雁被召入宮，正是要她不能與李密聯絡，只要在適當時候讓沈落雁曉得此事，她必不顧一切趕去阻止李密，那就正中敵人奸計，被冠上與李密一起逃走的叛國大罪。」

寇仲笑道：「說到底我們仍是要重進唐宮。」

侯希白倒抽一口涼氣道：「甚麼？」

寇仲拍拍他肩頭道：「不用慌張。這有點像我們當年在洛陽時到淨念禪院盜和氏璧，第一趟被唬得夾著尾巴逃，第二回卻一偷就成功。唉！我只是說說罷了！問題是現在李淵應把畫另藏他處，即使大唐宮沒有守衛任我們翻箱倒櫃的去搜，沒十天半月也搜不出東西來。不過若弄張假畫又如何？宋二哥不是說過蕭瑀帶來的畫裏有兩幅是展子虔的摹畫。」

侯希白道：「如有《寒林清遠圖》的摹作，肯定在獨孤家內，因只有看過此畫的人才能摹冒。」

徐子陵精神大振道：「這可能性有多大？」

侯希白信心十足道：「是十成有九的機會，這些世家大閥均有畫匠，爲閥內重要人物畫肖像以傳世或供後人景仰。若他們藏有像《寒林清遠圖》那類能傳世的傑作，必會派人臨摹仿製，珍藏眞畫而掛摹作，這是流行的風氣，對眞畫更有保養的作用。一般只會在特別時刻，例如宴請要人，或有意炫耀，才換出眞畫來掛。」

寇仲大喜道：「何不早些說出來，偷假畫當然比眞畫易上百倍，何況尤婆子和獨孤鳳這兩個武功最高的人均住在宮內，假畫該是隨意亂放的東西，你的石師又非是像胡佛或宋二爺那樣的鑑賞名家。來！由小弟帶路，小弟最熟悉獨孤家的東寄園哩！」

徐子陵道：「只要我們再有機會盜得眞的《寒林清遠圖》，那老石更沒法分辨哪幅是眞哪幅是假。」

侯希白苦笑道：「你們好像沒想過石師若把畫交給池生春，池生春又會把畫交給胡佛，在胡佛的法眼下假畫將無所遁形。那石師怒於被騙下，我們將吃不完兜著走。」

寇仲道：「這些可待遲些才去想，至少我們明天黃昏前不用開溜。現在離天亮尚有個把時辰，時間該夠我們把獨孤峰的書齋翻轉過來。」又向侯希白笑道：「能賞看摹畫總比望梅止渴強一點。差點忘記告訴你，我們另有祕密撤走的祕道，可神不知鬼不覺的進出長安。但能不使用那條祕道，當然比用祕道爲妙！哈！」

宋師道的聲音從房內傳來道：「誰？」

寇仲和徐子陵兩人推門入房，見宋師道呆坐臥房一角，神情木然。

寇仲把挾著的兩卷畫送到宋師道眼前，恭敬道：「申爺請過目。」

宋師道接過兩卷畫，定神一看，見兩個錦盒均是一式一樣，且標籤寫的同爲『展子虔寒林清遠』，一震道：「這是怎麼一回事？」

兩人分在宋師道左右坐下，寇仲道：「申大師請看哪幅是眞？哪幅是假的？」

宋師道把畫軸逐一拉開，又細心鑒研畫上藏家印鑑、紙質和裱工，皺眉道：「兩張都是仿臨眞本的摹畫，不過幾可亂眞，你們是怎樣得來的？爲何有兩軸之多？這是很有價値的摹本，隨便可賣數百兩金子。」

寇仲嘆道：「此事一言難盡，待子陵對你稟上詳情。我還要去見焒焒，她是否睡了我的龍床？」

徐子陵瞪他一眼，怪他仍不忘說廢話，向宋師道問道：「二哥沒有看過眞本，爲何能斷定是臨摹眞本之作？」

宋師道微笑道：「因爲我熟知展之虔的畫風和運筆用墨，故一看便知。兩張畫均出自同一高手，用的更是與我家藏的《遊春圖》同一的厚麻絹，獨在印鑑上和筆力上出現問題，不過外行人該看不出這些破綻。」

寇仲大喜道：「老天爺保佑，子陵向二哥解釋，我要找美人說話。」

他旋風般衝出房門，給聞聲從鄰房趕來的雷九指一把抓著，喝道：「你們昨晚幹過甚麼好事？皇宮的喊殺聲連我們這裏亦清晰可聞。」

寇仲道：「小陵在房內說故事，麻煩你老哥稍移貴步。小俊呢？」

雷九指苦笑道：「他正爲胡小仙神魂顚倒。」接著湊到他耳邊低聲道：「這回輪到他到花園的亭子對著蓮池發呆，照我看肯定是此宅犯了風水上的桃花煞。」

寇仲愕然以對，抓頭道：「一波未平一波又起，待會再說。」

寇仲回到自己的臥房，天色開始發白，婠婠神態舒暢的在床上擁被作其海棠酣睡，一室皆春。

寇仲坐到床頭，探手輕撫她烏亮柔軟散披枕上的秀髮，輕輕道：「天亮哩！」

婠婠在被窩裏伸個慵倦的懶腰，秀眸睜開嗔怨道：「大清早來擾人清夢，下回再不睡你的床，睡隔鄰子陵那一張。」

寇仲忍不住在她吹彈得破的臉蛋捏一記，道：「給我從實招來，尹祖文與白清兒是甚麼關係？爲何尹祖文支持她？」

婠婠呆望天花板，淡淡道：「爲何要問？」

寇仲道：「因爲我想弄清楚你們聖門的事，看看石之軒勝算的高低？」

婠婠道：「尹祖文是聖門內最圓滑的人，與各方面均保持良好關係，本身武功在聖門來說是一等一的高手，不過一向深藏不露，且似從不與人爭鬥，故名不入聖門八大高手之列。唉！甚麼八大高手？只是不明內情的外人強加於我們身上的名銜，沒有多大實質意義，否則祝師這排榜首的不會命喪石之軒手上。」

寇仲道：「我們曉得尹祖文的厲害，他才是李淵的眞寵臣，你還未答我的問題。」

婠婠從被子裏坐起來，輕攏秀髮，盡展上半身優美的線條，白他一眼道：「白清兒是經尹祖文推介予祝師的弟子，祝師一向不信任她，這樣說你明白嗎？」

寇仲滿意道：「明白！既是如此，聞采婷因何不支持你而支持白清兒呢？」

婠婠冷哼道：「聞采婷和尹祖文關係密切，當然對尹祖文言聽計從。邊不負則是知我討厭他，故藉支持白清兒來脅迫我，更想謀奪我的《天魔訣》。至於辟守玄，他心中的人選是林士宏而非白清兒，只因現在尹祖文勢大，故不把心意透露。不要小看林士宏，他在南方已奠下根基，若將來我們能取李閥代之，林士宏將是覆亡宋家最重要的棋子。」

寇仲訝道：「爲何婠大姐忽然變得這麼坦白？順帶一問，尹祖文究竟是傾向石之軒還是趙德言？」

婠婠凝神打量他片刻，沉聲道：「你能有此一問眞不簡單，不過這問題要尹祖文才能答你。照我猜尹祖文所做的事最後都是爲自己的利益，誰能給他最大的利益，他就會傾向那一方。」

寇仲淡淡道：「最快今晚，最遲明晚，我們將向石之軒發動雷霆萬鈞的奇襲，婠大姐最好不要四處亂跑，免得需要你時找不著你。」

婠婠一對美眸立時亮起來，散發懾人的異采。

宋師道和雷九指聽罷徐子陵所述曲折離奇的遭遇，均感難以置信。而對石之軒限令他們在日落前交出《寒林清遠圖》，亦是百思不得其解。唯有暫時接受徐子陵的解釋，就是石之軒意在逼走他們。

雷九指皺眉道：「獨孤峰若發現失去兩幅摹本，會有甚麼反應？」

徐子陵道：「我們是在沒有辦法中行險一搏，這兩幅摹本原放置在畫箱底，和其他大堆名畫塞在一塊兒，等閒大概不會有人查看。何況這幾天獨孤峰忙於對付李密和沈落雁，理該沒閒情欣賞藏畫，何況並非眞本。」

宋師道道：「雷老哥可放心，事實上獨孤峰是有違書畫買賣的道義，池生春既以一萬兩黃金的驚人高價買畫，獨孤峰好應把摹本一併附送，以免有僞作流傳，這是行規。所以即使他曉得摹畫失竊，也只能啞巴吃黃連，有苦自己知，不敢張揚。」

徐子陵大喜道：「那最理想。昨晚我在唐宮遇上三個生面孔的高手，其中有對是夫婦，男的用盾，女的使劍。」又把他們的樣貌描述一番。

宋師道動容道：「想不到李淵請得動他們，這對夫婦人稱『神仙眷屬』，男叫褚君明，女叫花英，最擅長聯手作戰，成名足有五十年。與歐陽希夷、王通等同輩，是白道舉足輕重的人物，性愛遊山玩水，在一地從不停留超過一年。」

雷九指道：「另一人是誰？」

徐子陵道：「這人肯定不是前輩高手，用的是重鐵矛，長滿鬍髯，鐵塔般的身材，膂力驚人。」

宋師道搖頭道：「沒聽過！」

雷九指思索道：「極可能是人稱『妖矛』的顏平照之子顏歷，此人近年在關中闖出名堂，顏平照是李淵的深交，兒子來爲李淵賣力是順理成章的事。」

徐子陵苦笑道：「加上宇文傷、尤楚紅和獨孤鳳，李淵的身旁確是高手如雲，甚至凌駕天策府之上，我對李世民的處境更不看好。」

雷九指怪笑道：「你把精神用在自己身上吧！現在我們正陷於嚴重的危機中，該怎樣應付？」

徐子陵壓低聲音道：「我和寇仲商量過，除非能速戰速決的殺死石之軒，否則只餘立即撤走一途。」

此時下人來報，蕭瑀求見。三人大訝，想不到蕭瑀天剛亮便來找他們，究竟所爲何事？

宋師道道：「我和雷老哥陪小俊去應付他，你們最好作最壞的打算。」

兩人去後，寇仲回來，坐下道：「這回我們會不會又錯信媗美人呢？」

徐子陵卻在思忖著別的事情，道：「記得兩天前我們扮作太行雙傑在街上走時，生出被人跟在身後的感覺，但卻找不到跟蹤者嗎？」

寇仲點頭道：「好像是有這麼一回事，不過早已忘記。」

徐子陵道：「那跟蹤者大有可能是石之軒，咦！有人！」

寇仲亦心生警兆，透窗往外瞧去，鬆一口氣道：「是李大哥！」

他們現在一分一刻均在提心弔膽中度過，沒有任何安全感。

徐子陵喚道：「我們在房內！」

李靖神色凝重的問道：「昨晚闖宮者是否你們兩人之一。」

寇仲點頭道：「我們都有份兒，不過沒有被發覺，坐下再說，我們正想和你聯絡。」接著把被石之軒發現司徒福榮一事相告。道：「我們必須作出最壞打算，能除去石之軒當然一了百了，否則必須立即撤退。」

李靖聽得發呆，忘記質問他們偷進唐宮的事。

徐子陵道：「我們最擔心的是此事若遭揭發，會牽連陳甫和歐良材及其家族。」

李靖深吸一口氣道：「這方面反可以放心，只要陳甫推個一乾二淨，說根本不曉得你們是假扮的，我們天策府就可撐著他們，除非秦王失勢，否則他們不會出問題。」

寇仲喜道：「若是如此，我們可以放心。你可知楊虛彥和獨孤閥正對李密和沈落雁耍手段玩陰謀，最後的目標是要對付李世勣？」

徐子陵再向他解釋內情，提醒道：「李淵本人該有殺李密之意，所以沈落雁現在的情況非常危險。」

李靖道：「此事非同小可，若李世勣受株連，不但對我天策府實力的打擊無可估量，更大大損害我們在關外打下的基礎，對秦王的聲譽造成嚴重的損害。唉！時間緊迫，如何可以通知沈落雁呢？」

寇仲色變道：「我們還以爲你會有辦法。」

李靖嘆道：「皇上嚴禁左右兩宮的人進入太極宮，要到張婕妤的凝碧閣更是難上加難，你們該曉得原因。」

兩人點頭同意，自李淵懷疑李世民毒害張婕妤，不但把左右兩宮與太極宮的出入門道封閉，更找來尤楚紅貼身保護愛妃。

寇仲道：「我們尚未絕望。看來只好由宋二哥通知商秀珣，請她幫忙，希望李淵不會取消今天午後舉行的馬球賽吧！」

徐子陵皺眉道：「你眞的糊塗，若李淵取消球賽，李密哪來機會私下向他提出要求，我們不用擔心。」

寇仲一拍額頭道：「對！今天的球賽是勢在必行，我該說希望商秀珣亦爲觀賽的座上客才對。」

李靖道：「我絕不容許此事發生，否則將愧對秦王。」

徐子陵搖頭道：「李大哥不該插手此事，我們自會處理。」

李靖道：「至少我可派人監視李密和王伯當的動靜，並和你們保持聯絡。」

李靖去後，雷九指匆匆而至，道：「蕭瑀請我們的申爺立即隨他入宮，此事究竟是凶是吉？」

寇仲拍腿道：「我的娘！《寒林清遠圖》竟眞的在御書房內，小侯錯過看眞畫的機會。」

雷九指一頭霧水的道：「你在說甚麼？」

徐子陵代爲解釋道：「只有寶畫藏在御書房內，李淵才會擔心寶畫給曾進過御書房的曹三偷龍轉鳳的換掉。所以一早派人來請我們申爺入宮，爲他鑑證寶畫。」

雷九指如釋重負的坐下，道：「那我就放心。我已把你們要的小玩意交給他，只要二爺把粉末藏在指甲，沾在畫上，捲起密封後個把時辰會生出淡淡的氣味，一兩天後氣味才會消散，這是樣本。」從懷內取出一個小紙包，打開後果然釋放出淡淡的氣味。

寇仲嘆道：「除非李淵仍放心把畫藏在御書房，否則甚麼玩意都派不上用場。」

徐子陵哂道：「放在御書房又如何？你認爲我們仍能偷進御書房嗎？」

寇仲笑道：「我只是爲侯小子著想。噢！糟糕！宋二哥入宮，誰去和美人兒場主說話？」目光往徐子陵瞧去。徐子陵苦笑道：「不要看我，小弟走這一遭吧！」

寇仲步入主堂，任俊扮的司徒福榮坐在窗旁發呆，見寇仲進來忙起立道：「寇爺！」

寇仲笑道：「該是我向你問安才對，看你這小子神魂顛倒的樣子，眞教人擔心。」

任俊尷尬的坐下，垂頭道：「我沒有甚麼。」

寇仲在他旁坐下，道：「坦白點告訴我，你是否對胡小仙一見鍾情？放膽說出來，一切有我爲你作主。」

任俊囁嚅道：「我眞的沒甚麼，過兩天該沒事啦！」

寇仲道：「那你是承認哩！這種事有甚麼好害羞的，男子漢大丈夫應敢作敢為，成功失敗則由老天爺決定。」

任俊歉然道：「正事要緊，我……」

寇仲笑道：「終身大事不是正事嗎？不過你該知胡小仙一向不大檢點，最懂狐媚男人，別看她對你頻拋媚眼，事實上不過是她迷惑男人的慣技。」

任俊頹然道：「我曉得！」

寇仲淡淡道：「既曉得她是那種人，你仍想和她接近嗎？若只是逢場作戲，反有很大的機會，只要『大仙』胡佛對你的飛錢生意有興趣，不用你去找她，胡小仙會自動送上門來。」

任俊猛下決心似的堅決道：「寇爺不用再擔心我，我是有自制能力的。」

寇仲訝道：「原來你是認眞的，所以要咬牙切齒才說得出這些話。男女之事說不定是宿世帶來的緣份，不是靠自制力可克服的。你未娶，她未嫁，一切可順乎自然。」

任俊感激的道：「小人還以爲寇爺會因此事責怪我，想不到寇爺還鼓勵我。唉！我從沒想過自己這般沒有用的。」

寇仲拍拍他肩頭道：「我們到內堂去，眼前有非常緊迫的事須你福榮爺親自出馬。」

徐子陵翻牆而入，落在商秀珣長安行府的後花園內，聽得足音響起，忙閃到花叢後，往貫穿後院迴廊的方向瞧去，久違的馥大姐和俏婢小娟正匆匆走過。

徐子陵扯下面具，從藏身處閃出，叫道：「馥大姐！小娟姐！」

兩女駭然轉身，花容失色。徐子陵趨前一揖道：「是我！我來是想見你們場主。」

馥大姐驚魂甫定，先看清楚左右無人，嗔道：「你還來找小姐幹甚麼？她正生你們的氣哩！」

徐子陵道：「請馥大姐幫個忙，我有很重要的事須和場主面談。」

小娟用手輕牽馥大姐的衣袖，爲徐子陵求情。馥大姐俏臉忽晴忽暗，嘆道：「場主很爲難，大管家和正副執事都主張與你們割斷關係，只有駱方肯爲你們說好話，但他人微言輕，起不了作用。」

徐子陵心中暗嘆，道：「我明白！我只想和場主說幾句話。」

馥大姐猛一跺腳，道：「隨我來！」

任俊聽清楚形勢，駭然道：「現在該怎辦好？」

雷九指道：「不要慌張！現在我們決定暫時放過池生春，先來個光榮撤退。」

任俊不解道：「光榮撤退？」

寇仲從容道：「待我來解釋，撤退有兩個方法，一是由楊公寶藏的祕道開溜，這是下下之策。另一是我們福榮爺到長安視察業務完畢，另有要事須立即離開，稍後再回來發展業務，甚麼娘的飛錢生意，待你老人家回來後再談。」

任俊訝道：「有甚麼要事比宋閥的威脅更大？」

寇仲道：「你是司徒福榮，並不須事事向人解釋，那反更似司徒福榮的作風。」

任俊露出失落的神色，頹然道：「我明白啦！」

寇仲微笑道：「又忘記一切要順乎自然嗎？我是過來人，是你的就是你的，甩也甩不掉。」

馥大姐從房內走出來，向坐在內堂靜候的徐子陵道：「場主請你進去。」

徐子陵微感錯愕，想不到不是商秀珣出來見他，而是著他入閨房見面。雖說防人耳目，總是有點不自然。

陪坐一旁的小娟催促道：「還不快去！場主還要到大堂接受各管家和執事的請安問好呢。」

徐子陵別無選擇，往臥房走去，經過一個布置清雅的小廳堂，進入內房。商秀珣坐在梳粧台前，對著銅鏡整粧，寬敞臥房中間以屛風分隔，看不到臥床的那邊。商秀珣藍幞頭、深棕色五彩錦花飾邊的開胯袍、金黃色束腰革帶，紅、白相間條紋褲、足登繡鞋，雖是一身男裝，但仍予人非常女性化的優美感覺。閨房充盈淡淡清香，來自擺放几上一盤剛摘下來的茉莉花。人花爭艷下，徐子陵心中不由湧起無限柔情。

商秀珣從銅鏡的反映平靜地瞧著他來到身後，柔聲道：「侯希白沒爲秀珣傳話嗎？」

徐子陵想起她吃東西堪稱天下無雙的嬌姿美態，在她粉背後立定，點頭道：「我們清楚場主的立場，這次來是爲別的事，大膽請場主幫一個忙。噢！或者是兩個忙。」

商秀珣「噗哧」嬌笑，盯著鏡內的他秀眉輕蹙道：「徐子陵怎會是這麼貪心的人？我根本不該接見你哩！」

徐子陵坦然道：「我從沒想過場主會不見我。」

商秀珣垂下整理秀髮的玉手，怔怔望著鏡中的他好半晌，淡然道：「爲何你有這種信心？換作是前天，我定教人亂棍把你掃出門外。」

徐子陵苦笑道：「這或者就是造化弄人！場主是否不看好李世民？」

商秀珣嬌軀輕顫，幽幽嘆一口氣，道：「現在李閥當權者是李淵，繼承人是李建成，我能怎樣看李世民？你若是寇仲的好兄弟，就該勸他退出爭天下的紛爭。除非宋缺能在冬天前揮軍北來，否則你只可爲寇仲收屍，這情況沒有人能改變。鳥盡弓藏，古有明訓，李世民的下場可以想見。若我商秀珣不是飛馬牧場場主，陪你兩個小子浪跡天涯又如何？我昨晚答應李淵，牧場的馬以後只賣予他李家。」頓了頓續道：「說罷！看我能否幫忙。」

徐子陵鬆一口氣，聽她的話李淵尚未代李建成向她提親，遂說出沈落雁的事。

商秀珣道：「只是舉手之勞，不過若沈落雁不出席今天的馬球賽，我便沒有辦法。且若張婕妤和獨孤家聯成一氣，定不會讓沈落雁有接觸李密的機會。」

徐子陵一呆道：「我們倒沒想及此點。」

商秀珣道：「我會盡力而爲，並儘快把結果知會你們。另一個忙是甚麼？」

徐子陵有點難以啓齒的道：「現在李閥的內訌外鬥形勢日趨複雜，寇仲雖處劣勢，卻非全無反擊之力，我斗膽請場主不要作任何重大決定，至少讓自己有半年時間去看清楚情況。」

商秀珣緩緩別轉嬌軀，面向徐子陵，如花玉容現出奇異的神色，不眨半眼的凝注他道：「甚麼重大的決定？」

徐子陵大感尷尬，欲言又止的道：「聽說……唉！聽說李建成……唉！怎說才好呢？」

商秀珣垂首輕輕道：「我明白你想說甚麼，這又關你徐子陵的事嗎？」

徐子陵心中一震，聽出商秀珣心中的怨懟和情意，手忙腳亂的答道：「我只是怕飛馬牧場給捲入李閥那鹿死誰手尚未可知的內部鬥爭去。」

商秀珣仰起秀麗的俏臉，微笑道：「你當人家那麼蠢嗎？嫁豬嫁狗我也不會嫁給李建成，多謝你們的關心。」

徐子陵輕鬆起來，道：「還有是宋二哥奉召入宮，故今天不能赴約。」

商秀珣又垂下螓首，沉重的道：「他即使今天來亦見不到我，我已答應大管家他們再不與宋家的人交往，希望宋先生體諒我的苦衷，他是秀珣敬重的人。」

徐子陵心神劇震，暗忖若如實轉告宋師道，他受得起這自傅君婥身亡後的嚴重打擊嗎？

商秀珣平靜地道：「子陵去吧！你和寇仲永遠是秀珣眞正的知己，人家最愛吃你們弄出來的怪東西。」

徐子陵回到司徒府，任俊與雷九指招呼著到訪的池生春，寇仲則坐在後堂發呆。徐子陵在他旁坐下奇道：「你在想甚麼這般入神？」

寇仲道：「我在想石之軒的不死印法，我們的長生氣大有可能是他的剋星；只要能在刀氣進入他經脈後仍是由我們操控，他只餘硬拚一法。」

不死印法最厲害是「化死爲生」，若不能辦到，威力會大打折扣。

徐子陵嘆道：「只恨我們根本找不到這個機會，他的不死幻法你見識過哩！令人攻無可攻，守無可守。」

寇仲道：「所以我們須由媠美人以天魔場去箝制他的不死幻法，而我們則以聯氣之法來破他的不死印。今晚還是明晚？」

徐子陵道：「事不宜遲，就今晚吧！」

寇仲道：「假若我們殺不死石之軒，會有甚麼後果？」

徐子陵苦笑道：「我不敢想。但這可能性是存在的，老天爺總不會令事事盡如人意。」

寇仲道：「我們的誅石大計只能用一次，若給他溜掉，以後的日子會很難過。」

徐子陵道：「這種事不宜多想，只能狠下決心去完成，不要計較成敗，聽天由命。但任俊、雷大哥和宋二哥今天必須撤走，我和你詐作隨隊離開，再由祕道潛回來。」

寇仲道：「小侯怎麼辦？若石之軒不死，說不定他會殺自己的徒弟來洩憤。」

徐子陵道：「我們盡人事勸他離開，只怕他不肯聽我們的話。我另有奇怪的想法，是石之軒不會毀掉這個徒兒，除非他認定楊虛彥沒有異心。石之軒絕非意氣用事的那種人，他會想到後繼無人這嚴重的問題。我反擔心陳甫。」

寇仲道：「在這方面我比你更了解石之軒，假設石之軒待我們離開長安後才通知尹祖文司徒福榮是我們找人扮的，尹祖文會怎樣想他？就算尹祖文沒有懷疑石之軒在隱瞞此事，陳甫在石之軒心中也只是不關痛癢的小角色，根本不値他一顧。」

徐子陵點頭同意，寇仲的分析非常精到。

寇仲道：「美人兒場主方面情況如何？」

徐子陵說出概略，頹然道：「我們該不該爲美人兒場主向二哥傳話？」

寇仲笑道：「這有甚麼値得沮喪的？最重要的是美人兒場主一顆芳心最終仍是向著我們的宋二爺。他娘的！只要你能助我取得江都，我有把握將李世民逐回關中去。」

徐子陵皺眉道：「你這小子一時一樣。之前我說助你，你還好像不大情願的樣子，現在卻是唯恐我不幫忙。」

寇仲微笑道：「這正是我剛才苦思的事，人總是貪生怕死，我寇仲豈能例外！只有陵少和鋒寒肯和我並肩作戰，我才有信心創造奇蹟。今晚不論是否能宰掉石之軒，你我分頭行事。小弟立即趕回彭梁，把我從塞外學得的戰術訓練我的少帥軍，待你從巴蜀送簫回來後，立即對江都用兵，加上楊公卿和老跋，可以把李子通的卵蛋擠出來。哈！忽然間我又充滿鬥志和信心。我的優勢將是廣闊無邊的汪洋大海，倘能順勢把海南收歸旗下，沿海一帶將唯我寇仲之命是從。」

徐子陵嘆道：「你這小子終回復信心哩！」

寇仲道：「李淵現在勢力大增，李元吉則有魔門在背後撐腰，李建成與突厥關係密切，李世民在戰場上雖不可一世，但回到長安只餘待宰的份兒。現在變成爲天下蒼生著想的是小弟而非我們尊敬的師仙子，我正是想透此點，故鬥志昂揚，這也是陵少肯捲入爭霸天下的大漩渦的原因，對吧？」

徐子陵正要答話，足音傳來，忙知機的粗聲道：「他奶奶的！那荷官不知用甚麼鳥的手法，明明開小，卻變成開大，累我又少了他娘的百兩銀子。」

池生春的笑聲傳來道：「兩位大哥又在談賭經，聽得我也手癢呢！」

在雷九指引路下，池生春跨步入廳，寇仲和徐子陵一邊心中暗罵，一邊起身迎迓。

雷九指故意予池生春機會，道：「我尚有點事辦，兩位代我負責招呼池老闆。」說罷離開內堂。

三人移步到廳心桌子安坐，池生春扮作老朋友的樣子壓低聲音道：「我和兩位確是一見如故，所以再不避忌，聽說你們欠下賭債，可否讓小弟在這方面稍盡綿力？」

寇仲裝出感激的模樣，道：「池老闆眞夠朋友，不過……」

池生春知趣的截斷他道：「是朋友就有通財之義，來！這裏是百兩黃金，我絕不會再拿走的。」說時從懷裏掏出一袋重甸甸的金子，放在桌上。兩人立即四目放光。

池生春微笑道：「小小意思，不成敬意。更千萬不要以爲我池生春別有居心，兩位亦不要作任何回報。你們可在長安隨便找個人來問問我池生春是怎樣的一個人？」說罷長身而起，狀似離開。

寇仲和徐子陵忙起立，前者搶著道：「唉！池老闆眞慷慨，我們……」

池生春笑道：「大家既是朋友兄弟，區區百兩黃金算得甚麼？客氣話不用說，說出來顯得大家沒交情。」接著嘆道：「可惜你們今天便要離開，否則定請你們到六福賭個痛快。」

寇仲心中好笑，表面則恭敬的道：「我們只是暫時離開，遲些還要回來發展飛錢生意的。」

池生春打蛇隨棍上，皺眉道：「大老闆不是爲躲避宋缺到長安來嗎？這麼離開不怕生命受到威脅？」

早在池生春踏足內堂，徐子陵已想好說詞，因爲「司徒福榮」可以不說出原因，他們卻不能跟風不說。壓低聲音道：「我們只告訴池爺一個，這次我們之所以匆匆離開，正是要去見宋家的人。唉！宋閥在南方勢力很大，我們要把業務向南方發展，不得不看宋缺的臉色，幸好大老闆請出中間人斡旋糾紛，再餽以厚禮，看來應可順利成事。這是祕密，池老闆萬勿告訴其他人，否則我和元勇飯碗不保，龍頭還會治我們的罪呢！」

池生春露出釋然之色，寇仲則心中叫妙，因爲這確是要立即離開長安的最佳理由，所謂解鈴還須繫鈴人是也。

離正午半個時辰，蕭瑀親把宋師道送回來，任俊和雷九指在大堂招呼蕭瑀，宋師道溜進內堂與兩人說話。寇仲和徐子陵正等得心焦，忙向他問經過。

宋師道接過寇仲遞來的熱茶，笑道：「我奉有聖旨，不可將看過的東西洩露半點消息。」

寇仲喜道：「眞的是《寒林清遠圖》？李淵怎麼爲自己盜竊的行爲作解釋？」

宋師道笑道：「虧他想出來，他說眞跡一向是他的珍藏。直至池生春失竊，他才知有摹本在外流傳，更懷疑手上《寒林清遠圖》的眞僞，所以找我去作鑑證。由於此事牽連甚大，故命我不可向任何人透露，當然包括我們的福榮爺在內。」

寇仲不屑道：「滿口謊言，難怪他可答應立李世民爲太子，轉頭又推翻承諾。他娘的！他若不曉得寶畫在池生春手上，怎會教劉文靜去逼池生春獻畫？」

徐子陵道：「李淵在宮內何處見二哥？」

宋師道答道：「是後宮的親政殿。你們最好死去盜畫的心，現在大唐宮明顯加強戒備，李淵見我時陪侍一旁的太監頭子韋公公更不簡單，武功絕不在李淵之下，只可以深不可測來形容。」

寇仲道：「蕭瑀有很多時間嗎？爲何送你回來還不立即離開？」

宋師道嘆道：「這是另一個頭痛的問題，要怪就怪雷老哥。李淵肯定寶畫沒有被曹三偷龍轉鳳後，心情大佳。他對我們福榮爺沒有甚麼興趣，卻問起你們的球技，且著蕭瑀來領你們入宮表演。時間無多，我必須立即向你們解說打馬球的技巧和規則，免得你們當衆出醜。」

寇仲和徐子陵聽得你眼望我眼，心叫不妙。

宋師道道：「憑你們的身手和馬術，該很快上手。問題是如何讓人肯定你們不是寇仲和徐子陵，而只是精於球技的太行雙傑，這就要靠你們自己去拿捏。」

寇仲和徐子陵苦笑無言。他們連打球的棍棒是甚麼尺寸樣子亦一無所知，這一關可能比鬥石之軒那一關更欠把握。

寇仲道：「我們從皇宮回來後，須立即離城。」

宋師道愕然道：「走得這麼匆忙嗎？」

徐子陵知他捨不得商秀珣，心中暗嘆。爲何宋師道的情路如此一波三折，以他的家世人才，天下美女俯拾即是，但事實卻剛好相反。輕輕道：「二哥不用向商場主辭行，我剛去見過她，並勸她先看清楚這一年半載的發展，才決定她自己和飛馬牧場的動向。」

宋師道淡淡道：「她不怪你們了嗎？她怎麼答你？」

徐子陵道：「她像有點瞧破世情的樣子，還說了一句奇怪的話，就是嫁豬嫁狗也不會嫁給李建成。事實上我勸她多作觀察並不是那意思，只是請她勿要捲入李閥的內訌。」

寇仲拍腿道：「她極可能眞的對宋二哥傾心哩！失落傷感起因於形勢不容她與二哥進一步發展，說不嫁給李建成是表明心意。例如既不能嫁與二哥，寧願終身不嫁，總勝過嫁給不喜歡的人。」

徐子陵差點想照臉轟寇仲一拳，他用心是好的，說話卻嫌太誇大過火，事實上商秀珣的話，更可能是衝著他徐子陵說的。商秀珣肯定對宋師道有好感，但直至目前怕仍只視他為一個知己而非情人，否則不會以「敬重」去推崇宋師道。

宋師道露出一絲苦澀的表情，輕嘆道：「假設現在是太平盛世，那有多好？」接著勉力振起精神，道：「留心聽著，任何比賽均有其背後的精神，打馬球就像決勝沙場，講的是群體的力量，不能只逞個人之勇。」

兩人曉得他開始教他們打馬球，此乃眼前的頭等大事，若表現不出馬球高手的本領，他們肯定不能活離唐宮，忙聚精會神聆聽。

寇仲和徐子陵的太行雙傑隨蕭瑀入宮，過朱雀門後蕭瑀把他們交給下面的人招待，自己則先進太極宮見李淵。兩人曉得憑太行雙傑的身分，沒有進太極宮的資格。那招待他們的小官兒叫廖南，頗為圓滑，口舌便給，領他們到四方樓的大食堂進膳。寇仲舊地重遊，記起以前扮神醫莫一心時的風光日子，不由生出感慨！暗忖難怪這麼多人力爭上游，對權勢的追求從不滿足，為的正是一呼百擁的風光。現在雖熱鬧如昔，卻沒人有興趣瞧他們半眼。幾句閒話後，廖南摸底來了，從他們的太行幫問起，問到打馬球。兩人小心應對，不敢怠慢。

最後廖南壓低聲音道：「請恕我直言，聽說兩位初抵長安時，曾和關中劍派的人差點在街上動武，究竟是怎麼一回事？」

兩人明白過來，這廖南該屬於大唐宮禁衛軍專責情報的系統，所以對任何能接近李淵的人，均要查個一清二楚，不容許出樓子。

寇仲從容道：「這只是一場誤會。」遂編個故事，搪塞過去。

廖南道：「兩位請在這裏稍待片刻，我轉頭便回。」

瞧著他的背影，寇仲苦笑道：「希望他沒聽出破綻吧！若他從關中劍派聽來的是完全不同的另一個故事，此刻不起疑才怪。」

徐子陵的目光投往橫斷廣場，他們的桌子貼著北窗，可把廣場和皇宮的美景盡收眼底。一隊約百人的禁衛，正熟練地布置打馬球的場地，在賽場東西兩方設立觀賽的看台。聞言笑道：「你的故事那麼精采，句句虛招，說了等於沒說，他怎能抓著你的痛腳？」

寇仲目光越過廣場，凝視聳起諸殿之上，皇宮最壯觀的殿宇太極殿，失笑道：「想想也好笑，你扮太行雙傑時，有想過可坐在這裏欣賞唐宮的美景嗎？待會還要到下面打馬球，他娘的！」又往他瞧來壓低聲音道：「不知你有沒有想過一個問題？」

徐子陵收回外望的目光，見寇仲神色凝重，奇道：「甚麼問題？」

寇仲俯前少許道：「若我們今晚成功宰掉石之軒，不理她父女關係如何，又或你為她的娘報卻深仇，但你終是殺死她爹的人。」

徐子陵怔怔的回望他好半晌，苦笑道：「事關天下百姓，個人的得失算甚麼？何況我早對石青璇死了心！唉，你這混蛋，偏要在這時候說這種事！我們還有其他選擇嗎？看看像尹祖文、池生春、楊虛彥那些人，若給他們得逞，天下會是怎麼一個樣子？」

寇仲關切的道：「我是為你著想……」

徐子陵打斷他道：「不要再說。早在龍泉時我已下定決心，要誅除石之軒這為禍天下的人。若我沒有猜錯，楊勇和楊堅之死，多少與石之軒有關係，否則楊廣不會重用他，楊虛彥則不會對石之軒如此切齒痛恨。」

寇仲點頭同意，道：「我們雖不清楚當年楊勇被廢和楊堅所謂病逝的經過，但石之軒肯定脫不掉關係。現在李淵父子的關係在細微處雖是有異，大處卻頗相同，都是因魔門的人弄鬼致父子失和、兄弟相爭。幸好還有我們揚州雙龍在此。」

徐子陵啞然失笑道：「去你的揚州雙龍，打好待會的馬球賽再說吧！」

寇仲信心十足的道：「我們的騎術是從老跋那裏學來的，只人馬如一這一招就可教李淵大開眼界兼不明所以。宋二哥雖說打馬球是從吐蕃經波斯傳入，卻是由突厥人發揚光大。我們則以突厥人的騎術和自己的身手去打馬球，就算首次上場諒亦可表現出高手的風範，有甚麼好擔心的？就當以球棍向球洞發射暗器，不就成嗎？」

徐子陵目光移往橫斷廣場，一隊禁衛趕著近三十匹高駿的健馬進入廣場，這批馬引人注目處是裝飾華麗，色彩繽紛，顯是比賽馬球用的馬兒。賽場兩邊豎起丈許見方以木架支撐的木板牆，下開一尺見方的孔洞，還加上網罩，只要把球穿洞入網，可以擊入次數多寡分勝負。賽場是以紅色的粉末在橫斷廣場中心界劃出來，呈長方形，有中線和核心，長約二千步，闊約千步，可以想像在場內策馬打球的激烈情況。又有人在外圍豎立十八支紅旗，由於宋師道沒有提過，寇仲並不曉得其用途。

寇仲道：「看！打氣的來哩！世族人家的遊戲眞不簡單。」

一群數十人組成的樂隊，提著大小不同的鼓鈸和諸式樂器，從太極宮正大門承天門走出來，在賽場北邊列隊準備。

此時廖南匆匆回來，向兩人道：「累兩位久等，真不好意思，請隨我到賽場去吧。」兩人心中暗喜，曉得至少度過身分查證這一關。

寇仲和徐子陵在廖南引領下進入橫斷廣場，來到馬兒所在的地方，一名禁衛軍頭迎上來。廖南向他介紹過兩人後道：「這位是御騎長程莫大人，賽場的事歸他負責。」說罷告退離開。

程莫上下打量兩人，笑道：「聽說兩位球技名震太行，曾重挫吐蕃的著名球手。」接著壓低聲音道：「那四個吐蕃球手在這裏曾戰無不勝，豈知回程返國時竟飲恨兩位手上，所以皇上聽得兩位來到長安，立即命人召你們入宮獻技。」

兩人聽得心中發毛。要知唐宮高手如雲，李淵本身既爲一閥之主，又深嗜此道，自亦球技了得，竟然在球場上連戰皆北，可推知打馬球不能單靠武功，還要講球技，程莫一番話，登時動搖他們本是十分篤定的信心。

程莫友善的道：「在皇宮打球有這裏的規矩，有人專責唱籌，得一分爲一籌，增加一旗，失一籌者拔去一旗，以紅旗記分。記著若皇上入球，你們必須停下高呼萬歲，其他人入球叫好便成。打入三球爲一盤，三盤爲一局，那時要看皇上心意，或小休片刻，甚或入殿喝酒。」兩人至此才明白場外紅旗的作用。

程莫指著放在一邊插在木架上近百枝打馬球用的曲棍道：「這批是上等鞠杖，專供外賓使用，兩位可任意選擇。哈！兩位該沒想過會到宮內來打馬球吧？所以沒有把自己的行當帶來。馬兒也任兩位挑選，選妥後我會帶兩位去試場地。」

寇仲忍不住問道：「我們今天擔當哪一門子的角色？」

程莫欣然道：「今天與皇上對賽的是波斯來的王室隊，人選早已定好。你們且在場邊準備，在第一局打完後下場作示範表演，齊王府會派出球技最超卓的兩個人來和兩位作賽。好啦！兩位可開始挑選，我處理一些事後回來領你們去試場地。」

程莫到別處去時，兩人移到鞠杖架旁，寇仲苦笑道：「我的心兒現在卜卜狂跳，怎辦才好呢？看情況觀賽者沒數千也有數百，給千百對眼睛瞧著我們兩個雛兒上場示他娘的範，和上刑場受宰沒多大分別。」

徐子陵從架上取起一枝鞠杖，拿在手上試試份量，道：「質料非常堅韌。」

寇仲聞言亦取一根，鞠杖尾端呈半弦月形，繪上艷麗的花紋。嘆道：「這鬼東西要比我的井中月難用。」

徐子陵微笑道：「小子又失去信心哩！這正是大師級的人物和一般武術高手之別。一般高手是只專一技，換過別的兵器就縛手縛腳，發揮不出平時的水準，更兼騎術有限，在賽場上當然比不上專精打馬球的高手。大師級的人物卻有點石成金的本領，甚麼井中月、馬球棍拿上手都可發揮得淋漓盡致。加上人馬如一，就算發明打馬球的也只能食我們馬腳踢起的泥塵。明白嗎？」

寇仲精神大振道：「徐小子教訓得好，我已忽然變成打馬球的大師。來！揀件稱手的。」

馬上的寇仲接過程莫抛來的馬球，拿上手只覺輕飄飄的，比拳頭稍細，空心、塗紅漆加彩繪，可想像被鞠杖擊中時在場中飆衝的情景。心中不由暗自叫苦，這馬球肯定不易操控。往徐子陵抛去，他接過後眼中亦露出一閃即逝的駭然之色，可知感受與己相同。

程莫道：「趁賓客尚未入場，兩位可隨意在場上打幾球好熟習場地。」

寇仲哪敢獻醜，心忖外行遇上內行，只是把球兒如何放到地上，該放何處已可能露底，還是先看李淵打一盤穩妥點。忙道：「皇上未開球，哪輪得到我們？我們還是隨便走走踩踩場地便成。」

徐子陵明白他的心意，將馬球拋回給程莫，不待他說話策騎往賽場奔去，布置場地的衆禁衛均露出注意神色。徐子陵故意賣弄，眞氣輸入馬體，加速奔至場沿，然後縱騎躍起，橫過近兩丈的空間，健馬著地時，他半邊身向下俯，以「獨門手法」運杖揮擊，貼地掃過，發出虎虎風聲。衆禁衛何曾見過如此馬術，齊聲喝采。後面追來的寇仲信心大增，也躍馬橫空，眼看兩匹馬撞在一起，兩騎倏地分開，往兩角旋風般奔去。似會衝出角線外去，兩馬分別人立而起，仰首長嘶，再憑著地的後足就那麼滴溜溜的轉動馬軀，直至面向場心，前足探前落地，箭矢般馳往場中。兩人亦不閒著，手上馬棍隨著身體在馬上靈活的前俯後仰或側身等動作，對球場上幻想的球兒橫掃直截，花樣百出，看得場上的禁衛如痴如醉，采聲雷動，叫好不停。

此爲兩人擬定的打馬球策略，就是「十成馬術，三成功夫」。人馬如一是跋鋒寒獨創，只此一家，別無分號。無論馬的表現如何出神入化，別人絕不會懷疑到武功上。他們從一邊奔往另一邊，醉翁之意不在表現馬技，而在對鞠杖的掌握。兩人在場邊甩蹬下馬，衆禁衛爭先恐後過來伺候。

程莫邊鼓掌邊道：「蔡兄匡兄請過來。」

兩人應聲瞧去，見程莫和十多名御衛正衆星拱月般擁著一個太監在場邊說話，只看程莫對他尊敬的神態，可知此人在宮內很有地位。這太監中等身材，年紀在五十許間，容貌並不出衆，但衣著極爲講究，頭戴黑色飾金花的冠帽，身穿朱色闊袖上衣，青綠色花邊，腰束嵌玉革帶，白裙，腳踏黑白雙間如意履，予人整齊潔淨的感覺，渾身似不著一塵。兩人趨前施禮問好，倏地心生警兆，感到一陣寒氣滲體侵來。以寇仲和徐子陵之能亦暗吃一驚，曉得此人已臻隔空試探別人虛實的武學境界，武功可能在李淵之上，忙收斂約束體內眞氣。他們同時想起一個人。

果然程莫恭敬道：「這位是大宮監韋公公，皇上所有事情均由韋公公安排打點。」

兩人心中暗懍，心忖難怪侯希白對他如此忌憚，確是有兩下子。皇宮內臥虎藏龍，像韋公公這種長年伺候皇帝的高手，名雖不顯於江湖，事實上卻不在一般名家派主之下，不由對他特別留神。韋公公一對眼似乎沒精打采、暗淡無光，不論看甚麼都沒半絲變異，像對世上所有事物全然無動於衷，似乎非屬於活人的，只是用來塡補眼窩的黑洞。可是眼力高明如徐子陵和寇仲，卻從他眼神的神祕莫測、冷靜不變，瞧破這是基於某種特別的功法，故能將眼神完全斂藏不露，達至眞人不露相的至高境界。

韋公公似望非望的掃視兩人，皮笑肉不笑的道：「兩位騎技非常了得，教人大開眼界，待會只要肯盡心盡力有所表現，皇上必有賞賜。」

他說的四句話，聲調剛和他的目光相反，變化多端，由暗啞低沉，變得尖聲尖氣，忽又滯悶下來，若斷若續，其陰陽怪氣保證一聽難忘。

寇仲躬身答道：「我兩兄弟必盡力而爲，請韋公公多加提點。」

程莫笑道：「韋公公一向少與宮外人說話，對兩位是另眼相看哩！」

韋公公露出個難得的笑容，淡淡道：「我這作下人的，只是爲皇上動了愛才之心，待會皇上見到你們驚人的馬技，肯定會非常開心，就看你們能否把握機會。」接著雙目微睜，精芒乍閃倏沒，投往皇城的方向，平靜的道：「第一對賓客來哩！」

兩人別頭瞧去，入目的赫然是李密和王伯當，在一位小官陪同下進入橫斷廣場。心中同時湧起異樣感覺。從韋公公異乎尋常的眼神反應，可知韋公公心中明白李密到場所爲何事。至此可肯定李淵確有除去李密之意。沒有李淵首肯，李密豈能踏進廣場半步。

韋公公架子極大，再沒興趣與兩人說話，著程莫帶兩人到一旁等候。繼李密之後，賓客魚貫入場。

不片刻，東西看台座無虛席，鬧烘烘一片，充滿節日的氣氛。直至此刻，徐子陵和寇仲始明白爲何李淵召他們入宮戲技。因爲長安的上層社會需要新鮮的刺激，而他兩個外來人剛好給他們提供這方面的享受。不過他們能否下場表演，先要韋公公的法眼認可才成，故此韋公公多番鼓勵他們盡心盡力，因爲若他們表現不夠出色，李淵會失面子，韋公公則肯定受責。

東西兩看台合起來有近千之衆，長安的重臣巨賈、官紳名流帶妻攜兒的前來觀賽，還有李淵的皇親國戚、湊熱鬧的妃嬪，成爲一個套交情攀關係的場所，吃得開者滿場亂飛，喧鬧笑語，可與年夜宴的熱鬧比擬，只是一在夜晚，一在白天。貴婦仕女們大部分穿的是流行的胡服，活潑多姿。座上客他們認識的不少，除李密和王伯當外，沙家上下全體到場，可見他們成功融入長安的社交生活，其他如胡佛、胡小仙、池生春、薛萬徹、馮立本、常何、封德彝、爾文煥、喬公山、興昌隆的卜傑、關中劍派派主邱文盛、李靖夫婦、裴寂、劉文靜、蕭瑀、獨孤峰、宇文仕及等均有出席，一時不勝枚舉，其況之盛，可以想見。

甲冑鮮明，持戈鞠戟的御林軍在四方列隊。從承天門直抵賽場，鋪上長達數百步的紅地氈，禁衛沿地氈兩旁站崗，以人築成李淵出宮的御道，盡顯大唐的威勢，李淵的氣概。寇仲和徐子陵縮在安置馬群賽場西端一隅，幸好程莫照顧有加，派人搬來兩張椅子，讓他們不用乾站著。

此時商秀珣在大管家商震、大執事梁治、他們的好朋友駱方和馥大姐陪同下入場，由韋公公親自招呼，她一身男裝仍不能掩其絕色分毫，登時吸引全場的目光。

寇仲嘆道：「美人兒場主來也沒用，沈美人根本沒有機會出席！張婕妤究竟可用甚麼藉口不讓她參與這宮內盛事？照道理以沈美人的才智，該感覺不妥當。」

徐子陵道：「張婕妤尚未見蹤影，待見到她再說吧！我現在反不那麼擔心，至不濟我們可死跟李密，阻止獨孤家加害美人兒軍師。」

寇仲沉吟片刻，有感而發的道：「這就是做奴才的滋味，躲在一角乾等，待會還要耍猴戲。不過不幸中之大幸，是我們至少可先看一盤從中偷師，若開始即由我們下場，必笑破所有人的肚皮，還以為我們表演滑稽雜耍呢！哈！我的老朋友來哩！」

鼓樂聲起，奏起歡迎外賓的胡樂，鼓掌喝采聲同時響起。一行三十多眾的波斯來客，在常何和溫彥博陪同下，從皇城方向策馬進入橫斷廣場，波斯中只有六人是一身打馬球的輕便馬裝，其他看來該是外交官員和波斯商人，可見打馬球是為兩國相交的手段。韋公公和程莫迎上招呼，把他們領往設於東看台虛位以待的前席處。

寇仲道：「我們另一位老朋友雲帥肯定是打馬球的高手，說不定打馬球還是他發明的，那時他作客吐蕃。」

徐子陵笑道：「又胡言亂語哩！」

寇仲苦笑道：「不胡言亂語怎成？見到這批波斯來的馬球高手，人人精神抖擻，掛在馬上的球棍等如神兵利器，我眞怕出醜。」

徐子陵道：「我們在球技上是雛兒，若你還來個怯場，不如趁早去告訴韋公公我們齊齊拉肚子了事，可免丟人現眼。」

寇仲哈哈一笑道：「我怎會怯場？他娘的！待會我們以長生氣遙控馬球，管它如何輕巧如何難控制，也要變得隨我們心之所欲。我們的長生氣也是天下只此一家，別無分號，包保沒有人能看破，還以爲我們球技了得，了得至可令球兒拐彎，哈！」

徐子陵點頭道：「這提議還有些建設性。」

寇仲興奮起來，道：「我不知在哪裏聽人說過，江湖傳言假如寇仲和徐子陵聯手，天下無有能匹敵者。兩個勝一個雖不光采，但在賽場則叫團體精神，唉！把太行雙傑變成天下第一的一對馬球手，眞不知是吉是凶？」

徐子陵道：「這個爛攤子必須有人收拾，幸好關外是李世民的天下，由他向太行派的頭子說話，哪怕他不乖乖合作。」

寇仲仍想說話，驀地鼉鼓、腰鼓、銅鼓、貝鼓一起震天作響，接著琵琶、橫笛、篳篥、洞簫、豎篌等齊奏，鼓樂喧天。

東西兩席全體人起身肅立，迎接從太極宮正門樓承天門開出的隊伍。在十六名禁衛策騎開路下，李淵一身輕便馬裝，馬側掛著特別精美的御用鞠杖，乘馬入場。跟在他馬後是李元吉、李神通和李南天，都是打馬球的勁服長靴，一副下場比賽的樣子。接著是李淵最寵愛的三位愛妃，竟也是一身馬裝，尹德妃冷艷、張婕妤秀氣、董淑妮嬌媚，三女爭妍鬥麗下，爲賽場更添春色。

寇仲湊到徐子陵耳旁道：「原來是李閥隊對波斯隊，難怪沒我們的份兒。」

徐子陵沉聲道：「沈美人軍師來哩！」

寇仲目光往三妃身後投去，果然見到沈落雁雜在宇文傷、獨孤鳳、尤楚紅和一衆地位較次的妃嬪中，在她稍前的赫然是李秀寧。

徐子陵道：「這一招更絕，商場主根本沒機會和她私下說話。」

歡呼喝采聲中，李淵昂然入場。

# 第六章

# 馬球比賽

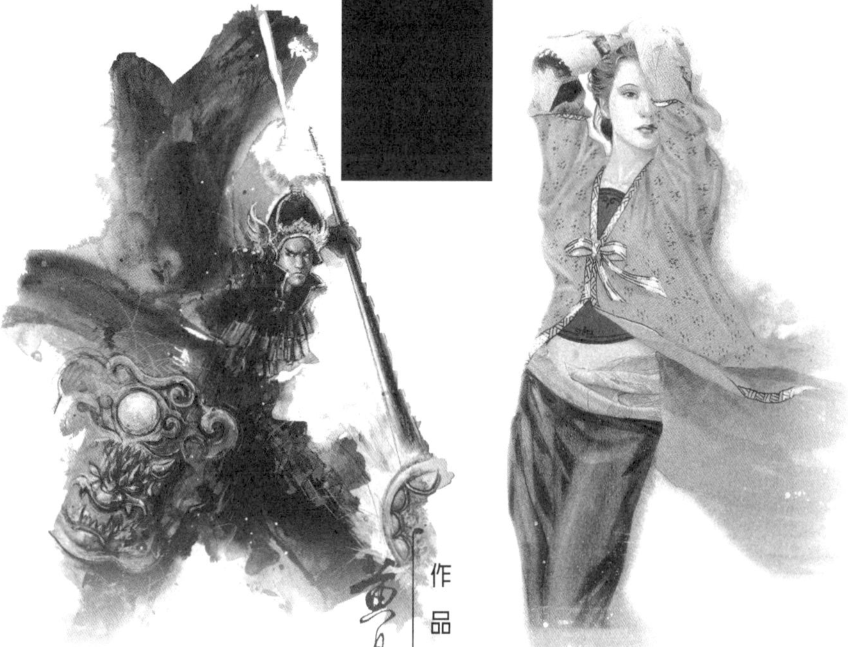

作品集

# 第六章　馬球比賽

「玉勒千金馬，琱文七寶球；鞚飛驚電掣，伏奮覺星流；飆過成三捷，歡傳第一籌；慶雲隨逸足，繚繞殿東頭。」李淵交代過幾句場面話，甚麼大唐國與波斯國永遠和平共處、彼此扶持等諸如此類後，立即下場比賽。

唐室方面四人下場，李淵外是李元吉、李南天和李神通，全是李閥重要人物，可見對此賽極爲重視。波斯王朝下場的四人中領隊是哈沒美王子，其他是克薩、隆盛和支理，自有人逐一唱名介紹，均是波斯王族的成員，雙方身分對等。

雙方人馬來到賽場正中，由唱籌官把球放在正中處，當唱籌官退出場外，一通鼓聲震天響起，比賽在唱籌官高喝聲中在千百對目光聚精會神下開始。哈沒美和李淵同時策馬衝前，俯身揮棍身爭奪馬球，其他隊友馳馬走位，準備接應，激烈緊張，包括徐子陵和寇仲在內，都生出看得透不過氣來的感覺。兩馬擦身而過，鞠杖閃電揮擊，快得沒有人能看清楚之際，馬球斜飛而起，往唐室那方球門飛去。寇仲和徐子陵愕然以對，他們本以爲球兒只會貼地滾動，再以鞠杖操控，豈知竟可打上半空，不但大幅增加不同的可能性，控制的難度更是倍增。波斯方面的支理從賽場側沿南界馳馬疾衝，剛好趕上馬球，在球兒出界前運杖擊球，球兒應杖落地，卻神乎其技的沒有彈跳，反貼地疾滾，橫過賽場往北界而去，登時惹得全場叫好，采聲雷動。此著顯是大出李閥諸人意料之外，李元吉拚命策騎攔截，卻以毫釐之差，鞠杖碰不上馬球，反衝過中場，與勒馬回頭的李淵策騎而過。另一波斯馬球高手從大外檔沿北界衝前，一聲叱喝，鞠杖猛掃馬球，他運勁巧妙，球兒應棍彈往半空，往李閥東門的方向彎落。

此時波斯四名球手展開全面攻勢，都在東半場馳馬穿插，乍看似是橫衝直撞，事實上卻是擾敵亂敵的高明陣勢，最厲害的是不斷攔阻扼守在後方的李神通和李南天，方便隊友爭奪正從空中落下的馬球，情況之激烈，比之戰場上決戰生死，有過之無不及。李元吉仍在勒馬調頭，李淵則在敵人馬尾吃塵，哈沒美王子馳馬疾衝，搶在李神通之前接著落下來的馬球。觀者無不看得如痴如醉，衆鼓手不自覺地加劇和加速擂鼓。鞠杖端接球後竟迴旋一匝，馬球就那麼給黏在杖端地等待調校角度，再彈往前方，用勁之巧，教人嘆爲觀止。直到此刻，李淵方面仍沒有碰球的機會，看得寇仲和徐子陵直搖頭。若動眞刀眞槍較量，波斯一方肯定敗得一塌糊塗，但馬球比較的不但是球技和馬術，更重要是團隊的配合和策略，在這任何一方面李閥都是技遜一籌，甚或兩籌三籌。

李南天趕上截擊，發覺球兒再從哈沒美王子杖上彈向前方，心知不妙時，哈沒美早奔往東門，在離東門三十步許的距離追上球兒，運杖揮擊。李神通想攔截時，遲卻一步，眼睜睜瞧著對方擊球入洞網。三通鼓響，表示入球。唱籌官唱籌聲中，李閥方面被拔去一旗，波斯方面則多插一旗。這次輪到唐室一方開球。

寇仲向徐子陵道：「我的娘！原來這麼易入球的，快輪到我們哩！怎辦才好！」

球賽重開，李淵御駕親征，帶球挺進，連過兩人，到被哈沒美持杖爭奪在地上滾動的球兒，龍杖一揮打得斜飛南界，交給奔至該處的李元吉。觀賽者當然想自己的皇帝勝出，挽回顏面，叫得聲嘶力竭，女的可比男的更要瘋狂，張婕妤等諸妃全站起來，揮手嬌呼，比場內比賽的人更要緊張。鼓聲驟急。球兒落回李淵杖上，往波斯方的西門推進。「噗！」球兒入網。三通鼓響！人人高呼萬歲。寇仲和徐子陵心中暗嘆，他們眼力高明，瞧出這次是對方故意相讓，否則此球不會入得那麼容易。

徐子陵苦笑道：「若我們待會不須獻醜，我願意以全副身家相贈。」

寇仲頭皮發麻，深有同感。

第一盤李閥兩勝一負，多得一籌，擺明是波斯人作客的禮貌，讓主家先拔頭籌。小休過後，第二盤在哈沒美領導下，以全攻的姿態進逼，連入兩球，到第三球才被李元吉靠點幸運成分和巧妙手法，從對方較弱的隆盛手中把球奪走，在對方意料不到下擊球入網。

第二盤後的小休間，寇仲和徐子陵坐對愁城，爲未來的命運悲嘆。

寇仲頹然道：「若給我回家練個許月，我說不定可打敗這個甚麼娘的波斯王子，現在卻連球兒都未碰過，待會出去作表演賽，給人任意入球，我們以後還有面子做人嗎？」

徐子陵凝望正與李元吉說話的李淵，見他臉色凝重，似在責怪李南天和李神通的表現，嘆道：「下一場李淵會輸得更慘，當哈沒美勝券在握，籌數足夠，或會讓他贏回一兩球。比賽以六盤兩局分勝負，沒有我們的示範表演將很快完結，那有多好。」

寇仲道：「李密會不會在我們表演時找李淵說話呢？那可非最好的時機，因爲李淵肯定心情大壞。」

徐子陵目光投往張婕妤旁的沈落雁，她到此刻仍未發覺兩人的存在，若他們下場當然是另一回事，她應可看破他們的偽裝。

鼓聲再起，首局最後一盤宣告開始，接著是兩局間的示範表演，也是寇仲和徐子陵下場獻醜的一刻，他們拿甚麼去示範給波斯的馬球超級高手看呢？

第三盤李淵一方改變戰略，以攻對攻。在四人中，以球技論，實以李元吉居首，李淵在馬術上遜他一籌，故在靈活度上有所不如。打馬球有打馬球的規矩，首先是只准以鞠杖接觸球兒，人則不可離開馬背，單此兩項，已使懂武功的內家高手縱有渾身解數亦苦無用武之地，只好憑球技馬術在賽場上爭鋒。

李神通，李神通大喝一聲，控馬帶球衝前闖關，支理追來擋截之際，竟把球兒回送後方三丈外的李南「篤」的一聲，李元吉把支理擊往東門網的球兒險險截著，帶球閃過克薩，在隆盛攔截前把球短傳橫交天，後者叱喝一聲「上」，毫不遲疑的一杖掃下，正中球兒，球兒疾彈半空，越過中場，往西門方向投去。李淵大喜，只要能擺脫最接近他的哈沒美，肯定可勝此一籌。哈沒美見狀勒馬調頭一陣風般追來，給李淵硬以馬兒逼到北邊外檔，兩人快馬加鞭，爭先恐後，蹄聲急起急落，爭持之烈，是開場以來首見，可知雙方求勝之心，在賽場上絕不容讓。此正爲球賽令李淵沉迷的精采處。在平常的日子哪有如此樂趣，誰敢和他爭雄鬥勝？過千觀者和把守四方的禁衛見李淵一方有如此出色表現，登時打氣聲震天價響，鼓樂齊鳴，人人看得如痴如醉。張婕妤、尹德妃等諸妃嬪都不顧儀態，狀似瘋狂，賽場內外氣氛激烈至極點。

球兒著地滾動，離西門洞網只三十多步的距離，只要李淵能先一步趕上，肯定可擊球入網，讓衆人有機會高呼萬歲。變化橫生，哈沒美一聲暴喝，提韁躍馬，馬兒昇離地面，跨過近兩丈的空間，竟先一步落在球兒右前方，然後大半邊身子往左探出，鞠杖伸展，堪堪勾著滾來的球兒，李淵趕至時剛遲卻半步，成功本在望，最後卻是功虧一簣。李淵直衝至西門才能勒馬調頭，哈沒美早控球馳奔東門方向。歡呼變成嘆息。寇仲和徐子陵心叫糟糕，李淵重整陣腳後的如虹氣勢，受此重挫肯定潰不成軍，四對三下肯定李淵一方守不住此籌。

寇仲差點想閉目不看，嘆道：「不是有人說過我們曾是大敗吐蕃的馬球高手嗎？若我們待會表現得像不懂打馬球的生手，李淵會怎樣看我們？」

徐子陵聽他不住重複這憂慮，知他擔心得要命，就算沒有這被揭破身分的可怕的後果，以寇仲的好勝，仍難忍當眾出醜受辱的待遇。苦笑道：「我們現在最需要的是信心，必須以井中水月的心法去演好來臨的球賽。」

寇仲惋惜道：「眞後悔沒帶千里夢和萬里斑兩匹寶貝來。」

三通鼓響，波斯方果如所料再入一球。此時有禁衛來到，著兩人準備下場，兩人均生出被催往刑場行刑的感覺，萬般不情願下前往挑鞠杖和揀馬。負責的禁衛和馬伕沒暇理會他們，全神觀戰。李淵一方又輸一球。兩人手提鞠杖，另一手牽馬，呆頭鳥般在賽場東北角觀賽。若李淵一方此盤連輸三球，此仗必敗無疑，除非接下來的三盤有一盤能全勝，另兩盤各取一籌，但照眼前雙方實力比較，這是沒有可能的事。哈沒美再次表演馬上控球的功架，先後盤過李淵和李元吉，將球兒交給前線的支理，支理揮杖一掃，球兒從李淵一方球技最弱的李南天馬腳間穿過，流星般命中球洞。鼓樂鳴奏，上半場終告完結，雙方下馬施禮，各自離場。

寇仲苦笑道：「醜媳婦終須見公婆，更不幸的是我們的公婆有上千之衆。他娘的！都是雷九指那傢伙，硬要我們扮他奶奶的甚麼太行雙傑。看吧！現在如何收場？」

哈沒美等回到己方族人處，接受祝賀。李淵出奇地沒有返回妃嬪堆內接受安慰，立在場邊，還召來韋公公、程莫兩人說話。

徐子陵失笑道：「你這小子只懂怨人，關雷大哥甚麼事？記著人馬如一和長生氣兩大打馬球絕技便成，其他千萬不要去想。」

寇仲道：「慘哩！要下場哩！你看李淵不住拿眼來看我們。」

徐子陵正留心李密，看他會不會趁此機會去和李淵說話，可是李密仍坐在西看台，頻頻與身旁的晁公錯密語。聞言往李淵方向瞧去，只見他一邊聽韋公公說話，一邊朝他兩人審視。訝道：「看來似乎不只要我們下場那麼簡單？」

寇仲大吃一驚道：「難道發現我們有問題？」

此時李元吉手下的兩名馬球高手牽馬持杖移到賽場的西南角，作好入場表演的準備，看得兩人更是心中發毛。兩個看台的嘉賓回復先前熱鬧的情況，談笑議論，鬧烘烘一片。圍著李淵的李元吉、李南天和李神通均往徐子陵和寇仲瞧來，顯然這代表李閥大唐的領袖人物，談的正是兩人。

寇仲道：「算啦！若有半點不妥當，我們立即殺出重圍。」

程莫直朝兩人走來，到他們身前道：「隨我來！皇上要和你們說話。」

看他神情肅穆，兩人心叫不好。但就這麼放腳開溜，殺出重圍，於此吉凶未卜之際又毫無道理，只好牽馬舉步。

程莫阻止道：「留下馬兒和鞠杖。」自有人過來牽馬拿杖。

兩人一頭霧水的隨他直趨李淵立處，正要跪下敬禮，李淵喝道：「賽場上不拘俗禮，你們看過剛才一局，有甚麼話說。」

李元吉、李南天、李神通和韋公公四人目光灼灼打量著他們，看得他們心中只能祈神求福，不斷喚娘。

寇仲勉強收攝心神，垂首恭敬地扮作專家道：「皇上明察，波斯人打馬球的方式別樹一格，以哈沒美王子表現最佳，全隊整體配合得天衣無縫，唯一的弱點是隆盛，控馬的靈活及不上隊友，但擊球的手法毫不遜色。」

韋公公提點道：「皇上是指有甚麼方法可破他們的馬陣？」

兩人曉得李淵一方沒有看破他們，只是虛心求教，心中大定。但又另生焦慮，假設他們現在說得天花亂墜，待會則表現不濟，豈非更惹人起疑？

徐子陵答道：「只要在馬術上能克制哈沒美王子，可牽一髮動全身的破去他們的配合，此是唯一制勝之法。」

李淵看看李元吉，又看看李南天和李神通，然後石破天驚的沉聲道：「若改由你兩人下場，有多大勝算？」

這兩句話就像青天霹靂，震得兩人失魂落魄，他們畢生未碰過馬球，對方還是超級的馬球高手，他們怎樣答李淵呢？

寇仲不用徵求徐子陵同意，也知道答案只有一個，不敢猶豫的答道：「皇上有命，小人等必盡力而爲。」

李南天不悅冷哼道：「皇上是問你有多少成勝算？不是擔心你盡力與否的問題。」

寇仲和徐子陵心中恍然，知李淵正考慮以他們入替較次的李南天和李神通，令兩李大失面子，故李南天向他們發難，發洩心中憤怨，更是間接向李淵表示不滿。自家知自家事，不論他們的「人馬如一」如何高明，長生氣如何出神入化，怎都須一段時間熟習打馬球的技巧，但到他們能掌握取勝竅要時，早輸掉這場球賽。所以現在他們真的是騎虎難下、心驚膽戰，卻苦無應付之策。

徐子陵硬著頭皮道：「小人兩個每次下場打馬球，均有十足取勝的信心，請皇上明鑑。」

李淵聞言目光投向李元吉，李元吉卻望著韋公公，韋公公乾咳一聲道：「御騎長應比較清楚點。」

李元吉和韋公公可避而不答，免得開罪李神通和李南天，程莫這御騎長卻沒推搪的資格，無奈地垂首如實的道：「臣下尚未有機會親睹兩位仁兄打馬球，不過他們的騎功肯定不在對方之下。」

此時兩邊看台的人大多發覺場邊李淵等人的異樣處，紛紛往這邊瞧來，且議論紛紛。徐子陵和寇仲很想知道沈落雁瞧見他們的反應，卻不敢朝她望去。

李淵終下決定，道：「就由你們兩人下場出替神通和南天，賽場如戰場，調兵換將乃平常事，我現在是以奇兵克敵，好教對方一時間摸不透我們的部署。」

李元吉道：「可是他們上場的並非是慣用的鞠杖和賽馬，很可能會予波斯人可乘之機。我們已失三籌，不容再失。」

李南天和李神通繃緊的臉孔露出嘲弄和得意的表情，因曉得李元吉站在他們一方說話。

寇仲心中不知多麼感激李元吉，趁勢恭敬的道：「齊王可說出小人們的心事，不是用慣的鞠杖和馬匹，我們爭勝的能力會打個折扣，請皇上明鑑。」

這不是故意謙虛的話，聽進李神通和李南天耳內，立即使他們對兩人惡感稍減。

李淵略作沉吟，點頭道：「有道理！朕就招呼波斯人到殿內喝茶聊天，公公會領兩位入宮從朕的鞠杖和賽馬中挑選最合用的，練習半個時辰後下場作賽，可千萬不要令朕失望。」

衆人皆無話可再說，寇仲和徐子陵更是難作異議，只好謝主隆恩，跟韋公公入太極宮待老天爺安排。

徐子陵和寇仲隨韋公公在十多名御衛前呼後擁下，繞過太極宮，朝御花園方向走去。他們不敢和韋公公並肩而行，落後兩步。

韋公公陰陽怪氣的聲音響起道：「兩個後生小子走前些！方便老人家說話。」

兩人趕前到他身側，韋公公道：「爲省時間，我只帶你們到較近的貢品堂挑選皇上珍藏的鞠杖，賽馬則從玄武門那邊的御馬房由御馬長揀七、八匹來讓你們從中選擇，否則哪來充裕時間練習。你們這身服裝也要換掉才像樣子。」

兩人唯唯喏喏的聽著，以「太極宮原來是這麼宏偉壯觀」的目光好奇地左顧右盼，扮足初入城市的鄉巴佬。

韋公公壓低聲音道：「你們能有機會與皇上並肩作賽，肯定是你們祖宗積下的大福蔭，只要有好表演，皇上除賞賜金帛外，說不定另有獎賞。」

寇仲聞弦歌知雅意，忙謙卑的道：「全賴韋公公提攜拂照。」

韋公公欣然道：「凡人總有憐才之念，若你們待會有出色表現，我會爲你們向皇上求個一官半職，以後不用過刀頭舐血的幫會生涯。」

寇仲和徐子陵暗吃一驚，心忖豈非弄巧反拙。韋公公可能是宮內最懂揣摩李淵心意的人，知道假如兩人助李淵勝得此賽，龍心大悅的李淵將會給個甚麼「馬球長」的官兒給兩人當，所以韋公公順水推舟，預早收兩人作心腹。若輸掉球賽，當然一切休提。

徐子陵補救道：「可是我們……」

韋公公笑道：「你們正爲司徒福榮那暴發戶辦事嘛！我知得一清二楚。放心吧！只要是我的人，我會處處爲你們著想。我喜歡你們對主盡忠的態度。」

寇仲正思忖應否爲不用當官輸掉此賽；旋又暗笑自己是白擔心，因此賽要輸還不容易，想贏則難比登天。

韋公公又道：「輸贏本是等閒事，不過波斯人一向視打馬球如打仗，更認爲我們漢人的馬球技術遠遜他們。皇上這回特別邀他們千山萬水的遠道前來參賽，事前準備經年，非常重視。故此仗是不容有失，務要波斯人輸得口服心服。你們現在該明白爲何皇上不理會淮南王兩人的感受，硬要換你們入場？」

此時他們從御花園轉右進入李淵的後宮，朝位於西南角的一組建築物走去，北鄰就是兩人差點飲恨收場的御書房。內宮的守衛明顯增強，出入門道固是守衛森嚴，還添加不少明崗暗哨，氣氛緊張。進入由十多名御衛把守的大門，在兩人眼前矗立著四座宏偉的建築物，環繞建築物的迴廊更是五步一衛，十步一哨，恐怕蒼蠅亦難在這種形勢下自由飛翔。

韋公公領他們朝位於西南那座殿堂走去，道：「四方獻給皇上的禮物貢品，都置於此四座貢品堂內，單是鞠杖足有過千之數，包你們看了愛不釋手。不過時間無多，勿要在這方面浪費時間。」接著對隨行御衛道：「你們留在這裏。」

眾御衛轟然應諾立定，韋公公領著兩人步上石階，由把門的禁衛大開中門，讓三人進入上掛橫匾寫上「朝鳳堂」三字的殿堂。朝鳳堂共分八個貢品室，緊閉的鐵門分列左右，此時負責貢品堂的太監官兒聞風帶著四名小太監匆匆趕至，為大太監韋公公啓鎖開門。兩人心忖韋公公確是大架子，竟不先去知會看管貢品堂的太監官員，若對方來遲，肯定受責。兩人隨在韋公公身後深進堂道，忽地心神同震，忙功聚雙鼻，果然一股本是似有若無從門隙透來的淡淡香氣變得濃郁起來，正是雷九指今早曾給他們嗅過的氣味。徐子陵和寇仲交換個眼色，心想怎會這麼鬼助神推的，李淵竟把《寒林清遠圖》收到入門左方第一間貢品堂內。

韋公公道：「到哩！」

室門敞開，來自中外各地不同款式、紋樣、顏色、質料的鞠杖排得成行成列，密密麻麻，如入鞠杖的森林，只能側身而行。徐子陵和寇仲記起即將來臨的命運，心中苦笑，跨步入室。

兩人牽著披掛得七彩繽紛的賽馬，馬腹掛著精選鞠杖，從太極宮回到橫斷廣場，依韋公公指示在賽場西北角恭候李淵聖駕。東西兩看台鬧烘烘一片，回復開賽前賓客間互相寒暄笑語的情景，與肅立四方的禁衛形成鮮明對比。太極宮共有三門，正門為承天，另兩門是廣運和長樂。他們從承天西的廣運門入場，故沒引起太大的注意。

剛才在御花園內他們儘量利用時間練習和掌握打馬球的技巧，兩人乃武道的天才，觸類旁通，於目睹李閥和波斯人三盤高手爭鋒的賽事後，對打馬球的手法技巧早看個通透，經過練習後更信心大增，再不像先前般戰戰兢兢，誠惶誠恐。

徐子陵往另一邊遠處的東看台張望，見沈落雁正定神朝他們打量，卻苦無把心聲傳遞之法。寇仲湊到他耳旁道：「李密肯定尚未有機會接近李淵，只看他心神不屬的樣子便曉得。」

忽然鼓樂齊鳴，賓客全體起立。李淵和哈沒美王子等波斯來客，在高呼萬歲聲中從承天門進入廣場，接著樂聲斂去，只餘擊鼓聲。李淵以手勢示意，衆人紛紛坐下。兩股人馬分開，李淵和李元吉在馬背上交談，邊策騎朝寇仲和徐子陵緩馳而來。

寇仲在徐子陵耳旁道：「不知陵少是否發覺這兩座看台分列東西實在沒道理，該設於賽場南北才對，那會讓人看得清楚點。」

徐子陵點頭道：「我有想過，照我看是李淵防範刺客的布置，東西兩台位置較遠，行刺比較不方便。」

寇仲同意道：「有道理！」

此時李淵聖駕臨近，兩人不敢交談，肅容垂首恭迎。

李淵甩蹬下馬，笑道：「在賽場上朕與你們是夥伴戰友，不拘常禮，你們的練習結果如何？」

寇仲答道：「託皇上鴻福，小人兩個已熟習鞠杖和馬兒，定能不辜負皇上的期望。」

李淵欣然道：「那就最好。我們上局已失三籌，下局換場後必須領先四籌始有勝望。」

在他旁的李元吉道：「我們尚是首次合作，你們是這方面的高手，在戰術上有甚麼意見可放膽提出，不要理甚麼上下尊卑之分，若不同意父皇或我的打法，可以提出反對。」

李淵舉手作意，鼓聲立止，全場鴉雀無聲，賽事下局何時開始，全看李淵的聖意。兩人感受到賽事即臨之前的沉重壓力，反希望繼續打鑼打鼓下去，不用像現在般人人沒話說沒事做把注意力全集中到他們身上來，加上作賊心虛，心情絕不好受。

寇仲早考慮過戰術上的問題，侃侃而言道：「小人兩個想出針對他們弱點的戰術……」

李元吉忽截斷他道：「他們會換走隆盛和支理，以澤喜拿大公和梅內依侯爵出替。」

兩人愕然以對。李淵冷哼道：「波斯人此賽是志在必得，見我們陣前易將，故變陣應付。不要小看這區區一場馬球賽，說不定會影響波斯王朝未來國策的去向。我們大唐既不能在戰場上鎮懾波斯人，只好在賽場上盡力辦到。」

寇仲爲之啞口無言，只能肯定這兩個甚麼澤喜拿和梅內依，當比出替的隆盛和支理高明，就像李淵認爲他兩人在馬球球技上勝過李神通和李南天。頓使他兩人想好的策略變得無用武之地。

徐子陵道：「皇上明鑑，既然對方陣前換將，那只好下場後隨機應變。小人們因見過皇上和齊王作賽，所以暫由小人倆配合皇上和齊王，小人倆負責守衛後方，攔截對方攻勢並送球供皇上和齊王破敵取勝。」

李淵點頭道：「只好如此，你們盡力而爲，若此賽勝出，你們等於立下軍功，朕必有獎勵。」兩人同聲謝恩，但剛建立的些許自信，早隨波斯方面換人之舉雲散煙消。

李淵發出指示，賽事重開的鼓聲震徹橫斷廣場。

此局雙方交換場地，李閥守的是西門，波斯人守東門。馬球放在賽場正中位置的小圈內，雙方在東西場上布陣。澤喜拿大公年紀最大，約在五十許間，不過老而彌壯，身子像鐵塔般挺直，濃密的鬍鬚一把刷子般垂在頷下，雙目閃閃有神，神態沉凝，不須揮動球杖亦無人不曉得他屬此中高手。梅內依是個彪形壯漢，年不過三十，肌肉結實，充盈著爆炸性的勁力，更是不可小覷。

鼓聲倏止。唱籌官報上雙方新入場者的名字，澤喜拿和梅內依固是有本身在波斯王朝的官銜，寇仲和徐子陵竟硬被冠上御衛小官兒的頭銜，令兩人哭笑不得，還要對向他們喝采打氣的觀眾還禮致敬。三通鼓響，馬球從唱籌官手上拋往天空，蓄勢以待的李元吉和哈沒美分從兩邊策馬搶前爭奪，兩方隊友縱騎奔跑，準備接應或攔截，蹄聲轟天而起，人人屏息靜氣，聚精會神觀看賽事的發展。李元吉和哈沒美同時探前，馬杖往球兒挑去，兩騎擦身而過，李元吉不負眾望，奪球在手，就在馬背上控球直闖。歡呼聲爆響，鼓聲震耳。寇仲和徐子陵終是新手，一時頗有點不知該進還是該退，只好策騎馳往東場。

克薩和梅內依分由左右斜斜馳至，攔截李元吉，李淵衝往南線，從外檔接應李元吉，波斯老將澤喜拿在東門前來回奔馳，神態冷靜從容。李元吉去路被阻，把球兒送往李淵，克薩和梅內依兩騎像表演馬術花式般在李元吉馬前交叉而過，駭得李元吉的馬仰嘶人立而起，梅內依早順勢往李淵馳去，快逾電閃，觀者無不曉得他能及時攔截李淵的進擊。寇仲和徐子陵心叫不妙，波斯方無論合作和戰術都比他們高明不止一籌，不但破去李元吉和李淵的配合，更令李淵變成深入的孤軍，只能靠自己獨力闖關入球。寇仲和徐子陵終是身經百戰的人，前者吹響尖哨，示意徐子陵看緊衝往西場的哈沒美，他自己則明是輕夾馬腹，暗裏是施展「人馬如一」之術，策騎閃電般沿北線電馳疾奔以接應遠在另一方的李淵。李淵一揮龍杖，球兒橫衝天上，往寇仲一方落去。寇仲竟能忽然把馬兒的速度提升至極限，甚至超越極限，引得全場采聲如雷，波斯方面的人無不露出駭異神色。

正往北線方向馳去的克薩急催坐騎，趕往爭奪尚未知落入誰家的球兒。李元吉已知機地從中線直趨東門。寇仲此時拋開一切疑懼，豪情奮發，心忖若我寇仲爭不贏你這波斯小兒，名字以後倒轉來寫。猛一抽韁，賽馬騰空，先一步接著仍未著地的球兒，就那麼揮棒一勾，球兒流星般在克薩上方掠過，精準至難以置信的落往李元吉馬頭左前方十步許處，剛好是最方便李元吉把球兒打進對方球洞的精采位置。東西看台人人齊聲吶喊讚嘆。李元吉大喜，揮棒疾打，球兒化成采芒，往球洞投去。

澤喜拿斜衝而前，球杖疾伸，竟在球兒入洞前把球截個正著，他用勁巧妙，球兒不但沒有被反震離棒，還似被球棒黏著似的盤過衝來的李元吉，在大部分觀者失望的嘆息聲中，揮杖擊球，往身在西場的哈沒美投去。梅內依立即策騎馳往西場接應。徐子陵心中叫苦，剛才是李淵孤軍深入，現在變成自己孤軍獨守，若不能奪得馬球，此籌必輸無疑，別無選擇下，施出「人馬如一」之術，往球兒落點衝去。澤喜拿此棒落點巧妙，剛落在哈沒美右方二十步許處，而徐子陵正位於哈沒美左方，若依常理發展，哈沒美只須佔穩位置，可藉馬兒把徐子陵拒於能觸球的範圍之外。連在場的李淵和李元吉也打定輸數，只有寇仲曉得徐子陵有力挽狂瀾的本領。

哈沒美和徐子陵在同一時間催動坐騎，往球兒落點馳去。馬有馬性，要待放開四蹄，始能逐漸發力，攀上速度的頂峰。哈沒美是馬球場上的高手，一直把馬兒保持在活躍的狀態中，故能在幾下呼吸間把馬兒催控至全速狀態，只要奪得馬球，順勢帶球沿北線疾走數步，在底線前把球打往沿南線趕來接應的梅內依，此籌必勝無疑。徐子陵催馬時哈沒美在他右方二十多步外，球兒則往哈沒美右上方三十步外落去，雙方同時發動，但在「人馬如一」的催發下，徐子陵座下賽馬眨眼間臻達全速，勁箭般往球兒落點衝去，若可搶在哈沒美馬前，當能先一步把球兒截走。兩騎一先一後，蹄起蹄落，全力朝球兒狂奔，右手馬杖探出，左手馬鞭抽擊馬股，情況激烈。場上目光全集中到兩人身上，徐子陵坐騎不斷加速，似有可能創造奇蹟，衆人無不看得如痴如狂，吶喊打氣。鼓手更是著力擊鼓。人喊鼓響，震動廣場，場內場外的氣氛熾熱至極點。

哈沒美一聲呼嘯，改變方向，竟抽韁從斜衝改爲直奔，若依徐子陵現在的衝勢，必被他的馬兒逼到左方，只能陪著哈沒美一起衝出底線，又或兩馬撞作一團，這是賽規不容許的。後方的克薩此時越過中線，趕在寇仲之前快馬加鞭沿北線朝球兒追來，只要哈沒美能擋著徐子陵，他可在球兒逸出北線前先一步奪得球兒。寇仲心叫不妙，拚命策騎狂追，但因落後近三十步，縱有「人馬如一」之術，亦追之不及。李淵等其他人距離太遠，只能望球興嘆，眼睜睜的洩氣乾著急。徐子陵體內眞氣運轉，盡輸入馬體，眼看要與哈沒美撞個正著時倏地一抽韁繩，健馬人立而起，仰天長嘶，未待前蹄落下，後蹄仍止不住衝力再向前連奔數步，堪堪避過哈沒美。哈沒美怎想到他有此一著，留不住勢子，在徐子陵人立的馬兒前尺許處馳過，直往底線馳去，險至毫髮之差。喝采聲雷動，乃自上局開賽以來最激烈的。

前蹄落地，徐子陵再策馬推前，在沒有人爭奪下揮杖擊球，球兒彈空而上，在趕來的克薩頭上越過，投往寇仲。寇仲不待球兒落地，立即凌空揮棒，球兒橫過十丈的空間，落地後貼地疾滾，來到李元吉馬前十步處。李元吉大喜，見前方澤喜拿攔路，一棒打出，交往南線的李淵。此時敵方的哈沒美、克薩和梅內依仍在西場未能及時趕回來，變成只澤喜拿孤軍迎敵，李淵接球後哪敢遲疑，帶球往東門挺進。澤喜拿策騎迎向李淵，身體忽左忽右，又探前俯後，予人的感覺是無論李淵把球兒朝東門以任何角度擊出，他均可截個正著。李淵揮杖橫掃，把球兒交往左方的李元吉，球兒在地上疾竄而過。澤喜拿立時表現出他的功架，猛抽馬韁，馬兒似要往左傾跌，倏又彈起，但已成功改變衝刺的方向，在衆人難以相信的情況下，斜衝往李淵和李元吉的兩騎之間，眼看仍不及攔截，他卻身軀前探至差點貼地，馬杖閃電揮出，險險擊中球兒。球兒應杖改變方向，送往西場北線的克薩，克薩迅速把球送往南線趕來的梅內依，後者在徐子陵趕到前，揮棒擊球，把球兒送入球洞。

三通鼓響，波斯方又得一籌，領先之數增至四籌，只餘八籌可供爭奪。自有人把球兒送到場心。

李淵打出暫停的手勢，把三人召至西場門前說話，先讚寇仲和徐子陵道：「打得好！此籌之失，非你們之過。」

李元吉點頭道：「澤喜拿這一關守得很穩，以我看他比哈沒美更高明。」

李淵道：「我們改變陣勢，由元勇和文通搶攻，朕和齊王守後，只要你們有剛才的水準，我們未必會輸。」

只聽他親切的叫喚兩人的名字，可知他對寇仲和徐子陵已生出鍾愛之心。寇仲和徐子陵轟然應喏，他們被競賽的氣氛感染，又覺剛才一球輸得冤枉，激起鬥志，誓要在下籌爭回一城。

寇仲於場心開出球兒，交給徐子陵，後者半邊身彎下馬背，以曲杖控球貼地滾動挺進。前方嚴陣以待的哈沒美正面來截，梅內依和克薩左右殺至，澤喜拿仍緊守大後方。徐子陵在哈沒美的鞠杖碰上馬球前，出乎場內場外所有人意料，沒有把球兒交給寇仲，反把球兒勾得從坐騎的四蹄間穿往馬兒另一邊，自己則像被大風狂吹的長草由這一邊彎側往另一邊，在球兒逸出控制範圍前再勾球前進，以此巧著累得哈沒美撲個空。喊聲四起，鼓聲加劇，誰都曉得徐子陵爭取到攻門的良機。果然徐子陵帶球前進，直趨澤喜拿。寇仲與他心意相通，切中而去，好令澤喜拿孤掌難鳴，不知應攔截哪一個才好。別人以為他們「太行雙傑」精擅打馬球的陣法，只他們兩個心知肚明是把過往大小戰的聯手經驗搬到球場上應用發揮。

澤喜拿倏地策馬竄前，鞠馬杖幻出多重杖影，虛虛實實，頗有出神入化的精妙。徐子陵心神進入井中月的境界，坦白說，澤喜拿的棍法確是高明，不過比之石之軒的不死幻法仍有一段遙不可及的距離，故哪能把他難倒，再施一記虛招，騙得澤喜拿的球杖稍往左偏，他立刻球棍輕移，就那麼輕易地穿過對方似把地面封得密不濺水的杖影，把球兒送到寇仲前方。寇仲不敢賣弄，因克薩此時離他左側不到兩個馬位，老老實實的一杖推去，馬球「噗」的一聲乖乖鑽入東門洞網。鼓聲通天，萬歲之聲不絕，再沒有人介意入球的是蔡元勇而非大唐皇帝李淵。李淵更不介意，在馬上顧盼自豪，就像自己入球般興高采烈。他換人入場原是兵行險著，就像戰場上臨時換將，現在事實證明他聖算無誤，既可向被換的李神通和李南天交代，更在眾人前大有光采。李元吉策馬過來迎接兩人凱旋而歸。戰況至此更趨緊湊，唐室再非陷於被動捱打之局。

三通鼓響，下局第一盤結束。波斯方決心取得此盤最後一籌，勝此一盤，仍保持領先四籌的壓倒性優勢。

開球後，波斯方改採全攻型的戰術，澤喜拿接球後推過半場，在寇仲和徐子陵攔截前交球給哈沒美，這主攻將和梅內依、克薩三人大演馬球戲法，縱騎穿插馳騁，馬球變得神出鬼沒似的左傳右送，忽前忽後，在寇仲和徐子陵未及回救，李淵和李元吉更未有觸球機會時，送球入網，勝得遊刃有餘，不費吹灰之力。寇仲和徐子陵輸得心中不服，卻又不能不服，無奈至極。

下局首盤結束，有一刻鐘的休息。兩人隨李淵和李元吉來到場邊，李淵臉色凝重，揮開要遞茶送巾伺候他的太監，皺眉道：「現在只餘六籌，我們能全取六籌，始可得勝，失一籌則是和局，你們有甚麼好提議？」

李元吉顯然失去信心，但因寇徐表現出色，故態度友善的道：「元勇、文通可放膽說出心中想法。」

寇仲坦然道：「皇上的變陣剛才顯出奇效，故可不用再變，但為應付對方攻勢，在敵人得球時，小人兩個必須回守應付，採取一個盯一個的策略，文通負責澤喜拿，小人負責哈沒美。」

李淵道：「這是沒辦法中的辦法，簡單易行，元吉你看著梅內依，由朕看克薩，就這麼決定。」

此時韋公公來到李淵旁，似要說話。寇仲和徐子陵知機的離開，把馬兒交給程莫的手下，到一邊喝太監送來的茶水。

寇仲肩頭碰上徐子陵肩頭，低聲道：「傢伙來哩！」

李密離開座位，朝李淵走去。徐子陵心中一震，朝沈落雁所在瞧去，果然她露出注意神色，目光落在李密身上，不由心叫不好。她肯定猜到李密落入奸人的算計，私下向李淵提出請求，在這情況下，她會設法離宮去找李密，那就正中敵人的圈套。

他同時功聚雙耳，李密就在場邊向李淵請安問好，然後道：「臣自歸順大唐以來，不斷接受皇上的賞賜，深受皇上的寵愛，可是臣下坐享榮寵，沒有半點回報，實心裏不安。現在秦王用兵洛陽，而臣下舊部大多在山東一帶割據自立，只要皇上恩准，臣下可出關招降他們，否則若讓寇仲透過翟嬌把他們招攬過去，會對我大唐統一之業非常不利。」

李淵沉聲道：「卿家所言不無道理，不知卿家有多大把握，可招降多少人？」

徐子陵現在更肯定李淵有殺李密之意，因李密既有殺翟讓的前科，可知他是慣好謀反叛主的人，根本不能信賴，在一般情況下李淵怎肯放虎歸山，他肯這麼附和李密，必有後著。

李密恭敬的進言道：「臣下舊部中以佔據羅井的張善相勢力最大，手下兵員有過萬之衆，臣下有十成把握可說服他，只要他肯歸降，其他人必望風景從。」

李淵道：「卿家準備何時動身？」

李密大喜道：「若得皇上賜准，臣下想立即動程。」

李淵沉吟半晌，道：「就依你所言，朕立即派人通知關防。」

徐子陵心神俱震，現在球賽尚未結束，他們更不知何時方能離宮，若沈落雁此時開溜，他們該怎辦才好？而直至此刻，他仍摸不清楚敵人對付沈落雁的手段和圈套。

寇仲接到徐子陵送來恰到好處的球兒，控球滾地前進，以毫釐之差盤過哈沒美，徐子陵則以向對方偷師學來的戰術，縱騎左衝右突，擾敵惑敵詐敵，牽制著其他三人，更不住和寇仲穿插分合，如蝴蝶戲舞花間，每次均令人以為寇仲會把球轉交給他，最後馬球仍在寇仲杖下迅速逼近敵門。瞧得看台的人和守在四方的禁衛采聲轟天，如潮水般起落。寇仲和徐子陵都是天才橫溢之輩，賽前的熱身加上一再的上場交鋒，至此對打馬球已是得心應手，信心十足，把「人馬如一」和聯手戰術透過打馬球發揮至巔峰境界。寇仲一個假身，似要把球兒送往靠南線衝門的徐子陵，騙得澤喜拿捉錯球路，杖端輕轉，勾球閃過澤喜拿，在狂喊尖叫的打氣聲和緊密似爆竹的轟鳴鼓聲中，送球入洞。兩人凱旋而回，接受李淵和李元吉的讚賞祝賀時，李密和王伯當離席而去，沈落雁則依然坐在看台內，令兩人心下稍安。

球兒開出。梅內依把球兒送返後方的澤喜拿，與哈沒美和克薩三人又再表演馬術花式般放開馬蹄深入西場，看似隨意的上下縱橫，事實上進退左右均有分寸，隱含陣法變化的味道。李淵和李元吉看不破對方變化，被逼得只能退守大後方。寇仲和徐子陵則以動制動，學對方般左穿右插，馳騁於敵陣之間，所到位置均有攔敵阻敵的作用。只見雙方策馬滿場飛馳，蹄聲起落，爭持激烈，觀賽者看得比場內比賽的健兒更緊張，喊叫不絕，賽況攀上熾熱的高潮。

澤喜拿終能推球過中線，進入西場。寇仲搶在哈沒美馬前，往澤喜拿衝去，迫他送球給隊友。關鍵時刻終於來臨，澤喜拿顯然沒信心避過寇仲的魔杖，揮杖打球，球兒斜滾往南界空檔，落在梅內依棍下。寇仲一抽韁索，賽馬人立轉身，分中切去，衝入哈沒美和克薩間，只要梅內依把球橫送出來，他定會和他兩人爭個勝負分明。李淵從後方策騎往梅內依迎去，李元吉遠吊在李淵馬後左側，照應李淵。徐子陵詐作朝最接近梅內依只在其後右方二百步許處的哈沒美馳去，實則蓄勢以待，意在正緩騎推進的澤喜拿。果然梅內依控球斜斜切入場中，似要把球送往移近北界的克薩，鞠杖一揮，球兒返送後面的澤喜拿，令李淵和李元吉全撲個空。

李淵在梅內依馬後留不住勢子朝東直衝，李元吉因留有餘力，抽韁回守，寇仲則全速往逐漸遠離的克薩追去，生怕澤喜拿成功交球給克薩的可怕後果。這些連串的動作反應發生在電光石火的高速下，一動無有不動，球兒在空中畫出一道動人的弧線，昇起彎下，往澤喜拿投去。徐子陵心神進入井中月的至境，似是忽然從賽場裏抽離而去，本是震徹廣場的吶喊聲潮水般退至一滴不剩，周遭像在上演著一場充滿激烈動作的無聲啞戲，此時徐子陵已氣貫馬蹄，馬兒在操控下朝前飛躍，凌空橫渡近六、七丈的空間，鞠杖探出堪堪截著離澤喜拿只二十步許的球兒，把球兒摘下，送往沿南界奔東的李淵馬前三十步處。全場歡聲雷動。李淵大喜，衝前控球急進，澤喜拿勒韁回馬，已追之不及。

徐子陵馬蹄踏地，采聲如裂岸驚濤般鑽貫雙耳，因李淵御駕親征，擊球入洞。「萬歲」之聲叫得比轟雷更要激烈。李淵一臉歡容返回西場，頻說「打得好」，也不知是讚自己還是徐子陵，不過無人不曉得他對能在場上一顯威風，龍心大悅。

波斯方開球後謹慎多了，長傳短交，逐漸逼近。寇仲和徐子陵卻曉得對方信心受挫，再無復先前如虹氣勢，反之他兩人卻信心倍增，馳騎縱橫，逼得對方不敢冒險進攻。李淵和李元吉則因對兩人生出信心，不像先前般戰戰兢兢，而是放手配合，發揮出團戰的精神。

克薩接到澤喜拿傳給他的球兒後，被迎過來的李元吉逼得把球橫送哈沒美，寇仲和徐子陵苦待已久，覷準機會，同時策騎衝刺，人馬未至，其威脅的範圍已封死哈沒美前方和兩側的進路。哈沒美不敢把球送往另一邊正被李淵纏逼的梅內依，無奈下一勾球兒，令球兒貼地滾往位於後方中線的澤喜拿。寇仲大喝一聲「齊王上」，與徐子陵施展「人馬如一」之術，驀地把馬兒增速至極限，追著球兒旋風般從哈沒美兩側勁箭般閃電刺出。李元吉給激起鬥性，兼之亦想立威，聞聲越過克薩，沿南界快馬加鞭狂馳。澤喜拿知此籌成敗，全看球落誰家，豈敢怠慢，策馬前衝，迎向朝自己方向滾動的球兒。馬上的寇仲和徐子陵交換個眼色，因爲無論他們跑得多快，亦不能在澤喜拿觸球之前趕上球兒，他們的目的是在逼澤喜拿第一時間揮棒擊球，予他們可乘之機。澤喜拿探身揮杖，擊向滾來的球兒，兩人仍在二十步外。眼看功虧一簣，異變陡生。

就在澤喜拿擊中球兒前的剎那，寇仲和徐子陵由分變合，往對方撞去。澤喜拿如其他人般看不破兩人的意圖，這麼兩馬相碰，馬兒必傷無疑，但又隱隱感到依兩人先前表現的超凡馬術，該不致如此不濟，在無暇多想兼沒有選擇下，趁寇仲拍馬橫移所露出的空檔，把球兒掃向沒有人纏身位處北界的克薩。「蓬」的一聲，兩騎擦撞。徐子陵穩如泰山的繼續衝前，方向稍改，取的是澤喜拿右側方位。寇仲則在場外人驚叫聲中、眾女士失色之際，被徐子陵坐騎撞得斜飛而起，有若天神的凌空越過八丈空間，馬蹄尚未觸地，他從馬背彎下，手探杖伸，毫釐不差的挑中滾往克薩的馬球。

球兒改變方向，轉往馳進東場的李元吉送去。驚呼變成漫空采聲，鼓手們拚命擊鼓，「咚咚咚咚！」李元吉從最惡劣的心情提升至強烈的喜悅，接著球兒，二話不說的攻門而去。澤喜拿欲還馬攔截，卻給先他一步的徐子陵硬擋在外，眼睜睜瞧著李元吉送球入洞。叫好聲轟起。

李元吉春風滿面的得勝而回，卻令徐子陵和寇仲開始明白到爲何漢室歷代皇朝均是內侍近臣得志的道理。無論你是封疆大臣又或遠征域外的猛將，長駐深宮的皇帝卻看不到更感受不著他們的功勞，甚麼豐功偉業亦及不上助他在球戲中獲勝的親切感受。所以尹祖文讓李淵得過平民之癮，比李世民在關外出生入死更能贏得李淵信任寵愛。

下局第二盤三籌全得，令波斯隊只能領先一籌，若最後一盤李閥再度來個全勝，便可摘下勝利的桂冠。張婕妤、尹德妃、董淑妮等一眾妃嬪浩浩蕩蕩十多人從看台擁出，往李淵迎去，情況熱鬧混亂。寇仲和徐子陵用神搜索，沈落雁竟芳蹤杳然，尤楚紅和獨孤鳳亦失去蹤影，心知不妙，卻苦無法脫身。幸好李靖夫婦不見在場，只好希望他們成功截著沈落雁。

李淵和李元吉此時沒暇理會他們，徐、寇兩人將馬兒和鞠杖交給程莫的人，往一邊走去。寇仲低聲道：「他娘的！對方究竟能玩甚麼手段，即使沈美人去勸李密不要出關，李密聽也好不聽也好，整件事對沈美人也該到此而止，難道獨孤家可藉此入罪沈美人，且來個先斬後奏嗎？那等於逼李世勣造反，更難向李世民交代。」

徐子陵立在場邊，思索道：「事情當然不會如此簡單，例如李密強迫沈落雁與他一起出關又如何？」

寇仲皺眉道：「李密出關一事得李淵親自首肯，李淵暫不會出爾反爾。假如出關一事是合法的，李密若下手制住沈美人押她往關外，不是自暴居心不良嗎？李密不會這麼愚蠢吧！」

徐子陵嘆道：「不要忘記楊文幹曾保證離開長安後會有妥善安排，所以李密只要過得長安城防一關，將再無顧慮。而有沈落雁這籌碼在手，可脅迫李世勣相從，作用極大，這個險李密是不能不冒，不怕去冒。」頓了頓續道：「至於李淵讓李密離城，是謀定後動，固必有後著，只是我們想不到他的手段而已！」

寇仲露出凝重神色，點頭道：「你的分析很有道理，假如李密眞的挾沈落雁同行，李淵可指沈落雁與李密有共同造反之心，那就非常糟糕，我們現在該怎麼辦？」

徐子陵道：「李密怎樣都要個把時辰始能動身，我們打完賽事後立即與李大哥聯絡，只要能掌握李密去向，我們可把沈落雁救回來，李密則任他自生自滅，與我們無干。」

寇仲精神一振道：「就這麼決定！」

最後一盤開始，波斯隊信心受挫，被大唐隊壓住來打。寇仲和徐子陵對打馬球的玩意智珠在握，不但掌握到諸般技巧，更看破和摸透波斯人的戰術，此消彼長下，把先前在賽場上縱橫不可一世的波斯人玩弄於股掌之間，儘量爲李淵製造埋門入球的機會，在鼓聲與喝采下，李淵大顯神威，再下一城，雙方變成平手，波斯人失去領先的優勢。兵敗如山倒，包括波斯隊的成員在內，誰都曉得波斯方敗勢已成，想逼和亦有心無力，哈沒美等人神色變得頹喪無奈。

李淵忽然叫停，在鴉雀無聲中，馳騎至中場勒馬喝道：「這場馬球賽到此爲止，雙方作賽和論，願我大唐國和波斯國世世代代和平共處，情誼永固。」

他的話出乎所有人意料之外，顯示出李淵泱泱大度，登時「萬歲」之聲叫得震天價響，波斯方則人人露出感動感激的神色。

寇仲和徐子陵則慶幸賽事至此結束，可及早離開，哈沒美等趨前向李淵道謝，李元吉卻向寇徐兩人道：「你們立下大功，父皇非常高興，可到一邊休息，等候父皇的旨意。」說罷逕自往正與波斯方隊員親切交談的李淵馳去。

此時整個橫斷廣場充盈節日的氣氛，妃嬪高官紛紛到場中恭賀李淵，形勢有點混亂，兩人甩蹬下馬，把馬兒鞠杖交給伺候他們的禁衛，程莫則興高采烈的接兩人到場邊，不住讚賞他們表現出色。兩人卻是聽不進半句到耳內去，只想著如何脫身去營救沈落雁。

苦待個多時辰，終得李淵召見。李淵在後宮貢品堂東的親政殿接見他們，在場的尚有韋公公、宇文傷、李元吉、李南天、李神通、蕭瑀和劉文靜。

李淵神情欣悅，先讚賞他們在賽場上的表現，然後道：「你們打馬球固是出衆，騎術更是高明，只有在突厥人之上而不在其下，如此人才，埋沒江湖實在可惜，有否想過效忠朝廷，建立功業？」

寇仲心叫不妙，道：「皇上恩寵，小人兩個感激涕零，不過……唉！不過……」

此時韋公公移到李淵龍椅旁，附在他耳邊低聲說了一番話，又退開去。

李淵毫無不悅之色的瞧著肅立石階下的寇仲和徐子陵，微笑點頭道：「朕明白兩位的處境，朕就予你們一年時間辦好江湖的事，然後脫離幫會，來爲朕效力。」兩人連忙謝恩。

李元吉笑道：「父皇和我等著你們回來打球賽哩！」

其他人笑起來，氣氛愉快輕鬆。兩人乘機稟上要今天離開的事，終成功脫身離宮。

程莫親自率御衛送他們返司徒府，對兩人著意巴結，令兩人感到雖未眞的當上唐室的小官員，已變成被看好的紅人。不論將來官位的高低，他們至少是可陪李淵打馬球的近臣，只此已足令他們一登龍門，聲價百倍。

李靖和侯希白均在內堂守候多時，雷九指領他們進去，道：「我們作好準備，隨時可以離開。陳甫得李靖保證，故安心留在長安。唉！反是我和宋二爺爲他擔心。」

兩人心懸沈落雁的事，加速步伐，入廳後劈頭向李靖道：「截著沈落雁嗎？」

李靖著他們先圍桌坐下，道：「沒有機會，不過不用擔心，李密曾知會城守所，會在黃昏時分離城，乘船出關，我們仍有近兩個時辰辦事。」

寇仲和徐子陵同時鬆一口氣。

徐子陵道：「李大哥不是派人監視李密嗎？」

李靖搖頭道：「我們發現李密府外有禁衛所的人，所以被迫撤退。」

寇仲一呆道：「那你豈非不曉得沈落雁有沒有去見李密？」

李靖道：「我們是逼不得已！現在皇上擺明要親手對付李密，若給發覺我們牽涉其中，縱是跳進黃河亦洗不清嫌疑，我不得不為大局著想。」

侯希白自告奮勇道：「不如由我這毫不相干的外人出馬，說不定可截著沈美人。」

徐子陵搖頭道：「恐怕遲了一步。李密選在黃昏時分離開，是要藉夜色掩護好出城後能立即放腳開溜，教李淵追無可追。」

寇仲問道：「李密同行者有多少人？」

李靖道：「李密和王伯當加上部下有上千之衆，載貨的馬車約三十多輛，除非另有安排，若從水路出關，皇上仍可在他出關前任何一刻截住他們。」

宋師道不解道：「沈落雁頂多是勸李密放棄出關不果，大家不歡而散，有甚麼問題呢？」

寇仲苦笑道：「問題是李密乃為求成功不擇手段的人，加上楊文幹的慫恿加害，或會鋌而走險把她制伏擄走，用以威脅李世勣。要知李淵一直不太信任手掌重兵的李世勣，故令沈落雁留在京城，現在沈美人兒竟隨李密離城，只此一宗即可治沈落雁叛國大罪，李世民將難以維護。」

李靖一震道：「我們倒沒想過李密有此一著，如今怎麼辦好呢？」

徐子陵道：「現在去闖李密府只會壞事，所以任何行動須在城外進行。李大哥一方不宜沾手此事，希白亦要置身事外，最好繼續往上林苑風花雪月。而我們則早一步出城等待李密的船隊，好見機行事。」

李靖在寇仲等力勸下，終無奈放棄參與。因天策府實不宜牽涉此事內，正面對抗李淵。

李靖離去後，衆人改而商量如何對付石之軒這另一令人頭痛的問題。

寇仲沉吟道：「畫當然要交給石之軒，否則他如何下台？」

雷九指皺眉道：「橫豎我們有兩卷假貨，送他一卷是舉手之勞，問題是若給他曉得眞畫仍在李淵手上，他一怒之下後果難測。」

宋師道道：「這個反不用擔心，除非李淵身邊的人像韋公公、宇文傷等其中有人是石之軒布在宮中的內奸，否則絕不會洩出任何消息，石之軒更是無從打聽連尹祖文亦給瞞著的祕密。我擔心的是石之軒取得假畫後，使手段把畫輾轉送入池生春手上，池生春又把畫當作聘禮獻與胡佛，被胡佛瞧破是假貨，那就眞的後果難測。」

寇仲拍腿嚷道：「有哩！」衆人愕然。

寇仲取來兩軸摹本，全塞到侯希白手上，笑道：「一卷送給石之軒，另一卷或可用來換眞本，哈哈哈！」

寇仲的蔡元勇拜門求見池生春，把門者通報後，池生春親自出迎，訝道：「甚麼風把蔡兄吹到寒舍來，生春正猶豫該否送行，卻怕蔡兄的老闆不好此調。」

寇仲鬆一口氣道：「見著池爺就好哩！我還怕池爺到了賭館撲個空。」

池生春挽著他的手朝大堂走去，笑道：「有甚麼事儘管說出來，大家是自己人，有甚麼事生春定設法爲蔡兄辦妥。哈！聽說蔡兄和匡兄今天在宮內馬球場上大顯神威，令皇上龍心大悅，兩位前途無可估量。」

寇仲裝出欲言又止的樣子，壓低聲音道：「這次我來不是有甚麼事求池爺，而是有要事相告。唉！我和文通考慮了整天，最後想到池爺對我們這樣有情有義，我們明知此事而瞞著池爺，良心怎過得去？」

兩人此時進入大堂，池生春一呆停步，不解道：「究竟是甚麼事？元勇爲何似有難言之隱。」

寇仲湊到他耳旁低聲道：「此事池爺聽後千萬不可告訴任何人，否則大老闆和我們全要被殺頭。」

池生春露出疑惑神色，向大廳內準備伺候的兩個美婢喝道：「你們退下！」

兩婢離廳後，池生春請寇仲往一角坐下，沉聲問道：「究竟是甚麼事？」

寇仲道：「今早蕭瑀來請我們申爺入宮，爲皇上鑑證一幅畫。」

池生春色變道：「甚麼畫？」

寇仲壓低聲音道：「池爺不是給曹三盜去展子虔的《寒林清遠圖》嗎？原來那幅只是假貨，眞本是在皇上手中，皇上正因弄不清楚池爺那張是眞的？還是自己手上那張是眞的？所以請申爺過目。據申爺說，皇上手上的《寒林清遠圖》確是正本。」

池生春臉色數變，顯示心中正翻起滔天巨浪，驚疑不定，默然無語。

寇仲道：「皇上千叮萬囑申爺不可把此事洩漏出去，甚至不可告訴大老闆，不過申爺怎會瞞著大老闆呢？我是偷聽到他們說話故曉得此事。池爺快撤回萬兩黃金的懸賞，一幅假畫怎值這個價錢？」

池生春終回過神來，勉強擠出一絲笑容道：「幸好得元勇告知此事，我池生春必有回報，元勇在這裏坐一會，我轉頭便回。」

寇仲陪他立起，道：「池爺千萬不要再給我們金子，我今天來是爲報池爺恩德，只要池爺保守祕密……」

池生春哪會信他，硬把他按回椅子內，入內堂去也。寇仲心中暗笑，他有十足把握池生春會上當。皆因有李淵派劉文靜向他索畫的前科，加上當晚確是李淵出手搶畫，池生春不是蠢人，當猜到眞相。池生春既曉得畫在李淵手上，石之軒儘管把畫送到他手上，給他池生春個天作膽也不敢拿來作聘禮，因爲若不是摹本，就是從宮內偷出來的眞本。

想著想著，整刻鐘仍未見池生春拿銀兩回來。寇仲又想到對付石之軒的事，暗忖救沈落雁要緊，只好留待明晚才收拾石之軒，回去後要和婠婠仔細商量。等得不耐煩時，池生春終提著一袋重甸甸的金子回來，看份量該逾百兩之數。

寇仲慌忙起立，道：「池爺不用客氣，我眞不是爲討銀子而來的。」

池生春把袋子硬塞進他手裏，笑道：「朋友有通財之義，何況元勇這麼爲我池生春設想，再推辭就是不當我是自家兄弟。」又壓低聲音道：「還清賭債後，餘下的當是賭本，哈！」

寇仲看到他說最後兩句話時，眼中閃過嘲弄的神色，心中大訝，當然不會說破，欲拒還迎的收下金子。

池生春攬著他肩頭送他出門，道：「元勇和文通甚麼時候回長安，就甚麼時候來找我池生春，以後大家是自己人，有福同享，禍則不關我們兄弟的事，哈！」接著低聲道：「元勇最好不要揀大街大巷走，被人發覺你來找過我，不是那麼好的。」

寇仲心中一震，終於明白過來。池生春剛才嘲弄的眼神，是笑他有命拿錢，卻沒命去享受這筆財富。池生春到內堂這麼久，不是因要籌取金子，而是通知人在他歸途上伏殺他。殺他的原因不是池生春捨不得這許多黃金，而是要嫁禍關中劍派。試想他橫死街頭，李淵必大發雷霆，加上爾文煥、喬公山僞造的人證物證，城守所的姚洛又可證明關中劍派早有殺太行雙傑的行動，關中劍派豈能免禍？這肯定不是池生春臨時決定的事，而是早有周詳計畫。現在太行雙傑變成唐室的紅人，對池生春的計畫更是有利。寇仲當然不會揭破池生春卑鄙的陰謀，嘻嘻哈哈的離開池府。

寇仲將錢袋擱在桌上，發出「砰」的一聲，坐下笑道：「這袋金子可是用小命博回來的，池生春找人在路上殺我，以嫁禍關東劍派，給我來個裝作走錯路，他便無所施其技。他娘的，池生春這人眞要不得，笑裏藏刀。」又道：「福榮爺在外面見誰？」

徐子陵目光落在錢袋上，答道：「是胡佛偕女兒來向福榮爺話別，爲的當然是能在飛錢生意上分一杯羹。我打過招呼後推累進來休息，唉！胡小仙的媚眼兒拋得小俊暈頭轉向，令人擔心。」

寇仲沉吟片晌，道：「見過婠婠嗎？」

徐子陵搖頭道：「你去和她說吧！」

寇仲沉聲道：「明晚如何？」

徐子陵深吸一口氣：「就這樣決定！」

婠婠秀眸緊閉盤膝坐在寇仲榻上，到寇仲在床沿坐下，始張開美目，道：「你們何時回來？」

寇仲道：「明天！大姐可否先答我一個問題，香家和魔門究竟是甚麼關係？」

婠婠玉容平靜，淡然道：「這和殺石之軒有甚麼關係？」

寇仲道：「因爲石之軒想對付池生春。」

婠婠默然片晌，嘆道：「石之軒要對付的並非池生春，而是趙德言。現在魔門中最有實力與石之軒爭聖尊寶座的是趙德言。你可知頡利曾派人到長安來與李淵說話，保證不會插手李世民攻打洛陽一事，如非有趙德言在背後慫恿，頡利怎會這般好相與？」

寇仲道：「竟有此事！那你何苦仍要爲香家隱瞞？即使將來統一聖門的是婠大姐，香家亦不會向你効忠。」

婠婠微笑道：「少帥可知香貴本是我陰癸派的人？」接著淡淡道：「嚴格點說香貴是我們賺錢的工具，巴陵幫只是他掩飾其眞正身分的幌子。哼！香貴此人最愛趨炎附勢，見趙德言背後有突厥人撐腰，竟敢對我們陽奉陰違，暗中爲趙德言辦事，終有一天我會教他後悔他的所作所爲。我可以說的是這麼多。是否明晚動手？」

在黃昏淡茫的光線中，穿上水靠的徐子陵和寇仲潛進流經長安城西北的渭水，目送載著宋師道等人的風帆順流東進黃河。出關時會有人扮作太行雙傑，不會露出破綻。兩人上岸時，黑夜來臨大地，長安城亮起的燈火，益顯這天下三大名都之一的城市的宏偉壯觀。兩人伏在岸旁一處淺灘的亂石後，耐心等待李密的船隊。到關外有水陸兩路，當然以水路方便快捷，從城西北永安渠的碼頭，經渭水入大河，兩天後可過關離境。

寇仲嘆道：「李密和他的人分坐三條船，若李密不是把沈美人藏在他那條船上，會令我們很頭痛。

另一個問題是我們根本不曉得她被安放在哪一艘船上？」

徐子陵道：「這個我反不擔心，李密心中有鬼，肯定會把沈落雁帶在身邊，以防不測。若你是李密，會怎樣分配船隊的手下？」

寇仲沉吟道：「換作是我，會把能作戰者集中在一艘船上，糧食和輜重置於其他船，發生突變，亦有應付之力。」

徐子陵點頭道：「李密是能征慣戰的統帥，想法該與你大同小異，所以哪艘船最輕便靈活，就是我們的目標。」

寇仲嘆道：「我眞不明白李密，有謂走得和尚走不了廟，即使他能安抵關外，他自己的家人和部下的親屬仍留在長安，如他叛唐自立，豈非禍延親人？」

徐子陵道：「所以他要倚賴楊文幹，照我猜他大部分手下都被蒙在鼓裏，不曉得李密此行眞正的目的，否則豈肯捨棄妻兒陪他去冒險。」

寇仲點頭道：「這正是李密千方百計要得到李淵批准的原因，首先是要手下安心隨他出關，其次是讓家人亦有溜走的機會。否則以李密和王伯當的身手，應可輕易溜掉。」

天色漸暗，夜幕舒展，天空現出月兒和星星。

寇仲皺眉道：「有點不妥當，爲何不見李密船隊的蹤影？」

徐子陵正要說話，急劇的蹄聲從岸上傳來，兩人駭然瞧去，李靖沿崖岸策馬奔來，還帶著兩匹空騎。兩人心知不妙，忙從藏身石灘處躍出，飛身迎上。

李靖見到他們，道：「快上馬！隨我來！」兩人飛身上馬，追在李靖身後。

李靖策馬往東疾馳，嚷道：「李密臨時改水路為陸路，於半個時辰前出城，幸好我一直在暗中留意他們。」

兩人暗呼慚愧，如非李靖放不下心，他們將失之交臂，沈落雁則要完蛋。

李靖道：「李密猜到皇上要殺他。」

寇仲道：「李密極可能是在沈落雁痛陳利害後醒悟過來，他娘的！明知如此仍要一意孤行，還擄走對自己有情有義的舊部，李密還算是人嗎？」

徐子陵放騎追近李靖，問道：「李大哥曉得李密採取的路線嗎？」

李靖答道：「若要躲避追兵，李密必須藉林木掩護，最理想的當是長安東南三十里外的帽子林，這片樹林覆蓋著方圓達百餘里的山丘平原。以李密的行軍經驗，有各種方法擺脫追兵，更可選不同位置出林。」

寇仲聽得頭皮發麻道：「那怎辦才好？半個時辰可走畢三十里，李密現在該在林內，我們怎樣找他？」

李靖領著他們朝山地高處奔去，道：「放心！我和紅拂分頭行事，她正緊盯在他們隊後。」

三人不再說話，全速催騎，不一會奔至山地高處，下方現出一片廣闊的密林河道，往四面八方延展至地平盡處，長安變成星光似的暗濛一點，位於西北地平遠處。

寇仲深吸一口涼氣道：「我擔心的是李淵會在他入林前截著他。」

李靖道：「我和紅拂商量過這問題，假如皇上眞的在入林前把李密的車隊截著，紅拂會現身向李密討人，揭破他擄走沈落雁的事，那皇上將難以入罪沈落雁。」

徐子陵窮目搜索，看有否宿鳥驚飛的情況，但因林區範圍遼闊，夜色下較遠的地方便難看得眞切。苦笑道：「這是沒有辦法中的辦法，大嫂揭破李密陰謀，李密老羞成怒下勢將起而反抗，那獨孤家的人可趁兵荒馬亂之際趁機害死沈落雁。」

寇仲緊張的道：「大嫂會以甚麼手法通知我們她的位置？」

李靖顯是心情沉重，沉聲道：「她曉得我們會來到這居高臨下的位置，在適當時會以鏡子反映月光朝這方反照過來。」

話猶未已，遠方二十里許外的林木間現出一點紅芒，瞬又斂去，如是者三次。三人瞧得面面相覷。

寇仲皺眉道：「這似乎不是鏡子的反照，而是火的光芒。」

徐子陵靈光一閃，喜道：「我明白哩！很可能是李淵在李密的人中布有內鬼，根本不怕李密能飛出指隙外去。」

寇仲大喜道：「有道理！李淵要收買李密的人確是易如反掌。」說罷跳下馬來，道：「伏兵該在林外恭候李密，只要我們在李密出林前趕上他，便有機會把沈美人搶回來。」

此時又見光影，離開剛才火光顯現處達五里之遙。

李靖仍踞坐馬上，一呆道：「這該是紅拂的鏡子。」

徐子陵道：「這代表李密兵分兩路，以甩掉追兵。」

寇仲分析道：「有資格讓李淵收買的人，肯定是深悉李密計畫的心腹，所以李密在林內的位置，該以內鬼的火光爲準。李大哥去找嫂子，我和子陵去追李密。」

李靖關心嬌妻，沒法下只好答應。

兩人脫掉水靠，戴上黑頭罩，在林木間的漆黑中全速飛掠，把身法提展至極限，終於在出林進入關東平原前兩里許處，追上李密的馬隊。李密隊內沒有馬車，全是輕騎，匆匆而行，近三百人默默趕路，氣氛沉重。兩人撲上一株老樹之巔，俯瞰隊尾的情況，藉助黯淡的月色星光，用足眼力仍看不到沈落雁的蹤影。

寇仲湊到徐子陵耳旁道：「我們從旁追上去，見到沈美人立即不管他娘的下手搶人，來個大功告成。」徐子陵想不到更佳的辦法，點頭答應。

兩人逢樹過樹，無聲無息的趕上馬隊，直追至隊頭，終於有所發現，立即心中叫苦。李密和王伯當兩騎領路前行，後面一騎馬背上坐的不是人，而是一個長方形的木箱，安然縛在裝於馬身的木架子上，由人牽馬隨行。李密和王伯當均不是省油燈，即使寇徐以迅雷不及掩耳的手法挑斷木箱縛索，無論手法多快，亦將難逃陷入敵人重圍的命運，任他們武功通天，怎敵得過以李密和王伯當爲首數百身經百戰的武士。猶豫間，李密和王伯當帶著沈落雁離開密林，進入廣闊的關東平原的疏林區。兩人伏在密林邊緣的一株樹上，苦無良策。

寇仲湊到徐子陵耳邊道：「怎麼辦才好？我們顧得抬箱子就難以從容逃走。」

徐子陵瞧著敵人匆速出林，當機立斷道：「我們先設法混入敵隊中，伺機搶馬，只要能逃返密林就成功哩！」

寇仲同意道：「就這麼決定！」

兩人立即行動，橫躍過去，覷準敵隊最後兩騎，從上撲下去，人未至發出指風，點中目標的穴道。

兩人無聲無息的落在馬背上，把那兩個要倒跌下馬的身體揪著，輕輕放到密林邊緣一旁草葉密茂處，順手取去他們的頭盔。前方數騎心神全集中於趕往林外，兼之夜色深沉，懵然不知身後兩隊友換了人。

驀然後方蹄聲響起，登時惹得隊尾的人紛紛回頭張望，兩人心叫糟糕，想不到隊尾後尚有隊尾，聽蹄音來者有十餘騎之衆，忙勒馬不動，留在密林邊緣處，一時間不知該如何應變，唯一的方法是把頭盔拉下，壓至眼沿，希望黑暗中敵人看不眞切。

十多騎循李密隊伍行經的路線衝至，出奇地看也不看避在一旁的徐子陵和寇仲，逕自催騎出林，領頭的人高喝道：「光祿卿留步，皇上聖旨到！」

兩人瞧清楚領頭者竟是韋公公，醒悟過來，曉得李淵終告出招。李密一方怎想得到李淵的人會在此時刻出現，一陣慌亂，隊形渙散，李密的手下把馱著箱子的馬兒團團圍住，不讓來騎看見，李密和王伯當則臉色凝重的策騎回頭，迎接聖旨。寇仲和徐子陵心叫僥倖，李密一方注意力全集中到傳旨的韋公公身上，沒暇留意他們。

李密的人紛紛散到一旁，讓來騎通行，到雙方臨近，勒馬停定，韋公公以他陰陽怪氣的聲音道：「光祿卿李密接旨！」

李密和王伯當交換個眼色，李密竟不下馬跪地接旨，仍高踞馬上不耐煩的道：「我這次出關是由皇上親自賜准，爲何忽然又來聖旨？」

韋公公道：「皇上有命，光祿卿李密須立即返長安見駕。」

李密一方人人聽得面面相覷，鴉雀無聲，氣氛沉重至極點。寇仲和徐子陵至此方知李淵的手段，此時的李密如出籠之鳥，怎肯捨棄手下孤身一人回長安接受不測的命運。更大的問題是強擄沈落雁隨行，若此事給揭破，任李密舌粲蓮花，亦要百詞莫辯。整個對付李密的陰謀一個環節扣著一個環節，李密此時是泥足深陷，再無選擇。

李密仰望星空，在所有人目光注視下徐徐呼出一口氣，道：「我不相信這會是皇上發出的旨意，韋公公請回吧！」

韋公公哈哈一笑道：「密公好大膽，竟敢違背皇上旨意。唉！那群人鬼鬼祟祟的，是否有甚麼不能見光的事物？」

李密臉容一沉，道：「念在一場相識，韋公公最好立即掉頭離開，否則莫怪李密不念舊情。」

韋公公竟不動氣，啞然失笑道：「我韋公公自十八歲開始伺候楊堅，從沒有人敢對我說這種話，佩服佩服！」忽然從馬背躍起，發出尖嘯，往李密撲去，李密和王伯當立即衣衫拂揚，馬匹跳步，只看其聲勢，已知這唐宮的太監頭兒，氣功已臻登峰造極的境界。各人紛紛掣出兵器。

驀地前方火光大盛，看也看不出有多少人馬，從前方疏林埋伏處策騎衝出。同一時間密林內蹄聲四起，李密一方頓變陷身前狼後虎的中伏劣境。「砰砰」之聲不絕於耳，韋公公兩袖飛舞，凌空下擊，以李密和王伯當之能，此刻亦只有拚命苦抗，無法脫身。寇仲和徐子陵見機不可失，策馬疾奔，往沈落雁所在衝去。形勢混亂至極點，數以千計的唐兵漫野遍林的從兩方殺來，李密方領袖被纏，加上無心戀戰，紛紛四散奔逃，不戰而潰。寇仲和徐子陵目標清晰，見那群帶著馱箱馬兒的李密手下望北逃去，忙策騎急追。

此時唐兵像潮水般把李密的人淹沒，帶馱箱馬兒的十多騎給唐兵截著，戰作一團。另一隊十多人的唐兵往寇仲和徐子陵殺來，寇仲心情大佳，哈哈一笑，拔出背上井中月，一刀揮去，最接近的唐兵揮刀格擋，「噹」的一聲，硬給寇仲此重手法震落下馬。投身戰場，寇仲就像龍回大海，渾身狠勁大發，不過因是局外人的身分，唐兵又非衝著他而來，加上他也不是好殺之人，故刀下留情，只把敵人擊下馬背了事。徐子陵抽出掛在馬背的馬刀，反手一招，以刀面把攔在前方兩人拍離馬背，跟在寇仲背後，趁敵人尚未完成合圍之勢，當者披靡的朝正驚惶跳蹄的馱箱馬兒趕去。

徐子陵連續擊垮數敵，一把揪著馱箱馬兒的轠纏，寇仲衝到他旁，叫道：「傢伙來哩！」徐子陵百忙中回頭一瞥，大吃一驚，竟是尤楚紅和獨孤鳳策騎奔至，離他們只十多丈的距離。徐子陵忙拉著馱箱馬兒朝反方向落荒逃走，寇仲押後。

獨孤鳳顯然認不出更想不到帶走馱箱馬兒的會是他們兩人，嬌叱道：「哪裏走！」

若沒有馱箱馬兒，憑他們「人馬如一」之術，就算對方騎的是高昌的汗血寶馬，也休想能追上兩人。現在卻是愈追愈近，雙方間距離不住縮短。五騎逐漸遠離喊殺震天的戰場，在草原上展開追逐。尤楚紅厲叱一聲，躍離馬背，凌空撲至。

# 第七章

# 邪王逞威

黃易作品集

# 第七章　邪王逞威

寇仲和徐子陵最大的顧慮是不能顯露眞正的身分，否則尤楚紅和獨孤鳳稟上李淵，說沈落雁與他們兩人是一黨，那和叛國通敵沒有分別。寇仲心知肚明憑尤楚紅的功力和身手，在短程內沒有可能把她甩掉，忙從掛在馬腹的箭囊抓起三枝箭，聽風辨聲反手往尤楚紅擲去。他不敢全力施展，更不敢用上螺旋眞勁，當然威力大減，只望能阻止她的凌空撲擊。

尤楚紅暴喝道：「好膽！」一袖揮揚，三枝箭像給狂風掃落葉般捲跌下墜，她的碧玉杖仍然向策馬狂奔的徐子陵背心點去。

寇仲待要離開馬背往援，驀地心現警兆，忙滑下馬背，靠貼馬腹，純憑身意避過獨孤鳳偷襲射來的一把飛刀，她放暗器的手法非常巧妙，不帶半點風聲。徐子陵自問沒有本領一邊牽馬疾馳，一邊應付高明如尤楚紅者的全力攻擊，心生一計，放開韁繩，飛出一腳，踢中馱箱馬兒，長生氣狂輸馬體，以「人馬如一」的引導術，馱箱馬兒果然應腳一聲長嘶，四蹄同時發力，超前而奔，越過左右兩旁的寇仲和徐子陵，朝暗黑的草原無限深處狂馳而去。徐子陵一個側翻，躲到馬腹下，堪堪避過尤楚紅的碧玉杖，就在馬腹下催馬，硬把與尤楚紅的距離拉遠。

尤楚紅一口眞氣已盡，足尖點地，又再趕上來。寇仲和徐子陵憑騎術全力驅策，往超前近二十丈的馱箱馬兒追去。尤楚紅和獨孤鳳則在後窮追不捨，前者顯現出她的絕世身法，竟愈追愈近，反是策騎的獨孤鳳給抛在後方。

倏地前方遠處兩騎奔來，其中一人大喝道：「賊子哪裏走！」

寇仲和徐子陵認得是李靖的聲音，看去果然來的是李靖和紅拂女，心中大喜，裝作大吃一驚，捨下沈落雁，改向落荒逃走。得李靖和紅拂女截著馱箱馬兒，給尤楚紅和獨孤鳳個天作膽，也不敢公然加害沈落雁，更難入罪沈落雁。

兩人通過楊公寶庫的地道，重返長安，回到多情窩，離天明尚有兩個時辰。等得心焦的侯希白大喜道：「一切妥當？」

寇仲欣然坐下，舒展筋骨，笑答道：「一切妥當，卻是險至極點，全賴老天爺的幫忙，沈美人命不該絕。」

兩人曾躲在暗處，瞧清楚尤楚紅和獨孤鳳沒有惡向膽邊生，冒犯李靖和紅拂女，看著李靖夫婦開箱救出沈落雁，這才離去，故可放心說出這番話。

徐子陵在侯希白另一邊坐下，道：「沒有到上林苑去嗎？」

侯希白嘆道：「你們去出生入死，我哪還有玩樂的興兒。唉！每天都山珍海味，間中亦該來個清茶淡飯。」

寇仲道：「你的石師來了嗎？」

侯希白頹然點頭，道：「我把摹畫放在桌上，然後恭候他老人家法駕，石師果然準時來到，還很親切問我的近況，練功的情景。說出來你們不會相信，他竟指點我武功方面的事，分析我爲何在祕道裏幾個照面給他擒著的原因，弄得我糊塗起來。」

徐子陵和寇仲聽得面面相覷，石之軒究竟是怎麼一回事？

侯希白露出回憶的神色，望著小廳堂的橫樑，緩緩道：「我是否很傻呢？竟忍不住問他是否要殺我？你道他怎樣答我？他竟搖頭啞然笑道：『你不但是我石之軒的好徒兒，更是發揚花間派的希望，你又不會妨礙我統一天下的大業，師傅為何要置你於死地？沒有人比師傅更明白你。』說畢這番話後，他的眼睛現出很奇怪的神色，像很疲倦，又像心中充滿悲傷。」

徐子陵和寇仲愕然以對。

侯希白續道：「他接著又說，花間派的心法正是率性而行，他當年不顧聖門所有人反對，戀上碧秀心，便是受花間派心法的影響，而到今天他仍沒後悔當時的決定；唯一後悔的事是害死至愛的人，所以不想我步他後塵，重蹈他當年的覆轍。唉！他還問我有沒有意中人？」

徐子陵露出思索神色，寇仲卻興致盎然的問道：「你怎麼答他？」

侯希白聳肩道：「我答他天下的好女子無不是我的意中人，而我只會透過為她們繪像表達我對她們的愛慕，透過畫筆把她們最美好的一面活現畫中。石師聽後不但滿意，還讚我在花間派的心法上青出於藍。我乘機問他，唉！我本不該過問他這方面的事。」

徐子陵沉聲道：「問他哪方面的事呢？」

侯希白道：「我問他為何不超脫於人世間的鬥爭仇殺，嘯傲山林，落得清淨自在。」

寇仲精神一振道：「他怎樣答你？」

侯希白苦笑道：「所以我說不該問，石師冷哼一聲，隨手拿起那軸假畫，雙目射出冰冷無情的可怕神光，就那麼走啦！」

寇仲和徐子陵聽得啞口無言。

好一會寇仲才道：「你石師的行事任我們想破腦袋亦想不出頭緒來。正事要緊，快把假畫拿來。」

侯希白又驚又喜道：「離天亮只有個許時辰，夠時間嗎？」

寇仲笑道：「這是千載一時的良機，李淵抽調大批禁衛去對付李密，韋公公、尤楚紅和獨孤鳳均不在皇宮內，所以李淵必把留下的人手集中保護自己的寢宮和妃嬪的宮苑，貢品堂肯定守衛鬆弛，我們選在李淵最意想不到的一刻入宮來個偷龍轉鳳，保證會成功。還不快去拿假貨，我們有很多時間嗎？」

徐子陵獨自潛回司徒府，偌大的房舍冷清清的，在微茫的晨光下，有種說不出人去樓空的荒寒冷落。想起剛才偷進唐宮的情境，禁不住為侯希白得到眞本如痴如醉的狂喜欣悅。李淵手上的畫是偷回來的，失去也是活該，何況他可能永不曉得手上擁有的會是摹本。徐子陵絕不會因他是大唐的皇帝而認為他有特別的擁有權。這回三人是駕輕就熟，兼且正如寇仲所料，禁衛集中到皇帝妃嬪居住的寢宮，他們從祕道來，從祕道離開，利用貢品堂的天窗潛進去偷寶，神不知鬼不覺的完成任務。

婠婠的聲音傳入耳內，道：「人家在你的房間哩！」

徐子陵放下推寇仲房門的手，心中泛起奇怪的滋味，移到鄰房，推門入內。婠婠靜靜坐在一角，美目深注的瞧著他。

徐子陵到她旁坐下，道：「我們決定今晚動手。」

婠婠露出「早知道哩」的神情，淡然道：「寇仲為何沒和你在一起？」

徐子陵道：「他在爲今晚的行動奔走安排。」

婠婠訝道：「有甚麼要安排的，是否直到此刻仍要瞞我？我會懷疑你們合作的誠意。」

徐子陵灑然聳肩道：「我並沒有蓄意隱瞞，只因時機未至，告訴你沒有意思。」

婠婠輕聲道：「我曉得寇仲不信任我，徐子陵又如何呢？我想聽你心裏的想法。」

徐子陵迎上她的目光，微笑道：「我認爲你不會在現今情況下出賣我們。不過當有一天你成爲陰癸派新一代的主事者，情況將截然不同。因爲你不得不爲本派的利益著想。」

婠婠緩緩搖頭，滿懷感觸的道：「我永不會成爲陰癸派之主，且失去那種興趣。聖門兩派六道各懷鬼胎，只會壞事而不能成事。我再不想花時間陷入派內無謂的鬥爭去，不想在這方面浪費時間。」

徐子陵愕然道：「那你爲何那麼積極對付石之軒？何不找個地方躲起來，過些安樂優閒的日子？」

婠婠平靜的道：「師尊的夢想，我會盡心盡力去完成。我的好勝心不會比你的兄弟小，我會證明給所有人看，聖門最出色的人不是石之軒，而是祝玉妍栽培出來的徒兒。」

徐子陵訝道：「我給弄糊塗了。你憑甚麼認爲可憑個人之力，完成統一天下的夢想？」

婠婠微笑道：「或者有一天我會告訴你，卻不是現在。閒話休提，寇仲究竟怎樣奔走安排？」

徐子陵道：「他去見歐陽希夷。」

婠婠笑道：「你們果然有點門道，見歐陽希夷有甚麼作用？」

徐子陵道：「只有透過歐陽希夷，我們方可動用李淵的力量，把石之軒逼得不能不賴在老巢，而我們則在石之軒唯一的逃路埋伏。當李淵逼得石之軒從祕道逃走，我們就對他來個迎頭痛擊，在那特別的環境破他的不死之身。」

婠婠精神大振，笑道：「冤家啊！石之軒究竟躲在哪一個狗洞呢？」

寇仲回來時，徐子陵仍坐著發呆，思忖婠婠獨立於聖門之外仍能顛覆天下的計策，結果仍是一無所得。

寇仲劈頭問道：「婠大美人呢？」

徐子陵道：「她聽過今晚的計畫後，決定無論成敗也須立即離開長安，所以先去辦妥某些事，例如把《天魔訣》起出來隨身攜帶著，這可是我的猜想。」

寇仲點頭道：「雖不中亦不遠矣，她該不會蠢得去尋師妹白清兒的晦氣吧？」

徐子陵淡淡道：「她說要放棄陰癸派之主的寶座，你說她對白清兒還有興趣嗎？」

寇仲愕然道：「她在說笑吧？」

徐子陵搖頭道：「我覺得她說的是肺腑之言。且她新的大計與我們沒有衝突，所以她不怕透露有這麼一個計畫，雖仍不肯道出詳情，我卻覺得她對我們敵意大減。唉！她腦袋內是否在轉著甚麼可怕的念頭？」

寇仲嘆道：「多想無益，不如不想。我和歐陽希夷談足整個時辰，我們的誅石大計應是天衣無縫。夷老會訛稱消息來自慈航靜齋，會點醒李淵詐作發現曹三在躍馬橋一帶出現，故從黃昏開始封鎖那一區逐戶搜索，逼石之軒回禪室扮大德聖僧，到今晚子時再把無量寺重重圍困，破門殺入石之軒的禪室。哼！這回看石之軒能逃到哪裏去？」

徐子陵道：「夷老曉得禪室下的祕道嗎？」

寇仲道：「當然不會瞞他，卻必須瞞李淵。我們的計畫該沒有漏洞吧？」

徐子陵心中湧起難言的感受，過了今晚，他或會變成殺死石青璇父親的人。無論她如何痛恨石之軒，他始終是她的爹。這情況會令石青璇更不想見他徐子陵，怕勾起心事。

寇仲舒展手腳，道：「現在我們唯一可做的事是等婠婠回來。唉！我很擔心！」

徐子陵訝道：「擔心甚麼？」

寇仲嘆道：「擔心你哩！想到要把你捲進殘酷的戰場，擔心你受不了那種不是殺人就是被殺的生涯。」

徐子陵啞然失笑道：「我並非第一天上戰場，以前又不見你這麼說。」

寇仲苦笑道：「你經歷過最大的三場戰役，就是竟陵之戰、赫連堡之役和對抗宇文化及的梁都戰役。這三仗均是爲保命求存，故心雄氣壯。可是當你爲勝利而戰，爲爭地而戰，卻完全是另一回事。戰爭是個看誰傷得重、誰捱不下去的遊戲。鬥志和士氣是頭等大事，人命賤如草芥，最終是贏輸的問題。我還好點，因爲是我的選擇，你卻是無辜被捲入這漩渦。所以我擔心你！」

徐子陵苦笑道：「我是別無選擇，到時再說好嗎？我現在不想討論這方面的事，令人心煩的事情太多哩！」

寇仲道：「夷老告訴我他曾以朋友的身分開心見誠的和李淵談及帝位繼承人的問題，據他所言李淵對李世民表現得非常決絕，一口咬定李世民下毒暗害張婕妤，並因此從被動改爲主動，一方面加強自己實力，一方面把李世民的權力削減，將朝政全攬上身。除非李世民在外自立爲帝，不然他回長安後除非甘願作廢人，否則只有被廢置或處決的命運。唉！在府兵制度下，李世民絕無機會。」

徐子陵皺眉道：「夷老還有甚麼忠告？」

寇仲道：「他像你般在懷疑師妃暄選擇李世民是否明智。尚有一事，夷老證實因李建成在中間斡旋，李淵和頡利重修舊好，此事對李世民更爲不利。當李世民攻破洛陽之日，就是李淵召他回長安的一刻。李世民在關外的兵權會被肯陪李淵打馬球的李元吉接收。這些卻不是夷老說的，是小弟的推想。」

徐子陵嘆道：「照現在情勢的發展，你的推想將變成事實。李淵以李元吉代李世民迎戰宋金剛，正是李淵這種心態下形成的。只是李元吉不爭氣，故李世民仍能坐穩他的位置。」

寇仲道：「沒有突厥迫在眼前的威脅，李淵可放手讓李世民攻打洛陽，自己則在關內鞏固權力，讓建成、元吉清除支持李世民的各種勢力。當李世民班師回朝時，將發覺除天策府諸將和區區三千玄甲親兵外，再無可用之人。關中劍派首當其衝，若非蔡元勇不是蔡元勇而是我寇仲，關中劍派的人現在可能全被關進天牢去。他娘的！李淵眞狠！」

徐子陵搖頭道：「李淵並不是個狠心的人，反而是多情重義。問題是他的情義全用在李世民的敵人身上，所以變得對李世民如此無情。」

寇仲道：「夷老說李淵現在最擔心的是宋缺他老人家的動向，所以曾千叮萬囑夷老必須說服我的未來岳丈，沒有宋缺支持我，李淵還未把我放在眼裏。他娘的！我會證明給他看，小看我是一個大錯誤。」

徐子陵沉默下來。

寇仲瞥他一眼道：「你在想甚麼？」

徐子陵苦笑道：「我的腦袋忽然變得一片空白，不敢去想將來會發生的事。李淵或者仍未至於狠心下令殺害李世民，可是魔門群凶卻不會放過他。妃暄會怎麼辦？她可坐視不理嗎？」

寇仲嘆道：「縱然李世民長命百歲又如何？一天做皇帝的是李淵，李建成就是合法的繼承人，除非李小子起兵造反。不過你也看到現在唐宮的形勢，李小子有機會嗎？」

徐子陵搖頭道：「完全沒有機會。」

寇仲道：「與其被魔門的人殺死，又或忍辱偷生，不如讓我在戰場上給李小子來個馬革裹屍，還來得轟轟烈烈，對嗎？」

徐子陵道：「我想再去見李世民一趟。」

寇仲失聲道：「甚麼？」

徐子陵重複一次，沉聲道：「今晚事了後，你回彭梁，我去見李世民。」

寇仲皺眉道：「和他還有甚麼好說的？」

徐子陵道：「我不知道，見到他再說，我想曉得他心中的想法。」

寇仲聳肩道：「你和他的關係比較好點，我現在對他再沒有任何友情，他弄得我太慘哩！咦！」

兩人心生警兆，感覺有客到訪。

兩人同時想起一個問題，立即大吃一驚，假設來的是石之軒又如何？他們雖裝作乘船出關，可石之軒是何等樣人，怎會輕易被騙過，若他到司徒府邸來查探，會有怎樣的結果？

暗怪自己疏忽時，侯希白推門而入，見他們驚魂未定，臉色煞白的模樣，愕然道：「甚麼事？」

寇仲長吁出一口氣道：「幸好來的是徒弟不是師傅，否則我們有難矣！」

侯希白露出思索的神色，在寇仲另一邊坐下，皺眉道：「你們是否今晚動手？」

寇仲向徐子陵打個眼色，示意由他說。

徐子陵暗嘆一口氣，無奈道：「我們是別無選擇。」

侯希白乾笑一聲，道：「我是不是一個不折不扣的蠢蛋，到現在仍認爲石師與我有師徒的情義？」

寇仲道：「這個很難怪你，因爲一直以來你接觸到的是他多情的一面，唉！教我怎麼說好？」

侯希白向徐子陵問道：「子陵接觸石師的機會多一點，他究竟是怎樣的一個人？是否仍在騙我？他爲何要騙我？」

徐子陵嘆道：「坦白說，我眞的看不透他。他可能在騙你安你的心，也可能是眞情流露，且因楊虛彥的背叛，轉把希望放在你身上。至於眞相如何，恐怕只有他自己曉得。」

侯希白頹然嘆一口氣，道：「我剛見過沈美人，應該說是她來找我，探聽你們的行蹤。我依你們的吩咐，告訴她你們已離長安。」

兩人放下心來，知道沈落雁避過此劫，李淵沒有降罪於她。

侯希白忽又笑起來，道：「你們躲在這裏，可能是最聰明的作法，因爲石師既想不到你們如此疏忽大意，另一方面更猜不到你們仍留在長安，所以這裏反是最安全的地方。」又問道：「婠婠呢？」

徐子陵答道：「她有點事辦，該快回來哩！」

侯希白道：「婠婠會是石師的首要目標。他會不擇手段把她的《天魔訣》奪到手上。《天魔策》的重歸於一，是自聖門分裂後各派各系中有志者的夢想。」

徐子陵道：「希白有甚麼打算？」

侯希白嘆道：「我打算立即離開長安，返回巴蜀過點寫意的日子。」

寇仲愕然道：「你不是要爲李淵畫百美圖卷嗎？」

侯希白微笑道：「昨晚得到《寒林清遠圖》後，我忽然靈思如泉，把剩下的十多位美人兒一口氣完成，賦上詩文，在來此之前入宮交卷，看得李淵讚嘆不絕，賜金千兩。我乘機告訴他要回成都去，此來更是向兩位辭行。子陵若到巴蜀，定要來找小弟暢敘喝酒。我侯希白雖相識遍天下，但說得上是知心朋友的只有兩位兄台。」

說罷欣然起立，向徐子陵一揖到地，笑道：「多謝子陵以畫入武的提點，令我在武學上看到無限風光，這次回蜀除一意避開石師和你們的爭鬥，更希望有潛心靜修的機會。此地一別，希望將來與兩位仍有聚首的一天。」

接著抓住寇仲肩頭，微笑道：「原本我並不喜歡你，因爲你說的話有時令人很難受。相處下來始發覺少帥不但夠朋友，且是非常有趣的人，可在至惡劣的情境保持能感染旁人的樂觀和積極，使小弟得益良多呢，哈……」笑聲中瀟瀟灑灑的飄然而去。

侯希白突然而來的告別，兩人不由有點羨慕起來，生出感觸。而「期待再見」，等於暗祝他們能破石之軒的不死印法。

寇仲收回目送他背影消失在花園林木深處的目光，笑道：「昨晚偷畫冒的險是值得的。看他得到老展的畫後，整個人像脫胎換骨似的。」

徐子陵道：「他的決定是正確的，此處確不宜他逗留。照我猜他是下了不惜一切保護石青璇的決心，這也是他報答師恩的唯一方法，就是阻止石之軒做傻事。」

寇仲道：「我尚有一事沒有告訴你，見過夷老後，我去向老爹辭行，他今天會離長安回歷陽坐鎮，假若李淵對付李世民，他會全力助我，否則按兵不動，直至我和李世民分出勝負。我們這老爹眞不錯，至少比李小子的老爹好。」

徐子陵愈來愈感受到寇仲的影響力，若多上杜伏威全力支持他，確有實力與李閥爭一日之短長，那時李淵只好藉助突厥人的力量，天下的亂局不知會繼續至何年？

寇仲道：「我們好好休息，養精蓄銳，對付石之軒少點精神也不成。」

寇仲從熟睡中驚醒過來，探手握上井中月的刀柄，睜眼時恰恰見到白衣如雪的婠婠幽靈般穿窗而入。

寇仲鬆一口氣，盤膝坐起時順手把井中月橫擱腿上，盯著坐到床尾的婠婠，伸懶腰問道：「是甚麼時候？」

婠婠道：「太陽快要下山哩！你道是甚麼時候？」

寇仲大吃一驚道：「我竟睡了這麼久，陵少呢？你爲何這麼晚回來？若李淵開始搜捕曹三，老石固要躲進他的賊洞，而我們在街上行走恐怕不大方便。」

婠婠掩嘴嬌笑，神態迷人，小女孩般嬌嗲的道：「你一口氣問這麼多問題，教人家如何回答？虧你在這等緊張時刻，仍可像豬般睡得爛熟，鼻鼾聲隔幾條街都可以聽得到。」

寇仲沒好氣道：「你比我還誇大。我怎會打鼻鼾？睡覺是一門學問，尤其在戰場上，不能把握每一個睡覺機會的都不會是好將帥。陵少是否聽著？」

徐子陵的聲音傳過來道：「婠大姐理該比我們更緊張今晚的行動，她不擔心，你還有甚麼好擔心的？」

婠婠喜孜孜的道：「子陵眞了解人家呢！」

寇仲用神打量婠婠，訝道：「婠大姐因何像變成另一個人似的，快活得像隻出籠的小鳥兒？」

婠婠白他一眼道：「人家開心，你不替人家高興嗎？你們不用擔心時間遲早的問題，早去反無益有害，例如剛好碰著石之軒從外面回來，經祕道返回禪室之類，那今晚的計畫將盡付東流。少帥這麼精明，沒想過這可能性嗎？所以我們必須在李淵行動開始後，才可潛到石之軒那祕處去。」

寇仲抓頭道：「婠大姐言之成理，那我們該在甚麼時候進去？」

婠婠淡淡道：「戌時是最後時限，我們必須在戌時前躲進去。」

隔壁徐子陵的聲音傳過來道：「爲何在時間上你能這麼肯定？」

婠婠解釋道：「你有你們的計畫，李淵也有他的打算，你們躲在這裏睡覺當然不曉得外面發生的事。李淵於午後時分通告全城，今天會提早一個時辰於酉時頭關閉所有城門，然後由戌時開始全城宵禁，所有店舖均得遵旨停業。」

寇仲愕然道：「搜捕一個曹三，不用這麼大陣仗吧？若令石之軒起疑向尹祖文打聽就糟糕哩！」

婠婠道：「李淵是老江湖，對付的又是頭號大敵，怎會這樣笨？他對內宣稱是要逐戶搜索楊文幹和他的餘黨，沒有提過甚麼曹三曹四。」接著往床上躺下，來個嬌體橫陳木榻，嘆道：「還有整個時辰休息，沒有事不要吵醒人家。」

酉時開始，天上降下濛濛雨絲，把長安城籠罩在重重雨霧織成的輕紗內。大街小巷行人漸減，唐軍於道路交會處設置關卡，抽查過路者。巡邏的騎隊隨處可見，氣氛緊張。未到指定宵禁時限，大小店鋪早收鋪關門，令形勢更為緊張。三人在夜色降臨後，離開司徒府，步步為營的往石之軒祕室潛去，奔馳於橫街里巷，有時則竄房越屋，有驚無險的來至祕室旁一所民房的瓦頂上，俯瞰對街祕室的情況。無漏寺的院牆矗立在隔一條街外，寺內烏燈黑火，加上它與石之軒這邪人之王有關聯，分外陰森神祕，詭異莫名。

伏在兩人間的婠婠道：「不要再偷看，若石之軒正在宅內可能會生出感應。」兩人嚇得忙伏在屋脊另一邊。

婠婠又低聲道：「李淵這一招眞絕，宵禁加上逐屋搜查，石之軒哪能不乖乖回到禪室內。待會我們應在祕道出口伏擊他，還是於寺內祕道的入口對他迎頭痛擊？」

寇仲思索道：「首先我們須弄清楚李淵以哪種手法攻打禪室？李淵不是蠢人，下面謀臣衆多，必猜到石之軒有出入的祕道，難道他每次離開禪室都要著小和尚來開鎖嗎？」

婠婠道：「這正是關鍵所在。李淵或會派人把無漏寺裏裏外外先重重圍困，再以雷霆萬鈞之勢破門而入，把石之軒逼出來。不過李淵和他的人從未與石之軒交過手，會低估他的厲害。」

徐子陵搖頭道：「李淵這麼張揚，只會壞事。以石之軒的精明，見大批人馬來到無漏寺，哪還不知行藏已洩？且李淵在無漏寺這一帶圍以重兵，他會生出警覺溜掉。」

寇仲點頭道：「陵少有道理，婠大姐怎麼說？」

婠婠道：「要看李淵是否像子陵所說的精明，我們先到屋內再見機行事好哩！」

寇仲愕然道：「你剛才不是怕會與石之軒碰個正著嗎？」

婠婠道：「這只是個可能性，機會不大。別忘記李淵是要逐屋搜索，最安穩的地方當然是禪堂內。」

徐子陵道：「假設李淵領著手下誅邪隊悄悄而來，破門而入，必把禪室的唯一出口封死，石之軒剩下的逃路就是蒲團下的祕道，可以想像他跳下祕道的一刻，仍須應付上面高手的狂猛攻擊，如那時我們在下面同時出手偷襲，可一擊成功，然後從容從祕道離開。」

寇仲和婠婠同時點頭，認同他的計畫。

寇仲沉聲道：「這回石之軒死定哩！我們走！」

房子內果然空無一人，景況依舊。三人進入書齋，找到祕道的入口，心情不由緊張起來。天下無人能制的石之軒，會否因這條祕道飲恨收場？「噹！噹！噹！」戌時來臨，宵禁的鐘鼓聲響起。寇仲猛一咬牙，小心翼翼的打開入口，展現出往下的石階。

婠婠探手入懷，卻給寇仲按著她玉手，微笑道：「小弟另有法寶。」掏出從楊公寶庫得來的夜明珠，嵌進她額上的秀髮內，欣然道：「今晚美人就是我兩兄弟的照明燈，寶劍贈烈士，明珠送佳人。」

婠婠微一錯愕，秀眸現出迷亂的神色，忽然湊過香唇，在他臉頰輕印一口，道：「婠兒永不會失去此珠。」

寇仲和徐子陵均湧起難言的滋味，自祝玉妍死後，婠婠對他們敵意日減，問題是他們能不把她視作敵人嗎？飛馬牧場商家二老之死，始終是個解不開的死結。

婠婠率先進入祕道，兩人隨後，無聲無息來到供石之軒易容改裝的祕室內。另一邊是通往石之軒禪室下的祕道。在婠婠額上秀髮間的夜明珠朦朧黯淡的異芒映照下，地道內的天地充滿不可測的神祕感覺，婠婠美勝天仙的玉容，更為這神祕添上無法以任何言詞形容的況味。三人不敢說話。

寇仲打出行動的手勢。三人鑽進入口，弓身而行，不敢弄出任何聲息。最後來到石階下，上方便是禪室蒲團下的入口。深長的呼吸聲透壁傳下來，石之軒確在禪室內練功打坐，他們的計畫已成功了一半，下一半就要看李淵的部署。他們不但要控制呼吸，還要控制心兒的躍動，任何微細的聲息，都會令石之軒警覺。婠婠打個手勢，帶頭回到先前的祕室去。

在祕室三人盤膝坐下，雖沒有交談，均知在這裏等待妥當得多。現在既曉得石之軒在禪室內，他們便安心靜修，好養精蓄銳，靜候成功或失敗那一刻的來臨。徐子陵忽然想起石青璇，一會後他就要出手對付石之軒，若真的把他殺死，石青璇會怎樣看自己呢，是感激還是痛恨？侯希白又會有甚麼反應？生命為何會有這種矛盾？自向師妃暄做出除去石之軒的承諾，他一直感到這是正義的事，為公為私均義無反顧。可是值此事情即將決定成敗的一刻，這些念頭卻紛紛湧至，無法控制。

婠婠的聲音在耳旁響起道：「你的心為何那麼亂？小心點！」

徐子陵曉得瞞不過她的感應，暗嘆一口氣，低聲道：「我沒有事的！」

婠婠的玉手找上他的手，一把握著，似乎了解他心內的情緒。徐子陵心湖一陣顫蕩，縱使以前摟著婠婠，也遠及不上此刻兩手相握的親切感覺，想起婠婠永不可能成為朋友，那種因矛盾而來的痛苦不減反增。婠婠另一手伸出，讓寇仲握著。徐子陵陷進回憶去，追想與石之軒數次相遇，感受到他深情自責的一面。石之軒似對他有特殊的感情，而他卻要向石之軒毫不留情的出手。唉！造化弄人！

這回輪到寇仲湊過來道：「甚麼娘都不要管，老石從入口跳下來的一刻，我們同時出手，爲的不是我們自己，而是爲天下萬民，個人的得失算他奶奶的熊。」

徐子陵深吸一口氣，盡力把雜念排出腦海之外。寇仲握上他另一隻手，用力抓緊。三人生出心連心的感覺。密室內靜至落針可聞，祕道傳來空洞的聲音如有實質，婠婠頭上清白黯淡的光芒，形成祕室詭異莫名的世界。他們閉上眼睛，靜默中等待時機的來臨。

「砰！」門破木裂的聲音從祕道上方傳來，粉碎了祕道內的寧靜。三人同時睜目，你眼望我眼，接著彈起，往祕道竄進去。

李淵的聲音從上方傳來，長笑道：「石兄眞本事，先顚覆大隋，現在又來打我大唐的主意。舊恨新仇，我們今晚就來個結算。」

下面的三人大感愕然，想不到李淵竟眞來個御駕親征，自己涉險，率衆入禪室與「邪王」石之軒來個殊死決戰。

石之軒淡淡道：「憑這些人和你李淵，可殺死我嗎？」

宇文傷的聲音狂喝道：「大言不慚，就讓我們教你石之軒曉得天下非是無人。」

李淵怒喝道：「上！」

乍看一切非常順利。他們原本最擔心的首先是石之軒不在禪室內，其次是怕李淵打草驚蛇，這兩項擔心都沒有變成現實。李淵果如他們所料，盡起麾下夠資格的高手來突襲石之軒，先以鐵鎚鐵棍一類攻堅的重兵器一舉粉碎禪室的厚木門，再以雷霆萬鈞之勢殺入禪室，欲置石之軒於死地。可以想像在李淵一眾高手衝入禪室的一刻，隨來較次的高手和弩弓手再把近乎密封的禪室重重包圍，防止石之軒外逃。

只聽上面傳來一陣的悶哼、叱喝，下面的三人曉得來者除李淵和宇文傷外，尚有「神仙眷屬」褚君明、花英夫婦、李神通、李元吉、尤楚紅、獨孤峰、獨孤鳳、韋公公、李南天，還有那可能是「矛妖」顏平照之子的顏歷、歐陽希夷和另幾名他們不認識的高手。以這樣的實力，在一個密封的空間內，確有殺死石之軒的實力。可是三人卻大感不妥當，石之軒要取勝是絕無可能，逃路只有兩條，一是從破開的大門闖出，另一是從祕道逸走，前者當然比後者困難加倍。李淵肯定以最強人手把守大門，即使能穿門而出，尚要應付可能數以百計全把弩箭瞄準大門的神射手，任石之軒有通天徹地之能，不死印如何出神入化，終是血肉之軀，實難承受數百弩箭的同時攻擊。但關鍵問題在於李淵。不知是因他對石之軒害死碧秀心的仇恨，還是出於低估石之軒，李淵的御駕親征實屬不智，變成石之軒有一個可牽制全局的目標。因爲其他人如何心切殺死石之軒，總不能犧牲李淵以達此一目的。這變成李淵方面唯一的破綻。

禪室勁氣交擊聲連珠響起，比得上長安年夜燃燒鞭炮的激烈密集，悶哼叱喝聲此起彼落，韋公公陰陽怪氣的喝叫和尤楚紅尖厲的叱罵特別易辨認，三人卻是頭皮發麻的瞧向蓋著出口全無動靜的蓋子。蓋關是打開的，只要石之軒運勁拿腳移蓋，可從祕道離開，包保沒有人敢魯妄追擊。三人此時百思不得其解，除非石之軒猜到他們在下面埋伏，否則爲何竟捨易取難，默不作聲地在上面與實力強大的敵人苦纏不休。

「父皇小心！」破風的矛聲大作，可想見石之軒如他們所料般集中全力攻擊李淵，招招同歸於盡，使其他人爲解李淵之厄發揮不出整體的攻擊力。韋公公怪叫一聲，李淵卻是一聲悶哼，聽聲音他多少受了點內傷，形勢危急至極點。

「噹！」想是石之軒的拳頭轟上褚君明的鋼盾，然後褚君明慘哼一聲，更傳來噴血的可怕聲音，不用看也知石之軒成功借得敵方某人的真勁，否則哪能震得褚君明受傷吐血。

尤楚紅怒叱道：「這裏交給我們！」

三人大感不妙，知道李淵情勢危殆，果然勁氣交擊聲響不絕，李淵怒喝連連，足音動地，可推想石之軒憑不死印法硬捱對方攻擊，連續向李淵作出強攻。到李淵最後一聲怒哮，聲音已來自不同空間，顯然李淵退往大門外。三人心叫糟糕，也不得不佩服石之軒的厲害和正確的戰略，硬把李淵逼出門外，封門之勢不攻自破，弩箭手因怕誤傷李淵而不敢發射。

石之軒長笑聲起，道：「想殺我石之軒嗎？今晚怕無法辦到，李兄請啦！」

嗤嗤箭矢聲中，配上李淵等的怒叫，笑聲遠去。三人頹然若失，面面相覷。哪想得到天衣無縫的誅石大計，就這麼慘淡收場。

婠婠當機立斷，道：「或者是他命未該絕，我們快走，遲恐不及。」

寇仲和徐子陵明白她的意思，李淵盛怒下雖明知沒有作用，也會展開全城搜索石之軒的行動，他們這條祕道肯定首先曝光。婠婠伸手鎖上蓋關時，徐子陵和寇仲先後鑽進地道去，穿過密室，從另一段地道回到石之軒祕巢書齋下的出口。

寇仲移開蓋子，顯露出口，低聲道：「我們立即回司徒府，看清楚風頭火勢後馬上離開。我敢肯定石之軒曉得剛才我們是在下面等他。唉！他奶奶的熊。」

徐子陵低應一聲，躍往書齋漆黑的空間去，同時心生警兆，但已遲卻一步，避之不及。他駭然瞧去，黑暗中接觸到石之軒邪光大盛，冰寒冷酷至沒有絲毫常人情緒的可怕目光，他的右手撮指成刀，無聲無息不帶起任何勁氣風聲當胸往他刺來。若給他刺中，肯定任何護體眞氣皆不起作用，保證石之軒的手刀會破膛碎骨而入，把他心臟震個粉碎。徐子陵從未感覺過石之軒對他殺意如此堅決不移，心叫吾命休矣，唯一可做之事就是運集全身功力，硬捱這沒有可能抗拒的手刀。

下面的寇仲作夢都沒想過石之軒膽大包天和狠辣至此，剛脫重圍，竟反過頭來在地道出口伏擊他們。寇仲雖看不到石之軒，卻從徐子陵的身體反應覺察到石之軒的偷襲，時間不容他多想，人急智生，兩掌托上徐子陵鞋底，全身眞氣在剎那間經徐子陵兩腿經脈送往徐子陵腹下氣海處。換過下方搶救徐子陵的人是天下三大宗師的寧道奇、畢玄、傅采林任何一人，只能嘆句無能爲力。可是寇仲和徐子陵的內功心法同源而異，又經多番歷練能融渾合匯，與別不同。即使面對強如石之軒的突襲，仍有抗衡之力。

寇仲本質冰寒的眞氣似長江黃河般直注進徐子陵氣海去，與他灼熱的眞氣螺旋合運，同一時間寇仲的眞力更硬把徐子陵疾往上送，只要避過胸膛受襲，徐子陵可把匯同寇仲全力輸來的眞氣送往腳尖，硬擋石之軒的奪命手刀。石之軒何等樣人，另一手朝徐子陵虛抓，竟生出一股力道，完全化去徐子陵往上急升的勢道，手刀仍直朝徐子陵胸膛搠至。要知胸口檀中大穴乃人身脆弱處，如給擊實，縱使未能破膛開胸，心脈會經受不起衝擊而破斷，那時大羅金仙亦救不回徐子陵。寇仲眞氣用盡，一時回復不過來，且上托雙掌竟虛虛蕩蕩，無處著力地難受至極，忽然醒悟到石之軒是憑不死印察敵之能把他們兩人看通看透，故能以針對性的手段破解他對徐子陵的援手，卻是悔之已晚，回天乏力。

後面的婠婠鬼魅般的迅疾移至，一把抱著徐子陵雙腳，赤足尖借力彈起，沖地道口往上騰升。徐子陵雙手往胸前合攏，仍是一線之差，眼看要魂斷於石之軒手刀下，忽然全身被婠婠的天魔力場包裹，且在手刀觸胸前朝上硬升半尺。哪敢猶豫，就讓得自寇仲眞氣輸入的螺旋匯勁留在腹下丹田氣海，硬捱石之軒的手刀。「蓬！」

所有事情發生在電光石火之間，由徐子陵遇襲，寇仲施援，婠婠抱上徐子陵雙足，全在眨一兩眼的高速內。石之軒手刀刺中徐子陵腹下眞氣匯集處。手刀首先受天魔氣場的影響，眞勁被削弱三成，緩了一緩，這才命中徐子陵，發出兩勁正面硬撼的交擊悶音。徐子陵感到五臟六腑似翻轉過來的強烈痛苦，被刺中處火燒般難過，眞氣被震得盲頭烏蠅般往全身經脈亂竄，眼前一黑，狂噴鮮血，狂猛的力道送得他和婠婠往另一邊拋飛，「砰」的一聲撞上靠牆的書櫃，木架破裂，書本散跌，情勢混亂至極。石之軒也被反震得往後挫退，未能乘勝追擊。

不知徐子陵是生是死的寇仲藉此空隙回過氣來，不顧生死的從出口躍起，井中月離背而出，往石之軒迎頭劈去。「砰！」徐子陵和婠婠同時掉到地上，滾作一團，後者等於爲徐子陵硬捱半刀，張開香唇噴出小口鮮血。石之軒冷哼一聲道：「找死！」一掌劈歪寇仲全力擊來的刀鋒，另一手拂袖而來，攻向寇仲面門。

寇仲聽到徐子陵的呼吸聲，稍爲安心，在暗黑的書齋踏出奇步，避過照面拂來的一袖，拖刀下削劃往石之軒腰側，眼看可以得手，石之軒竟一閃不見，移至他左方刀勢不及的死角位，盡顯不死幻法的玄妙。寇仲駭然旋身時，石之軒捨他往徐子陵和婠婠殺去。婠婠把受創的徐子陵往旁一送，袖內射出兩條天魔帶，從下而上往石之軒擊去。「蓬！」「蓬！」石之軒左右拳出，擊中飄帶，震得婠婠往後滑去，撞壁始止。此時寇仲來了，對著石之軒的背脊使出井中八法威力最大和玄奧的「方圓」，務要令石之軒不能對徐子陵再下殺著。「轟！」寇仲刀鋒撞上石之軒背後凝起的氣牆，他「方圓」法內的方立即硬被卸往一旁，「圓」則被石之軒反手一指迎個正著，震得他差點吐血，縱使千個不情願也不得不往後挫退。

石之軒的身法受影響下不得不稍為遲滯。婠婠收回飄帶，從地上升起，書齋內的空間立時勁氣陡生，天魔力場籠罩石之軒，一對纖美的玉手化作萬千掌影，往石之軒攻去，直有排山倒海之勢。

石之軒哈哈笑道：「原來青出於藍，終練成天魔大法，難怪敢來冒犯老夫，哈！」竟拔身而起，「砰」一聲撞破屋頂，且大喝道：「石之軒在此，李淵你滾到哪裏去？」

寇仲、婠婠和剛清醒過來的徐子陵無不魂飛魄散，他們三人中有兩人受傷，傷得最重的是徐子陵，若惹得李淵等一衆人等趕來，他們將成誤中副車的犧牲品。寇仲和婠婠呆望著被破開一個大洞的屋頂，瓦屑碎木仍不住掉下，細雨和著灰塵灑入，一時間竟不知該逃往何方始是樂土。人聲蹄音從四面八方逼至。

徐子陵捧著小腹，呻吟道：「地道！」

寇仲和婠婠給他一言驚醒夢中人，李淵等既往此方趕來，禪堂的出口將是唯一的安全生路。石之軒仍大喝「石某在此」時，寇仲抱起徐子陵和婠婠先後鑽進祕道去，後者順手鎖上蓋子。

寇仲雙掌離開徐子陵的背心，一陣勞累襲遍全身，差點想倒頭大睡，記起跋鋒寒的勸告，只好勉力撐著。

正盤膝靜養的婠婠睜開美目，出奇地溫柔的道：「累嗎？可惜我自身難保，幫不上忙。何況我的內功對子陵的傷勢有損無益。」

寇仲嘆道：「這回算得不幸中之大幸，陵少的小肚子差點給石老魔刺穿，現在只是巴掌大一塊紅腫，可還神作福。侯小子說得不錯，我們低估了石之軒。」

婠婠猶有餘悸的道：「若是我先出去，必死無疑。」

寇仲頹然無語。

婠婠環視地庫內裝滿兵器數以百計的大箱子，輕輕道：「眞想不到楊公寶庫不但是庫下有庫，且有眞假之分，李淵等全給你們瞞過。」

寇仲再嘆一口氣，讓婠婠到寶庫裏，是別無選擇，因保命要緊，他們不但要躲避石之軒，更怕被李淵的人誤打誤撞的找到。寇仲迎上婠婠的目光，在油燈映照下，臉色因內傷未癒而帶點蒼白的婠婠別有一番楚楚動人的風姿。

婠婠目光投到閉目靜坐的徐子陵臉上，柔聲道：「或者你們仍視我爲敵人，可是我眞的不想再傷害你們，現在我唯一的心願是殺石之軒爲師尊報仇。」

寇仲訝道：「我和陵少都百思不得其解，爲何你忽然要放棄陰癸派派主的寶座，統一聖門不是你師尊一貫的願望嗎？」

婠婠輕嘆一口氣，柔聲道：「我對聖門的人完全絕望，他們敗事有餘，成事卻不足。只看我們陰癸派自先師過世後你爭我奪的情況，可明白我的意思。我正因看破此點，變得輕鬆自在，更能放手做我想做的事。終有一天，我會爲先師完成她的夢想，但卻不是她想像的那種方式。」

寇仲糊塗起來，道：「甚麼方式？」

婠婠顯然不願意回答他的問題，道：「明天城防必定加強，子陵的傷勢恐怕尚未復原，我們是否要多留兩天才離開呢？」

寇仲道：「陵少只要能自己走路，我們立即滾蛋。唉！實不相瞞，這裏有祕道可直通城外，否則我如何能把黃金珍寶搬走。若非人手不足，我會連這數百箱東西一併運走。」

婠婠微笑道：「你不怕我出賣你們嗎？」

寇仲苦笑道：「若你要拿走這批東西，我也沒有辦法。」

婠婠柔聲道：「放心吧！你肯信任我，我怎捨得出賣你們？更何況我根本得物無所用。信人家好嗎？婠婠會爲你們保守祕密的。」頓了頓續道：「離長安後，你們會到甚麼地方去？」

寇仲道：「我回彭梁與我的少帥軍會合碰碰運氣，子陵會到巴蜀見石青璇，夠坦白吧！」

婠婠欣然道：「非常坦白，令人家不但感動，更是感激。你已當婠兒是朋友，婠兒絕不會辜負你們的期望。」

寇仲苦笑道：「這樣信任你，眞不知是禍是福，只好由老天爺決定。」

婠婠灑然笑道：「時間會證明一切。我想告訴你們幾件事，你要留心聽，不要忘記。」

寇仲精神一振道：「甚麼事？」

婠婠正容道：「香家的眞正主持人不是香貴而是尹祖文，香貴只是尹祖文的爪牙，販賣人口的勾當是由尹祖文一手策畫出來的。千萬不要低估尹祖文，這人的武功才智乃聖門中的佼佼者，其野心不在石之軒之下。」

寇仲不解道：「你不是說過香家是爲你們服務嗎？」

婠婠道：「嚴格來說香家實爲聖門兩派六道外的旁支，以其錢財支持聖門內幾個關係密切的派系，卻並不直屬於任何一派。」

寇仲拍腿道：「難怪石之軒想害池生春，他眞正要打擊的是尹祖文。」

婠婠道：「你不是問過人家大明尊教的大尊是誰嗎？現在可告訴你啦！」

寇仲沉聲道：「是不是許開山？」

婠婠點頭道：「正是許開山。他是我聖門諸派系最忌憚的人之一，否則辟塵不會藉他的力量壯自己的聲威。許開山一向深藏不露，不過據說他已練成《御盡萬法根源智經》上的心法武功，其成就該在善母莎芳之上。」

寇仲訝道：「你眞的再不把聖門的諸般禁忌放在心上。」

婠婠道：「此地一別，不知能否有再見之期，便當是臨別贈言吧！」接著把夜明珠從懷內取出，送入寇仲手心內，微微淺笑。

徐子陵長長吁出一口氣來，張開俊目。

寇仲大喜道：「滾蛋的吉時到哩！」

寇仲和徐子陵在關外大河一處渡頭找到宋師道等乘坐的風帆，已是和婠婠於長安城外分手五天後的事。兩方重見，當然非常歡喜。久別的萬里斑見到徐子陵和寇仲，跳蹄雀躍，不由勾起寇仲對愛駒千里夢的思念，恨不得插翼飛返彭梁。他們棄舟登陸，由隨行者駕舟回長安，因往洛陽的大河被李世民封鎖，出入船隻均會被李軍水師截查。到達岸旁密林內一片空地，五人坐下說話。午後的陽光在天空灑下，四周蟲鳴鳥唱，生機盎然。

寇仲把分手後的事逐一道來，聽到救回沈落雁，三人欣慰非常，也爲不世梟雄李密凶多吉少的下場感嘆！到聽過對付石之軒的行動徹底失敗，還差些兒被他反噬一口，三人無不生出驚心動魄的駭然感覺。

宋師道皺眉道：「有一點頗不合情理，以石之軒表現出來的才智，他撞破屋頂高嚷存心引來李淵，理該再躍回屋內把你們纏著，到李淵趕來時才逃走，那你們因子陵和婠婠均受重創，肯定必無倖免。石之軒怎會有此失著？令你們有機會從祕道溜走，反像暗助你們一臂之力？」

雷九指道：「應是石之軒有心無力，於禪室之戰雖能脫身，卻身負內傷，只是小仲他們不曾看破，所以他不敢再躍回屋內，因若給婠婠和小仲纏上，會同陷重圍之內。」

寇仲點頭道：「這是個合理的解釋，唉！石之軒精明得出乎任何人意料之外，害得我們差點難見天日。」

宋師道道：「我覺得實情不一定如此。他似在逼你們從祕道離開，否則他不用大叫大嚷引來李淵，當時只要李淵有空發現禪室內的祕道，派人入祕道看個究竟，你們仍避不開李淵的人。故石之軒若不把禪室裏的李淵引走，你們將不敢冒險從祕道離開，所以我說石之軒是故意幫忙，此事令人費解至極。」

徐子陵道：「或者是因石之軒猜到婠婠身上藏有《天魔訣》，石之軒不願這魔門重要祕典落在李淵手上，故做出如此矛盾的古怪行爲。」

寇仲瞧徐子陵一眼，欲言又止，終沒把心中想法說出來。徐子陵沒好氣的白他一眼，知他又是岳丈嬌婿那一套。寇仲伸手抓上他肩頭，笑而不語，一副事實會證明我是對的可惡神態。

雷九指道：「你們太行雙傑的身分暫時還不虞被揭破，因爲守關的將領親到船上拜會我們福榮爺，告知我們一個噩耗。」

寇仲和徐子陵愕然追問。

雷九指好整以暇的道：「太行幫剛和宿敵黃河幫發生大火併，黃河幫動員過千人夜襲太行幫在河內的總舵，黃安不敵當場身死，幫衆傷亡慘重，死不去的四散逃亡，太行幫名實俱亡。現在除非司徒福榮和太行雙傑從塞外回來，否則我們的身分不會被揭穿，仍可回長安胡混，不過那當然要石之軒肯合作才成。」

寇仲點頭道：「李淵說得對，幫會生涯沒有甚麼好收場，大有大打，小有小打，國與國間爭天下，幫與幫間爭地盤，人的本性就是這樣子。若每個人都像子陵和宋二哥般，肯定天下太平。」

徐子陵關切的問道：「宋二哥打算到哪裏去？」

宋師道顯是下定決心，想也不想的答道：「我會到君婥的小谷去結廬而居，過一段日子。」

寇仲和徐子陵均感無話可說。幸好他只說過一段日子而非要終老於其地，多少有點進步。

任俊囁嚅道：「若我們要扮司徒福榮回長安，宋二爺會否……噢！對不起，我們根本不宜回去。」

寇仲拍拍他肩頭，道：「小俊我們到一邊說幾句話。」任俊脹紅臉孔，垂頭隨寇仲去了。

徐子陵收回看兩人背影的目光，轉向雷九指道：「婠婠和我們分手前，透露有關魔門兩宗祕密，首先是大明尊教的領袖確是許開山，與我們猜測吻合，還說他盡得《御盡萬法根源智經》的武功心法，成就在善母沙芳之上。」

宋師道道：「另一則消息是甚麼？」

徐子陵道：「說香家的生意是魔門財力的重要來源，而眞正的主事者不是香貴而是尹祖文。」

雷九指一震道：「竟有此事？」

徐子陵道：「所以要瓦解香家和他們傷天害理的勾當，必須由尹祖文入手。」

雷九指沉聲道：「這消息非常有用。我要重新調整追查的方向，我會先知會幾個有心人，然後回長安一趟。」

此時寇仲摟著任俊回來，笑嚷道：「各奔前程的時刻到哩！希望我們可以很快回長安，且不用扮鬼扮馬，左瞞右瞞，還要陪李淵打馬球賽。」

自慈澗失利，王世充不納寇仲死守慈澗之策，倉皇撤兵，寇仲憤然離開，李世民遂進行其事先張揚的進兵大計，對王世充的東都進行外圍切割。在李世民的精心策畫下，調兵遣將，使行軍總管史萬寶自宜陽北上，佔據伊闕的龍門，斷王世充南路；大將劉德威自太行東下，攻打河內，斷王世充北路；上谷公王君廓兵脅洛口，斷其東路，更威脅東都糧餉的供給；總管黃君漢則從河陰西上攻取迴洛城，斷王世充東北路，而李世民則親率大軍，自慈澗直取北邙，連營以逼東都，枕兵於洛陽之北。王世充退守洛陽，令鄭軍軍心渙散，到得聞羅士信和張鎮周相繼降唐，後者更與楊公卿原爲鄭軍的兩大支柱，其降影響極爲龐大，加上李世民聲勢日盛，外圍城縣不戰投降者日衆，王世充勝李密後建立起來的聲勢如江河下瀉，一發不可收拾。

攻打洛陽的外圍戰在武德三年中秋前一天由黃君漢揭開序幕，遣軍自懷州渡河，攻克堡壘二十餘處，兵脅迴洛城。果如寇仲所料，王世充慌忙派出楊公卿偕太子王玄應反攻黃君漢，望能從其手上奪回洛陽此重要命脈，卻是大勢已去，無功而退，只能於迴洛城西築月城以抗唐兵。迴洛被破，李世民再接再厲，派劉德威襲懷州，史萬寶進攻甘常，王君廓攻轘轅，兵迫管城。在唐軍如此強大的攻勢威脅下，王世充的洧州長史張公瑾、尉州刺史時德叡相繼投降，後者所部杞、夏、陳、隨、許、潁、尉七州盡入李世民之手，其他河南諸郡望風景從，紛紛歸唐自保。王世充勢窮力竭下主動出擊，冒險突襲李世民，被李世民手下大將屈突通及時趕至，狠挫王軍，王世充逃返洛陽，其冠軍大將軍陳智略慘被生擒，斬王軍首級過千之衆。自此王世充只敢躲在洛陽的高牆後，再不敢以身涉險。

就是在這種形勢下，徐子陵策著萬里斑抵達李世民北邙山南，洛陽之北設於高地的營寨，求見李世民。唐軍知來者乃名懾天下的徐子陵，哪敢怠慢，連忙飛報中軍帥營的李世民。李世民正和手下諸將研究進攻洛陽的大計，聞報在尉遲敬德和長孫無忌兩名心腹愛將陪同下飛馬來迎，雙方見面，百感交集。

李世民著兩將與親兵隔遠跟隨，他與徐子陵並騎馳上營地南一處可遠眺洛陽的丘巔，沉聲道：「寇仲是否已返彭梁？」

徐子陵見他滿臉風塵，神色疲倦，知他為攻打洛陽一事費盡心力，點頭道：「他是個永不肯認輸的人，更何況他認為自己才是為天下著想的人，當然要用盡每一分力氣求存。」

李世民凝望西北夕陽放射半空的動人霞彩，嘆道：「形勢眞是那麼惡劣嗎？父皇剛派宇文仕及送來聖諭，內中道：『今取洛陽，止於息兵，克城之日，乘輿法物，圖籍器械，非私家所須者，委汝收之。其餘子女玉帛，並以分賜將士』，這等於把洛陽賞賜給我。」

接著振起精神，道：「子陵這回長安之行幹出甚麼成績來？唉！我首先該謝子陵和少帥對落雁的援手之恩，否則若世勣被牽連，可能會令我攻取洛陽功虧一簣。現在王世充僅能守著虎牢一線，亦只有李世勣才有辦法攻克虎牢。一旦虎牢入我李世民之手，將是我攻打洛陽的時刻。」

徐子陵曉得李靖透過傳送渠道把長安發生的事先一步通知李世民，省去他不少唇舌，遂把李靖不知道的事詳細說出來，最後道：「令尊向你傳達的諭旨，恐怕只是爲安你的心，讓你在沒有顧慮下全力攻取洛陽，事實上他確有針對你的意圖。聽說他會派李元吉東來助你，話說得動聽，卻不無監視世民兄之意。我這回來見你，一方面是爲有負所託，未能除去尹祖文和楊文幹表示歉意；另一方面更希望曉得世民兄的心意和對將來的打算。」

李世民露出一絲苦澀的笑容，道：「我可以有甚麼打算？唉！不瞞子陵，現在我的心神全放在三個人身上，就是王世充、竇建德和你的兄弟寇仲，到他們都再不能成爲我大唐的威脅時，我始有餘暇去思索自身的問題。最惡劣的局面是須和父皇開心見誠說一遍。倘若他肯善待我天策府諸將，我李世民可放棄一切名位軍權，甘心做個平凡的人。」

徐子陵沉聲道：「希望這只是世民兄一時的氣話。魔門正在蠶食你們李家，世民兄縱能保命退出鬥爭，令兄和令弟勢將再起爭奪皇位之戰，加上突厥人虎視眈眈，誰能獨善其身？」

李世民嘆道：「我不是沒想過在關外自立。而得洛陽後更將是我唯一自立的機會，可是我的妻兒妃妾和我天策府諸將的親屬均在長安，我不得不爲他們著想。且此次東征軍將士近半是只忠於父皇者，加上府兵制的牽絆，即使我不顧一切自立於東都，仍是障礙重重。若我李家分裂內戰，天下將再陷紛亂之局，頡利倘乘勢來犯，會是怎樣一個局面？這番心裏的話我從沒有向任何人透露過，現在只子陵曉得。」

徐子陵道：「寇仲正因看破世民兄爲難處，故不肯放棄爭霸天下的意圖，因不想天下落入魔門或頡利之手。唉！我該怎麼說才好呢？」

李世民正容道：「我明白子陵的心意，不過我是別無選擇，只能忠於我李家，當王世充、竇建德和寇仲兵敗之時，就是我李世民功成身退之日。我會向父皇坦白指出尹祖文、池生春之輩均是魔門的妖孽，信與不信是他的事。子陵放心吧！一天突厥人的威脅未除，我李世民仍未到鳥盡弓藏的可悲境地。」

徐子陵皺眉道：「試想以下的另一種情況：假如令尊完全不相信你的話，被尹祖文以美人毒計害死，你們李唐亂成一團，李建成坐上皇位，第一個要殺的人就是你，世民兄有甚麼方法應付？又或魔門先刺殺你再殺害令尊，又會是怎樣一個局面？」

李世民露出凝重的神色，沉思道：「多謝子陵的提醒，我只好兵來將擋，水來土掩，隨機應變，想殺我李世民不是那麼容易吧？」

徐子陵道：「請恕我直言，當日妃暄慧眼識英雄，選擇世民兄為支持的目標，當有期望世民兄爭取皇位之心。世民兄怎可如此消極被動？唉！我的話說重了點，世民兄確有左右為難之處。」

陽光消逝，天地一片蒼茫，夜色漸臨，原野的風迎面吹來，拂得馬上兩人衣衫飄揚，充滿秋意。

李世民露出一絲充盈自信的笑意，道：「我現在想到的是如何不住收縮對洛陽的包圍，如何粉碎王軍的反攻。在竇軍抽身來援前攻陷虎牢，令竇王兩軍永遠沒有會合的機會。更重要的是在宋缺大軍抵達前取得洛陽，同時擊潰你兄弟的少帥軍。很抱歉我和寇仲間已到不是你死就是我亡的地步，若讓少帥逃往南方，中土將回復南北分裂的局面。這就當我報答父皇養育之恩吧！至於我李世民如何收場，只好讓老天爺來決定。至於我是聰明還是愚蠢，由將來的史書去作出判斷吧！」

徐子陵默然不語。

李世民又道：「在一般情況下，無論我有千軍萬馬，仍難阻寇仲逃往任何地方去。可是當寇仲要與手下同生共死，我將有機可乘。子陵明白我的意思嗎？」

徐子陵當然明白，李世民了解寇仲多情重義的個性，絕不會捨手下孤身逃離戰場，在這種情況下，只要李世民咬囓著少帥軍窮追猛打，確有殺死寇仲的可能性。李世民指出此點，並非要示威，而是希望徐子陵勸寇仲解散少帥軍，退出這場爭霸天下的爭鬥，因爲照目前的情勢發展下去，寇仲是必死無疑。問題在無論是寇仲或他徐子陵，經過這趟長安之行，均認爲李世民沒有機會坐上帝座。寇仲放棄爭天下，等於把天下拱手送給魔門或突厥人，於公於私，他們絕不容許這情況出現。

徐子陵頹然搖頭，道：「在這事上我已感心力交瘁，說服寇仲改變主意在目前的情況下是沒有可能的，要說動世民兄原來亦非容易。我要說的都說哩！還有一件事要告知世民兄，到巴蜀見過石青璇後，我會到彭梁助寇仲攻取江都。」

李世民一震道：「我最害怕的事終於發生哩！難道我最知心的好友竟會變成我的敵人？」

徐子陵苦笑道：「就算我變成你的敵人，也是個爲你著想的敵人，一天寇仲未除，令尊仍不會召你回長安，天下分裂對峙，總好過落入魔門或突厥人之手。爲此我矛盾得要命，卻想不出更好的辦法。不過世民兄放心，我不會介入你們的戰爭去。若攻不下江都，我只好找個聽不到任何戰場消息的地方躲起來。」

李世民嘆道：「子陵兄可以在你兄弟水深火熱、面臨殺身之禍前說退便退嗎？」

徐子陵搖首嘆道：「這叫造化弄人！」

李世民仰天長笑，豪氣干雲的道：「好！這就叫各爲其主，兄弟可以相殘，朋友當然可拚個你死我活。不過無論將來形勢如何發展，徐子陵永遠是我李世民最好的朋友。」

徐子陵振起精神道：「希望那一天永遠不會來臨，我現在必須立即起程趕往巴蜀，世民必須明白成大事者不拘於小節的道理。只要認定自己所作爲的是天下蒼生，別人的看法都不用理。」

李世民從容道：「世民謹記子陵的提點於心。希望老天爺網開一面，不用我兩兄弟在戰場上兵刀相見。」

徐子陵沉聲道：「世民兄沒怪我出爾反爾嗎？」

李世民探手過來緊抓他肩頭，搖頭道：「完全沒有。事實上子陵直至此刻仍對我李世民愛護有加，箇中情況，大家心照不宣。子陵爲的不是我李世民，亦非寇仲，而是天下蒼生。若不明白此點，我李世民怎配作子陵兄弟。只可惜我出身世族，自少以來養成以本族爲先的根深柢固思想，絕不能掉過頭來對付自己的家族，只能徐圖設法改變。此地一別，不知能否再有如此坦然交談的機會，子陵珍重。」

徐子陵反手在他肩膀緊拍一記，夾馬腹奔下丘坡，望南絕塵去了。

# 第八章

# 幽林小谷

黄易作品集

# 第八章　幽林小谷

徐子陵於北邙山見李世民後的五天，寇仲抵達梁都，手下將兵見主子突然無恙歸來，均欣喜如狂。梁都等於少帥軍的京城，規模雖只是長安、洛陽那種大都會十分之一的大小，卻是少帥軍經濟和軍事的中心，訓練兵員的營地校場設於城西北的丘陵山地，於高處築有堡壘石寨，有一定的防禦力量，可對循運河兩岸從水道攻來的敵人構成威脅。一直感到自己一無所有的寇仲，見到衆人努力建設的成就，當然大爲欣慰。

留在梁都的有宣永、高占道、虛行之和陳老謀，其他將領如白文原、焦宏進、卜天志、陳家風、洛其飛、牛奉義、查傑、陳長林和任媚媚都在少帥軍勢力範圍內的其他城市各忙各的，爲助寇仲爭天下作好一切準備。寇仲坐上宣永爲他牽來的愛馬昂然入城，居民夾道歡迎，只從此點可知虛行之不負所託，將他的「少帥國」治理得井井有條，連帶在民衆心底早留下美好形象的寇仲更受擁戴。

驅馬往城中心的少帥府途上，寇仲忍不住問左右道：「楊公沒有來嗎？」

宣永答道：「少帥放心，楊公派人傳來信息，此際尚未是離開的時刻，當虎牢被破，他會立即趕來。」

高占道接口道：「楊公是怕若他離開，王軍軍心將更不穩，會加速王世充的敗亡，他留在王世充旁，是要爲我們爭取準備的時間。」

虛行之道：「不過他手下的家屬已陸續潛來，我們沿途派人打點，到此後均被妥善安置。」

寇仲開始感到肩頭上挑的重擔子，若彭梁被破，受苦的就是自己的子民。縱使李世民肯善待百姓，可是少壯兵員陣亡難免，大部分家庭會受到失去親人的痛苦悲傷。

陳老謀恃老賣老的道：「少帥不在時，我敢說沒有人敢偷懶，不但把彭梁從廢墟情況重建成有規模的城市，更把本是烏合之衆的軍隊訓練得有聲有色。」

寇仲欣然道：「這正是我回來後最關心的事。」

宣永道：「少帥揚威塞外，視突厥大軍如無物，我們的作爲在少帥眼中恐怕只是小孩兒戲耍的伎倆。」

此時進入少帥府，民衆擁在大門外，高呼萬歲，情況激烈振奮。

寇仲和衆人甩蹬下馬後摟著千里夢的馬頭笑道：「宣大將軍你不用謙虛，說到練兵你們可比我在行。不過我從突厥人身上確學到點東西，明早到兵營時讓你們參詳一下，看是否管用。」衆將轟然應喏。

穿上鮮明甲胄，以綠和紅爲主色的少帥軍從大門排列過廣場直抵石階上主建築的正門，見到寇仲回來，人人士氣軒昂，高舉兵器致敬，動作整齊劃一，與以前裝備不齊、兵甲破舊的情況，不可同日而語。

陳老謀在他耳旁怪聲怪氣道：「這就是金子的好處，楊公寶庫加上曹應龍的藏寶，不但令少帥國興旺富足，裝備更比別人勝上一籌。」

虛行之道：「我們的兵器弓矢大部分均是宋閥從水路由南方運來，宋家還派來各類巧匠五百人，爲我們建船造兵器。沒有宋家的支持，我們肯定沒有今天的局面。」

寇仲放開愛馬，由親兵牽走，道：「現在究竟有多少可用之兵？」

高占道低聲答道：「我們遵照少帥兵貴精不貴多的指示逐步擴軍，以免糧餉需求過重兼影響生產，目前全國正規軍總數在四萬人間，分別駐在梁都、彭城、琅琊和東海四郡，全部是募兵。鄉鎮地方則由團兵輪更戍守。四萬軍中有五千是水師，由長林和天志負責。」

宣永接口道：「梁都這裏的兵力有二萬人，以防止李子通或輔公祏從運河來襲。」

虛行之道：「梁都已成我們最重要的軍事中心，臨海的東海郡則是我們的經濟命脈，彭城由戶部督監任大姐負責重建，由於彭城位處少帥國核心處，對我國安定有莫大作用，故此三地均須重兵駐守。至於琅琊爲我國最北的重鎮，亦不得不加強城防，以支援北邊各城。」

寇仲從心底湧起奇異的感覺，衆人你一句我國，我一句少帥國，令他忽然感到自己變成一國之君，那種滋味怎樣都沒法適當形容出來。

寇仲長長吁出一口氣道：「明白啦！那在需要時我至少可調動二萬人出征，我會儘量與時間競賽，把這批兄弟訓練成能縱橫天下的少帥軍，任他李世民十萬大軍，我也絲毫無懼。」說著在衆將兵簇擁下朝自己的帥府昂然跨步。

徐子陵卓立丘峰，凝望星斗滿天的夜空，感受著人的無奈和渺小。爲了愛馬，他必須坐船緩緩入蜀，但他卻失去飽覽三峽風光的心情。五天前與李世民的一席話，使他體會至深的是雙方間的分別。對出身市井的他來說，直至此刻仍沒法理解李世民對家族的感情。

李世民出身世閥，免不了自小受世閥風氣的薰陶，把家族的理想和聲譽置於最重要的位置，就像忠於國君般對家族盡忠。要他公然反對家族是幾乎不可能的。不過有謂事在人爲，李世民雄才大略，怎都該有辦法。自己會不會如李世民所料，最終被捲進寇仲爭天下的漩渦去，泥足深陷？他曾數次想抽身離開，卻因事情的發展，更因與寇仲深厚的兄弟之情，欲離難去。擇善固執，甚麼對天下蒼生有利，他將義不容辭的去努力。想通此點，心中的惆悵與失落一掃而空。徐子陵召來萬里斑，躍登馬背，沿長江飛馳而去。

寇仲在高占道、宣永、高志明、詹功顯四將陪同下，肩上立的是飛鷹無名，坐騎是愛馬千里夢，巡視練兵的野外校場。後兩者爲宣永的副將，是隨宣永來投靠他的瓦崗舊部，年輕有爲，身經百戰，專責練兵。在梁都東面的平原上，二萬少帥軍列成隊形，等候寇仲登上設於小丘上高處的帥台檢閱，旗幟飄揚，軍勢極盛。在早晨的陽光下，人人士氣昂揚，高呼少帥三次，響徹平原，令人熱血沸騰，壯懷激烈。

先巡視一匝。左邊的宣永道：「這二萬兵是我們少帥軍的精銳，分作七軍，中軍四千人，左右虞候各一軍，每軍二千八百人，左右廂各二軍，每軍二千六百人。以軍、營、隊作基本單位指揮行軍進退。軍有軍旗，隊有隊旗，依旗號調動部署。」

另一邊的高占道笑道：「占道把當年少帥和徐幫主傳給我們的搏擊法訓練他們的戰鬥技巧，成效卓著，上沙場時肯定不會吃虧。」

寇仲道：「若在戰場上正面交鋒，即使敵人兵力在我們十倍之上，我仍有信心和李世民一較高下。

可是你們也看到李世民攻打洛陽的情況，兵分數路，以排山倒海之勢從四方八面而來，先把脆弱的城鎮逐一蠶食，截斷糧道，封鎖水路，到我們分崩離析之際，再避開我們的鋒銳，尋找我們的破綻，待我們只剩下一口氣時全面撲擊。薛舉是這樣被擊垮，宋金剛亦因此鎩羽而回。這是李世民的戰略，若我們不能想出一套針對他戰術的策略，恐怕根本沒交手硬撼的機會，甫接戰就完蛋大吉。」

宣永等無不露出凝重神色，可知他們不是沒想過這方面的問題，而是根本想不到對付辦法。

寇仲緩緩策騎，忽然問宣永道：「爲楊公傳話的人有沒有提及跋鋒寒？」宣永搖頭表示沒有。

寇仲立即多了一分心事，另一邊的高占道問道：「少帥想到應付李軍的方法嗎？」

寇仲露出一個充滿自信的笑容，欣然道：「若沒有辦法，我會立即解散少帥軍，大家返鄉安享晚年。哈！別人或會低估李世民，我寇仲卻永不會犯這錯誤。我還和王世充有一根本的分別，就是手下沒有投降之將。」四將轟然相應。

寇仲忽然舉臂高呼道：「凡追隨我少帥寇仲者，我寇仲一定不會虧待你們。」說罷發出命令，無名應聲沖天而起，盤旋晴空，更添其威勢。

這兩句話以內功逼出，傳遍全場，山鳴谷應。衆兵齊聲歡呼回應，萬歲之聲不絕。

爲手下打氣後，寇仲露出陽光般燦爛的笑容，向途經的隊伍打招呼，以強大無匹的自信感染每一個人，笑道：「只看弩手、弓手、馬軍、步兵各類兵種配置齊備，部署有序，便知你們訓練有方，絕不會弱我寇仲的名堂。」

宣永忙道：「以中軍四千人爲例，弩手四百、弓手四百、馬軍一千、步兵一千、輜重兵一千二百，合共四千人。」

寇仲點頭表示讚賞。所到處，少帥軍均在兵頭指揮下歡呼和高舉兵器致敬，寇仲則在馬上舉手還禮。

跟在後側的高志明忍不住問道：「少帥剛才指出李世民的戰術，不會予我們與他正面交鋒的機會，少帥究竟有何法應付？」

寇仲沒有立即答他，先豪氣干雲的高呼道：「我們少帥軍爲的是替天行道，爲天下百姓的安居樂業奮鬥，只有我們來自民間的人，才明白民間疾苦，這正是漢高祖劉邦和秦始皇嬴政的分別。」衆兵更是歡呼回應，比上一次更激烈。

宣永等聽得心中佩服，寇仲談笑間仍可不時著意激勵士氣，方法高明、簡單、直接而有效。先許之以利，再爲全軍定下遠大的志向目標，更隱隱爲自己和李世民作出比較，使一向飽受世家大族欺壓多來自民間的戰士生出共鳴。不過這些話就算宣永等曉得說出來，也絕不會有寇仲的威力效果。因爲寇仲已成天下人人景仰的猛將和戰略大家，與徐子陵同被認爲是漢人的光榮。他說的話，感染力自是無與倫比。寇仲尚未閱畢全軍，已成功在軍中建立起無可替代、使將士甘於効死的地位，而他的魅力正在於此，靈活變化，不拘成法。

寇仲回答高志明的問題道：「上兵伐謀，待陵少從巴蜀趕回來後，我們立即攻佔江都，有江都作後盾，大海將是我們的天下。任李世民三頭六臂，也沒法封鎖大海，若他想那麼做只是個笑話，哈！」衆將精神大振，雖仍未能眞個解決問題，仍感到前途充滿生機。

寇仲問宣永道：「與錫良方面是否保持聯繫，他們情況如何？」

宣永恭敬答道：「我們是互相支持，關係密切。現在竹花幫分裂成兩個派系，一派由邵令周當家，以江都爲基地，得李子通撐腰，但人數只佔竹花幫四分之一，邵令周更被視爲叛徒，他的女婿麥雲飛作威作福，令邵令周不得人心。另一派由桂錫良作幫主，幸容爲副，得風竹堂沈北昌和駱奉支持，在我們和宋家的助力下，勢力遍罩江東。少帥慧眼識英雄，桂錫良和幸容都是可扶掖的人才。」

寇仲聞得兒時玩伴卓然有成，大喜道：「立即請他們到梁都來見我，我有要事和他們商量，以武力奪取江都是下下之策，我們更負擔不起那損失。幸好江都是我最熟悉的地方，舉事用計均無比方便。他娘的！李子通這人反覆無常，我早看他不順眼。」

高占道道：「李子通現在枕重兵於運河下游的鍾離，結集船隊，只須三天船程便可北上到我們梁都來，若不能除去這威脅，我們勢將動彈不得。」

寇仲沉吟道：「給我挑出五百精銳好手，由我暇時親自訓練，既可作我親衛，又可作爲從內部顛覆江都之用。若再有陵少和老跋幫手，李子通有何可懼哉。」

宣永皺眉道：「李子通枕兵鍾離，正是要我們難以分身攻打江都。內部顛覆除非能殺死李子通，否則只能製造一場混亂，作用不大。」

高占道也道：「李子通深悉少帥厲害，宮禁城防肯定大幅加強，要刺殺他並不容易。聽說他近日招攬大批亡命之徒，爲的是要應付我們突襲。」

寇仲微笑道：「你們算漏了楊公和他的五千勁旅。李子通和沈法興長年交戰，還要應付西面虎視眈眈的輔公祏，如非江都城高牆厚，老李早被斬首了事。這人沒有甚麼骨氣，長年準備船隊，好待見勢頭不對即捲舖蓋逃走或投降，現在又向李家稱臣。他娘的！讓我弄清楚他虛實後，想個辦法把他收拾。」

一直沒作聲的詹功顯嘆服道：「即使是我們想破腦袋都找不出解決方法的難題，到少帥手上立即變得輕鬆容易，像不費吹灰之力即可辦到。」

寇仲哈哈一笑，此時視畢全軍，衆人勒馬掉頭，往山崗上帥台馳去。七軍開始調動，準備演習陣法變化，以顯示操練經年的成果。寇仲心中湧起萬丈豪情，自出道以來，他沒有一刻不是處在劣勢惡境中，直至此刻仍是如此。如何於敗中求勝、逆境謀生，正是他感到生命的意義所在。

寇仲笑道：「只要我們把兵馬練得其攻能像突厥人般靈活出奇，其守如李世民的沉著穩重，再在水師船隻和攻守器械方面依魯大師的著作用工夫。敵分而我集中，敵集中而我分，以奇制奇，以穩制穩。再得江都，天下至少一半落進我的口袋去，那時李世民休想能稱雄中原。」

宣永道：「宋魯先生上月曾親來梁都，傳達宋閥主的口令，只要少帥能守到明年春暖花開的時刻，他的大軍會從海路開至。」

寇仲心中暗嘆，雖明知宋家軍至快明春才至，但怎都存有點希望，期望宋缺能於十月前趕至，可是聽到宋魯親傳的消息，幻想立告破滅。他雖說得信心十足，事實上有大半是誇大來振奮軍心，縱使眞能奪取江都，可是彭梁一帶無險可守，區區四萬兵可守得住多少座城池？一旦成敗勢，李世民將勢如破竹的沿運河南下，最後他只能守著江都一座孤城，重蹈王世充被困的覆轍。關鍵處是看洛陽何時城破，若王世充可捱至明春，當然是另一回事。現在是七月，虎牢被破，李世民將直接攻城，王世充到那時能多捱一個月已相當不錯。

寇仲甩蹬下馬，在四將陪同下登上帥台，演習在戰鼓聲中展開，只見倏進倏退，井然有序，配合無間。高占道道：「突厥人的優點在甚麼地方？」

寇仲道：「突厥戰士裏隨便找個人出來都是箭、騎、刀樣樣皆能的野戰專家，戰術是用奇，出敵不意，來去如風，攻時比我們漢人勇猛，逃時比我們溜得快，可以一邊睡覺一邊策馬行軍。哈！我是誇大點，不過卻與事實非常接近。」

他一邊說話，一邊觀看自己少帥軍依旗號生出的變化，先是五十人一隊，當兩旗相交，立變爲五隊合一的二百五十人爲一隊，到五旗相交，則十隊合一成五百人一隊，看得人目爲之眩。無論如何變化，陣形仍保持整而不亂，可知宣永等爲訓練他們費盡心血，再非以前拉雜成軍全憑鬥志作戰的烏合之衆。只恨比起李世民的唐軍，無論在實戰和經驗上均相差甚遠。李世民手下將領隨便找幾個出來已非像高占道、陳長林這些沒上過多少次戰場的人能相比。寇仲暗下決心，定要盡力練軍，使手下在上戰場時不是去送死而是取勝。

接著的十多天，寇仲忙碌至差些兒沒睡覺的時間，既要設法了解少帥國行政經濟民生各方面的問題，又要試圖把少帥軍訓練成心目中理想的全能戰士，更兼要栽培五百名像李世民玄甲戰士的親兵，當然忙得不亦樂乎。這五百親兵可不是只看體格強壯與否挑選的，首先是在忠誠方面沒有問題，所以絕大部分均由雙龍軍舊部、卜天志的巨鯤幫徒和追隨宣永多年的手下中挑選出來。這批人不但有武功底子，且精於江湖門檻。來自雙龍軍的手下曾經寇仲和徐子陵指點武功心法，潛往長安後從沒鬆懈過練功，精選出來的更是武功高強，忠誠方面無可懷疑，等於寇仲的子弟兵。宣永的人全體出身於瓦崗軍，屬翟讓系統的人，勝在戰鬥經驗豐富，久經戰陣。至於來自巨鯤幫的戰士，則長於操舟水戰之道。三方面人才合起來的集成親兵團，囊括各類形的兵種，再加寇仲的悉心培訓，人數雖少，實力卻不能小覷。寇仲名之爲「飛雲騎」。

寇仲是個沒有私心的人，把從塞外學來的東西盡傳手下諸將，諸如練馬御馬之術、觀天察變的祕訣，突厥人的行軍戰術，一古腦兒說出來，讓諸將憑本身才情各自領會，當然都得益不少，對練軍的質素大幅提升。分散於各地同爲建立少帥國而努力的白文原、焦宏進、任媚媚、陳長林、洛其飛、牛奉義、查傑、陳家風、謝角等紛紛趕到梁都見寇仲，他們對寇仲有種近乎盲目的信心和崇拜，雖知形勢險惡，仍深信寇仲回天有術，茫不知寇仲正爲少帥軍的存亡擔憂。

重返彭梁，另一個驚喜是在陳長林監督下，從江南招攬回來的船匠配合宋家遣來的巧匠依魯妙子祕卷的圖樣用料建成二十八艘以「飛輪」推動的快速戰船。每艘飛輪船可容五十戰士，以腳力推動裝在船尾的槳葉圓輪，船速遠勝風帆快艇，且能在狹窄的河道靈活自如，令少帥軍大幅增強水上作戰的能力。飛輪船上裝上陳老謀從魯妙子祕卷領悟後改良設計出來的弓弩箭機，可連續發射遠達五十丈外目標的火弩箭，這方面由宋缺遣來的巧匠負責打製。沒有他們，縱使魯妙子復生，亦不能於短短一年時間內造出如此威力驚人的戰爭工具。其他守城、野戰、攻堅的器械更是不勝枚舉。寇仲最大的長處是像李世民般深得人和之利，不同處是李世民處處受制，寇仲則可放手而爲，兼之財力雄厚，人才物資則有宋缺源源不絕的支持。又得道多助，像翟嬌和龍游幫都在各方面傾力幫忙。

這天寇仲在少帥府的大堂聽取洛其飛的彙報，後者是少帥軍的情報頭子，本身精擅探測敵情，武功雖不怎樣了得，輕身功夫則是一等一的高手。與座者尚有陳長林、陳老謀和任媚媚。

寇仲順便問起他偵察網部署的情況，洛其飛答道：「下屬偵察的手段以游弋爲主，土河爲輔。」

寇仲興趣盎然地問道：「游弋還可想得個大概，可是『土河』是甚麼東西，爲何與偵察有關？」

洛其飛答道：「土河是偵察的暗語，若游弋屬機動、主動、不定時的偵察方式，土河就是固定、被動、定時的部署。下屬一向以前者爲主，後者爲輔。土河作用下屬可舉一例，少帥自會明白。例如在山頭要道以細沙填平，每日檢施，掃令平淨，人馬入境，只要觀察沙上印痕，便知足跡多少，所以即使對方摸黑潛行，仍瞞不過屬下耳目。」

陳老謀笑道：「這是他們以前彭梁幫對付其他幫會的手法，搬到我們少帥軍來用而已！」

任媚媚橫陳老謀一眼道：「幫會出身的人是這樣子的哩！只媚媚從沒想過今天竟是不住向人發錢，而不是索錢。」

寇仲心中湧起溫暖，做好事總教人舒服，笑道：「這土河法果然有門道，不知情者肯定會著道兒，不過此法只能於特別環境下使用，但定點察敵是必須的，不定點的偵查又如何？」

洛其飛答道：「游弋的主要任務有三，一是偵察，包括深進敵後，以種種手段刺探敵情；二是傳遞情報，通過祕密的網絡和渠道，定時定日的把消息送回來，讓專人收集分析，再轉至有關部門。這方面的事虛先生下了很多心力，否則不會像今天這般完備。三爲捉生問事，就是活捉俘虜，嚴刑拷問，套出沒法從表面看到的情況。」

「嚴刑拷問」提醒寇仲戰爭不擇手段的殘酷本質，更使他想起尹祖文的「七針制神」。暗忖若自己手下大將落入他手上，必捱不過這酷刑，所以有機會要先殺此人。

寇仲心懸洛陽的情況，此天下最具規模的三大名城之一的都會，似如汪洋怒海中一艘孤舟，隨時會傾覆，遂問起虎牢的情況。

洛其飛道：「朱粲剛吃過唐軍一場大敗仗，王世充想打通洛陽南路的希望完全幻滅；伊闕、穎陽相繼失守，現在只餘東路以虎牢爲主的諸城仍在他旗下，形勢不太樂觀。」

洛其飛輕嘆一口氣，續道：「應該說非常危急，王世充當然曉得虎牢的重要，派出太子王玄應以重兵固守虎牢。李世勣乃深諳兵法的人，知不能馬上強取虎牢，採取迂迴戰術，先謀附近各城，以孤立虎牢，使王玄應不戰自退。李世勣現正向虎牢東南另一大城管城進軍。」

寇仲心嘆王玄應算是老幾，哪裏是李世勣敵手？問道：「守管城者是誰？」

洛其飛道：「管城守將郭慶，原為瓦崗軍滎陽郡守，與李世勣素有交往，瓦崗軍失敗後，郭慶歸附王世充。」

寇仲色變道：「以王世充的多疑，怎會如此失策起用郭慶應付舊同僚李世勣。」

洛其飛道：「王世充有他的苦衷，首先郭慶是滎陽人，與滎陽、管城的地方勢力關係密切，本身又有數千子弟兵。為此王世充對郭慶籠絡有加，更把美麗的姪女嫁給他，希望這關係能起作用，聽說郭妻對王世充是忠心的。」

寇仲苦笑道：「利字當頭，政治交易買賣式的婚姻能起多少作用？唉！管城若完蛋，其他滎陽、鄭州的守將不投降才怪！沒有人肯為王世充父子賣命的，若守虎牢的是楊公卿，當是另一番局面。」

洛其飛道：「滎陽的守將是魏陸，鄭州守將是王要漢和張慈寶，下屬不太清楚魏陸和王要漢對王世充的忠心程度，肯否為王世充効死力？不過既能得王世充信任，當然不是那麼易投降的人。至於張慈寶追隨王世充多年，忠心方面該沒有問題。」

寇仲嘆道：「我們很快會曉得結果。」

此時手下來報，桂錫良、幸容的船抵達梁都外碼頭。寇仲正等得心焦，大喜出迎。

徐子陵甫登碼頭，便有人把紙條塞到手裏，打開一看，上面寫著「撇下跟蹤者，成都南郊惠陵見」兩行字，下方署名鄭石如。徐子陵心中大訝，鄭石如竟神通廣大至此，可準確把握自己抵蜀的時間地點，安排手下暗裏通知他見面的地點。想到這裏，暗暗留心附近的環境，果然感應到有被人監視的感覺。

他雖非完全信任鄭石如，卻感到他沒有惡意，他想見自己該是曉得有人心存不軌，故欲示警。倏地飛身上馬，施展人馬如一之術，在幾下呼吸間把馬速催至極限，放蹄離開人來人往的碼頭區，望成都的方向奔去。即使跟蹤者高明如石之軒，肯定會因措手不及而被他甩掉。

在書齋內，寇仲與兩位識於微時的老朋友桂錫良和幸容促膝談心，言笑甚歡。

弄清楚兩人現時的情況後，寇仲微笑道：「竹花幫現在分裂成兩派，罪魁禍首是邵令周，只要幹掉他的靠山李子通，保證邵令周立即向你們乞和臣服，就看你們有沒有那個膽量。」

桂錫良嘆道：「我們早知你有奪取江都之心，來前為此開過會議，作出決定。不是我們不想幫你，而是在目前的形勢下任你有通天徹地之能，亦沒有可能在一年半載間辦到。以沈法興和杜伏威比你們強大得多的兵力仍徒勞無功，還損兵折將，你少帥軍更沒法能他們之不能，還不如把精神放在彭梁，希望能守到宋軍北上的一刻。」

寇仲像給一盤冷水照頭淋下，臉上肌肉僵硬起來，皺眉道：「若正面攻城，我們當然全無機會。可是揚州是我們的地盤，我們可從內部去顛覆李子通，例如先設法燒掉他的水師，我們可由大海入長江，以奇兵突襲，加上裏應外合，殺他娘的一個措手不及，不是沒有成功的機會。」

幸容苦笑道：「大家兄弟，若有成功機會，我們絕不會袖手。問題是李子通已向李淵稱臣，變成與杜伏威共事一主，沈法興則正猶豫應否降唐，在這樣的形勢下，李子通再無近憂，故能把力量集中部署在鍾離、高郵、延陵和江都四城，水師則分散在江都附近主要河道，俾能互相呼應，縱使你們能攻進江都，先不說你們有否足夠兵力進行巷戰，只要其他三城派兵從水路來援，當能迅速解江都之危。」

寇仲搖頭道：「你們知否輔公祏和杜伏威出了問題，輔公祏對李子通有一定的威脅。」

桂錫良道：「杜伏威和輔公祏面和心不和，在長江是人盡皆知的事。不過他們互相牽制，輔公祏即使有心，卻是無力。唉！不要奢望奪取江都好嗎？我們比你更清楚老家的情況，邵令周與李子通狼狽爲奸，對城防控制極嚴，我們的人根本沒法滲透進去。」

幸容道：「李子通招攬大批江南武林的好手，你和小陵雖武功高強，可是雙拳難敵四手。照我們的情報只是江都城內足有二萬李軍的精銳，加上城外兩個營寨的駐軍及水師船隊，只江都一地兵力達五、六萬之衆，你們進城容易，離城卻是難比登天。我們討論良久，最後仍斷定你全無勝算。」

寇仲頹然挨到椅背，嘆道：「你們該不會誆我的，可是若我取不到江都，在這裏是等死的局面。」

桂錫良道：「坦白說，現在我們擔心的不是你能否攻陷江都的問題，而是李子通會不會從鍾離水路北上突襲你的梁都。若我是李子通，就兵分兩路，一路把梁都重重包圍，把你牽制在此，另一路則從海路攻打東海，那也是他出身的地盤，城內仍有他的人潛伏。」

幸容亦苦口婆心勸道：「與其坐以待斃，不如索性放棄彭梁，從海路溜往嶺南，再在那裏擴展，先收拾沈法興和林士宏，到南方盡歸你旗下，站穩陣腳，才過江挑戰李閥。」

寇仲捧頭道：「你們的話不無道理，待我先想想吧！」接著哈哈笑道：「再不談這些令人洩氣的事，我們到城內找個地方喝酒，其他的事明天去想。整天工作是不成的，須有輕鬆的時刻，對嗎？」

徐子陵獨自進入古柏森森、草木葱翠的陵園，只聞蟲鳴鳥唱，不見人跡，値此日落時刻，別有種懶洋洋的清靜。他對建築已具備專家的欣賞眼力，一目了然的看出整個陵園以照壁、柵欄門、神道、寢殿、闕坊及陵墓組成，排列在由南至北的中軸線上。他本以爲鄭石如會在入園處等他，卻是不見蹤影，心想既然來到，陵墓黃土之下長眠的又是名傳千古三國蜀帝劉備埋骨之處，思古幽情油然而生，遂轉過上刻雙龍戲珠菱形浮雕的照壁，通過上方懸有「漢昭烈陵」牌匾的欄柵門，踏上石獸翁仲分立兩旁的神道，朝陵墓緩步而行。萬里斑被他留在陵園外草原僻處，他經一事長一智，對不熟悉的人總會防一手，故不願愛馬涉險。

他終於來到成都。只要他願意，一天時間即可抵達石青璇的幽林小築，這美女是否正隱居谷內，或是因某些原因外遊，讓他撲個空？去見她實在需要一點勇氣，而在這方面他從來不是個勇敢的人，最勇敢的一次是在小長安鬧市公然向師妃暄表示愛意。唉！

經過供奉塑像的殿堂，映入眼簾的是一座高大的土堆，周圍環以紅色牆垣。土丘上草樹叢生，茂密成蔭。惠陵終於出現眼前。想到與劉備只是一土之隔，徐子陵不由心生感慨。無論生前如何不可一世，縱橫了得，還不是一抔黃土，長埋白骨。甚麼豐功偉績，最後仍是煙消雲散，了無痕跡。終有一天他徐子陵也會變成另一堆枯骨，像腳下曾叱咤一時的劉備。

鄭石如的聲音在背後響起道：「子陵喜歡劉備這個人嗎？」

徐子陵毫不訝異的聳肩道：「我從沒想過喜歡他還是不喜歡他。在我心中，他的形象很模糊，彷似是個沒有甚麼鮮明性格的人。反是他的軍師諸葛武侯、大將關雲長、張飛和趙雲都是鐵錚錚的英雄豪傑。劉備能讓這些超卓的人物爲他所用，本身怎都該有點斤兩。」

不修邊幅，狂野依然的鄭石如來到他左旁，冷哼道：「應說劉備是叨他們的光，愛屋及烏下不但被視爲當時正統，且被史家塑造爲『信義著於四海』的人，事實上他並非講信義的人，劉璋一片好心邀他入蜀，他卻串通劉璋手下法正和張松，取蜀而代之。可知劉備根本是個心狠手辣的人，信義只是拿來裝飾門面，利害攸關時哪還有興趣講仁義。僞君子實比眞小人更可惡。」

徐子陵欲語無言，對此他比任何人有更深刻的體會。成者爲王，敗者爲寇，在爭天下的鬥爭中，從不講天理人情，仁義只是籠絡人心的其中一種手段。

鄭石如嘆道：「三國最了不起的人物是曹操，卻背負惡名，使後人『尊劉抑曹』。看吧！劉備的陵墓正巍然矗立我們眼前，曹操的早蕩然無存。劉備吃香，陵墓沾光。傳說曹操臨死前吩咐下屬在漳河邊設七十二疑塚，好教恨他的人沒法剖棺戮屍，這分明是後人虛構出來的故事，因曹操死時魏國兵權盛極一時，哪會想到有人敢來攪擾他的皇陵。後世的人卻對他如此抹黑誣陷，可看得出人的偏袒是多麼可怕。」

徐子陵皺眉道：「鄭兄爲何像滿腹牢騷的樣子？」

鄭石如苦笑道：「我確是滿腹牢騷，因爲巴蜀這個月來風起雲湧，一向風平浪靜的成都不再安寧，動輒出現幫派互鬥的亂局。」

徐子陵愕然道：「究竟發生甚麼事？」

鄭石如頹然道：「還不是因『天刀』宋缺送來的一封信！」

徐子陵心神劇震，曉得爭霸天下之戰，終因宋缺的參與而把巴蜀武林也捲進可怕的大漩渦去。

送走桂錫良和幸容後，寇仲策著千里夢到城外散心，獵鷹無名在他頭頂高空盤旋追隨。無論他如何忙碌，總找個時間讓千里夢舒展筋骨，與無名戲耍一番。這可是突利的教導，人和動物需時間培養感情，建立密切的關係。無名在天空俯衝而下，寇仲發出鳥言，舉起左臂讓牠降落，當堅硬的鷹爪抓上他腕口，他生出與座下愛馬和鷹兒血肉相連的親密感覺。或許會有一天，他落敗逃亡，身邊的兄弟逐一倒下，漫山遍野的敵人從後追趕，而筋疲力盡的他只有愛馬愛鷹追隨，在失去一切後，他會不會學西楚霸王項羽般自盡？寇仲露出一絲苦澀的笑容。

當桂錫良和幸容痛陳利害，拒絕助他奪取江都，使他首次生出身處絕境的頹喪感覺，但卻沒有怪他們不夠朋友，並體會到兩人的苦處。他們現在身分不同，下面有數千弟兄在他們領導下混飯吃，不可能因他一個命令就把全體人投進動輒全軍覆滅的險境去。他們的分析更是針對實際情況而發，他或能攻進江都，可是在李子通準備充足下，他縱能得意一時，卻難長久。即使出現奇蹟，他成功把李子通趕走，可是當其他城池的李軍在他陣腳未穩時全面反撲，他絕守不住江都，最終仍難逃被殲的命運，他怎忍心讓信任自己的手下白去送死。

想起竇建德破黎陽城後的巷戰，他整個背脊涼浸浸起來。當時竇軍以多出敵人十倍以上的優勢軍力，敵方主將又率眾外逃，守城兵員經多天晝夜不眠的苦守致筋疲力盡，士氣低落，他們仍要逐寸逐尺的殺到城內去，爲最後勝利付出傷亡慘重的代價。江都可不比黎陽，他縱使盡起彭梁四萬少帥軍攻入城內，仍破不了規模比得上長安皇宮的江都宮。當年若不是籠裏雞造反，豈會那麼容易推翻楊廣？他少帥軍大部分將士都是沒上過戰場打過硬仗的新丁，無論訓練如何精良，對自己如何忠心不二，甫上戰場即遇上最慘烈逐街逐巷的鬥爭，怎吃得消。

寇仲腦海幻出鮮明的景象：他和手下攀上城牆，突破缺口，殺進城內，蓄勢以待的守軍潮水般從四面八方湧殺過來，箭矢雨點般從牆頭、哨樓和制高點灑下，帶起一蓬蓬的血肉。皇宮的精兵不斷增援，城外營地的軍隊蜂擁而至。寇仲不由打個寒噤，生出不寒而慄的駭然感覺。當洛陽城破，李世民率軍東來，李子通則從後截斷他所有南退的水道陸路，無險可守的彭梁能支持多少天？他該不該接受桂錫良和幸容的勸告，趁可以逃走時溜到嶺南？不過這樣他的少帥軍也完蛋了，除宣永的二千手下，卜天志的巨鯤幫眾及雙龍幫的數百兄弟，其他人都是彭梁一帶土生土長的人，他們怎能捨下家人，陪他到僻處南隅的地方？宋缺又會怎樣看他？會不會因他不戰而逃撤去對他的支持？左不行，右不成，左右為難，進退無路的滋味令他難過苦惱得想大哭一場，以宣洩心內怨憤。桂、幸兩人的話，把他最後一個希望粉碎。

鄭石如和徐子陵在惠陵外一處山頭亂石堆處坐下密語。

鄭石如道：「大約一個月前，宋智來巴蜀見獨尊堡的解暉，帶來宋缺的一封信，信中說得很客氣，宋缺表示為堅持漢人正統，決意全力支持寇仲統一天下，希望以解暉為首的巴蜀各大派系保持中立，待他和寇仲與北方諸雄分出勝負後再決定去向。信裏沒有半句威脅人的說話，可是卻令整個巴蜀武林反轉過來。今年的中秋你不妨看看，那冷淡淒清的情況肯定會令人心酸難禁。」

徐子陵開始對這狂放驕傲的人有進一步的了解，他的古道熱腸，對平民百姓的關切，絕非那些滿口道德，開口閉口為國為民的人可比。他的關懷是發自眞心的。

徐子陵皺眉道：「解暉與宋缺一向關係密切，是否因爲此須推翻與師妃暄的協議，致惹起軒然大波？」

鄭石如嘆道：「事情若是這麼簡單就好哩！接信後三天，解暉與羌族的『猴王』奉振、瑤族的『美姬』絲娜、苗族的『鷹王』角羅風和彝族的『狼王』川牟尋在獨尊堡舉行漢族和巴蜀四大少數民族的高峰會議，讓衆族主親閱宋缺的手書。由於此事關係重大，四大族長都不敢倉卒決定，須回去與族中長老商量。可是解暉在會上指出宋缺此信來得太遲，而他更不看好寇仲，登時在會上引起一番爭議，最後不歡而散。」

徐子陵聽得大感意外，好一會才道：「宋智當時仍在成都嗎？」

鄭石如答道：「宋智在成都逗留兩天便離開，解暉是在宋智離開後召開此會。」

徐子陵大惑不解道：「宋缺並不是請解暉站在他的一方，只要他保持中立，解暉的兒子解文龍娶的又是宋缺之女宋玉華，爲何解暉卻是違逆宋缺意見的人？而其他少數民族反肯聽宋缺的勸告？」

鄭石如道：「還不是私心作祟。李淵曾先後派來三個使者與解暉密談，內容如何外人當然無從知道，可以推想是李淵許以爵位厚祿，因爲每次使者離開後，獨尊堡均大事慶祝。」

徐子陵道：「我們很難怪責解暉，江湖上一諾千金，他既答應洛陽城破後歸唐，當然不能因宋缺一封信推翻協議。」

鄭石如哂道：「問題是現在並非一般江湖協議，而是關係到巴蜀的存亡。你不知道宋缺對巴蜀的影響有多大？宋家控制著輸入巴蜀的用鹽，過半的貿易都掌握在他手上，宋家的水師船隊更稱霸南海和長江，隨時可從水路攻來。這些還不是問題，問題在宋缺的威脅力，誰不曉得宋缺不但是天下第一刀，更是雄才大略的軍事地理大家，違逆這樣一個人的意旨，後果實不堪想像。」

徐子陵道：「鄭兄對宋缺有這樣的了解並不出奇，可是四族之長因何如此忌憚宋缺？」

鄭石如道：「應說是尊敬才對。在他們心目中，宋缺是最能善待少數民族的漢人，做交易從不會騙他們半個子兒，對嶺南一帶的衆多弱勢民族更是愛護有加。若要巴蜀四族的人挑選他們最擁戴的天下之主，必是宋缺無疑。」

徐子陵苦笑道：「可惜與他關係本是最密切的解暉卻不會從這立場去看整件事。但坦白說，我反覺得解暉的看法明智正確。若他推翻與李淵的協議，必惹怒李淵，而目前則是李閥佔盡優勢，宋閥能統一南方形成對峙之局已相當不錯。爲龐大的家族設想，解暉不是沒有他反對宋缺的苦衷。」

鄭石如沉聲道：「請恕我直言，子陵犯下解暉同樣的錯誤，就是低估宋缺。要忍，宋缺比任何人都能忍，故能避過與楊堅衝突，多年來在嶺南養精蓄銳，培植各方面的人才。以楊堅的實力，仍不敢冒險進軍嶺南，可見對宋缺的畏敬。」頓了頓仰首望向星空，緩緩道：「可是當蟄伏多年的怒龍從潛伏處沖天而起，卻誰都擋不住他。沒錯，他似是錯失良機，讓李閥坐大；寇仲的少帥軍既處於無險可守之地，且是未成氣候。不過你該比我更明白寇仲，宋缺加寇仲，我敢說肯定能將整個形勢扭轉過來，有一天解暉會爲他今天的決定後悔。」

徐子陵不由想起宋玉華，她給夾在中間，左右做人難。她是具有才慧的好女子，早預見今天的情況，故曾來求自己不要讓寇仲和宋缺見面，自己卻有負所託。唉！

鄭石如雙目射出狂熱神色，道：「不瞞子陵，宋缺是我在天下衆多人物中最崇敬的人，曾下過工夫研究他平定南疆和擊退外夷的戰略手段，更觀察他做生意的手法，他老人家實是文武全才，善於以奇制奇，有鬼神莫測之機。不到他眞正行動，誰都看不透他的才智本領。現在看來他和寇仲雖似處於下風，但說不定這形勢是他蓄意營造出來的，爲的是要別人低估他。」

徐子陵一震道：「我和寇仲似乎也低估了他。」

鄭石如深吸一口氣道：「我深信自己對宋缺的看法絕不會錯，終有一天我的猜測會被證實。」

徐子陵仍是半信半疑，皆因無論宋缺有甚麼鬼神莫測之能，打仗可非兩人對壘，會受其他人事和客觀的條件牽制。

鄭石如道：「你道是誰告訴我你今天會來成都，包保你猜估不著。」

徐子陵心忖難道是石青璇，想想又沒道理，她一向不問世事，且對自己來蜀全不知情。搖頭道：「鄭兄揭盅吧！」

鄭石如微笑道：「是胖賈安隆。」

徐子陵失聲道：「竟是他？」

鄭石如道：「昨晚安隆找上我，著我通知你香家務要趁你到巴蜀來見石青璇的良機，以有心人算沒心人，不擇手段置你於死地，著我警告你。」

徐子陵心忖此事確是離奇，除非石之軒命安隆這麼做，否則安胖子絕不會對自己這麼好心。可是石之軒爲何要這樣做？他心中暗暗想到答案，卻不願承認。

鄭石如沉聲道：「我問安胖子爲何這麼關心你的安全，安胖子苦笑不語，還囑我不要告訴你消息從他那處來。安胖子因何助你？」

徐子陵茫然搖頭，說不出話來。

寇仲召來手下文臣武將，挑燈夜話。出席者有虛行之、宣永、任媚媚、高占道、陳老謀、白文原、焦宏進、查傑、牛奉義、卜天志、陳長林、洛其飛。少帥軍的領袖全集中到少帥府的大堂，頗有首次朝會的味道，不過卻在晚上舉行。寇仲坐在大堂向門一端的主座，其他人分坐兩旁。寇仲神態從容，誰都看不出他剛才苦思不解的失落頹喪。眾人當然曉得他有重要的話要說，屏息靜氣待他開腔。

寇仲目光瞄過眾人，夷然笑道：「適才和桂幫主談過，才知自己想法天眞。李子通把兵力分布在江都隔江的延陵，扼守江河交匯處的鍾離和最接近我們南疆的高郵，戰略上非常高明，我同意桂幫主的看法，若我們進軍江都，必敗無疑。」眾將無不色變。

宣永發言道：「據桂幫主的看法，李子通會不會對我們用兵？若他令高郵和鍾離的軍隊分從陸、水兩路北上入侵，我們應付起來會非常吃力。」

寇仲聳肩道：「這正是桂幫主擔心的事。但我敢肯定李子通沒這膽量，正確點說該是李世民對李子通沒有信心。」

任媚媚不解道：「少帥可否解釋清楚？」

寇仲道：「李子通既已歸唐，李世民成爲他的主子，李世民並不奢望李子通能消滅我，所以當會命李子通全力牽制我，同時防範我南攻江都。李子通兵分四城，說不定出自李世民的意思，否則以李子通的怯弱怕死，怎會不把兵員集中江都？」

虛行之同意道：「少帥之言甚是。」

卜天志憂心忡忡的道：「若我們給李子通牽制至動彈不得，一日洛陽城破，李世民大軍東來，李子通則進犯我們南疆諸城，我們豈非兩面受敵？」

陳長林道：「唐室的水師和李子通的海船隊，有足夠能力截斷我們運河水道的交通和封鎖沿海諸城。」

寇仲微笑道：「我們當然不能坐以待斃，解決的方法很簡單，就是在洛陽城破前先擊垮李子通，這叫擇弱而噬。」

衆人聽得一頭霧水，剛才寇仲說過攻打江都必敗無勝，這刻又說要擊垮李子通，豈非前後矛盾。只有虛行之含笑不語，顯是猜到寇仲葫蘆裏賣的是甚麼藥。

寇仲欣然道：「行之請把看法說出來，看看是否與我不謀而合。」

虛行之笑道：「是否引敵來攻，然後乘虛而入，避重就輕，捨難取易呢？」

寇仲拍扶手嘆道：「知我者，莫若行之。誰能告訴我有甚麼方法可引李子通那傻瓜來攻打我們？」

衆人無不被他有力的分析，發自心內的龐大信心感染，士氣立時昂揚起來。

焦宏進不屑的道：「我認識李子通這個人，志大才疏，既膽小如鼠，又是好大喜功。若非趁宇文化及離開的空檔，比杜伏威和沈法興先一步進城，江都哪輪得到他。只要讓他以爲有機會爲唐室立大功，兼之他一向認爲我們羽翼未成，必可引他出兵北來。」

陳老謀怪笑道：「李子通這兔崽子這次有難哩！我們何不佯攻江都，詐作把梁都的重兵開往前線，李子通見有機可乘，肯定會命鍾離的兵從水道來襲，我們可迎頭痛擊。」

寇仲欣然道：「陳公的話說中我一半心意，但別忘記這兔崽子的膽很小，當以爲我們攻打江都，只會把鍾離的兵調返江都保護他，哪敢貿然北上。」

聽到這裏，與座諸人無不曉得他智珠在握，心內有整盤計畫。

寇仲道：「將心比心，一個本身膽子小，不戰而降於唐室的人會怎樣去猜測敵人呢？」

查傑忍不住問道：「他會怎樣想？」這句話帶點天眞的味道，惹得人人莞爾，氣氛輕鬆。

寇仲心忖自己駕御屬下之法，該不會比李世民遜色多少，哈哈笑道：「當然是以爲對方也像他般沒膽子啊！」

哄堂大笑，忽然間，前虎後狼的處境再不可怕。寇仲雙目閃閃生輝，挺脊張肩，正容道：「這次就當是行軍的演習，我們把梁都的二萬兵調走一萬五千人，往東海開去，更把船隻集中到東海郡，只留下二十八艘飛輪船作祕密武器。」

虛行之拍腿嘆道：「當李子通誤以爲我們勢窮力竭下須撤退往嶺南，爲搶立大功，必來攻無疑。」

任媚媚皺眉道：「但我們集兵東海，也可以是從海路進攻江都。」

寇仲沉聲道：「所以軍隊開動的時機非常重要，虎牢城破的一刻，正是我們動軍之時。我敢保證李世民早有命令著李子通阻我們逃往南方，所以當他懷疑我們少帥軍有逃亡的意思，必竭盡所能來阻止。於公於私，李子通也不會放過我，我寇仲就利用他這種心態殲滅他。各位回去好好想想，如何做好這場戲？我們的目標不是江都而是鍾離。李子通既失鍾離，高郵勢將難保，所以鍾離是他必爭之地，到時我會令他進退失據，有力難施。」衆將轟然答應。

徐子陵重臨弦索夜歌、蛾眉妙曼，窮朝極夕，顚迷醉昏，一向別立於中原紛爭之外的成都，恰在另一中秋佳節來臨前的十多天，分外有一番感觸。尤其因宋缺和寇仲的南北相連，宋閥和李閥南北兩個最強大力量正面交鋒一觸即發，爭霸之戰勢要捲南蕩北，巴蜀因位處長江西端源頭，對控制長江有無比的戰略意義，在這樣的情勢下，將難獨善其身。表面看成都富麗繁華如昔，徐子陵戴上弓辰春的面具，先到著名的上蓮池街的浣花客棧安頓好馬兒，肯定沒有人跟蹤他後，隻身往找住在花林坊的侯希白。依侯希白夜夜笙歌的生活方式，要在這時候找侯希白，到與長安上林苑齊名的散花樓該比到他家找他機會大點，不過他一心偵察侯希白家居的情況，看敵人有沒有對他的小窩展開嚴密監視，遂先到此一行。

要殺他或寇仲豈是輕易，直到今天，不管是強大如當年的李密、宇文化及，目前聲勢最盛的突厥和李唐，仍沒有人能辦到。香玉山絕非不自量力的人，要趁機殺徐子陵卻是別無選擇，因與香家的存亡極有關係。照徐子陵的推想，香玉山的手段不外是招攬大批亡命之徒，以種種下流卑鄙的手段設伏趁其不備施以暗算。此時他步進一道橫巷內，倏地躍起，收攝心神，耳聽八方，逢屋過屋，往侯宅潛去。

他再沒時間心情和香玉山糾纏，索性抓起個人來拷問，找出敵人藏身處，以雷霆萬鈞的手段來個下馬威，消除威脅。一個飛身，撲伏在與侯宅只一巷之隔的鄰房瓦背，對面的侯宅烏燈黑火，他朝四方探索，繞侯宅兜轉一圈，到肯定沒有暗中監視的人，躍入宅內，侯希白果如所料並不在家中。徐子陵心中大訝，爲何竟不見有監視者，難道香玉山猜到他已生警覺，所以放棄計畫？他爲人瀟脫，想不通的事就不去想，正猶豫該不該到散花樓尋侯希白，心中一動，飄然離開。

寇仲躺在臥榻，從他的角度往旁邊的小窗外望，可見到一小截寧靜的星空。他深切感受到要戰勝敵人，首先要戰勝自己。當日慈澗大會戰前，他正因想通此點，回復信心和鬥志，雖然最後仍在李世民超凡的手段下慘敗離開，但仍轟轟烈烈的與威懾天下的李軍硬撼連場，毫不遜色。現在少帥軍比王世充的處境更不如，在計窮力竭下掙扎求存，可是若他自己不振作，誰會來可憐他的少帥軍。

自出道以來，他一直在逆境中奮鬥，培養出不屈不撓的鬥志。但謀事在人，成事在天。他想出來對付李子通的計策與戰略的成敗關鍵頗帶點僥倖的成分，一旦李子通按兵不動，他將一籌莫展。可是他對自己的計畫仍深具信心，因爲經多次接觸，他早摸清楚李子通的性格爲人。只要他能把鍾離取到手上，江都已有一半落到他手上。多麼希望有徐子陵在他旁邊，他可盡情傾訴心中的憂慮，互相探討。但現在只能自己默默承受，還要在手下前表現得信心十足，這就是身爲最高領袖的苦處。

侯希白坐在荒宅瓦脊處，與夜色星空融爲一體，衣袂飄飛的凝望懸在半空的月亮，徐子陵來到他旁坐下，微笑道：「希白兄別來無恙，若我不是猜你失去往青樓的心情，今晚定要失之交臂。」

侯希白一震道：「石師……唉！石師……」

徐子陵苦笑道：「你石師不但安然無事，還差點要了小弟的性命。」遂把慘敗的情況詳細道出。

侯希白聽罷立即變得生龍活虎，整個人輕鬆起來，道：「我眞不知是悲是喜，我溜回成都來，是因不敢面對殘忍的現實，一邊是我最好的兄弟，另一邊是好是歹總是一手栽培我成材的師尊。」

徐子陵明白的道：「現在好哩！並沒有弄出人命。我們已錯失對付令師的唯一機會，以後只有他來殺我們，我們陷於絕對的被動。」

侯希白嘆道：「這有甚麼好？子陵是否剛抵成都？」

徐子陵點頭道：「我準備明早起程往幽林小谷，希白兄有同行的興趣嗎？」

侯希白搖頭道：「我當然希望能和青璇親近，卻絕不宜去，青璇見到我會勾起對石師的恨意，後果難測。」

徐子陵同意道：「希白兄所言不無道理，希白兄是否曉得小築所在處？」

侯希白道：「幽林小築位於成都北邊鳳凰山東麓太陽溪西岸的隱蔽小谷內，景色極美，我是從石師口中得知小築的大約位置，再經查訪，才發覺小谷所在，卻沒膽子入谷探望青璇，既怕她不悅，更怕觸怒石師。」

徐子陵不解道：「聽你這麼說，曉得小築位置的該只你師尊一人，但當日楊虛彥和安隆如何能假冒令師向她發出信息，引她攜印卷到成都來？」

侯希白露出沉凝神色，緩緩道：「我曾思索過這問題，會不會是石師在變得性格邪惡時，將小谷位置向楊虛彥洩露，好假他之手除去愛女？」

徐子陵點頭道：「此事大有可能，否則安隆怎敢和楊虛彥合作對付石青璇？但既是如此，爲何他們不直接到小谷去殺人奪卷，而要如此轉折施計？」

侯希白道：「殺人容易，奪卷困難，他們怎曉得印卷藏在甚麼地方？且他們非是沒有顧忌，若石師變回多情的人時，悲憤之下說不定會殺安隆和楊虛彥爲青璇復仇。所以兩人或只敢奪卷，而不敢傷害青璇。這只是我的想法，實情如何，除非抓起安隆來拷問，子陵有沒有興趣？」

徐子陵想起安胖子示警之事，搖頭道：「我明天見青璇要緊，不宜節外生枝。聽說現在巴蜀以解暉爲首的漢人和其他族系，因宋缺的一封信生出分歧，爭持不下。」

侯希白訝道：「此事尚未傳開，子陵何以甫到成都，竟曉得此事？」

徐子陵沒有瞞他，把鄭石如的事道出。

侯希白愕然道：「難怪子陵會查問起誰會曉得幽林小築位置的事，不過照我看對方只知你來成都，卻不知道小築所在，否則何須打草驚蛇的遣人來跟蹤你？」旋又失笑道：「香家憑甚麼來對付你？眞是不自量力，不拿個鏡子來照照看。」

徐子陵搖頭道：「低估別人會有不測之禍，就像我們低估令師碰了一鼻子灰。香玉山這人武功雖不怎樣，心計卻狠毒沉著，且比任何人更了解我和寇仲，只看他沒派人監視你在成都的另一多情窩，即可知他非常謹愼。」

侯希白一呆道：「說得對！那明天我怎都要陪你走一趟，頂多在谷外等候你。」

徐子陵皺眉道：「你怕他們對付青璇嗎？」

侯希白哂道：「他們怎有此膽量，我只怕他們在入谷的小道伏擊你。」接著劇震道：「不對！」

徐子陵關心石青璇，給嚇了一跳，駭然道：「不對在甚麼地方？」

侯希白的俊容直沉下去，道：「假設香家曉得小谷所在，情報定是來自楊虛彥。楊虛彥是兵行險著，因與師尊關係惡化，故藉別人之手來博一鋪，最理想的是石師聞青璇被害再陷精神分裂，這可能性非常大。小谷乃絕地，只有一個入口，是伏擊的理想地點。」

徐子陵色變道：「幸好得你提醒，此事確大有可能，因爲香家後面有趙德言支持，你石師若有不測，趙德言在統一魔門的路上再無對手。我們既知你石師的唯一破綻是青璇，趙德言和楊虛彥肯定更清楚。」

侯希白道：「事不宜遲，我們立即趕去，日出時應可抵達小谷。」

兩人哪敢延誤，立即離開。

天尚未亮，寇仲策馬攜鷹，在城外縱情馳騁。愛馬和愛鷹均成爲他戰場上最親密的夥伴，等於多出一對腳和在高空俯察大地的眼睛，牠們更是他最忠心的戰友。他讓無名自由地在空中飛翔，受過嚴格訓練的無名，只會從他手上取食，不虞敵人以誘餌毒害。回城時，宣永和洛其飛在城外迎上他。

洛其飛神色凝重道：「管城守將郭慶終於向李世勣投降，切斷虎牢和鄭州一線鄭軍的聯繫，令滎陽和鄭州岌岌可危。」

寇仲色變道：「郭慶的妻子不是王世充的侄女嗎？爲何竟不戰而降？」

宣永道：「李世勣派手下頭號謀臣郭孝恪攜勸降信去見郭慶，分析天下形勢，曉以利害，郭慶終給說動，其妻力勸不果後自殺身亡。」

寇仲嘆一口氣，道：「虎牢輸得太快哩！王玄應有甚麼動作？」

洛其飛道：「王玄應率軍欲謀收復管城，給李世勣揮軍半途攔截，兩軍爭持不下，看來王玄應只能無功而退。」

寇仲一呆道：「王玄應哪是李世勣對手，李世勣只守不攻，是要減低傷亡，因他有信心得管城後可不費一兵一卒再降滎陽和鄭州，孤立虎牢。」

宣永道：「我們現在怎麼辦好？」

寇仲勉強振起精神，消化這壞消息，沉聲道：「立即通知楊公往這邊撤來，行程須絕對保密，因爲他的五千兄弟將是我們攻佔鍾離的祕密武器，此著奇兵，保證能給李子通一個驚駭。」

洛其飛道：「我們可利用飛輪船在晚上分批運送楊公的軍隊，應可避人耳目，給我十天時間，可把他們安置於附近的祕密地點。」

寇仲道：「這就成哩！假撤退必須立即進行，就讓李子通以為我們見勢不妙，想溜之大吉，這方面你們有否想出周詳的計畫？」

宣永苦笑道：「計畫不是太少而是太多，少帥囑我們回去想，結果每人各想出一套來，須少帥定奪。」

寇仲大感頭痛，心忖這就是領袖之苦，表面則哈哈笑道：「我們回去立即舉行會議。」

鳳凰山位於成都東北多扶平原之西，主峰高起百餘丈，山勢雄偉秀麗，蜿蜒數十里，四周峰巒逶迤，群山環抱。主峰高出群山之上，拔地而起，形似展翅欲飛的鳳凰，故有「鳳凰山」的雅號。穿過鳳凰山往南行，漫山古木、野草萋萋，一道河溪從西北蜿蜒而來，流往東南，兩岸長滿楓樹，值此秋盛之時，楓葉部分轉紅，紅黃綠互相輝映，造成豐富的色感層次，景色極美。

徐子陵在侯希白引路下，沐著清晨溫煦的陽光，渡過河溪，沿鳳凰山往南走的支脈全速飛掠。過楓樹林，穿山峽，景色忽變，只見林木深茂，池潭依山勢高低以奔突的飛流相連，山溝地勢如層層台階，高低瀑布飛瀉漫溢，水聲咚咚，疑無路處竟別有洞天，大有柳暗花明，尋幽探勝之妙。野樹依池潭山勢盤根錯結，苔草流碧，流水或奪瀉而下，或分級飛墜，水擊頑石，形成無數水流迴旋激濺的動人景象。兩人躍上一道飛瀑頂端巨岩處，眼前豁然開朗，眼下是一望無際的原始古林，左方是鳳凰山脈盡處，以幾座環合的山巒作結，右方是延至地平的荒野林海。

侯希白指著左方的山道：「幽林小築就在群山環圍的山谷內，子陵現在該明白我為尋此祕谷，費了多少腳力。」

徐子陵心忖這確是隱居避世的桃花源，既與世隔絕，自可與世無爭。點頭道：「我雖曾得青璇指點，可是若沒有希白兄帶路，肯定會摸錯地方。」

侯希白嘆道：「所以若沒有人指點，明知幽林小築在成都附近，休想尋到這裏來，我是從石師那裏獲悉小築設於鳳凰山尾，經一番工夫始尋到這裏來。我們走吧！」

兩人沿石而下，進入森林，龐大的古樹參天而立，靈獸奇禽在林葉間跳躍飛翔，生趣盎然。他們在林木間疾行，倏地空間開闊，現出一間小石屋，屋旁有碎石道往前延伸，左彎右曲的沒在林木深處看不見的小谷入口。幽林小築，終於出現眼前。徐子陵若不是心懸石青璇，定會到小屋內一看，這該是一代刀法大家「霸刀」岳山結廬終老之地。想起他自慘敗於「天刀」宋缺刀下後，鬱鬱不歡，背著失意、血仇和恥辱而逝，徐子陵豈無感慨？

侯希白移到林木環繞的小屋旁，透窗瞥上兩眼，回到徐子陵處，細察小徑的痕跡，道：「青璇應是經常打掃小屋，裏面纖塵不染，這該是岳山的居所，他的墳墓當在附近不遠處，想岳山一代之雄，最後寂然埋骨此地，富貴名利，不外如是。」

徐子陵知他看不到有人踏過小徑的遺痕，故放下心來，有閒情說話。

徐子陵順口道：「不知……唉！還是不說啦！」

侯希白恍然道：「人死燈滅，一切皆空。子陵想問的當是師母的埋骨處所。據我所知，這可是妃暄告訴我的，師母曉得自己時日無多，攜青璇往大石寺，後遺體火化，骨灰送往慈航靜齋。靜齋主持本要把青璇接到靜齋撫養，卻爲青璇拒絕，在大石寺住了兩年，重返小谷潛居。唉！那段日子眞不知青璇是怎樣過的？」徐子陵不勝欷歔。

侯希白道：「照我看應沒有外人來過，我就躲在此處，子陵自己去見青璇吧！若你要多留幾天，出來知會我便行。」

徐子陵道：「我完成送天竹簫的使命，說兩句話後立即離開，不會讓你老哥久等。」

侯希白微笑道：「或者她喜歡你多陪她兩天？否則怎肯告訴你隱居之所？千山萬水的來到，只說幾句話不嫌浪費嗎？」

徐子陵搖頭苦笑，舉步前行。

侯希白在後方喚道：「我們的擔心仍是存在的，子陵最好警告青璇，著她提防楊虛彥。」

徐子陵揮手表示聽到，腳步加速，沒進林路盡處。終於到了再見石青璇的一刻。她是否會拒人於千里之外？若她仍是那副似有情還無情的樣子，自己能否打破宿命，盡一切能力去爭取？這可是最後的機會，他會為將來的幸福，也為她的幸福而努力嗎？

# 第九章 幽谷夜月

黃易作品集

# 第九章　幽谷夜月

會議上眾人各陳己見，有人提議詐作撤離，事實上暗中潛往祕處；有人提議以船運走兵員，中途卸人，代之以石頭，保持吃水深度，船上紮布假人諸如此類。總合各方意見，竟沒有人支持一場大規模的行軍動員，讓少帥軍從西疆的梁都，橫過少帥國，到達臨海的東海郡。只虛行之和宣永笑而不語，沒有說話。

任媚媚道：「梁都位於運河要衝處，屯駐重兵不但可迎擊循運河北上或南來的敵人，且可支援南北的城鎮，若真的抽空兵力，會影響我們少帥國的存亡。梁都可不像江都和洛陽那種堅城，若敵人準備充足，只要四至五萬人即可把梁都重重圍困，日夜攻打，那時我們將進退失據，軍心大亂。」

卜天志亦道：「若李子通兵分數路來犯，而我們的軍隊則因長途跋涉疲不能興，兼之敵人實力是我們的數倍以上，我們勢將無力反擊，坐看城池逐一陷落。故以詐兵為上著，同樣可達到少帥的要求。」

寇仲心中暗嘆，諸將的意見均以穩紮穩打為上，不敢犯險，提出的理由均在情理之中，究其背後原因，皆因少帥國是由他們一手建立出來，剛辦得有點成績，故特別珍惜。可是戰爭卻是殘酷的，是一個看誰損傷更大的遊戲，有如下棋，捨此而得彼，著眼非是一隅的成敗，而是全盤的勝負。與座諸將除宣永外從沒有參加過大型的戰爭，多是幫會頭領出身，當然不會像他般處處著眼全局。

寇仲微笑向宣永道：「你怎麼看？」

宣永肅容道：「現在我們處於劣境，必須以非常手段才能突破難關。李子通與杜伏威和沈法興纏戰多時，仍能保江都不失，可知並非能輕易瞞騙的人。少帥在我心中是非常人，只有非常人始有非常手段，下屬一切聽少帥的吩咐。」

寇仲首次發覺他這位首席大將於驍勇善戰、沉著穩重兩項優點外的另一長處，就是懂得如何配合作爲最高領袖的他，令他在衆見紛紜中，說出來的話更有分量。事實上寇仲仍未想到如何在不傷害手下諸將的情況下，申述自己的看法。

虛行之欣然道：「宣鎮所言甚是，不論是黎陽之戰、慈澗之戰，少帥均是以奇兵制勝，說到用奇，天下恐無人能勝少帥。」

衆將全體露出心悅誠服的神色，因虛行之說的是天下公認的事實。從竟陵守城之戰，挫退宇文化及、大破李密、揚威塞外，到虛行之提及最近的兩場著名戰役，寇仲確立了他無敵的威名。不過「無敵」的稱譽並非永遠可靠，如李密一鋪就把所有籌碼輸掉，現在他們面臨的情況更是凶多吉少。

陳長林恭敬的道：「我們只是各抒己見，最後當然由少帥定奪。」

寇仲哈哈笑道：「長林不必和我這麼客氣，大家是兄弟，自然是有商有量。哈！」頓了頓從容道：「我們對目標並無二致，只在達致的手段稍有參差。現在李子通高壘深城，按兵不出，令我們攻無可攻，也是守無可守。依孫子兵法，必須攻其必救之處，才可引他空巢而來。這必救之處就是我們騙他若形勢危急，我們少帥軍會放棄彭梁，撤往嶺南，這是李世民絕不容許發生的事。而因時間無多，洛陽城陷在即，所以我們只有一個機會去騙李子通。勞師動衆似屬不智，但若我們視此爲行軍演習的機會，將可一舉兩得。用兵首重行軍，即使在城外校場把軍隊訓練得如臂使指，沒試過長程行軍的隊伍始終稱不上是精銳。至於如何應付李子通的突襲，這將是另一個問題。眼前要務，是引李子通從高牆後走出來，救其所必救。楊公的軍隊就是我寇仲的奇兵，至於其中細節，我們再仔細商議。」

這番話說得鏗鏘有力，擲地有聲，眾人明白他的心意，更信任他的判斷，再無異議。寇仲不由懷念徐子陵，與他說話從不用費力氣，像眼前簡簡單單一件事哪須如此反覆申明。更可知無論將和兵，他的少帥軍仍是中看不中用，而李子通正是供他練兵的最佳對象。終有一天，他的少帥軍會在他悉心栽培下，變成縱橫天下的無敵雄師。

洛其飛道：「剛接到長安來的消息，李密奉唐主李淵之命往山東招撫舊部，隨行者尚有王伯當等人，行兵途中忽接李淵詔命，令李密一人返長安議事，豈知李密抗命不返，繼續東行，被唐軍追兵斬殺。」

寇仲心想怎麼這麼巧，剛想起李密，就聽到李密的死訊。少帥堂內人人露出震駭神色，議論紛紛，有爲他的下場惋惜，生出感嘆。李密聚義瓦崗，在中原一枝獨秀，大有取隋而代之勢，可惜連續犯錯，先是殺翟讓使瓦崗軍內部分裂，未能乘勢西取關中，接著在元氣未復下對王世充用兵，被寇仲大破於北邙，竟棄李世勣於黎陽投奔大唐，種下今天殺身之禍。

宣永雙目湧出熱淚，顫聲道：「大龍頭在天之靈，可以安息啦！」

寇仲順口問道：「王伯當下場如何？」

洛其飛道：「聽說王伯當不但沒有陪李密死，且沒有獲罪。」

寇仲失聲道：「甚麼？」他是目睹當時情況的人，王伯當怎能免難？除非他是私通李淵的內奸。

洛其飛見寇仲關心此事，繼續報告道：「李淵派魏徵攜李密首級往河陰安撫李世勣，同行者尚有沈落雁，以示李淵對李世勣的信任。」

寇仲向宣永道：「立即把這消息以最快方法飛報大小姐，她會非常欣慰。」宣永忙著人去辦。

接著衆人再討論行軍細節，寇仲終於發覺他少帥軍最大的弱點，就是缺乏經驗豐富長於軍隊後勤補給的人才。軍隊的後勤補給由兩大條件決定，就是本身的生產力和運輸的部署，當軍隊遠征他方，軍需物資和糧餉的供應直接影響到遠征軍的成敗。突厥人去到哪裏搶到哪裏，以戰養戰，這方面問題不大，他寇仲卻不能這麼做。

後勤補給又可大分爲隨軍補給、就地補給和專線補給三方面。隨軍補給是依賴軍隊征戰攜帶的軍用物資作應急性的補給，由輜重兵負起運輸、保管的重任。在他的少帥軍中，這方面的兵種並不完備，只是虛應故事，皆因少帥軍只出征過一趟，遠程奔襲曹應龍、朱粲和蕭銑的聯軍，由於速戰速決，又不用攻城掠地，所以只每人隨身攜帶足夠糧草便成。但當對付的是李子通的城池，當然不可如此馬虎用事。就地補給只適用於境內用兵，由旗下城池供應補給；至於專線補給則是通過設定的路線，把物資從大後方送往遠離國境的前線，像李世民攻打洛陽，先沿大河設站，令物資可從關中送往關外。負責專線補給的補給軍與輜重兵同樣重要，對遠征軍是不可缺一。現在他少帥軍總兵力達四萬人，但真要出征，至少其中一萬人須負責輜重和補給的工作，加上須人留守少帥國的重要城鎮，實際上他可開往戰場的軍隊將不過二萬人。

寇仲全力補救此一破綻，調將遣兵，忙得天昏地暗，最後決定由卜天志負責補給、牛奉義主管輜重。一名親兵匆匆入堂，稟告道：「宋家三小姐玉致求見少帥！」

寇仲整個人從龍座彈起，失聲道：「她竟來了？」

徐子陵終於進入幽林小谷，一個令他夢縈魂牽卻從未踏足的地方。他曾多次馳想幽林小谷是怎樣一處人間勝地，直至此刻身歷其境，始知是無法憑空猜想的。在群山環匯形成的寧靜幽谷內，溪水於林木中蜿蜒穿流，溪旁婆娑樹木間隱見幾間小石屋，若他推斷不錯，溪水該繞過屋前，流至谷口形成清澈的池潭，再流向谷外去。谷內楓樹參天，密集成林，鬱鬱葱葱，遮天蔽日，山崖峻峭，石秀泉清，能避世隱居於此，人生尚有何求？

值此紅日初升，小谷沐浴在晨曦之中，滿山紅葉，層林如染，陣陣秋風吹來，百鳥和鳴，清新之氣沁人心脾。池中大石從水底冒起，或如磨盆，或似方桌，清泉石上過，小魚結伴游，充滿自由寫意，不染塵俗的意味。徐子陵耳聽流水淙淙，沿溪而行，繞過清池，踏著鋪滿楓葉的碎石小徑，心神昇華，一切似幻疑眞，就像在一個美夢中不住深進，每跨前一步，離開冷酷無情、充滿鬥爭仇殺的現實世界愈遠。

林路彎彎曲曲，忽然豁然開朗，一個優美的身形映入眼簾。在屋前溪水旁一方盤石上，一女子雙足浸在水內，正全神專意的洗濯衣裳，長髮下垂，看不見玉容，但瞧其衣著神態，不是石青璇尙有何人？徐子陵卻一震隔溪止步，看著對岸似不知他存在的女子，雙目射出前所未有銳利凌厲的神光。石青璇在他心中形象的深刻，是外人難以理解體會的，縱使此姝體型神態、衣著有七、八成酷似，他仍一眼看破對方不是石青璇。他一顆心同時直沉下去，難道來遲一步，石青璇已被對方加害？想到這裏，立時殺機大盛。女子雙手一顫，顯然生出感應，緩緩抬起俏臉，朝他瞧來。

徐子陵心頭劇震。竟是大明尊教的妖女「毒水」辛娜婭，當日他在小長安城外荒郊，見過她和烈瑕同行，不禁暗怪自己疏忽，竟想不及此，且恐怕悔之已晚！先不說在慈澗附近闊羯因他被玲瓏嬌殺死，只是石之軒辣手擊斃「善母」莎芳和盡戮其隨員，大明尊教絕不肯罷休。他們想殺石之軒不但力有未逮，且是無從入手，而石青璇遂成他們唯一的報復目標。他們能曉得幽林小谷的正確位置，當是得楊虛彥指點，由此可知楊虛彥終與石之軒劃清界線，再不認他為師傅。這更可解釋石之軒為何對侯希白這剩下的徒兒如此和顏悅色，愛護有加。

辛娜婭美目透出冰冷的神色，神色卻出奇地平靜，緩緩起立，手上多出兩把短劍，柔聲道：「徐子陵！你今天死定哩！」

徐子陵感到身後有三人逼近，仍是神色如常，雙目殺機斂去，把一切雜念排出腦海之外，因為他已準備大開殺戒，為石青璇討回公道，天下再沒有人能阻止他。淡然道：「石青璇是否死了？」

背後傳來女子聲音道：「石青璇已落入我們手上，識相的就自廢武功，我們可網開一面，讓你們活下去。」

徐子陵忽然整個人輕鬆起來，不但聽出此女之話言不由衷，更曉得石青璇得石之軒和碧秀心眞傳，要殺她容易，想生擒她是沒有可能的事。且以她的性格，寧死亦不肯落在敵人手上。微笑道：「我從未學成自廢武功這麼高深的功夫，勞煩姑娘指點。」

身後響起男性的冷哼。徐子陵一震道：「玉成！是你嗎？」

一股冰寒陰冷的劍氣迫背而來，段玉成的聲音像來自地獄的陰風般響起道：「我和你徐子陵再無任何關係，今天不是你死，就是我亡。」

徐子陵仰天長笑道：「好！段玉成！是男子漢的就告訴我，你們把石青璇怎樣了？」

對溪的辛娜婭冷笑道：「你既想知道眞相，我們就讓你知道，石青璇死哩！」

徐子陵不爲所動，一邊抗拒段玉成凌厲特異的劍氣，幾可肯定他因練成《御盡萬法根源智經》的武功，已脫穎而出，成爲新一代的原子，沉聲道：「玉成答我！」

段玉成以沒有絲毫感情的聲音道：「她確已死哩！」

徐子陵雙目殺機一閃而沒，雙手負後。

辛娜婭發出一陣得意的嬌笑聲，冷艷清美的玉容露出不屑神色，喘著氣道：「仍不相信嗎？還你香屍又如何？」

徐子陵心神如被雷擊，井中月的境界終於失守，後方三敵在氣機牽引下殺機大盛，同時出手，往他後背攻至。値此一刻，辛娜婭背後屋內一人穿門而出，雙手捧著極似石青璇的女子，手足軟垂，在臂彎內頭往後仰，長髮披臉散垂。這突然出現的人以黑布罩頭，一身夜行黑衣，只露出雙目，但徐子陵卻可肯定對方是大明尊教的「大尊」許開山。除烈瑕外，大明尊教武功最高強的幾個人盡集於此，可知他們要殺石青璇和他徐子陵的決心。他終是低估敵人，安胖子的所謂「知會」更充滿誤導的成分，但已無暇分辨他是無心之失還是蓄意陷害。

許開山一言不發，把手上似再沒有任何生機的女子照頭往他拋來，同時追在其後，一拳轟至。

辛娜婭躍到半空，越溪殺至。徐子陵刹那間陷進前後受敵，不知該伸手去接可能是石青璇的遺體，還是應付敵人雷霆萬鈞的強猛攻勢的劣境。只要許開山有接近石之軒的身手，而辛娜婭則不在烈暇之下，不要說難爲石青璇報血海深仇，恐怕自身亦難保。

徐子陵曉得自己已掉進大明尊教精心布置的陷阱，對方一計不成又施另一毒計，務要令他無法突圍，置他於死地。先是以辛娜婭假扮石青璇誘他上當，若他貿然以假作眞，大有可能被對方猝下殺著，暗算成功，倘不幸受傷，自難抵擋對方的必殺圍攻。接著是把這未知眞假的石青璇遺體往自己拋來，而敵方五大高手則同時向自己發動最狂猛的攻擊。

他雖沒有機會回頭張望，卻推斷出與段玉成襲背而來的另兩把劍是屬於火姹女和水姹女的，三把劍織成鋪天蓋地的劍網，把他的退路完全封鎖，其巧妙處更令他無法往左右橫移避開，只能向前硬闖。段玉成的劍對他產生最大的威脅，劍氣不斷轉移，攻無定點，顯示出他學成《御盡萬法根源智經》後可怕的實力。即使一對一，他要收拾段玉成仍要費一番工夫，何況在他四面受敵之時，兼有水、火兩姹女的圍攻，使他更陷於絕對的劣勢。

後路不通，前方更是極度凶險。似失去生命的女體在空中不住翻滾，敵方最厲害的大尊許開山從下方掠至，拳擊徐子陵下盤方位，拳勁帶起無數股充滿殺傷力和邪惡的氣勁，翻騰不休的襲迫而至，即使沒有其他人的威脅，要封格此拳仍是非常吃力。辛娜婭兩把短劍盤旋飛舞，幻化出重重劍影，從上方壓頂而至，斷去他上竄之路。大明尊教五大高手，剎那間把他所有逃路完全封死，只餘硬拚一途，那和要他送死完全沒有分別。

值此生死存亡之際，徐子陵把對石青璇的生死顧慮排出腦海之外，心神進入井中月的至境，心內暗凝不動根本印，喝出眞言。「臨！」聲震全谷。眞言印法乃佛門最高之祕，對邪魔外道更有先天相剋的神妙效用，兼之徐子陵以融合道家長生眞氣、和氏璧奇氣與邪帝舍利內蘊異氣的眞勁喝出，如有實質的同時貫進敵方五人十隻耳朵內。此著防無可防，且大出對方意料，登時包括許開山在內，無人不受直接影響，全部軀體一震，本是雷霆萬鈞的夾擊之勢立緩一線，威力驟減。最精采是「女屍」亦聞言劇震，令徐子陵得知女屍是由敵人假冒，從而推得心愛的石青璇該仍安好無恙，登時精神大振，激起挫敵求生的強大鬥志。

在電光石火間，他記起石之軒闖出禪室的策略，哪敢猶豫，從不動根本印改爲大金剛輪印，喝出另一聲轟天動地，能令邪魔妖魅心驚膽戰，退避三舍的眞言。「兵！」一拳往假扮石青璇的「女屍」轟去，置其他人的攻勢不理。許開山不愧爲大尊，看穿徐子陵的策略戰術，更知在如此情勢下喬扮女屍的己方成員無法及時躲避徐子陵全力一擊，足尖點向冒出溪心的一方尖石，放棄攻擊徐子陵，斜沖而起，往「女屍」掠去。「女屍」則復活過來，變成榮姣姣，一臉驚駭神色，雙拳欲封擋徐子陵把她鎖緊籠罩的螺旋拳勁。

在快至常人無法看清楚的高速下，許開山表現出宗師級的身手，先一步攔腰摟著榮姣姣斜沖而起，右腳往徐子陵的拳頭踢去。徐子陵哈哈一笑，錯身脫出許開山的龐大威脅，整個人輕鬆起來，使出眞氣速換的獨家本領，倏地前移兩步，拳化爲掌，與另一掌會合成蓮花狀，一團高度集中的螺旋寶瓶氣立即在掌蓮內形成，朝上一托，寶瓶氣離掌上衝，迎向辛娜婭，同一時間他滾往地上，墜進清涼的溪水去，暫時化去緊迫眉睫而來的殺身大禍，脫身重圍之外。段玉成、火姹女、水姹女三把長劍鍥而不捨的追至，分從三個角度朝水中的徐子陵疾刺而下。辛娜婭則悶哼一聲，雖堪堪擋著徐子陵贈她的寶瓶眞勁，嬌軀仍要硬被撞得遠拋開去，多少也受點創傷。徐子陵這出乎她意料之外的全力一擊，豈是她容易消受。

徐子陵沒入溪水下六尺深的水底，翻身仰躺，透過蕩漾的清水把攻來三劍的角度、時間看個一覽無遺，先吸一口水，兩手運勁，三股水箭從兩手和口中噴發而出，像三枝水柱般從水底衝破水面螺旋射出，攻往段玉成、火姹女和水姹女面門必救處。發出混合螺旋勁的水箭後，他再貼水底驟移數丈，使其他敵人攻無可攻，無法掌握他的位置。段玉成三人無可奈何下只好一同迴劍疾擋徐子陵這別出心裁的水底奇招，硬給震返溪旁。

上方陰影蓋天。「大尊」許開山頭下腳上從天撲至，雙掌壓水而來，雖未擊實，可是置身水底的徐子陵再感覺不到先前有若游魚款擺的輕鬆感覺，溪水變得如有實質，重若泰山，壓得他心頭發悶，最駭人的是手足難以動彈。終於嘗到這大明尊教最高領袖的厲害手段。許開山縱或及不上石之軒，但功力肯定相差不遠。可是徐子陵卻不驚反喜，因爲許開山急於殺他，犯上嚴重的錯誤。事實上許開山的手法非常高明，把內勁貫注河水，使河水變成重若萬斤的巨石，壓得徐子陵無法動彈，只能以硬碰硬，抗他蓄勢而來，從空中下擊的全力出手，而不能再像剛才般以水箭卻敵。問題是徐子陵從石之軒學來的測敵之法，恰好能在這特殊的情況下發揮出最大的效用。當許開山的眞氣與溪水結合，六尺許見方的溪水立即停止流動，像從溪底驟然冒上一方巨石，使流來的溪水亦被激得水花四濺；但最奇妙的是許開山勁氣的強弱分布，眞氣運動的方式，竟有如一本書般清楚寫在每一寸的溪水中，藉此方便，使徐子陵完全把握到許開山這招的玄虛，窺探到他那遁去的「一」。

知己知彼，百戰不殆。徐子陵從水底兩指戳出，迎上許開山穿水而來的雙掌，指力的分布也不是平均的，迎上他左掌的右指佔他全身功力八成有餘，另一指只蓄有他兩成的勁力，且用的是針對性的卸勁。「水石」破碎，回復流動。指掌交接。徐子陵左手食指微縮，比右手食指稍遲一線才刺上許開山右掌心，這微妙的差異，決定雙方的高下成敗。右食指以穿透性的螺旋勁與許開山正面交鋒，許開山立吃大虧，全身劇震，被螺旋指勁破開掌勁，透脈入侵。

原來許開山兩掌勁力分布亦非平均，而是右掌強左掌弱，以六四的比例分配，徐子陵用的卻是以上驥對下駟之計，以強擊弱，以弱迎強。精微處是先一步以強制弱，令對方的強亦變弱。此時左食指才刺上許開山較強的右掌，勁氣橫瀉。水花四濺。外人看去只見兩人指掌交擊，豈能想得到其中玄妙精采處。許開山厲叱一聲，硬給震得拋往溪面上空，噴出鮮血。

徐子陵也被他反震之力弄得血氣翻騰，眼冒金星，知對方已受到不輕的內傷，強壓下血氣，藉水力浮起，兩腳後蹬用力，射出水面，隔空一拳往仍在空中的許開山轟去。段玉成、榮姣姣、辛娜婭、火姹女、水姹女大驚趕至，仍遲一步。許開山終是宗師級的高手，臨危不亂，在空中一個翻騰，雙掌封格。「蓬！」許開山擋上的是高度集中的寶瓶氣，哪能吃得消，傷上加傷，再噴一口鮮血，斷線風箏的往沿溪趕來的辛娜婭和榮姣姣滾去。

侯希白的喝聲從谷口方向傳來道：「惡徒休得逞凶，侯希白來啦！」

辛娜婭凌空接著被重創的許開山，以回紇語嬌呼徐子陵聽不明白的說話。

徐子陵還以為對方要逃，冷喝道：「哪裏走！」

似聞言急退的火姹女和水姹女竟同時射出數十點寒芒，往徐子陵罩來。榮姣姣則迎上來援的侯希白。

徐子陵感到身體一陣虛弱，曉得自己因追擊許開山至內傷加重，兼之真元損耗極鉅，無力硬擋兩女暗器，立即換氣移避。火姹女和水姹女繼續後退，卻非逃走，而是助榮姣姣應付侯希白的摺扇。另一邊許開山盤膝坐下，辛娜婭拋開一切的掌按許開山後背心，為他就地療傷，徐子陵幾可肯定他們有獨門的療治內傷祕法，可令許開山在短時間復原過來，那時將是他和侯希白末日來臨。

侯希白美人扇上下翻飛，堪堪擋住三女著著致命的狠辣招數，再無暇理會其他事。

「徐子陵納命來！」段玉成人劍合一，化作長芒，朝他殺至。徐子陵心中叫苦，無論段玉成千不對萬不對，他也無法忍心殺傷他。可是若脫不掉他的糾纏，俟許開山恢復作戰能力，加上辛娜婭三個女將，他兩人豈有僥倖之理。

劍光劇盛，氣勁罩空而至。徐子陵心神再震，眼前段玉成表現出來的實力大勝剛才，可知先前他是留有餘力，現在爲護許開山，再無保留，盡顯其從《御盡萬法根源智經》學來的奇功絕藝，以徐子陵目前的情況，想殺他仍是有心無力，何況他在這問題上更是三心兩意。徐子陵後躍至溪旁一塊石上，左手畫圓，右手畫方，生出一吸一卸的兩股相反力道，應付對方鋪天蓋地攻來的劍氣。段玉成劍勢凌厲，神色卻是靜如止水，但若他原式不變的攻至，一半劍氣會被吸收，另一半則給卸開，只要徐子陵成功吸取他部分眞氣，反擊的一招會令他非常難捱。倏地萬千劍影斂去，變回一劍，段玉成腳踏奇步，搶到徐子陵左側，劍起倏下，分中疾劈，變化之精妙，教人難以測度，更予人渾成一體，沒有半點瑕疵的感覺。徐子陵哪想得到他高明至此，用實的勁道反變成花招，吸無可吸，卸無可卸，若沒受內傷，還可硬擋他這雷霆萬鈞的一擊，此刻卻自知力有未逮。龐大無匹的劍氣，把他完全籠罩鎖緊。徐子陵兩手施出大金剛輪印，同時往後飛退，退到小溪對岸。

段玉成冷笑道：「找死！」

他原式不變，斜掠而起，仍是照頭往他刺來，在氣機牽引下，徐子陵的退避引發他的劍氣更如暴瀉山洪，長劍生出「嘶嘶」刺耳的破空尖嘯，大有一劍克敵之勢。

徐子陵灑然笑道：「玉成仍是臨敵經驗未足哩！」

本往上迎的大金剛輪印改往下按，溪面登時水花四濺，一股粗圓的水柱從溪內激射而起，鋼杜般疾射段玉成下盤要害。段玉成哪想得到他有此一著，且是重施故技，立即亂了手腳，長劍改往水柱劈下。「蓬！」水花四濺，段玉成硬給撞得掉回對岸。徐子陵大喝一聲，隔溪一拳往段玉成轟去，段玉成陣腳未穩，慌忙橫劍格擋。徐子陵瞧著段玉成露出愕然之色，當然是因擋不到半絲拳勁而驚駭，此時寶瓶氣已形成，脫拳而去，「砰！」段玉成通體劇震，往後挫退，俊臉血色褪盡，顯已受傷。徐子陵亦感一陣虛脫，未能乘勢追擊，他本以為段玉成會捱不住此拳受傷倒地，此刻見他仍撐得住，且沒有吐血，可知《御盡萬法根源智經》的武功，確是不同凡響。

許開山此時倏地立起，頭罩露出的眼睛神光電射，喝道：「好武功，讓本尊再來領教。」

辛娜婭躍到段玉成旁，關心神色在俏臉上表露無遺。

徐子陵暗自提氣，瞧著來到對岸的許開山，淡淡道：「許兄改變聲音，又戴上頭罩，可是能瞞得過別人耳目嗎？」

許開山在對岸立定，搖頭嘆道：「想不到縱橫不可一世的徐子陵，竟要命喪此谷，可惜啊可惜！」

辛娜婭和段玉成分別移到他左右，蓄勢以待。徐子陵則暗下決心，縱使要死，一定拉許開山陪他一起上路。

就在此刻，谷外傳來尖銳的哨子示警聲，透出非常緊急的意味。辛娜婭和段玉成同時色變，許開山雙目射出驚異神色，徐子陵想不到他們尚有同黨在谷外，心中暗震。

許開山眼神變化多次後，沉聲道：「算你命大，我們走！」三人說走便走，往谷口掠去。

徐子陵大喝過去道：「希白退開！」

侯希白收扇後退，榮姣姣三女無心戀戰，隨著許開山等轉瞬走個一乾二淨。徐子陵雙腿一軟，坐到地上。

侯希白趕到他旁，關切問道：「子陵沒事吧？」

徐子陵急道：「你快出去看看，若是青璇回來立即示警，我必須盡快復元，才能出來助你們。」

侯希白立告色變，二話不說的全速往出谷林路掠去。

徐子陵游目四顧，小谷寧和一片，流水淙淙，蟲鳴鳥唱。太陽剛抵中天，照得谷內林木更是層次分明，綠蔭灑地，剛才的激烈戰鬥像是從未發生過般。他既心懸石青璇，又擔心侯希白，雖未完全復元，忍不住長身而起。先前與許開山的正面交鋒，勝敗只是一線之隔，論功力，許開山仍比他勝上一籌，所輸的實是運氣，而徐子陵則贏得僥倖，且令他體悟到石之軒「察敵」的境界。流水把難以捉摸的無形氣勁，鉅細無遺的完全顯露，但若非他從石之軒身上學曉察敵之法，找到許開山的破綻，勢將錯失良機，在敵眾我寡下，難逃殺身之禍。假若能把這察敵的手段用在置身水中以外的地方去，他等於學曉一半的不死印法，不但知所進退，更可因能掌握敵人氣勁分布和運動的方式，借勁卸勁以克敵，達致不死的至境。如何始能臻達這種境界？

警兆忽現，徐子陵朝谷口方向瞧去，侯希白從林中小徑轉出來，神色凝重的來到他身前，沉聲道：「石師來了！」

徐子陵大吃一驚，失聲道：「你說甚麼？」

侯希白道：「我說石師來了。應說他曾經來過。我到谷外時，打鬥已經結束，大明尊教完啦！」

徐子陵明白過來，使許開山驚退的是石之軒，大明尊教的人這次到巴蜀對付他的女兒，全在他意料之中。安隆是奉他的命令警告自己，教他防備。石青璇不在小谷內，大有可能是石之軒爲令女兒免禍的布置，許開山等心切爲莎芳報仇，慘陷石之軒巧布的絕局內。在某一程度上，連徐子陵亦被石之軒利用上。

侯希白續道：「兩人伏屍路上，卻不見另外四人，照我看他們定逃不過石師之手。」

徐子陵怕死的是段玉成，忙道：「我們去看個清楚。」

寇仲匆匆趕到少帥府內堂，二十八名在門外守護的宋家子弟兵人人年輕力壯、氣宇軒昂、虎背熊腰、神氣驃悍，一式青衣勁裝，腰佩馬刀，顯是宋家軍的精銳，於此非常時期，負起隨行保護之責。

衆人先向寇仲肅立敬禮，雙目射出崇敬神色，其中一人趨前施禮道：「二小姐在堂內等候少帥。屬下宋邦，拜見少帥！」

寇仲的心早飛進內堂，恨不得三步變作一步搶進門去，卻不得不向宋邦有所表示，一把抓起他雙手，微笑道：「辛苦各位兄弟哩！」

衆人齊聲應道：「能爲二小姐和少帥辦事，是我們的光榮。」

寇仲給他們的整齊一致嚇一跳，就像早知他會如此說話，預備好回應似的。

宋邦低聲道：「少帥請入堂見二小姐。」

寇仲忽然心兒卜卜的跳起來，離開宋邦，往大門走去，衆宋家軍讓到兩旁。跨過門檻，宋玉致優美高貴的倩影映入眼簾，這美女背著他立在窗前，凝望窗外花園的景致，她以青綠色繡花巾裹髮，深紅色錦帶束結，穿的是粉綠翻領袍，乳白色緊袖上衣，下穿藍、白、金三色相間條紋褲，黑革靴，英姿颯爽，又不失女性的嫵媚美態。寇仲的感覺就如一個離鄉背井長期在外闖蕩的遊子，走遍萬水千山，苦抗各式引誘後，終回到闊別已久的嬌妻身旁，雖然宋玉致頂多只算是他的未婚妻子。

寇仲戰戰兢兢的輕步移到宋玉致香軀後，生出把她擁入懷中的強烈衝動，至少也要抓著她有如刀削的動人香肩，卻終是怕冒犯她，令她不悅，只好柔聲道：「致致！我來哩！」

宋玉致語氣平靜的道：「寇仲！唉！寇仲，你可知你的胡作非為，把人家害得多麼慘？」

寇仲虎軀劇震，終忍不住伸手搭上她香肩，觸手處充盈青春活力和彈性，動人的髮香體香撲鼻而來，他再說不出話，本來很想告訴她自己曾如何思念她，可是萬語千言，無從說起。

宋玉致輕輕一掙，似要擺脫他的手掌，當然無濟於事，事實上她亦非真要掙脫，只淡淡道：「你可知我是從甚麼地方來的？」

寇仲此刻除宋玉致外心中再無他物，心迷神醉的道：「不是從嶺南來嗎？」

宋玉致輕輕道：「玉致尚未嫁你，你不可對人家無禮。」

寇仲像從一個美夢驚醒過來般，忙放開雙手，陪笑道：「玉致息怒，我只是因久別重逢，情不自禁吧！」

宋玉致淡淡道：「你給我滾開少許！」

她說話內容雖不客氣，可是語調溫柔，顯然並不是心中動怒，所以寇仲沒有被傷害的感覺，還感到能碰她香肩而不受嚴責，與這美女的距離大大拉近。忙後退兩步，欣然道：「滾開少許哩，致致究竟從甚麼地方來的？」

宋玉致緩緩別轉嬌軀，面向這令她愛恨難分的男子，清麗的玉容靜如止水，道：「我是從海南來的。」

寇仲一震失聲道：「甚麼？」

宋玉致白他一眼，會說話的眼睛清楚傳遞「都是你搞出來的事」這句怪責的話，語調保持平靜，淡然自若道：「你離開嶺南後，爹著手進行擬定已久的計畫，先把林士宏逼得退守鄱陽湖，這方面由智叔負責，聯蕭銑以對付林士宏，以種種手法打擊和削弱林士宏的軍力和生產力。」

寇仲伸出大手，道：「我們坐下再說好嗎？」

宋玉致幽幽盯他一眼，搖頭道：「我喜歡站在這裏說話，說完我要立即離開。」

寇仲縮手愕然道：「你要立即離開？爲何如此來去匆匆？我怎捨得你走？」

宋玉致霞生玉頰，帶點狼狽的嗔道：「我愛走便走，狗嘴吐不出象牙。」

寇仲感到的卻是未婚夫妻耍嘴皮子的情趣，微笑道：「不要唬我啦！致致因何到海南島去？晁公錯不是與你們宋家勢不兩立嗎？我這次到長安沒見到梅珣，他是否回到海南島去？」

宋玉致沒好氣的道：「我們不是被邀請的。」

寇仲劇震道：「甚麼？」

宋玉致嘆道：「你當天去見爹，早該想到後果。南海派與我宋家實力懸殊，爹肯忍讓晁公錯，只因投鼠忌器，現在爹既決定助你爭霸天下，再無任何顧忌。明是動員北上，暗裏卻部署以迅雷不及掩耳的手法攻佔海南。當我們的船隊進逼珠崖，梅珣等人仍在夢中，給我們攻個措手不及，倉皇逃走。現在海南和附近沿海郡縣均在我們控制下，直接威脅沈法興和李子通，我們的艦隊離這裏不到十天的海程。不過這只會使形勢更爲吃緊，逼李世民對洛陽速戰速決，並在我們北上前將你連根拔起。」

寇仲聽得又驚又喜，頭皮發麻，首次深切體會到李閥對宋缺的恐懼，絕非無的放矢，憑空想像。宋缺確是戰略和軍法大家，惑敵的手段更是出神入化，騙得人人以爲他仍在結集兵力動員準備北上之時，在毫無先兆下對海南島發動奇襲，趕跑控制海南的南海派。海南島落入宋缺手上，等於給他取得長江以南海域的操控權，無論是李子通或沈法興的水師，亦難與一直養精蓄銳、保存實力的宋家艦隊硬撼。且宋缺要來便來，要到宋家艦隊臨門的一刻，敵人才會驚覺。在整體戰略上，佔據海南島是精采絕倫的奇著。此事對他的計畫利弊難分。李子通或會嚇得龜縮不出，又或趁宋缺在海南陣腳未穩的時機，鋌而走險，北上攻擊他的少帥軍，好與李世民大軍會合對抗宋缺。

宋玉致柔聲道：「爹現在準備對沈法興用兵，玉致這次是奉他命而來，囑你無論如何守穩彭梁，待他破沈法興後與你分從南北循水陸兩路攻打江都。照我們估計沈法興頂多能撐上半年，明年春暖花開時，但願我們可在江都見面吧！」

寇仲的心直沉下去，他的少帥軍能撐上半年嗎？宋玉致最後一句話，不但大有情意，且含有並不看好他因而有點生離死別的味道，令他更是百感交集。

宋玉致垂下螓首，輕輕道：「我很累，你好好保重，玉致走哩！」

寇仲一把抓著宋玉致香肩，焦急道：「致致怎可以這麼說走便走？」

宋玉致沒有掙扎，卻有種心力交瘁的麻木表情，淡淡道：「爲甚麼不可以？」

寇仲愕然道：「我們這麼久沒見過面，難道除公事沒其他話可傾訴？」

宋玉致美目流露一絲淒然無奈的神色，柔聲道：「你們男人家腦子除爭霸天下和統一大業外還容得下其他東西嗎？好好保著你的少帥軍是眼前你唯一該想的事，玉致對你再無話可說，爹要我嫁給你，我便依爹的條件嫁給你，明白嗎？」

寇仲如受雷擊，在劇震中鬆手挫退，臉色轉白，心中湧起萬念俱灰的失落感覺。

宋玉致輕嘆道：「若現在是太平盛世，我們偶爾在江湖相逢，玉致或會爲你傾倒。可惜時地均不適合，還可以向你說甚麼呢？自從你向智叔首次提親，把玉致對你的少許好感徹底粉碎，我最痛恨是有條件的買賣式婚姻，偏是出自可讓我心儀的男兒之口。寇仲你曾設法了解過人家嗎？對玉致心裏的想法你可有絲毫興趣？你不能當我是個征服的對象和目標，就像江都或長安，視玉致只是戰爭的附屬品。」

寇仲聽得呆若木雞。捫心自問，他雖記掛她、愛憐她，卻從未關心過她芳心內的想法，例如她因何反對宋家爭戰天下諸如此類，只理所當然認爲她喜歡自己。

宋玉致踏前兩步，輕抬纖手，撫上他的臉龐，輕柔的道：「少帥好自爲之，不要送啦！」說罷淒然一笑，就那麼不顧而去。

火姹女和水姹女伏屍谷外，兩者相隔達十多丈，可想像當時戰況激烈，大明尊教諸人且戰且逃，兩女爲保教尊捨命阻截石之軒，在他的辣手無情下玉殞香消。兩人一路尋去，到半里外再見兩具男屍，赫然是五類魔中的鳩令智和羊漠，兩人屍旁各有一副斷折破裂的弩箭機，弩箭撒在四周地上。

侯希白檢視兩人的致命傷，下結論道：「確是石師下的手，表面不見傷痕，但五臟俱碎，一擊致命。」

徐子陵想起慘死長安的尤鳥倦，點頭同意，道：「他們定是奉許開山之命在這裏設伏接應，爲阻擋石之軒而送命。我們分頭搜索，半個時辰後再到這裏會合。大明尊教的人雖作惡多端，可是人死還有甚麼好計較的？我們讓他們入土爲安吧！」

寇仲呆坐內堂一角，攤倒椅上，後枕椅背，茫然瞧著上方屋樑，首次爲自己過往的行爲感到深切的悔意。慚愧、自責、悔恨一起向他襲來，他的功利心和無知徹底傷害了心愛的人！他只是自私地爲自己的信念著想，卻從未設身處地從她的角度和立場去爲她著想過。

窗外黑沉沉的雲低垂半空，似在反映他頹喪的心情！一股無以名之的傷痛使他身心受著萬斤重石般的壓制，說一句話，動一動，甚至思索他和宋玉致發展到如此田地的關係，也要費盡全身氣力方能做到。他或者可得到她的軀體，卻不能得到她的芳心，縱然贏得天下所有戰爭又如何？卻永遠失去她。這些教他似要感到窒息的想法，令他覺得無比的孤獨。在這一刻，再沒有事情可使他感到有意義，更無法醫治他內心的創傷。自責像無數銳利的尖針刺戳著他的心臟，彷彿一向強大的意志和自制力一下子消失殆盡，全身軟弱無力。

宣永的聲音在入門處響起道：「稟告少帥，滎陽失陷哩！」

寇仲把「滎陽失陷」四個字在心中唸了兩遍，到第三遍清醒過來，坐直身軀。宣永和洛其飛來到他身前，憂心忡忡的瞧著他。

寇仲勉強振起精神，道：「我沒有事，坐下說話。」

兩人分坐他左右，洛其飛道：「消息剛傳來，我們早猜到魏陸會投降，卻想不到投降得這麼快。聽說王世充派大將張志往滎陽傳信，命魏陸發兵增援虎牢，豈知魏陸竟設伏生擒張志和其從人，接著開門迎接李世勣入城。」

寇仲聽得清醒了點，心神轉回冷酷的戰場處，記起魏陸是滎陽守將，張志則是王世充御令有資格傳他諭旨者。皺眉道：「管城、滎陽相繼不戰而失，鄭州勢將追隨，王玄應如何應付？」

洛其飛道：「王玄應怕受敵四面夾擊，不戰而退，躲回虎牢去。」

寇仲心忖不知今天走了甚麼壞運道，入耳的全是壞消息。搖頭嘆道：「我最清楚王玄應這沒用的傢伙，絕對沒有死守虎牢的膽量和決心。他娘的！我們的行軍詐敵大計只好提早立即進行，老天爺一向照顧我寇仲，希望他老人家到今天仍堅持不變。」

忽然間他曉得無論如何傷心失意，也不能讓個人的情緒影響他的少帥軍，那關乎到所有愛護和擁戴他的人的期望和生命。若有徐子陵在身旁就好哩！

兩人在小溪洗濯沾手的污漬，心情沉重，不久前火奼女和水奼女仍是青春煥發，此刻卻和鳩令智和羊漠長埋谷外林內黃土之下，對方雖是敵人，心中豈無感觸！他們搜索過附近方圓近十里的地方，再無任何發現，許開山、辛娜婭、榮姣姣和段玉成四人或能成功落荒逃走。以他們的武功，若非許開山和段玉成內傷未癒，縱使正面決戰，與石之軒亦有一拚之力。

徐子陵愈來愈感覺到石之軒的高明和可怕，難怪天下正邪兩道對他如此忌憚！大明尊教經此兩役，善母莎芳橫死，五類魔只剩下一個辛娜婭，傷亡慘重，其入侵中原的計畫勢必大受打擊，短期內難以振作。

侯希白在溪旁大石坐下，仰望小谷上迷人的深黑星夜，嘆道：「石師當有安隆助他，否則大明尊教的人不會敗得這麼快與這麼慘。」

徐子陵點頭不語，脫掉馬靴，把赤足浸進水中，清涼的感覺使他波動的心情平復下來，重新聽到谷內秋蟬鳴唱交織的聲網。

侯希白往他瞧來，皺眉道：「青璇究竟到哪裏去？」

徐子陵搖頭表示無法猜估。

侯希白問道：「那個你喚作玉成的是甚麼人？似是子陵的舊識，劍法非常高明。」

徐子陵遂向他解釋與段玉成的關係，並下結論道：「以前縱使他離開我們，大家總還有幾分餘情，經此一役，甚麼餘情已蕩然無存，剩下的只有仇恨。我當然不會恨他，他卻怕不會這麼想，仇恨會像林火般蔓延，直至把一切燒成灰燼！」

侯希白點頭道：「他肯定是個思想極端的人，一旦對事物生出定見，誰都沒法改變他。對我來說宗教只可欣賞不可沉迷，當宗教思想成爲一種束縛，人將變成那種思想的奴隸。」

徐子陵苦笑道：「你這番話自己想想便算，萬勿說出來，否則必惹起風波。對有信仰的人來說，他們信仰的本身已是一種解脫，自具自足，不假他求。」

侯希白哂道：「眞理只有一個，世上這麼多不同的信仰，哪一個是眞？哪一個是假。唉！這些事想想也教人頭痛。」

徐子陵心忖正因人人信念不同，故世上有這麼多爭執。

侯希白盤膝坐定，閉上雙目，道：「子陵打算在這裏等多少天？」

徐子陵想起寇仲，心中暗嘆，搖頭茫然道：「我不知道，見不著青璇，我始終不能安心。」

忽然心中一動，朝林路瞧去。侯希白亦睜開俊目，一眨不眨的瞧著同一方向。在星光月照下，石青璇上戴青黑笠帽，身穿乳白緊袖上衣，錦花細袖，外套乳黃短襖，翠綠色披肩，朱色長裙，以青花錦帶束腰，腳踏尖頭履，正嫋嫋婷婷、優閒從容的回來。她沒有掩遮玉容，也沒改變容貌，步履輕盈，有如來自最深黑星空降世下凡的凌波仙子，她手上提著「青絲為籠繫，桂枝為籠鉤」的桑籃，隨著她的出現，小谷彷似立即被一片馥郁的香潔之氣籠罩包圍。兩人大喜起立迎接，侯希白更是看得目射奇光，如非沒有筆墨隨身，早提筆在美人扇上記錄這無比動人的一刻。

石青璇容色平靜，沒有表示歡喜，沒有表示不悅。美眸淡淡掃視兩個在家門前的不速之客，最後來到小溪對岸，目光落在徐子陵臉上，露出一絲若月色破開層雲的笑意，輕柔的道：「獃子！到今天才曉得來嗎？」

在迷茫夜雨下，寇仲肩立無名，跨坐千里夢，於梁都東五里許處的丘崗，瞧著少帥軍不同的兵種，一隊一隊從下方官道往彭城方向開去。陪伴左右的是焦宏進、白文原和十多名來自飛雲騎的親兵。雖在霏霏夜雨中，他仍是形象鮮明，舉凡經過的少帥軍成員均可看到他的親切送行，他本身便是提高士氣的元素。

宣永是這次大行軍的統帥，晝伏夜行，不但是對少帥軍嚴峻的訓練，更關乎到少帥軍的存亡。寇仲清楚曉得這是一場豪賭，任何一個環節稍出問題，他永無翻身的機會。失去北方基地和少帥軍這支精兵，以宋缺的實力，在回天乏力下只有黯然撤返嶺南。宋家對他的期望，少帥軍將士對他的信賴，與魔門的殊死鬥爭，他忽然感到這些重擔子全落到他雙肩上，壓得他的心就像夜空上的彤雲般沉重。

洛其飛的手下偵騎四出，對運河上下游的情況作出嚴密的監察，一方面讓楊公卿的軍隊能祕密潛來，另一方面注視下游鍾離敵軍的動靜。卜天志則負責從水道將楊軍送來的重責。李子通會作出怎樣的反應？事實上寇仲沒有絲毫把握，一切只能委諸老天爺之手，若他老人家要亡寇仲，寇仲只好認命。

徐子陵想不到石青璇會有這麼一句親暱的話，登時整個人暢快起來，有逍遙雲端的飄然感覺，仍不忘施禮道：「石小姐你好，這位是……」

石青璇美目溜到侯希白處，回復淡漠的神情，香肩微聳道：「誰人不識侯公子呢？」

侯希白灑然道：「侯希白拜見青璇小姐，我到谷外等候如何？有甚麼事你們可隨時召小弟進來。」

石青璇秀眉輕蹙，淡淡道：「為甚麼要避到谷外去？侯公子既是徐子陵的朋友，青璇當然竭誠招待，請兩位進來喝口熱茶，好嗎？」說罷飄然越過小溪，領先進入石屋內去。

徐子陵和侯希白想不到石青璇這麼平易近人，均喜出望外，忙隨在她身後入屋。石屋內是個布置清雅的小廳堂，石青璇燃起一角的油燈，兩人在一邊坐下，瞧著這天姿國色，以簫藝名傳天下的才女神態優閒的在一旁烹茶，心中有種難以形容的溫馨滋味。石青璇的態度親切中保持距離，熱情中隱含冷漠，但已足令他們受寵若驚。她不說話，兩人更不敢說話，怕破壞小屋的寧和。

接過石青璇奉上的香茗，徐子陵忍不住道：「剛才……」

石青璇柔聲道：「不要說剛才的事，人家不想知道。子陵還未答青璇的問題，為何今天才來？」

徐子陵啞口無言，道：「這個，嘿！這個……」

石青璇把熱茶送到侯希白手上，到兩人對面坐下，「噗哧」笑道：「無詞以對嗎？青璇不是怪責你，你不是愛雲遊四海嗎？湊巧沒雲遊到這偏僻的地方來，對吧？」

侯希白見徐子陵窘得俊臉通紅，幫腔道：「在下最清楚子陵的情況，他空有雲遊天下之志，可惜蒼天直至今日仍不肯予他機會。」

石青璇淡淡笑道：「是青璇不好，愛看徐子陵受窘的趣樣兒。噢！青璇仍未有機會謝子陵援手之德，爲岳伯伯完成未竟的心願。」

徐子陵知是謝他除去「天君」席應的事。想謙說只是舉手之勞，又怕過於自誇，因能擊殺席應頗帶點僥倖成分，勝來不易。忙答道：「全賴岳老在天之靈保佑。」接著解囊取出天竹簫，說出來龍去脈，雙手遞予石青璇，退回原座。

石青璇接過天竹簫，欣然道：「尙大家太了解青璇的心哩！青璇怎當得起她的愛寵？」

徐子陵再次感受到與石青璇相處的酣暢寫意，不過她雖從不掩飾對自己的好感，可是在兩人間總像有道無法踰越的鴻溝。

侯希白充滿期待的試探道：「青璇小姐不試試這管簫的音色嗎？」

石青璇笑嗔地白他一眼，嬌憨的道：「貪心！」

說罷把天竹簫提起送到香唇旁，輕輕吹出一個清越的音符。簫音像起自兩人內心深處，又像來自遠不可觸的九天之外。

侯希白動容道：「難怪秀芳大家不惜千里之外，令子陵送來此簫，只有青璇配得上這管神簫。」

石青璇花容轉黯，美目蒙上淒迷之色，神色的變化是如此突然，看得兩人心神劇顫，想到她定是感懷自身無奈的遭遇，難以自持！

在石青璇再毫不費力的嘬唇輕吹下，天竺簫響起連串暗啞低沉的音符，音氣故意漏洩，發出磨損戰慄的音色，其中積蓄著某種奇詭的異力，令人感受到她芳心內抑壓的沉重傷痛！不禁想到她可能正在心靈內無人能窺探到的祕處默淌著滴滴情淚！簫音迴轉，不住往下消沉，帶出一個像噩夢般無法醒轉過來沉淪黑暗的天地，領人進入淚盡神傷的失落深淵。簫音忽又若斷若續，她似是用盡全身力氣，再無法控制簫音，天竺簫彷似只能依靠自己的力量，把僅餘的生命化作垂死前掙扎的悲歌。舞榭歌台，風流總被雨打風吹去！徐子陵忘記了自己，感到整個靈魂隨簫音戰慄。「犯羽含商移調態，留情度意拋管弦。」究竟何事惹得她真情流露，藉簫音盡訴芳心內的委屈和悲傷？可是她神色仍保持平靜，只一對秀眸射出「一聲腸一斷，能有幾多腸」的悲哀！那種冷漠與悲情的對比，分外使人震撼。

侯希白不知是感懷自身，還是勾起對石青璇令人腸斷的身世，早淚流滿面，於簫音欲絕處，忽然掌拍椅子扶手和唱道：「蜀國多情多艷詞，鷓鴣清怨繞樑飛。花都城上客先醉，苦竹嶺頭人未歸，響音轉碧雲駐影，曲終清漏月沉暉，山行水宿不知遠，猶夢玉釵金縷衣。」石青璇簫音一轉，似從無法解脫的沉溺解放出來，變得纏綿悱惻，聞音斷腸。又彷如陰山雁鳴，巫峽猿啼，配合侯希白蒼涼悲越的歌聲餘韻沖霄而起，填滿屋內外的空間。侯希白歌聲一轉，從嘶啞低沉，變得溫柔情深，續唱道：「遙夜一美人，羅衣霑秋霜。含情弄竹簫，彈作陌上桑。簫音何激烈，風捲遶殘雲。行人皆躑躅，棲鳥起迴翔。但寫卿意苦，莫辭此曲傷。願逢同心者，飛作紫鴛鴦。」徐子陵被簫音歌聲能追魂懾魄的力量把他對自身的控制完全沖潰，值此月夜清幽的時刻，潛藏的哀思愁緒像山洪般被引發，千萬種既無奈又不可逆轉的悲傷往事狂湧心頭，情淚奪眶而出。侯希白唱到最後泣不成聲，只餘簫音在虛空中踽踽獨行，即使最冥頑不靈的人亦會被簫音感化，何況是徐子陵和侯希白兩個多情種子。

簫音再轉，透出飄逸自在的韻味，比對剛才，就像浸溺終身者忽然大徹大悟，看破世情，進入寧柔純淨的境界。石青璇清美的玉容輝映著神聖的彩澤，雙眸深邃平靜，本來籠罩不去的愁雲慘霧雲散煙消，不餘半點痕跡，美麗的音符像一抹抹不刺眼的陽光，無限溫柔地輕撫平定兩人心靈的皺摺。「纖纖軟玉捧暖簫，深思春風吹不去。檀唇呼吸宮商改，怨情漸逐清新舉。」簫音逐漸遠去，徐子陵驀然驚醒，剛好捕捉到石青璇消失在門外動人的背影。

雨粉從天上漫無休止的灑下來，裝載輜重的騾車隊馳過，車輪摩擦泥濘發出的嘶啞聲，此起彼落。寇仲的心神飛越，想到正在洛陽外圍進行的戰爭。若有對錯，他直到此刻仍不曉得自己立志爭霸的決定是對還是錯？以往他只須爲自己負責，承擔所有責任，現在則不能彈此調兒，凡事必須爲所有追隨自己的人著想。他首次感到生命再不屬於他個人所有，因爲任何一個錯誤，包括眼前大規模的行軍，犧牲的決不只是他一個人。成爲少帥軍最高領袖，再不能像以前般妄逞英雄，他甚至要把一向最重視的與徐子陵的兄弟之情也放在次要的地位，凡事以少帥軍的榮辱利害爲主，這想法令他生出不寒而慄的感覺。幸好現在徐子陵與他目標一致，否則眞不知如何是好。

很多以往從沒動過的意念出現在他的思域內，在此之前無論他身處如何惡劣的環境，打不贏便跑，可是現在他已和少帥軍合爲一體，存亡與共，再沒有憑個人本領來去自如的瀟灑輕鬆。勝負之間不但沒有難以踰越的鴻溝，且只一線之隔，若少帥軍全軍覆沒，他亦恥於獨活。宋玉致對他的指責是對的，他自決定出爭天下，以統一中原爲己志後，再容不下其他東西，更沒資格去容納生命中其他美好的事物，從沒有比這一刻，他能更深切體會到自己的處境。

金黃的月色灑遍小谷每一個角落，石青璇坐在溪旁一方石上，雙足浸在水裏，天竹簫隨意地放在身旁，仰起俏臉凝望夜月。徐子陵悄悄來到她旁，在另一方石頭坐下。

石青璇櫻唇輕吐，柔聲道：「子陵為何要哭？」

她仍保持仰觀夜星的姿勢，看得專注深情，使她的話似乎在問自己，而非身邊的男子。徐子陵給她一句話勾起剛才的情緒，熱淚差些兒再奪眶而出，恨不得伏入她懷裏，摟著她纖腰，把心中的委屈盡情傾吐，讓她愛憐地撫慰他。可是這突然而來的衝動只能強壓下去，盡力令自己靈台清明，心安神靜，輕嘆一口氣，卻仍不曉得該如何答她。

侯希白留在屋內，寧靜平和的幽谷，像只屬於他們倆的天地！

石青璇對徐子陵沒有答她毫不介意，柔聲道：「人的歸宿是否天上的星宿呢？若眞的如此，我的歸宿該是哪一顆星兒，子陵的歸宿又在哪裏？」

徐子陵把目光從她秀美的輪廓投向星空，因月照而變得迷濛的夜空裏，嵌滿無數的星點，心中湧起微妙複雜的情緒，身旁的美女就像這夜空般祕不可測，擁有她就像擁有無邊無際的星空。在這一刻，他忘記人世間所有事物，只剩下師妃暄和石青璇。兩女選的都是出世的道路，不同處在師妃暄的路子是捨棄凡塵的一切，包括男女間令人顚倒迷醉的戀情，追求的是從她視為一切皆空的凡塵，超脫過渡往生命彼岸某一神祕處所。她的志向是勘破而非沉迷。

以逃避來形容石青璇的出世或者不太恰當，但她的避世總帶點這種意味！以往徐子陵對她一直持有這看法。可是這次身處她安居的幽谷，聽到她自白式的簫曲，他的看法已被動搖。事實上她正以她的方式去感受生命的眞諦，她不是避世而是入世，她要逃避的是人世間的紛爭和煩惱，與大自然作最親密的接觸，體會到別人無暇體會的美好事物。從沒有一刻，他能比現在更了解她。她向他表示無意四處遊歷，因爲幽谷本身自具自足，她根本不假外求。

他和師妃暄的熱戀在龍泉開始，在龍泉終結，不須由任何一方說明，雙方均曉得事實如此。他現在是孑然一身，沒有任何感情上的束縛，而幸福就在他身旁，他可以打破宿命又或接受命運，爲自己去爭取？

第一次對石青璇的心動，發生在去年中秋之夜的成都鬧市中，而到獨尊堡小樓的悲歡離合，他一直壓制對石青璇的思慕，強忍憶念的折磨！到剛才再得聞她的簫音，長期抑壓的情緒頓時釋放出來，他覺得已失去自制的能力。他更深刻地感受到自己對她的依戀，也感到自己的不配，自慚形穢的悲哀！那不是身分地位的問題，而是他仍不能拋開一切，與她共醉於天上的美麗星空。假若他盡訴衷情，得她垂青，轉頭自己又要離開她，甚或戰死沙場，豈非只能爲她多添一道心靈的創傷！要命的是沒有一刻他像現在般那樣感到需要她，沒有她的天地會空蕩蕩得令他難以忍受，淡淡的清香從她嬌軀傳來，是那麼實在，又是那麼虛無縹緲，可望不可即。他多麼希望能把她擁在懷裏，一遍又一遍的吻她每一方寸的肌膚，以全身的力量對她說：「我們永遠不要分離。」但殘酷的現實卻令他不敢有絲毫行動，多說半句話。

石青璇終往他瞧來，「噗哧」嬌笑道：「獃子在想甚麼？爲何十問九不應的？」

徐子陵一震迎上她的目光，再轉往她濯在溪水完美皙白的雙足，一群小魚正繞在她雙足間暢泳，不識相的還好奇地輕噬她動人的趾尖。一時竟傻兮兮的道：「爲何喚我作獃子呢？」

石青璇頑皮的道：「你是獃子嘛！只有獃子會問人爲何叫他作獃子的，對嗎？獃子剛才爲何要哭？人家可沒有哭哩！」

徐子陵心中一蕩，忍不住反問道：「你開始時吹出這麼悲哀的曲調，不是想引我們哭嗎？事實上青璇也在哭泣，簫音就是你晶瑩的淚珠。」

石青璇美目變得深邃無盡，蒙上淒迷之色，柔聲道：「徐子陵會爲人家抹淚嗎？」

徐子陵劇震道：「抹淚？」

石青璇目光重注夜空，輕輕道：「青璇很久沒有先前在屋內那種情緒，是你害人不淺。」

徐子陵心神俱震，一種奇異的情緒緊攫著他，她不知多少遍說他是獃子，是否眞如石之軒所言般，自己是個不解她情意的大傻瓜呢？

石青璇淺嘆道：「你是個可恨的獃子，上回一句話沒說便溜掉，累得人家幾天不敢離谷採藥，若非師妃暄來見我，人家還以爲你是和她結伴離開，沒法分身到小谷來讓青璇有謝你的機會。」

徐子陵一震道：「青璇！」

石青璇又往他瞧來，秀眸深注的柔聲道：「現在一切沒關係啦！徐子陵終於來了，雖是爲尚秀芳作跑腿，總算來過，還哭過。」

徐子陵有千言萬語，卻不知哪句能恰當的表達心底裏的奇妙感覺，一陣比任何時候都要濃烈的溫馨佔據他全心全靈。月兒此時移到山巒後看不見的地方，幽谷內的林屋隱沒在黑暗中，溪水不再波光閃閃，只剩下滿天繁星和廣袤深邃的夜空，世上除他們兩顆躍動的心外，再不存在任何人事。

《大唐雙龍傳》（全套二十卷）卷十六終

新人間叢書 123

# 大唐雙龍傳修訂版〈卷十六〉

作　者—黃易
主　編—葉美瑤
編　輯—邱淑鈴
校　對—余淑宜・黃易・陳錦生
企　畫—王嘉琳
董事長
發行人—孫思照
總經理—趙政岷
出版者—時報文化出版企業股份有限公司
10803台北市和平西路三段二四〇號三樓
發行專線—（〇二）二三〇六—六八四二
讀者服務專線—〇八〇〇—二三一—七〇五・（〇二）二三〇四—七一〇三
讀者服務傳眞—（〇二）二三〇四—六八五八
郵撥—一九三四四七二四　時報文化出版公司
信箱—台北郵政七九～九九信箱
時報悅讀網—http://www.readingtimes.com.tw
電子郵件信箱—liter@readingtimes.com.tw
印　刷—勁達印刷
初版一刷—二〇〇二年十二月十六日
初版八刷—二〇一四年二月十六日
定　價—新台幣二五〇元
⊙行政院新聞局局版北市業字第八〇號


國家圖書館出版品預行編目資料

大唐雙龍傳修訂版／黃易著. --初版. -- 臺北市：時報文化，2002〔民91- 〕
冊；　公分. --（新人間；123）

ISBN 978-957-13-3809-5（卷16：平裝）

857.9　　91013842

ISBN 978-957-13-3809-5
Printed in Taiwan

# 【時報悅讀俱樂部】會員邀請書

☑要！我要加入【時報悅讀俱樂部】，我可以獨享以下各項權益及贈品優惠。

我要加入的是：(請於括弧內打 )

| 會員身分 | 會員費 | 贈品(請勾選) | | 會員權益 |
|---|---|---|---|---|
| □輕鬆卡 | 2300元 | | 我的人生+公事包（RC2004056） | 1、一年內可挑選時報出版600元以下好書10本<br>2、會員優惠購書 |
| | | | 跟我去阿拉斯加+公事包（RC2004058） | |
| □VIP卡 | 5000元 | | 我的人生+公事包（RC2004057） | 1、一年內可挑選時報出版600元以下好書24本<br>2、會員優惠購書 |
| | | | 跟我去阿拉斯加+公事包（RC2004059） | |

＊本公司於贈品送完後留更換贈品之權利。
＊選書方式：一次選二本或二本以上，免費宅配或郵寄到府。
＊每二個月贈讀書雜誌〈時報悅讀俱樂部專刊〉，免費贈閱一年。
＊總代理的外版書不列入選書範圍。＊信用卡請款通過後，立即免運費寄出贈品及選書。
＊相同書籍限選2本。

**以下是我的個人基本資料：**

姓名：________________________

性別：□男□女　婚姻狀況：□已婚 □未婚　生日：民國______年______月______日（必填）

身份證字號：________________________（必填）

寄書地址：□□□ ________________________

連絡電話：(O)____________ (H)____________ 手機：____________

e-mail：________________________

（我們將藉此通知您最新的重要選書訊息，請填寫能夠確定收到信函的信箱地址）

閱讀偏好(請填1.2.3順序)：□文學□歷史哲學□知識百科/自然探索□流行/語文□漫畫□生活/健康/心理勵志 □商業

**※我選擇的付款方式：**

1.□劃撥付款　**劃撥帳號：19344724**　**戶名：時報文化出版公司**　（請直接至郵局填寫劃撥單，並在劃撥單上註明您要加入的會員類別、姓名、地址、連絡電話、生日、身份證字號，贈品名稱）

2.□信用卡付款

信用卡別 □VISA □MASTER □JCB □聯合信用卡

信用卡卡號：________________________ 有效期限西元______年______月

持卡人簽名：________________________（須與信用卡簽名同字樣）

統一編號：________________________

**※如何回覆**

傳真回覆：填妥此單後，放大傳真至 **(02) 2304-6858** 時報悅讀俱樂部24小時傳真專線

●時報悅讀俱樂部讀者服務專線：(02)**2304-7103**

週一至週五AM9:00～12:00　PM13:30～5:00

| | |
|---|---|
| **編號：** AK0123 | **書名：** **大唐雙龍傳**〈卷十六〉 |
| **姓名：** | **性別：** ______ 1.男　2.女 |
| **出生日期：**　年　月　日 | **身份證字號：** |

______ **學歷：** 1.小學　2.國中　3.高中　4.大專　5.研究所（含以上）

______ **職業：** 1.學生　2.公務（含軍警）　3.家管　4.服務　5.金融　6.製造　7.資訊　8.大眾傳播　9.自由業　10.農漁牧　11.退休　12.其他

**地址：** ______ 縣（市） ______ 鄉鎮區 ______ 村 ______ 里

______ 鄰 ______ 路（街） ______ 段 ______ 巷 ______ 弄 ______ 號 ______ 樓

郵遞區號 ______

（下列資料請以數字填在每題前之空格處）

______ **您從哪裡得知本書／**

1.書店　2.報紙廣告　3.報紙專欄　4.雜誌廣告　5.親友介紹
6.DM廣告傳單　7.其他 ______

______ **您希望我們為您出版哪一類的作品／**

1.長篇小說　2.中、短篇小說　3.詩　4.戲劇　5.其他 ______

**您對本書的意見／**

______ 內　　容／1.滿意　2.尚可　3.應改進
______ 編　　輯／1.滿意　2.尚可　3.應改進
______ 封面設計／1.滿意　2.尚可　3.應改進
______ 校　　對／1.滿意　2.尚可　3.應改進
______ 翻　　譯／1.滿意　2.尚可　3.應改進
______ 定　　價／1.偏低　2.適中　3.偏高

**您的建議／**

______

______

______

請沿虛線撕下，後對折裝訂寄回，謝謝！

請沿虛線摺下裝訂，謝謝！

| 廣　告　回　信 |
|---|
| 台北郵局登記證 |
| 台北廣字第2218號 |

時報出版
CHINA TIMES PUBLISHING COMPANY
尊重智慧與創意的文化事業

地址：10803台北市和平西路三段240號3樓
讀者服務專線：0800-231-705・(02)2304-7103
讀者服務傳真：(02)2304-6858
郵撥：19344724 時報文化出版公司

請寄回這張服務卡（免貼郵票），您可以——
●隨時收到最新消息。
●參加專為您設計的各項回饋優惠活動。

新感覺・新人間・文學的新版圖

# 新人間

寄回本卡，掌握新人間系列的最新訊息